THE HONEYMOON REMATCH

THE HONEYMOON REMATCH

LOUISE HELM

SLALOM ROMANCE

AVERTISSEMENT AUX LECTEURS ET AUX LECTRICES

The Honeymoon Rematch est une histoire d'amour entre deux personnages qui se reconstruisent. Néanmoins, il est fait mention d'événements difficiles, qui peuvent déranger certain.e.s lecteurs et lectrices : le deuil et la perte d'un être cher, les violences conjugales psychologiques et physiques ou les maladies sexuellement transmissibles.

Il est aussi fait mention de scènes à caractère explicite, qui s'adressent donc à un public averti et mature.

Prenez bien soin de vous et bonne lecture.

Parce que chaque fin est aussi un nouveau départ,
l'occasion de se redécouvrir et de vivre pleinement.

PROLOGUE

Juin

Lorsque la *Marche nuptiale* retentit dans l'enceinte de l'église, je frissonne. Pourtant, j'avance, la tête droite, le menton haut, mon bras enroulé dans celui de mon père : je marche fièrement.

Ma meilleure amie, Alice, m'attend au bout de l'allée, du côté des témoins. Je retiens mes jambes de flancher, je ne dois pas craquer, *pas maintenant*. Mon regard est ancré dans celui de mon fiancé, l'homme de ma vie, celui qui m'accompagnera à chaque épreuve, à chaque difficulté : Will Paris. Mais je ne souris pas, je ne montre rien, mon visage est impassible.

Mon père me laisse à son bras, devant l'autel. Je déglutis et ravale une envie irrépressible de vomir. Mon futur mari me prend la main et me mène jusque devant le prêtre.

— Tu es magnifique, chérie, murmure-t-il en souriant doucement.

Je déglutis encore et affiche un sourire faussement heureux. Quand il me regarde ainsi, j'ai presque l'impression qu'il est amoureux de moi.

Je. Ne. Dois. Pas. Craquer.

Au fond de lui, pense-t-il que je ne mérite pas d'être aimée inconditionnellement comme est censé le promettre un mariage devant Dieu ?

Will me scrute : il voit peut-être que quelque chose ne va pas. Je n'en sais rien. Il s'inquiète lorsqu'une larme solitaire s'échappe de mes yeux vitreux. Et quand il passe son pouce sur mes cernes pour l'essuyer, j'ai encore plus envie de pleurer.

Cesse d'être si doux après avoir été si horrible... Arrête de me retenir près de toi, Will.

Le prêtre inspire et commence son discours, la voix solennelle :

— Will Paris, June Bennet, nous avons écouté la parole de Dieu, qui révèle la grandeur de l'amour humain. Le mariage suppose que les époux s'engagent l'un envers l'autre librement et sans contrainte, qu'ils se promettent amour mutuel et respect pour toute leur vie. Est-ce bien ainsi que vous voulez vivre dans le mariage ?

Mon cœur bat la chamade tandis que Will prononce un « Oui » affirmé alors que je le murmure à peine. Alice cherche mon regard, je le fuis ; j'hésite, je réfléchis si fort que je sursaute lorsque Will caresse ma paume. L'homme d'Église se racle la gorge avant de poursuivre :

— Devant tous ceux qui sont ici réunis, et en présence de Dieu et de l'Église, donnez-vous la main et échangez vos consentements.

Will reprend mes mains avec un sourire tendre. Je le fixe du regard, incapable de décider si mes prochains mots seront les bons. Si nous n'étions que tous les deux, je lui demanderais. Je lui poserais la question : « M'aimes-tu réellement ? ». Mais nous ne sommes pas seuls. Nous sommes devant une assemblée de deux cents personnes prêtes à rire si je ne suis pas à la hauteur.

Je détourne mes yeux de ceux de Will alors qu'il prononce son consentement. Je suis incapable de les fixer, eux et la tendresse qu'ils dégagent. Puis, je croise le regard de Sasha, dans l'assemblée. Et mon cœur manque un nouveau battement.

Pourtant, je m'entends prononcer mes vœux avec conviction. Dans la foule, le regard d'Alice se fait de plus en plus paniqué, mais je ne faillirai pas. Je me redresse, raide comme un piquet, prête à dire non à mon fiancé. Prête à le quitter... et à l'humilier comme il l'a fait avec moi.

Le prêtre se tourne vers Will et demande enfin :

— Will Paris, voulez-vous prendre pour épouse June Bennet, et promettez-vous de l'aimer fidèlement, dans le bonheur et dans les épreuves, tous les jours de votre vie ?

Son regard ne croise pas le mien : il observe Sasha qui gigote, mal à l'aise sur le banc de l'église. Pendant quelques secondes, je crains que ce ne soit lui qui refuse de m'épouser. Mes yeux suivent cet échange silencieux et ma rage revient. Qu'importe l'issue, elle aurait toujours été là, sur notre chemin, à gâcher un bonheur déjà bien entaché ; bonheur qui n'a existé que dans mes songes... Je fronce les sourcils avant d'interpeller Will d'un murmure sec. D'un air désolé, il se reconcentre sur moi avant de s'exclamer, l'air plus amoureux que jamais :

— Oui, je le veux.

Finalement, j'aurais presque pu éclater de rire face à l'ironie de la situation, à son culot – et à tout le reste. Je secoue imperceptiblement la tête avec un rictus amusé. Et dire que j'ai hésité... Le prêtre se tourne finalement vers moi ; j'inspire profondément et attends les paroles qui me libéreront de cette situation, de cette vie, et de ce futur.

— June Bennet, voulez-vous prendre pour époux Will Paris, et promettez-vous de l'aimer fidèlement, dans le bonheur et dans les épreuves, tous les jours de votre vie ?

J'expulse tout l'air contenu dans mes poumons ; mes iris sont plongés dans ceux de Will, mais, cette fois, c'est moi qui détourne le visage pour trouver celui de Sasha, livide.

Elle a compris.

— Non, prononcé-je d'une voix forte.

Je veux que les membres de cette assemblée étouffent leurs cris de surprise dans leurs mains gantées. Et c'est ce qu'ils font tous.

CHAPITRE 1

Octobre
Quatre mois après le mariage

La lumière jaillit soudainement dans la pièce, brûlant ma rétine par son intensité.

— Debout là-dedans ! On se réveille, hurle la voix nasillarde d'Alice.

Pour autant, je n'ouvre pas mes paupières et retiens une injure à l'encontre de celle qui me sert de maman poule.

— Sors-toi les doigts du cul ma vieille !

Elle retire brusquement la couverture de mon corps, dorénavant frigorifié, en me faisant la morale :

— Je t'ai laissé te morfondre pendant des mois, maintenant ça suffit ! Hop, hop, hop ! Bouge tes fesses de mon canapé, il va finir par t'avaler à force d'être collée à lui !

Je grogne, retiens une flopée de noms d'oiseaux à lui jeter en pleine face et ouvre finalement les yeux, clairement réveillée du mauvais pied.

— Et pas besoin de me regarder avec cet air affreux !

Cette garce m'enfonce encore un peu plus alors qu'elle vient de me tirer des limbes du sommeil à... quoi ? Midi et quart ? Hum... Bien trop tôt.

Je prends le temps de longuement m'étirer pendant qu'Alice me toise sévèrement. D'une main, je me frotte le visage, à moitié avachie sur son canapé. Je squatte son appartement depuis ma séparation parce que personne ne veut louer un bien à une pauvre fille célibataire et chômeuse.

Pfff... Les propriétaires sont pathétiques.

— Tu as envoyé le dossier ?

Je l'ignore délibérément. Non pas que j'aie envie de l'emmerder un peu plus chaque seconde, mais parce que je suis vexée qu'elle me pense capable d'oublier une date pareille.

— June ! Je te parle, putain !

Les mains sur les hanches, elle me regarde comme si elle s'apprêtait à gronder un gosse.

— Oui. J'ai envoyé le dossier hier, à midi, comme prévu ! râlé-je en levant les yeux au ciel.

Elle souffle, relâche ses mains le long de son corps et tourne les talons en marmonnant :

— J'ai l'impression d'avoir une gamine en pleine crise d'ado... Alors que je déteste les enfants ! hurle-t-elle en claquant la porte de sa chambre.

Je ronchonne dans ma barbe en me levant. Bon... D'un côté, elle n'a pas tort. Mais il y a l'art et la manière de dire les choses.

Une vague de stress me ronge l'estomac lorsque je repense au dossier. Un dossier d'une extrême importance qui va probablement régir la suite de ma carrière au sein du design événementiel. On pourrait croire qu'il s'agit d'un dossier pour la location d'un appartement... Mais non : mon métier a bien plus d'importance qu'un logement surtout quand on a une meilleure amie déterminée qui prend soin de vous pendant vos crises dépressives.

J'avais décroché ce contrat lorsque je faisais encore partie des Ateliers Paris, l'entreprise de... *Will*. Il était mon patron et j'avais la chance d'être embauchée à la fin de mes études, *avec* Alice, dans l'une des agences les plus prisées de la capitale. Ce que je ne savais pas, c'est que le jour où je l'ai rencontré, j'ai signé un contrat pour une descente aux enfers interminables. Et malheureusement, je n'en suis toujours pas ressortie...

Quand j'ai démissionné, j'ai supplié l'équipe de chez Mugler pour qu'ils me laissent une chance en tant que free-lance. Je me suis pliée à *toutes* leurs exigences pour qu'ils acceptent au moins de jeter un coup d'œil à mon projet. Finalement, ils ont fait mieux que ça ; ils ont ouvert un appel d'offres national. J'ai été la première à m'inscrire dans l'espoir de récupérer le contrat que j'avais signé. Aujourd'hui, le dossier est envoyé et je prie chaque seconde pour qu'ils le retiennent jusqu'à la phase finale. Je sais que mon projet leur plaira ; ils l'ont vu en avant-première dans nos locaux lors d'une réunion à laquelle Will n'a pas pu se présenter... ce que je ne savais pas à ce moment-là, c'est qu'il revenait de notre appartement après avoir baisé Sasha, son associée, dans le lit conjugal.

Ce projet, c'est la concrétisation d'années entières de travail acharné.

Le pire dans tout ça, c'est qu'après avoir rendu mon dossier pour la Maison Mugler, j'ai perdu toute trace de créativité. Comme si j'avais absorbé toute la fiole d'imagination qui flottait dans mon cerveau. C'est dans ces moments-là que je me demande ce que je vais faire ; ce que je vais devenir. Principalement ce que je vais devenir, en vérité.

Avant, je passais tout mon temps libre à peindre ou à dessiner... Mais aujourd'hui, j'ai l'impression d'être vide. Vide de création, vide d'ingéniosité, vide d'inspiration... vide de sens.

Bon sang, je sais qu'Alice a raison. Il faut que je parvienne à remonter la pente, à me remettre sur pied.

Je soupire une nouvelle fois, puis finis par me lever pour aller récupérer un verre d'eau dans la cuisine. Alice traîne dans sa chambre, range et fait tomber un milliard de trucs sur le sol. Je sais que je l'encombre. Elle ne me le dit pas mais je le sens ; en même temps, je vis chez elle depuis quatre mois.

Je sirote mon verre comme s'il s'agissait d'une liqueur forte. J'en aurais peut-être besoin... d'un peu d'alcool. Je secoue la tête. *Non June... ce n'est pas la solution.*

Pour la première fois de ma vie, je suis au chômage, je n'ai plus d'appartement, plus de fiancé, plus de situation stable et rassurante. Rien.

Moi, June Bennet, pile électrique à plein temps, me retrouve totalement déchargée.

Dans ma vie, j'ai toujours eu le cul bordé de nouilles, si je peux m'exprimer ainsi : de la chance dans les études, dans le travail, en amour...

Enfin, c'est ce que je pensais. La vie a peut-être voulu me montrer que rien ne dure éternellement. *La garce.*

Quatre mois après avoir quitté Will devant l'autel, j'ai toujours envie de pleurer, mais je n'en ai plus la force. À la place, je reste sur ce canapé en fixant le vide et en repensant à notre premier rendez-vous.

Will aimait tellement faire les choses dans les règles de l'art... Un jour, il m'avait emmenée dans un restaurant trois étoiles, aux abords de la tour Eiffel ; j'avais sorti ma plus belle robe noire et mes plus hauts escarpins. Nous étions en août, la température extérieure avoisinait les vingt-cinq degrés le soir, mais Will était vêtu d'un costard noir avec un nœud papillon. Sur le coup, j'avais trouvé ça incroyablement sexy, mais aujourd'hui... je me rends compte à quel point il était parfaitement *parfait.*

Quand vous passez les cinq dernières années de votre vie avec la même personne, que vous faites des projets, de mariage, de maison, et que du jour au lendemain, tout s'effondre... C'est une douleur que je ne souhaite à personne, même pas à mon pire ennemi.

Bien sûr, je réalise que je me voilais la face. Je voulais tellement garder ce cocon protecteur que je l'ai fait passer en priorité, lui, et tous ses besoins. Et je me trouve pathétique d'avoir accepté ses piques continuelles lors des galas, des représentations, des défilés dans le simple espoir de le mettre en valeur, lui. Cela a toujours été lui. Je n'étais qu'une manière de le rendre plus beau, plus intelligent, plus charismatique.

Je soupire longuement, espérant chasser ces pensées matinales qui me plombent le moral depuis quatre mois. Je finis enfin par me lever après de longues minutes à méditer sur ma vie éclatée, nulle, déprimante. *Bref.*

— Wow ! Tu es debout ? s'exclame Alice d'un air ironique.

Je marmonne dans mon coin en préparant un café. Elle fait réchauffer une assiette de pâtes qu'elle a cuisinées en vitesse hier soir pour sa pause du midi. Alice a démissionné le même jour que moi et a trouvé une opportunité dans une autre agence. Elle ne s'est pas vraiment arrêtée, contrairement à moi qui me suis enlisée dans cette vie merdique.

Dès qu'Alice part, je reprends une tasse de café. Peut-être qu'avec plus de caféine dans le sang, je réussirais à faire quelque chose de ma journée.

Commencer par prendre une douche par exemple.

Face au miroir de la salle de bains, j'inspire longuement. Mes boucles rousses se battent en duel pour déterminer laquelle est la plus abîmée, mes taches de rousseur sont devenues ternes et s'effacent presque de mon visage et ma peau est plus blanche qu'un cachet d'aspirine. Et... j'ai maigri. Vraiment maigri. Dans le creux de mon oreille, j'entends la voix de Will qui me murmurait à quel point j'avais besoin de perdre du poids. Qu'il me trouvait un peu trop grosse, un peu trop charnue. Je faisais une taille 40 à l'époque. Un corps robuste, sain. Pour Will, un corps défectueux, perfectible. Il détestait la cellulite qui habillait mes fesses, les poignées d'amour sur mes hanches, la rondeur de mes cuisses.

Quand je sors de la douche, je ne traîne pas. Je ne sais pas si c'est la dose de caféine ou le fait qu'Alice a passé une demi-heure à m'incendier dans l'espoir d'une réaction de ma part, mais je trouve enfin la motivation d'aller me promener au Jardin des Tuileries et d'entraîner Albert dans mon sillage.

Le bras de mon vieil ami entoure le mien ; mes yeux flânent entre les arbres et les feuilles qui tombent ; mon esprit divague.

Albert est mon grand-père d'adoption. Ses quelques cheveux grisonnants, trônant sur le haut de son crâne, son sourire amical, ses mains bourrues et ses petites chemises font de lui une source de réconfort et de tendresse dans ma vie : comme le sirop au caramel qu'il me rajoute dans chacun de mes cafés latte. Doux, sucré et réconfortant.

À quatre-vingts ans, il travaille encore dans son bistrot parisien, à quelques rues de l'agence Paris. Le Café des Paumés était mon havre de paix à l'époque. Peut-être parce que quand je m'y rendais lors de mes pauses, j'y trouvais des gens dans ma situation : des êtres perdus qui cherchent leur route, mais qui s'y retrouvent en venant ici.

— Tu as réfléchi au traitement ? lui demandé-je dans l'espoir d'avoir une réponse positive.

Ce qui est amusant avec lui, c'est qu'il n'écoute pas toujours quand les gens lui parlent. Il n'est pas sourd, non, loin de là ;

simplement, il sélectionne les informations qui l'intéressent et y répond quand ça lui chante. Il refuse aussi d'avoir un téléphone pour me donner de ses nouvelles sous prétexte que les ondes lui crameraient le cerveau.

— Tu sais que tu n'as pas fait le deuil, ma chère Juny ?

Je fronce les sourcils et me reconnecte à la réalité. Pourquoi, dans un moment si paisible, choisit-il de discuter de ça ?

— Tu n'as pas répondu à ma question, rétorqué-je d'une voix fluette pour échapper à la sienne.

Il ricane dans son coin. Sa canne bute contre un caillou qu'il dégage d'un coup sec avant de continuer notre marche. Sa petite moustache blanche frétille à cause du vent, mais je distingue surtout son doux sourire.

— Tu sais très bien de quoi je parle.

Je décide de faire l'innocente et d'avancer en regardant le ciel bleu. En ce mois d'octobre déjà bien installé, le décor parisien se teinte de ses plus belles couleurs automnales ; nous avons de la chance que les températures extérieures nous permettent encore quelques balades ensoleillées.

— Quand Jeannette est décédée, je suis resté des années à me morfondre... Je n'avais plus personne à qui conter mes journées.

Je fronce les sourcils, soudainement plus attentive. C'est une partie de sa vie qu'il n'aborde que rarement ; je sais qu'il a perdu sa femme il y a presque vingt ans, d'un cancer. Il a mis des années à remonter la pente, mais il n'est jamais entré dans le détail. Jusqu'à maintenant.

— Je me suis rendu compte que je n'avais pas été assez présent pour elle. Je ne lui avais pas assez dit « je t'aime », je ne lui avais pas assez acheté de fleurs pour décorer notre cuisine... Elle adorait les fleurs !

Son regard se perd dans le ciel, comme s'il la cherchait...

— Les mois et les années qui ont suivi son décès, je n'étais plus rien Juny. Je ne sortais plus, je me laissais dépérir... J'étais même à deux doigts de perdre la maison. Notre maison. Je me suis forcé à réapprendre à vivre. Seul. Je m'obligeais à passer des heures dans ce café, à parler à n'importe qui dans l'espoir de ressentir à nouveau quelque chose dans mon cœur. Et puis, au fur et à mesure, j'ai commencé à travailler ici, à créer des liens, à me reconstruire. Ça a pris des années avant que je ne fasse mon deuil. Un jour, j'ai acheté des fleurs pour décorer notre cuisine. Elle n'était plus là pour en profiter mais je savais que cela lui ferait plaisir. Depuis, j'achète des fleurs tous les dimanches.

Il s'arrête puis se tourne vers moi. Son regard est plus incisif, plus rude.

— Je sais exactement ce que tu traverses en ce moment, commence-t-il en se plaçant face à moi. Tu es dans le déni, ma vieille !

Il frappe ma cheville d'un coup de canne et je ne parviens pas à retenir un juron d'exclamation.

— Eh ! Albert !

— Écoute-moi Juny ! À force de refuser d'en parler, de t'acharner à ne pas y penser, de vivre chaque jour en sachant qu'au fond de toi, tu n'as pas guéri, tu vas t'enfoncer dans un mal-être si profond que tu passeras le restant de tes jours à survivre. Et c'est la pire chose qui puisse t'arriver dans cette vie.

— La pire chose qui puisse arriver, c'est que ce cancer t'emporte, rétorqué-je durement.

Il me frappe gentiment d'un autre coup de canne.

— Ça arrivera ma chère. Peut-être ce soir, peut-être demain, peut-être dans six mois. Mais l'horloge est en marche... et elle ne sonnera que lorsque la mort m'aura emporté.

— Tu es déprimant, Albert.

— Non, je suis réaliste. Tu te plonges dans un déni sans nom et c'est terrifiant de te voir sombrer ainsi.

Je détourne le visage, les yeux rivés sur le gravier au sol.

— Je te propose un marché.

Je relève immédiatement la tête. Un marché ?

— Le marché aux puces ?

Nouveau coup de canne. *Aïe !*

— Un compromis, un contrat, une offre... un deal comme vous dites les jeunes !

Je ricane, récupère son bras et l'entraîne poursuivre notre balade.

— OK papi ! C'est quoi ton marché ?

Il prend une longue, très longue inspiration, à tel point que je m'inquiète quelques secondes, avant qu'il ne lâche :

— Toi, tu vas voir une psychologue... et moi, j'accepte de commencer la chimio...

Je m'arrête brutalement. Albert m'imite et fixe les arbres face à lui, les yeux humides, sans ajouter le moindre mot. Il n'en a pas vraiment besoin, mais moi je sanglote toutes les larmes de mon corps.

Cela fait des mois que j'essaie avec Alice de le convaincre par tous les moyens. Je l'ai même supplié à genoux qu'il prenne ce fichu traitement mais rien à faire. Il refusait catégoriquement de subir tout ce processus. Je sais ce que ça lui coûte de me dire ça... de me proposer une telle chose.

Mais égoïstement, je hoche la tête, prends sa main dans la mienne et la serre pour sceller notre contrat.

— Vendu, murmuré-je, émue.

Il acquiesce à son tour, le regard toujours fixé sur l'arbre.

— Au moins, on se battra ensemble pour remonter la pente ma chère Juny.

— Chacun son combat... mais ensemble, dis-je en souriant doucement.

Et comme si de rien n'était, il reprend son chemin sans m'attendre. Je l'observe quelques longues secondes, là, en train de marcher vers le soleil couchant. Un halo lumineux l'entoure, faisant ressortir les contours de sa silhouette. Son béret s'envole soudainement à cause d'une bourrasque alors je cours le rejoindre pour le ramasser à sa place. Je le replace sur son crâne dégarni, lui souris et nous reprenons notre chemin... *ensemble.*

CHAPITRE 2

Décembre
Six mois après le mariage

Les cloches du crématorium retentissent dans un bruit assourdissant. Une fois, deux fois, trois fois... Les gens se pressent vers la sortie, nous présentant leurs condoléances, la larme à l'œil. Je ne les entends que d'une oreille distraite. Mon esprit divague vers les souvenirs de celui que je considérais comme mon grand-père.

Deux mois de thérapie pour moi, deux mois de chimio pour lui. Je commençais à aller mieux ; il me répétait que son traitement fonctionnait. Mais c'était faux. Il disait ça pour que je continue les séances ; parce qu'on avait dit qu'on se battrait ensemble. Alors il a poursuivi le traitement en sachant pertinemment que ça ne marcherait pas, que les métastases se développaient et avaient commencé à envahir son corps tout entier.

— Moi, je suis foutu, m'a-t-il dit sur son lit de mort. Toi en revanche, ta vie n'est qu'à ses débuts. N'abandonne pas, ma petite Juny.

Mais comment continuer sans Albert à mes côtés ?

Je fixe le cercueil, les joues sillonnées de larmes, les lèvres tremblantes. Alice pose délicatement sa main sur mon épaule et la presse dans un geste réconfortant. Les croque-morts se répartissent de chaque côté du cercueil où repose mon ami, puis ouvrent les portes et l'emmènent dans l'antre du crématorium. Voilà, c'est fini. Albert s'en est allé.

Ma meilleure amie prend ma main dans la sienne et m'oblige à me lever malgré mes jambes flageolantes.

— Il faut partir June... chuchote-t-elle en me dirigeant vers la sortie.

Le regard fixé sur les portes du crématorium, je n'arrive pas à bouger ni à parler. Je me sens vide, tellement, *tellement* vide, putain...

Que vais-je faire sans lui ?

Alice m'entraîne avec elle vers l'extérieur. Elle reçoit à ma place les condoléances de tous ceux qui sont venus : beaucoup d'habitués du café, certains vieux amis d'enfance, des anciennes connaissances du couple... Tous semblent tristes à l'idée d'avoir perdu leur rayon de soleil. Parce que c'est ce qu'il représentait pour nous tous : une lueur d'espoir dans ce ciel nuageux et sombre.

Que va devenir le Café des Paumés maintenant que notre phare s'est éteint ?

Qu'est-ce qu'on va devenir sans Albert ?

Le rouleau de scotch tombe sur le sol et roule jusqu'au pied de la table. Je jure pour la énième fois de la journée et finis par m'excuser parce qu'Albert aurait détesté que je râle dans sa maison.

Il n'avait pas de famille pour venir vider la maisonnette, collée à deux autres habitations mitoyennes, sur les pentes de Montmartre. Il habitait seulement à quelques rues de la célèbre maison rose. La première fois que je suis venue, j'ai été frappée par le nombre de bibelots que renfermait son logement, racontant tous une histoire ; il passait des heures à m'expliquer d'où venait tel ou tel objet, pourquoi il l'avait rapporté chez lui, et à quel point sa femme s'exaspérait de le voir revenir avec tout et n'importe quoi.

Je fourre un autre moulin à café dans le carton avant de me relever pour récupérer ce satané scotch. Ce n'est pas facile de ne pas pleurer ici. Ce n'est pas facile de se dire que tout est fini, qu'il ne fait plus partie de notre quotidien.

Je soupire en refermant le dixième carton et essuie une nouvelle larme.

— June ?

La voix de ma meilleure amie résonne au rez-de-chaussée.

— En haut, m'exclamé-je depuis le bureau d'Albert.

Les pas d'Alice font craquer l'escalier et m'indiquent avec exactitude sa position dans la maison. Lorsqu'elle entre dans la pièce, je ne suis pas surprise.

— Il y avait des lettres pour toi au courrier...

J'acquiesce sans pour autant arrêter ma tâche en cours.

— La première vient d'un notaire... l'autre, d'Albert.

Cette fois, je relève vivement le nez et croise le regard anxieux de mon amie.

— Une lettre d'Albert ?

Elle hoche la tête à deux reprises. Je me lève et la rejoins en deux grandes enjambées. Elle me tend le courrier que je lui arrache presque des mains ; je l'ouvre en déchirant l'enveloppe et observe quelques secondes le papier replié avant de le lire.

Ma chère petite Juny,

Je sais que tu m'en veux ; je le sens de là où je suis. Mais j'ai tenu ma promesse... j'ai pris ce traitement, je me suis battu... jusqu'à la fin. Mais je savais que c'était incurable : même la nouvelle technologie ne peut guérir ce genre de cancer foudroyant. Quand je t'ai proposé ce marché, ta thérapie contre ma chimio, je savais que c'était le meilleur moyen de te pousser à agir. Il te fallait une motivation.

Ma Juny... Merci pour ces derniers mois de ma belle vie passés avec toi. Tu as été et tu resteras un baume au cœur pour toujours, même depuis l'au-delà. Je crois que ces derniers moments passés ensemble nous ont sauvés... tous les deux.

Sache, que je pars le cœur en paix et l'âme libre, heureux de la vie que j'ai menée malgré ces difficultés.

Mais toi... tu n'as pas fini de vivre, de découvrir, d'aimer et d'exister. Tu as tant de choses à voir, tant de choses à goûter. Depuis la cérémonie, tu dépéris et je n'ai cessé de m'inquiéter pour toi. C'est lorsque tu as recommencé à venir quotidiennement au café que je l'ai vue. Cette force au fond de toi ; cette lueur de vie que j'apercevais de temps en temps quand tu dessinais et qui m'a rassuré. Car je sais que tu vas réussir à remonter la pente. Ce que tu as vécu ne doit pas définir le reste de ta vie. Ne le laisse pas te détruire.

Tu as le droit d'aller mal, de ne rien vouloir faire, de ne plus avoir le goût de la vie, de simplement prendre le temps de te remettre sur pied. Mais laisse tes amis t'aider ; laisse-les te redonner le sourire là où je n'ai malheureusement pas toujours réussi.

Je crois qu'après le décès de ma femme et ces dix années passées dans le noir, tu as été ma lumière, Juny. Ta bonne humeur, ta joie contagieuse, ton engouement pour la moindre petite chose ont été une véritable bouffée d'air. Tu m'as sauvé d'un quotidien encore trop morne. Tu es un rayon de soleil qui ne demande qu'à éclairer la vie des autres. Garde toujours cet éclat au fond de toi... d'autres gens comme moi en auront besoin.

Tu trouveras quelqu'un qui t'aimera comme j'ai aimé ma Jeannette. Quelqu'un qui t'aimera inconditionnellement, qui prendra soin de toi comme tu le mérites après tout cela. Ma seule peur est que tu n'arrives pas à lui ouvrir ton cœur, que tu deviennes hermétique à toutes sortes d'amour ou d'affection. Alors, promets-moi de laisser une chance à cette personne qui arrivera à te faire sortir de ta coquille, à te bousculer, à faire battre ce cœur si pur dans ta poitrine.

N'oublie pas que tu peux choisir ce qui te blesse.

J'ai retrouvé ma Jeannette, ne t'en fais pas, je lui offre des fleurs et lui dis « je t'aime » chaque jour.

Avec toute mon affection,

Albert.

Étonnamment, je ne pleure pas. Ces mots ne me blessent pas : ils agissent comme un pansement sur mon cœur et je me sens mieux. Plus apaisée.

Albert n'était pas très friand des mots ; selon lui, ils sont souvent superflus. Il préférait être là, en silence, juste pour m'épauler, me sourire. Parfois, c'était suffisant. Quand il parlait, c'était toujours pour me dire quelque chose d'intéressant, pour partager son expérience, ses conseils. Avec cette lettre, il a réussi là où même ma psychologue a eu du mal à creuser ; car même si elle m'est d'une grande aide, Albert avait sur moi une réelle influence émotionnelle, lui.

Ma main amaigrie tremble en tenant la lettre. Je sais que je ne m'alimente pas très bien en ce moment mais ce n'est qu'une mauvaise passe. Il me faut juste un peu de temps pour tout digérer : le mariage, mon déménagement, ma démission, Albert... Il me faut *juste* un peu plus de temps.

Je me raccroche à la vie tant bien que mal. Parce que si je ne le fais pas, personne ne pourra le faire à ma place.

— June, m'interrompt la voix d'Alice alors que je suis plongée dans mes pensées.

Je relève fébrilement la tête de son épaule et l'interroge du regard.

— Tu devrais lire cette lettre aussi...

Elle me tend un autre papier, plus officiel cette fois. Je le lis en long, en large et en travers, ne sachant pas quoi dire ni quoi faire. Alice et moi, on se fixe dans le blanc des yeux d'un air abasourdi.

— Il...

Elle hoche une première fois la tête.

— Tu es sûre qu'il a fait ça ?

Nouveau hochement de tête.

— Putain de merde.

— Putain de merde, répète-t-elle après moi.

Conformément aux volontés exprimées par le défunt, vous héritez de l'ensemble des biens composant sa succession.

Je vous invite à prendre contact avec mon cabinet dans les plus brefs délais afin de discuter des démarches nécessaires pour accepter cette succession, découvrir les biens et procéder aux formalités administratives...

— Albert t'a désigné comme son héritière, June... Il...

Alice sourit doucement et me regarde ; on se comprend sans même parler.

Albert, mon cher et tendre Albert... Même dans la mort, tu continues de m'aider.

— Pousse, putain ! hurle Alice dans mon dos.

— Mais tu crois que je fais quoi, là ? rétorqué-je en grognant.

D'un geste rageur, j'essuie les gouttes de sueur qui perlent sur mon visage avant de pousser un peu plus. Le frigo finit par bouger et enfin, nous arrivons à le caler dans l'emplacement prévu. Alice s'écrase au sol, épuisée, tandis que je m'avachis contre mon nouveau bijou.

— June... rappelle-moi... de ne jamais... acheter... de frigo... aussi gros, articule-t-elle entre deux respirations.

J'éclate de rire et frappe son épaule pour la remercier de son aide.

Et voilà... Les rénovations ont pris fin la semaine dernière, l'emménagement est terminé. Et même si les frais de succession m'ont coûté un rein et que j'ai dû contracter un emprunt à la banque, je suis maintenant prête pour cette toute nouvelle année, remplie de résolutions que je suis déterminée à tenir.

Résolution numéro 1 :
Emménager dans la maison d'Albert... ma maison. Validé !

Son testament était clair : j'étais celle qu'il considérait comme sa petite-fille alors il m'a légué son petit cocon, son *chez-soi.* Dès que mon cerveau a compris que ce lieu m'appartenait, mes pensées ont filé droit : il s'agissait de ma nouvelle maison. Je l'ai rénovée, transformée et j'ai ajouté ma touche colorée dans chaque pièce. Mais j'ai souhaité garder l'esprit du lieu et conserver ses belles boiseries.

Après des mois à squatter l'appartement d'Alice, il était temps de me bouger et de prendre une toute nouvelle indépendance.

— Les filles !

La voix d'Emi résonne à l'étage.

— Humpf, grogne ma meilleure amie.

Alice se redresse sur ses coudes et toise avec mépris la tête de sa sœur qui apparaît dans l'escalier.

— Quoi ? demande-t-elle.

— Regardez ce que je viens de trouver...

Emi dévale les marches, un jouet à la main. Elle le fait tournoyer dans les airs jusqu'à ce que je comprenne ce qu'elle détient.

Mon Womanizer.

— Eh ! m'exclamé-je, indigné.

Alice éclate de rire en intimant à sa sœur de lui lancer le jouet.

— Mais lâchez ça ! ordonné-je, faussement vexée.

Ma meilleure amie le repose en ricanant.

— Tu devrais songer à t'inscrire sur une application de rencontres vu la tonne de jouets que t'as là-haut...

J'écarquille les yeux après la remarque d'Emi.

— J'en ai qu'un, objecté-je en fronçant les sourcils.

Elle rit et ébouriffe mes cheveux de sa main avant de s'asseoir en face de nous.

— Je sais, il était parmi tes produits de bain !

Je secoue la tête, indignée par cette petite merdeuse qui ose se foutre de moi. Je suggère à Alice de la priver de la pizza post-déménagement prévue ce soir, mais son air sérieux me met soudainement mal à l'aise.

— Quoi ? la questionné-je.

Elle sourit avec malice.

— Emi a raison : tu devrais t'inscrire sur une appli de rencontres.

Je fronce les sourcils. Elles sont complètement barges. Je ne vois pas d'autres explications.

— Non, rétorqué-je sèchement.

— Pourquoi ?

— Parce que je ne suis pas prête.

— Personne ne te demande de te mettre en couple, intervient Emi. Juste de prendre un peu de bon temps.

D'une main, Alice pointe sa sœur du doigt, de l'autre, elle a le pouce en l'air pour confirmer ses propos. Elles ricanent en même temps et je m'indigne un peu plus.

— Je ne suis pas prête à fréquenter un autre homme maintenant... Même pour une nuit.

Ma meilleure amie inspire longuement.

— T'as vécu une année de merde, ma vieille... C'est normal que tu aies besoin de temps. Simplement... tu ne devrais pas t'interdire de nouvelles rencontres, ou de nouvelles discussions.

Bon. Je ne suis pas *complètement* fermée à ce qu'elle raconte. Simplement, j'ai peur de me brûler les ailes alors que je viens tout juste de me faire transpercer le cœur.

— Dis... reprend Alice plus doucement.

Allongée sur le sol, elle fixe le plafond d'un air songeur.

— Et... la lune de miel ?

Je hausse les sourcils, afin qu'elle continue :

— Eh ben... vous n'y êtes pas allés.

— Tu me demandes vraiment ça ? la questionné-je d'un ton ironique.

Elle lève les yeux au ciel, agacée.

— Ce que je veux dire, c'est que tu as participé aux frais de ce voyage et que tu n'y es pas allée. Lui non plus. Je te rappelle que tu as reçu un mail te prévenant que l'agence t'offrait un avoir pour pouvoir décaler la date de départ. C'est toi qui as les clefs en main pour t'en servir et... partir deux semaines à Saint-Barth.

Durant quelques secondes, un silence reste suspendu en l'air avant que j'éclate de rire. C'est la première fois depuis des mois que je rigole autant. L'idée me paraît tellement absurde.

— T'en as d'autres des idées débiles comme celle-là ? ricané-je en l'observant du coin de l'œil.

Elle me toise, me fait un doigt d'honneur puis se relève.

— Mon cerveau n'offre que des idées dignes des plus grands virtuoses, ma chère June ?

Elle lance un regard complice à Emi tandis que je ressasse ses mots. Je pourrais continuer sur ce chemin de solitude et d'attente d'une vie meilleure, mais comment changer de vie si on ne commence pas par changer soi-même ? C'est pour cette raison que j'ai décidé de créer ma liste de résolutions. Une simple note dans mon IPhone que je complète dès que j'ai un éclair de génie qui me traverse. Et justement...

Ce que les filles ne savent pas, c'est l'intitulé de ma deuxième résolution, inscrite depuis quelques jours déjà :

Réapprendre à aimer (sur les conseils avisés de mon ami Albert).

CHAPITRE 3

Janvier
Sept mois après le mariage

— Tu as fait quoi ? m'écrié-je, les yeux écarquillés.

Assise sur son canapé, je fixe Alice, complètement ahurie. Elle hausse les épaules d'un air penaud mais en réalité, elle n'a aucun remords : je le vois dans ses yeux.

— J'ai pris les billets d'av...

— Non, ça, j'ai compris. Tu as fait quoi pour obtenir ces billets ? insisté-je, toujours sous le choc.

Elle marmonne dans sa barbe avant de soupirer en levant les bras vers le ciel.

— J'ai demandé à un collègue d'emprunter les papiers d'identité de Will et j'ai appelé la compagnie aérienne en me faisant passer pour son assistante pour modifier les billets d'avion.

— Et ils ont gobé ça ?

Alice fuit mon regard avant d'ajouter :

— Bon... il se pourrait que j'ai falsifié quelques documents officiels pour que la compagnie ne pose pas de questions...

Oh mon dieu, Alice...

Je ne suis plus capable de dire quoi que ce soit. J'adore Alice ; c'est ma meilleure amie depuis presque dix ans, mais là tout de suite, j'ai envie de la noyer dans de la Javel.

— June ? Oh oh ! Alice pour Juny...

J'inspire avant de relever la tête vers elle. Son sourire crispé aurait pu me faire rire si je son acte n'était pas aussi grave.

— Tu as volé la pièce d'identité de mon ex-fiancé et accessoirement, notre ex-patron, pour récupérer ces foutus billets ?

Elle hoche la tête, fière de son coup. Je n'ai pas l'énergie physique et mentale de lui hurler dessus alors je me redresse sur le canapé et la toise.

— Alice. Tu comprends bien que là, il peut porter plainte pour vol, détournement de fonds, ou je ne sais pas quoi encore ! Il peut s'en prendre à toi !

Sa tête émet un léger balancement d'avant en arrière, signe qu'elle sait parfaitement les risques qu'elle encourt.

— June, je ne l'aurais pas fait si je savais qu'il y avait un danger.

— Tu ne connais pas Will comme moi ! Il est capable de tout, vociféré-je en me levant.

Je fais les cent pas devant Alice qui m'observe, nonchalante.

— Il ne fera rien. Il a bien trop peur pour sa réputation... Tu sais aussi bien que moi qu'avec le scandale au mariage, il ne reprendra pas le risque de se retrouver dans cette situation. Il est déjà en train de tout perdre.

Je découvre avec effroi que ma meilleure amie est bel et bien une psychopathe complètement givrée. Quand j'ai appris la tromperie de Will, Alice m'emmenait fêter mon enterrement de vie de jeune fille. Elle m'avait embarquée dans une de ses soirées ultra-sélectives, un club à double visage : simple boîte de nuit d'un côté, club échangiste de l'autre et tout ça, en plein cœur de Paris. Quelle ne fut pas ma surprise d'y retrouver mon futur époux en plein ébat avec une dizaine de personnes, incluant Sasha, son associée, bien sûr !

Alice n'a pas tout à fait tort. En repensant à ce jour, un frisson d'angoisse remonte le long de mon échine. Je secoue la tête, pince mes lèvres et déglutis. *Bordel, Alice, dans quelle merde tu m'as encore fourrée ?*

Elle se lève et me rejoint devant la fenêtre de son appartement parisien. Sa main se pose dans mon dos et le tapote légèrement ; c'est sa manière, maladroite, de s'excuser.

— Tu crains, murmuré-je en soupirant.

— Ouais, mais toi, tu pars aux Antilles tous frais payés par ce gentil Willy.

Je me tourne vers elle, les bras croisés sous ma poitrine.

— J'ai quand même payé une partie du voyage. Et imagine qu'il porte plainte malgré tout ! Je n'ai pas les moyens de rembourser toutes ses extravagances. Presque deux mille euros la nuit d'hôtel, Alice !

— Je sais... Mais June, ton nom est sur les billets. Tu utilises juste ce qui t'est dû.

Je soupire, pas entièrement convaincue. Je réfléchis. Depuis plusieurs mois, ma vie est sens dessus dessous. Tout s'est effondré autour de moi comme une tour de Kapla.

Putain, il m'a même refilé la chlamydia !

Ouais... Il mérite que je profite de notre lune de miel pendant qu'il paye les conséquences de ses actes.

Je regarde la pluie fouetter les vitres de l'appartement d'Alice, et je me dis que moi aussi, j'aurais aimé le frapper, *lui*, avec autant de hargne.

— Il y a deux billets, me remémoré-je, toujours à moitié perdue dans mes pensées.

Je ferme les paupières et les presse fortement, dans l'espoir d'effacer les images qui apparaissent à nouveau devant mes yeux. Cinq ans de couple et trois de vie commune : je pensais le connaître. Je pensais tout savoir de lui : comme le fait qu'il boit son café noir et sans sucre le matin, qu'il préfère manger très salé quitte à avoir soif toute la journée, qu'il apprécie le porridge alors que je trouve ça immonde. Je pensais connaître *tous* les détails de sa personnalité.

— Deux billets, répété-je d'une voix absente.

En réalité, tout le monde a son petit jardin secret, sa face cachée. On ne connaît jamais quelqu'un à cent pour cent. Quand bien même on le connaîtrait, les gens changent, ils évoluent... et alors, lorsqu'on pense cerner vraiment, intimement, une personne, le temps s'est écoulé et elle a déjà changé. C'est un cercle éternel.

Alice sourit, les lèvres pincées, le visage coupable.

— Je me suis chargée d'appeler la compagnie pour connaître les disponibilités... Ils m'ont proposé la fin du mois de janvier.... J'ai accepté, ajoute-t-elle.

Je fronce à nouveau les sourcils et soupire, résignée.

— Tu fais quoi à ces dates, toi ? demandé-je en m'asseyant dans le canapé.

Elle me fixe, un sourire crispé sur les lèvres.

— Je... bosse ?

Ah oui, c'est vrai. Moi, je suis toujours sans emploi...

— Tu pourras sûrement prendre des vacances, non ?

Elle secoue la tête négativement.

— J'ai déjà signé un contrat avec une marque pour un événement interne. Impossible de m'absenter... même si j'aurais adoré !

Je soupire et m'apprête à lui proposer de décaler les dates mais elle me devance en sortant son téléphone.

— Mais j'ai une solution qui peut être vraiment cool...

Je hausse les sourcils, peu convaincue. Alice a toujours des idées farfelues. Son regard brille : je sais d'avance que son imagination est débordante et que sa proposition risque d'être... une idée à la Alice.

— J'ai trouvé une application qui te met en relation avec des accompagnateurs et accompagnatrices. En gros, tu les paies ou, comme dans ton cas, tu leur offres le voyage, et ils viennent avec toi. C'est une manière amusante de rencontrer de nouvelles personnes, tu ne trouves pas ?

Son débit de parole ne m'a laissé aucune place pour contester ; je me contente d'éclater de rire. Sur son écran s'affiche le logo criard de ladite application qu'elle m'agite sous les yeux.

— C'est n'importe quoi ! Tu n'es pas sérieuse, Alice, reprends-je une fois calmée.

Elle hausse les sourcils, les bras croisés sur sa poitrine.

— June ! C'est vraiment une bonne idée ! En plus, tu peux choisir une femme ou un homme.

Elle fronce son nez avant d'ajouter :

— Tu peux choisir une femme pour être tranquille et te faire une amie... sans me remplacer évidemment. De toute façon, je suis irremplaçable.

— Alors ça, c'est sûr, ricané-je dans ma main.

Elle me tend soudain mon propre téléphone d'un air confiant jusqu'à ce que je comprenne : Madame me l'a donc piqué et s'est déjà occupée d'installer son application miracle. Je le pose sur mes genoux et la regarde sérieusement.

— Alice... Si, et je dis bien si, j'utilise ces billets d'avion... Je veux partir seule. Pour me ressourcer et passer à autre chose. Ça va faire plus de sept mois que c'est arrivé, j'aimerais avancer. Non... J'ai besoin d'avancer.

Elle pose sa main sur mon bras et le tapote en me regardant tendrement :

— Juny, si tu y vas seule, tu vas contempler la mer d'un air triste et perdu. Tu ne feras aucune activité sous prétexte que c'était Will qui les avait choisies et tu vas te morfondre dans ta suite cinq étoiles sans même en profiter.

Sarcastique, je hausse les sourcils. Tiens donc, c'est l'hôpital qui se fout de la charité. Alice est la première à fixer les murs blancs de son appartement en se morfondant sur sa vie.

Elle comprend aussitôt mon expression et retient un sourire coupable.

— Jettes-y un œil, June. Juste comme ça, insiste-t-elle en pointant du doigt mon téléphone. Et puis... il n'y a pas eu que le fiasco de ton mariage avec Will.

Je soupire. On s'observe en chiens de faïence, puis je récupère mon portable pour lui faire plaisir. Elle sautille sur place avant de s'asseoir à mes côtés, le visage penché sur l'écran.

Tout de rose, l'application tape-à-l'œil et les mots « Find It » écrits en grosses lettres ne laissent pas de place au doute. On est bien sur une plateforme de rencontres. Je clique, sous le regard excité de ma meilleure amie. Je constate, sans parvenir à réfréner un rire, qu'elle a déjà pris le temps de me créer un compte, d'y mettre une photo de profil avantageuse et d'écrire une bio complètement déjantée. Je ne retournerais plus aux toilettes sans mon téléphone, c'est décidé.

Alice me guide dans l'onglet de recherche et je m'arrête sur le genre à choisir : soit masculin, soit féminin, soit les deux. Je pourrais peut-être suivre le conseil de mon amie et sélectionner uniquement des profils féminins... Mais je finis par cliquer sur les masculins. Juste histoire d'y jeter un œil.

Je soupire pour évacuer le stress et l'excitation que me procure ma connerie. Le visage d'un premier homme s'affiche, je me pince les lèvres.

— C'est comme sur Tinder, j'imagine ?

Alice acquiesce. Je reste bloquée une bonne minute sur le même mec, pesant le pour et le contre de cette idée de merde. Un énième bourbier dans lequel elle m'entraîne inévitablement.

— Bon, tu comptes swiper pour que je puisse mourir en paix ? s'exclame soudainement Alice tandis que je reste bloquée sur la page d'explication.

Je ricane et balaie mon doigt vers la gauche. Désolée, mon gars, je marche au coup de cœur. Un message s'affiche pour me prévenir que je n'ai pas ajouté cette personne au panier et l'application se met à m'expliquer comment tout fonctionne. Si je swipe à droite, j'ajoute la personne à mon panier. Je peux en sélectionner plusieurs, mais n'en « commander » qu'une seule. C'est un système vraiment étrange.

— Est-ce que ça marche, ce genre d'appli ? C'est fiable ?

— J'ai testé. Ça fonctionne très bien.

Je tourne la tête vers Alice, étonnée.

— Tu as essayé ?

Elle hoche le menton avant de m'inciter à continuer ma sélection. Je la fixe quelques secondes avant de reprendre ma recherche.

— Je trouve ça horrible de swiper les gens comme ça... comme s'ils n'étaient qu'un physique. Et c'est encore pire d'ajouter quelqu'un à son panier comme un vulgaire vêtement, lancé-je en continuant de mettre les profils sur la gauche.

Alice hausse les épaules.

— Oh tu sais, ils feront la même chose avec toi si ta proposition ne leur convient pas...

Je continue donc de balayer : il y en a pour tous les goûts, toutes les envies et tous les désirs du moment. Des blonds, des roux, des bruns ; des Français, des Italiens, des Anglais, des Marocains, des Japonais ; des grands, des petits ; des peaux claires ou plus foncées, bref, il s'agit d'un vrai site de rencontres, mais version « je commande quelqu'un pour une durée déterminée ».

— De toi à moi, je doute que quelqu'un refuse un tel cadeau, ajoute-t-elle d'un sourire mutin.

Elle ne poursuit pas sa phrase, mais ses yeux me dévisagent attentivement. Je rougis et détourne les miens. Mon physique a beaucoup changé ces dernières semaines et j'ai commencé à reprendre du poids, ce dont je suis très fière car ce n'était pas gagné... Je n'ai pas encore retrouvé mon corps d'avant - celui de la June heureuse. Mais j'y travaille.

— Ce sont des escort boys ? lancé-je, hésitante, en interrompant ma réflexion.

— Non, pas vraiment. Ici, ce sont des gens qui se proposent pour être accompagnateurs lors de soirées nulles, de repas un peu trop chiants... de mariage à mourir d'ennui !

Un sourire habille maintenant mes lèvres. Bon, je ne suis toujours pas convaincue de l'éthique... Mais, de toute façon, je ne commanderai personne. Je voyagerai seule, et ça me fera du bien ; n'en déplaise à Alice. Je n'ai pas envie de m'encombrer de quelqu'un. Je veux pouvoir pleurer quand je le veux, déprimer en regardant l'océan, dessiner *toujours* en pleurant... bref, un chouette programme.

— C'est gratuit ? lui demandé-je dans le doute.

— Non, mais dans ton cas, crois-moi, personne n'exigera de rémunération.

— Hum. Ça ressemble fortement à de l'escorting quand même... ne puis-je m'empêcher d'ajouter.

Alice ricane et secoue la tête avant de m'emmener dans les paramètres de l'application. Le mot contrat apparaît, s'ensuit une longue clause de confidentialité et surtout... d'interdiction de rapport sexuel entre les parties. J'écarquille les yeux et lis l'entièreté du contrat. En effet, ils sont très *très* vigilants sur les personnes qui proposent leur service. Contrôle d'identité, du casier judiciaire, recherche approfondie du passé et tout le tintouin. Visiblement, si je commande les services de quelqu'un, je suis moi-même soumise à ces contrôles.

— Tu vois, renchérit Alice. C'est simplement une application pour des gens qui cherchent de la compagnie... Certains accompagnements sont gratuits, mais la plupart demandent une rémunération ou alors... tu payes l'ensemble des frais comme dans ton cas.

— Donc je suis un sugar daddy ?

Ma meilleure amie éclate de rire.

— Non ! Toi, ma poule, tu serais une sugar mama. Mais, rassure-toi, tu ne fais pas encore partie de cette catégorie !

Alice se lève du canapé pendant que je continue de swiper... à gauche pour le moment.

— Bon, je vais chercher nos ramens, j'arrive.

Je souris de bonheur lorsqu'elle prononce ces paroles : elle maîtrise la recette comme une cheffe étoilée. Elle file dans la cuisine tandis que je continue d'explorer Find It.

Franchement, je me demande bien qui a eu une telle idée. C'est une application vraiment étonnante, mais je pense aussi que ça peut être très utile. Il faut le reconnaître. Parfois, les gens ont besoin de compagnie, de ne pas se sentir seuls au point de songer à ne plus jamais se relever le lendemain. C'est bien que cette application existe ; je pense qu'au-delà du côté accompagnateurs, il peut y avoir une réelle amitié qui se crée au fil du temps.

Enfin... j'imagine ?

Je change de position dans le canapé et allonge mes jambes sur la petite table basse face à moi. Les profils continuent de défiler, aucun ne retient mon attention : c'est presque devenu automatique de zapper à gauche. J'entends Alice sortir les assiettes quand je commence tout juste à me lasser.

Les personnes qui défilent ont parfois des bios bien cucul la praline, d'autres, un max de red flags en très peu de mots... J'ai l'impression d'être sur Tinder version No Sex. Soit, tout l'inverse de Tinder.

Je lève la tête vers le plafond en continuant de swiper, sans même jeter un œil aux profils que je balaie. Mon regard converge à nouveau sur l'écran de mon téléphone où je croise un beau brun aux yeux aussi limpides que les eaux d'un lagon. Il est... vraiment *waouh*. J'observe ses yeux joueurs, son sourire franc, ses toutes petites taches de rousseur, sa barbe de quelques jours et ses cheveux courts, coiffés n'importe comment. Il est vraiment à croquer.

Je reste là un moment, à fixer ce gars aux yeux translucides. Je valide le choix. Nathan Lemaître... Il a bien un nom à faire grimper aux rideaux.

Une main s'installe brusquement sur mon épaule. Un hurlement sort de ma gorge, je me retourne soudainement, la paume sur le cœur.

— Putain, Alice ! Mais ça ne va pas de débarquer comme ça ! Tu veux ma mort ?

Elle contourne le canapé sans cesser de rire et dépose nos plats sur la table basse. J'enlève mes pieds et me mets en tailleur.

— Crois-moi, je serais plus discrète si je voulais tuer quelqu'un.

— Parfois, tu me fais flipper, soupiré-je en secouant la tête.

Quand on voit Alice pour la première fois, on sait d'emblée qu'elle ne se laissera pas marcher sur les pieds et qu'elle se défendra bec et ongles pour obtenir ce qu'elle veut. Avec son mètre quatre-vingt, sa taille marquée, son carré plongeant brun et ses yeux en amande, elle a une allure qui en impressionne plus d'un. Si sa règle d'un soir permet de préserver son cœur et celui de l'homme qu'elle choisit, rien ne les protège du fantasme sur pattes qu'elle représente pour certains d'entre eux. Malheureusement pour ceux-là, c'est un rêve inaccessible.

Will ne l'aimait pas. Il disait qu'elle me rendait trop rebelle... C'est justement pour ça que je l'adore. Alice est un feu intarissable, elle réchauffe les cœurs de ceux qui ont la chance d'être proches d'elle. Presque dix ans que nous sommes amies et elle ne m'a jamais déçue ; elle a toujours été là pour me mettre un coup de pied aux fesses quand j'en avais besoin, pour m'ouvrir les yeux, pour me faire croquer la vie à pleines dents, pour me faire rire à en avoir mal au ventre...

Pourtant, elle aurait pu être une personne plus... *éteinte*. Même si elle ne m'a pas raconté tous les événements qui composent son passé, je sais qu'elle a vécu l'enfer. Un enfer que personne ne devrait connaître. Elle et sa sœur Emi sont de véritables combattantes, des forces de la nature que j'admire plus que tout.

— Alice ? l'interrogé-je, plus sérieuse.

— Hum, prononce-t-elle, la bouche pleine de nouilles.

Je pose mon téléphone sur la table basse, oubliant complètement ce mec absolument délicieux et cette histoire d'accompagnateur. Je récupère à mon tour mon repas et m'adosse contre les coussins.

— Tu n'as jamais eu envie de te poser ? D'arrêter cette règle du « une fois, pas deux », et de coucher avec la même personne autant de fois que tu veux ?

Elle s'interrompt de manger, son regard s'est assombri et je culpabilise aussitôt.

— Cette règle me permet de vivre en sécurité, June. Sans ça, je me sens bien trop vulnérable pour coucher avec quelqu'un.

C'est toujours la même rengaine depuis que nous nous connaissons. Des coups d'un soir, par-ci, par-là, choisis avec minutie. Alice refuse de se poser avec quelqu'un, amoureuse ou non.

— Tu sais, reprends-je avec tendresse, j'ai eu Emi au téléphone la semaine dernière... Elle s'inquiète pour toi.

Sa bouche se tord dans une moue contrariée.

— Elle ne devrait pas. Je l'appelle très souvent, elle sait que je vais bien. Et puis, je retourne voir Chloé... Donc ça va.

Je tique. Si Alice retourne consulter son ancienne psy, c'est, au contraire, que ça ne va pas. Parfois, j'ai tendance à l'oublier, mais elle aussi, elle a perdu un ami très cher. Je me penche sur elle et pose ma tête sur son épaule avant d'oser demander :

— Est-ce qu'un jour, tu me raconteras ?

Plus de dix ans d'amitié et je n'ai jamais réussi à avoir le fin mot de son histoire. Elle refuse encore de parler de son passé. Et sa sœur suit le même schéma. Chaque jour, j'aimerais qu'elle puisse se confier à moi, librement, sans craindre de se sentir jugée.

Au fond, ce n'est pas une question de manque de confiance : c'est elle qui a peur de rendre ce qu'elle a vécu réel en le divulguant aux autres. Elle en a le droit, évidemment, et je ne me sens pas vexée qu'elle ne veuille pas m'en parler. Simplement, l'esprit peut s'alléger quand il se libère du poids de son passé. Et j'aimerais un jour voir Alice pleinement heureuse.

Nous continuons de manger dans un silence quasi religieux. Ce qui est bien dans notre amitié, c'est qu'on ne se sent pas obligées de parler pour combler le vide. On peut rester des heures ensemble sans jamais ouvrir la bouche, en faisant notre vie côte à côte.

— Dis, tu vas valider ton panier, hein ? Parce que ce gars a l'air vraiment très mignon. Et très baisable.

— Alice !

J'éclate de rire. Son franc-parler m'amuse toujours. J'ai peut-être glissé ce Nathan dans mon panier mais hors de question que je valide ça.

— Je te rappelle qu'il y a une clause très claire dans le contrat qui stipule, je cite « aucun rapport sexuel ne sera toléré ».

— Je pense surtout qu'ils ne veulent pas avoir de problèmes, argue-t-elle en soupirant.

J'acquiesce, contrite.

— Je ne le ferai pas, Alice. Je te l'ai dit, je veux y aller seule.

— Tu sais June, parfois, sauter dans le vide quand on a peur est la meilleure chose à faire pour vivre pleinement.

J'hésite. Elle le voit mais décide de ne pas insister et de me laisser réfléchir à ses paroles. Il est minuit quand elle met Netflix et qu'elle nous pelotonne dans des couvertures chaudes. Je cherche mon téléphone des yeux pour envoyer un message à mon père, mais ne le trouve pas.

— T'as déplacé mon portable ?

Alice confirme, nonchalante.

— Je l'ai mis en charge dans la cuisine. T'inquiète, ajoute-t-elle pour me rassurer.

J'acquiesce en la remerciant. Elle continue de regarder sa série pendant que je l'observe discrètement. Et lorsque, de la télé, surgit le prénom d'Albert, je cligne des paupières pour ne pas laisser les larmes me submerger. Alice le remarque et place une main réconfortante sur mon genou. La présence rassurante du vieil homme me manque.

Mes yeux se perdent dans le vague, la fatigue commence à m'appeler. Je sens Alice se lever du canapé et éteindre la télé, sûrement pour aller se coucher dans sa chambre. Je ferme les paupières et me laisse emporter dans les bras de Morphée.

Le brouhaha qui m'entoure me fait froncer les sourcils. Les gens sont emmitouflés dans de longs manteaux, cachés sous des parapluies. L'eau frappe férocement les vitres... et puis ça fait comme un tilt dans ma tête.

Je connais cet endroit ; je suis au café. Est-ce que je suis en train de rêver ?

— Ma chère Juny...

Je sursaute à cette voix. Sa voix. Je détourne vivement le regard des arbres orangés et de la pluie qui tombe à grosses gouttes pour croiser celui de mon ami... Celui que je considère comme mon grand-père d'adoption. Les larmes me montent aux yeux ; je les laisse couler en observant Albert. Il m'ouvre aussitôt ses bras et je m'y glisse, heureuse de le retrouver, même dans un rêve... Un rêve si réconfortant.

Après de longues minutes, je recule légèrement ; son visage semble fatigué, vieux, mais apaisé.

— Viens, m'invite-t-il en s'asseyant.

Je me joins à lui pendant qu'il place un café brûlant entre mes mains. Son regard me scrute comme celui d'un grand-père inquiet.

— Tiens, mange, fait-il en poussant un cupcake au chocolat vers moi.

Je souris légèrement puis picore quelques morceaux pour lui faire plaisir. Sa main se pose sur la mienne et il la serre doucement en me fixant de ses yeux verts.

— Tu as le droit d'avoir mal ici, chuchote-t-il en pointant mon cœur du doigt. Mais pars, June. Laisse-toi vivre un peu et pars découvrir le monde. La vie est une aventure et tu es en train de tout foutre en l'air.

Si mes larmes avaient séché, il n'en est plus rien maintenant. Elles coulent à nouveau et ne s'arrêtent plus.

— Tu crois ? demandé-je bêtement.

Il me regarde de travers ; je retiens un rire.

— J'ai peur de l'avenir, Albert... Peur de ne pas réussir à vivre une belle vie, peur d'avoir des regrets...

— Si tu ne pars pas, c'est exactement ce qui va se passer, ma petite. Tu as besoin de renouveau, de fraîcheur, de dépaysement... Tu n'as pas besoin de repenser à ce con ! Laisse-le là où il est et avance.

Je reste un instant bouche bée ; Albert n'est pas du genre à jurer. Je songe à ces derniers mois... à tout ce qu'il s'est passé. Peut-être qu'il a raison ? Je refoule une nouvelle vague d'émotions, mais Albert est là. Il prend mon visage entre ses mains et me lance un regard noir :

— Tu as suffisamment pleuré pour cette tête de nœud, June. Mange du sucre, ça absorbe les larmes, m'ordonne-t-il en me fourrant son cupcake entre les mains.

Je souris. Je souris et je mange.

Il me pince la joue, puis tapote mon épaule dans un geste affectueux.

Je sais que je te manque ma petite... Mais je serai toujours dans les parages pour te remettre sur le droit chemin.

Je sursaute dans mon sommeil et me réveille, des larmes s'échappent involontairement de mes yeux. Je les essuie doucement en me redressant dans le canapé. Bon sang... Ce rêve était si réaliste... Si doux. *Il me manque tellement...*

Les pieds sur le sol frais, je me lève pour trouver mon sac. En traversant le salon encore plongé dans le noir, mon petit orteil se cogne contre le pied de la table basse, je retiens un juron, mais par miracle, je retrouve mon sac. Mes mains s'enfoncent à l'intérieur, farfouillent et trouvent enfin l'objet de ma quête.

La lettre d'Albert.

Depuis que je l'ai lue, je la garde précieusement avec moi pour la relire chaque fois que j'en ressens le besoin. Les mots qu'il a utilisés ont un pouvoir magique sur moi : ils me remettent les idées en place et me font réagir. *Alors je la lis souvent...*

Je ne suis pas du genre à croire aux rêves lucides ou aux rêves messagers, bref... aux rêves. Mais là. J'en sais rien...

Je glisse mes mains dans les cheveux, puis je me masse les tempes ; cette histoire m'a perturbée. Le rêve plus que réaliste avec Albert, sa lettre... Ses paroles tournent en boucle dans mon cerveau, comme un mantra.

Partir. Partir découvrir le monde. Partir à Saint-Barthélemy... Peut-être qu'il a raison ?

June, tu viens de rêver d'un mort, arrête tes bêtises.

C'était un rêve, oui... mais ne dit-on pas que les rêves sont le reflet de notre subconscient ? Qu'ils nous font passer certains messages, qu'ils nous montrent la voie à emprunter ?

Je souffle longuement, essuie mes larmes et récupère les billets d'avion. À droite, je tiens la lettre d'Albert, à gauche, mon vol pour Saint-Barthélemy.

J'hésite, je pèse le pour et le contre, trouve plus de pour que de contre, mais n'arrive toujours pas à prendre une décision. Soudain, mon cerveau pète une durite, et une étrange euphorie s'installe dans mon corps. Je récupère mon ordinateur, m'assois dans le canapé et parcours mes mails pour retrouver ce qui m'intéresse.

« Avoir pour la lune de miel
de Will Paris & June Bennet - Sereno Hôtel ***** »

À la lecture de cette phrase, je sens la douleur revenir, mais Albert a raison ; j'ai assez pleuré pour lui... Je dois me relever, me battre pour moi-même, pour vivre pleinement.

En deux clics je scelle mon destin. En deux clics, je réserve ma suite *nuptiale* pour deux semaines de rêve sur l'île de Saint-Barthélemy.

CHAPITRE 4

NATHAN

Janvier

Je cours comme un dératé dans l'aéroport Paris-Charles de Gaulle. Je suis carrément à la bourre ! Bordel, pourquoi ai-je accepté ça ?

Je me souviens encore quand Sam m'a envoyé un SMS, il y a un mois, me disant qu'il aimerait que je teste une nouvelle fonctionnalité de son application. En tant que consultant stratégique et développeur de ses fameuses idées, je savais d'avance ce qu'il allait me demander...

Sa dernière lubie : apporter une nouvelle extension à son application, Find It, qui permettait déjà à des personnes de trouver des accompagnateurs ou accompagnatrices pour des événements, des sorties familiales...

Il a voulu offrir à ses clients la possibilité de partir en voyage d'affaires ou touristique avec quelqu'un. C'était une décision risquée et j'ai fait appel aux meilleurs avocats pour pouvoir protéger les clients et les Finders ; que ce soit pour des cas d'agressions, de vol, ou autres. Le contrat doit protéger toutes les parties.

« Teste cette nouveauté pour moi, Nathan. J'ai besoin d'un rapport complet dans lequel tu évalues les risques » m'a-t-il demandé presque suppliant.

Je n'ai pas tout de suite accepté. Je trouvais l'idée des voyages trop dangereuse. Dans le monde dans lequel on vit, les risques sont importants. J'ai travaillé d'arrache-pied pour assurer la sécurité de son projet, mais Sam ne me facilite pas la tâche avec ses idées loufoques. Surtout qu'il n'est pas mon seul client et que Find It n'est qu'une goutte dans un océan de boulot.

— Bonjour Monsieur, passeport et billet s'il vous plaît, me demande l'agente.

J'obéis sagement, sors mes papiers en vitesse et lui offre un sourire pour la remercier. Pendant une seconde, j'ai peur que mon billet ait été annulé, que tout ce voyage tombe à l'eau.

— C'est parfait, voici votre carte d'embarquement, je vous rends vos papiers et vous laisse mettre votre bagage sur le tapis.

Un soupir de soulagement traverse mes lèvres lorsque je vois ma valise partir en direction de l'embarquement.

— Bonnes vacances ! s'exclame la femme avant de passer à la personne suivante.

Je tique un instant avant de la remercier et de foncer vers le contrôle de sécurité. Je ne sais pas encore dans quoi je m'embarque, mais je doute que ces « *vacances* » soient de tout repos...

Mon téléphone vibre dès que je le rallume après les contrôles. C'est un SMS de Sam qui me souhaite « Bonne chance pour cette opportunité de rêve ».

Petit con.

Cette nouveauté sur Find It rencontre un véritable succès depuis son lancement, il y a un mois. En réalité, je ne pensais pas que les gens feraient autant confiance à notre application pour commander les services des Finders sur du long terme. Mais, quand on prend du recul, les risques sont aussi élevés qu'une rencontre sur Tinder. Et encore, sur Find It, nos clients et nos Finders signent un contrat à chaque commande, long terme ou pas.

Puis je la vois. Bordel, elle est là. Elle est assise face à la vitre et contemple l'avion : son visage donne l'impression qu'elle remet toute sa vie en question. Je crois que si on lui en donnait la possibilité, elle s'enfuirait à grandes enjambées.

Ce que je remarque aussi, ce sont ses longs cheveux roux bouclés ; elle est impossible à louper tant sa beauté illumine le lieu. En quelques pas, je suis près d'elle. Le plan, selon Alice, c'est que cette dernière lui a gentiment glissé un mot dans sa poche prévenant de mon arrivée mais que June devra l'ouvrir uniquement après avoir atterri. Sinon, elle fuirait en hurlant... toujours selon Alice.

J'ai fait connaissance avec Alice il y a quelques semaines, autour d'un café dans le centre de Paris. Normalement, les Finders et les commanditaires sont censés se rencontrer pour confirmer le match ou pas. Comme June Bennet n'est pas au courant de la mascarade qui se déroule dans son dos, c'est sa meilleure amie qui s'est chargée de l'interrogatoire. Et putain, cette femme est carrément flippante ! J'ai cru que j'étais questionné par le GIGN pour un acte criminel que je n'avais pas encore commis.

Le seul risque aujourd'hui, c'est que June me reconnaisse avant de monter dans l'avion et qu'elle fasse le lien avec Find It. Si cela arrive, je serai officiellement dans la merde.

Je me souviens encore du soir où j'ai ouvert l'application et découvert la toute nouvelle mise à jour des interfaces et l'annonce des « Séjours Find It ». Ce jour-là, j'avais passé une soirée compliquée avec ma famille, j'avais juste besoin de penser à autre chose. Alors j'ai regardé les personnes qui m'avaient ajouté dans leur panier et qui avaient passé commande. Je n'accepte jamais des contrats si ce n'est pas Sam qui me demande de tester quelque chose.

Là... j'avais deux bonnes raisons de le faire : la requête de Sam et la commande de June Bennet, l'ex-fiancée de Will.

CHAPITRE 5

Je cligne des paupières en regardant le tarmac, la lettre d'Albert à la main. Je la serre si fort que je crains quelques instants de la réduire en miettes.

June, il est temps d'avancer. Ce voyage marque un tournant dans ma vie, et je compte bien en profiter pour remettre les compteurs à zéro.

J'ai les yeux rivés sur l'avion en train de décoller, et je m'imagine dans quelques heures à la place de ces voyageurs. Sans pouvoir m'en empêcher, je souris, d'un sourire immense et franc... mais je suis aussi un peu fébrile.

Je n'en reviens pas. Moi, June Bennet, je suis en train de partir seule en lune de miel vers une destination de rêve.

Je me lève du siège lorsque le panneau d'affichage annonce le départ de mon avion, porte 8. J'ai pu passer la douane sans grande difficulté et laisser ma valise entre les mains du personnel de l'aéroport. Munie de mon sac à dos, je m'avance vers la porte d'embarquement lorsqu'une voix grésille dans le microphone.

— Mesdames, Messieurs, le vol A3457 en direction de Miami International Airport est retardé en raison d'une grève. Merci pour votre patience et veuillez nous excuser pour le désagrément.

Encore ! Cela fait des jours qu'ils sont en grève !

À travers mes yeux plissés, je dévisage les membres d'équipage Air France d'un œil mauvais. Je soupire de frustration, avant de récupérer mon téléphone pour consulter l'application, mais aucune information supplémentaire ne nous est transmise.

Une notification WhatsApp m'interpelle, je clique dessus et Alice apparaît tout sourire, devant la tombe d'Albert, un bouquet de tulipes à la main. Sa photo est accompagnée d'un message qui me fait pouffer de rire :

Selfie d'Albert, Jeannette et moi, sous le soleil des tropiques parisiens, on te fait des bisous ?

On pourrait trouver ma réaction un peu déplacée, mais en réalité, Albert aurait adoré me voir rire à cet instant. Un nouveau message s'affiche, toujours d'Alice :

J'ai glissé un mot dans ta poche mais tu n'as pas le droit de l'ouvrir avant d'être arrivée sur place, promets-le-moi ?

??? tapé-je en vitesse sur mon clavier avant d'ajouter :

... Bon, ok. Promis.

Elle serait bien capable de m'appeler en FaceTime pour vérifier que je n'ai pas lu son foutu mot. Mais je vais tenir parole et ne l'ouvrir qu'une fois sur place. Une promesse est une promesse. Aussi petite et insignifiante soit elle.

Je la préviens du retard de l'avion à cause de ces foutues grèves et elle ne trouve rien de mieux à dire qu'un simple Pourvu que t'arrives vivante. *Génial, merci Alice, tu es d'un grand réconfort.*

Je me rassois sur un siège libre. Nerveuse, je ne peux empêcher ma jambe de tressauter. Un homme brun installé en face de moi et lisant un journal, me lance un regard agacé. *Quoi ? Je libère mon stress, espèce d'idiot !*

Bon sang... Mais qu'est-ce que je fous ici ? Pourquoi ai-je pris cette décision ? Partir en solo, à l'autre bout du monde, en lune de miel ! Il faut être complètement folle pour faire ça ! Ou complètement désespérée...

— Mesdames, Messieurs, le vol A3457 en direction de Miami International Airport est finalement annulé. Nous vous invitons à vous diriger vers la porte 8, des hôtesses vous assigneront un nouveau vol pour Miami, dans la journée. Nous nous excusons du désagrément et vous remercions de votre compréhension.

Je souffle bruyamment, lève ma main vers mes lèvres et me ronge les ongles. En me dirigeant vers la porte, je râle dans le micro de mon téléphone, à l'attention d'Alice, pour lui expliquer la situation et lui exprimer mon envie de rentrer illico. Je devrais partir : la vie m'envoie un signe ...

Un ricanement dans mon dos interrompt le fil de mes pensées. Je me retourne. C'est le type qui m'assassinait du regard il y a quelques secondes. Il s'agit en réalité du mec le plus séduisant que j'ai pu observer dans ma courte existence.

— Pas la peine de râler autant, on est tous dans le même bateau, argue-t-il en me toisant de haut en bas.

Rectification : un beau connard.

— Pardon ? rétorqué-je, ouvertement agressive.

Il me lance un sourire amusé sans répondre. Je me retourne et tape du pied, contrariée. *Ce voyage était une mauvaise idée.* Je ressors mon téléphone de ma poche et envoie un énième message à Alice. À ce stade, c'est carrément du harcèlement.

« Je ne veux plus partir et un connard vient de me remettre à ma place juste parce que j'ai râlé un peu ».

Elle me répond en m'envoyant une photo d'elle, le regard noir, un doigt menaçant dans ma direction. Je m'apprête à répliquer sur le même ton avant de me retenir in extremis pour éviter que le con derrière moi n'en remette une couche. Néanmoins, j'envoie à Alice un dernier message.

« Si je rentre à la maison, tu feras quoi ? »

Sa réponse ne tarde pas :

« Je t'enverrai à Saint-Barthélemy par la Poste, dans un tout petit carton inconfortable et exigu, avec accusé de réception pour être sûre que le colis est arrivé à bon port. »

Je ricane nerveusement. *Ma meilleure amie est tarée.*

La queue jusqu'à la porte d'embarquement me semble interminable, mais par chance, Will avait réservé des billets en classe prioritaire. Évidemment, il détestait attendre des heures, alors il prenait toutes les options pour être traité comme un véritable roi. Une hôtesse vient vérifier les papiers de chaque voyageur. Je suis invitée, avec plusieurs autres personnes dont le type condescendant, à passer devant. *Les avantages du pass prio...* Les formalités s'enchaînent jusqu'à prendre le nouveau vol.

— Bonjour, nous allons procéder à la vérification de votre document d'identité et de votre billet d'avion, merci de vous placer dans la file d'attente en laissant les passagers en classe prioritaire passer en premier.

Je soupire à nouveau, soulagée cette fois-ci, et me place derrière un couple et leur bébé d'à peine trois ans. Une soudaine mélancolie me submerge et mes lèvres se pincent en les voyant s'embrasser. Ça aurait pu être moi... Je secoue la tête pour me reprendre. *Ce n'est pas le moment, June. Will ne voulait même pas d'enfant, et toi non plus, je te rappelle.*

Un sac me bouscule alors que je suis toujours dans ma contemplation. Je me retourne pour croiser de nouveau le regard du mec qui m'a engueulée tout à l'heure. *C'est fou, son visage me paraît familier... Peut-être parce qu'il est quelconque ? Bien sûr... Je suis ridicule.*

— Excusez-moi... Vous pouvez avancer au lieu de rêvasser ? me lance-t-il d'un air hautain.

Je me crispe, lui jette un regard noir avant de me retourner sans lui répondre. Néanmoins, j'avance de quelques pas pour éviter de gêner Monsieur...

On dit que l'ignorance est le meilleur des mépris n'est-ce pas ?

Je l'entends soupirer fortement et me retiens de lui balancer mon sac en travers de sa tronche parfaite. *Pourquoi fallait-il que cela tombe sur moi ?*

— Vous avez l'air tendue, constate-t-il d'une voix amusée.

— Et vous, vous avez l'air chiant, lui rétorqué-je sèchement.

Son rire résonne doucement au creux de mes oreilles pendant qu'un frisson me parcourt l'échine. Je prie intérieurement pour qu'il ne remarque rien. Est-ce que mon corps est en train de m'alerter sur un danger imminent en rapport avec cet homme ? Est-ce que c'est un dangereux psychopathe ? Est-ce que c'est mon instinct de survie qui se réveille et qui me demande de quitter cet endroit ?

Mon Dieu, June, respire.

La file se met doucement en mouvement, je me presse contre la famille pour éviter un quelconque contact avec l'énergumène dans mon dos. Il a beau être canon, il n'empêche qu'il a *vraiment* l'air chiant. Et je ne dis pas ça par mauvaise foi. Ce n'est pas mon genre...

Je fais semblant d'être sur mon téléphone pour qu'il comprenne que je me fiche de ses petits commentaires ; mon tour arrive rapidement. Je me presse devant le comptoir et tends tous les papiers à l'hôtesse. Je prends un air sidéré lorsque je me rends compte qu'elle ne me regarde pas du tout et qu'elle fixe l'homme derrière moi. *Sérieusement ?*

Laissant échapper un soupir agacé, je reporte mon attention sur la jeune femme : elle récupère mon billet, le scanne et me souhaite bon voyage en maintenant son regard sur lui. Merde, mais... Il l'a ensorcelée ou quoi ? Peut-être qu'il va aussi me lancer un mauvais sort ? Pourquoi ne fais-je pas demi-tour pour rentrer à la maison ? Pourquoi je me contente de lever les yeux au ciel et de m'engager dans le petit tunnel qui mène jusqu'à l'avion ?

Un steward m'accueille tout sourire et me guide immédiatement jusqu'à mon siège. *Première classe évidemment.* Will ne faisait jamais les choses à moitié. Impossible pour lui de voyager en économique. S'il savait que lors de mes années d'étudiante, je partais avec Alice, sac sur le dos et quelques sous en poche, faire le tour de l'Europe en train, il aurait gémi de dégoût.

Je lance un coup d'œil au siège vide à mes côtés et mon ventre se tord de douleur. Ça fait si mal de me dire qu'il aurait dû être là. Mes pensées s'assombrissent tandis que je fixe cette place qu'il aurait dû occuper.

June, évite de réfléchir, s'il te plaît. Contente-toi de respirer.

C'est là qu'un sac noir apparaît brusquement sur cette place, justement. Je relève les yeux.

Putain, mais qu'est-ce qu'il veut, lui ?

— Comme on se retrouve, s'amuse-t-il en rangeant son bagage dans le compartiment juste au-dessus de lui.

— Qu'est-ce que vous faites ?

— Ça ne se voit pas ? Je m'installe.

Je suis prise d'un rire nerveux avant de m'arrêter rapidement en remarquant son air sérieux.

— Cette place est occupée, insisté-je d'un ton sec.

— Ah bon ? me répond-il d'un air surpris. Pourtant, il y a ce numéro inscrit sur mon billet.

Il me le montre et je fronce les sourcils. J'avais oublié qu'Alice avait annulé le billet de Will... *Arrrgh ! Mais pourquoi a-t-il fallu que ça tombe sur lui ?* Je me ferme complètement pendant qu'il continue de ranger ses affaires. Ses bras sont élevés au-dessus de la tête faisant remonter son tee-shirt noir et apparaître un V parfaitement dessiné. *Agréable à regarder. Dommage qu'il ait l'air d'être un vrai trou du cul.*

— La vue est agréable ?

Je rougis violemment avant de le dévisager. Ses yeux bleu océan me rappellent vaguement quelque chose.

— Je regardais juste le gamin qui a l'air de vouloir pleurer pendant tout le vol, le contré-je d'une voix claire.

Il hausse les sourcils et j'ajoute :

— Juste derrière vous.

Il se retourne et observe par lui-même l'enfant dont la mère semble être au bord du gouffre. *Quel calvaire, ces gosses...*

Il sourit avant de s'installer sur le siège. Heureusement que les places en business class ont un séparateur car je sens que je vais en avoir besoin. Le pilote finit par annoncer le départ et mon voisin me lance un sourire.

— Prête pour grimper au septième ciel ensemble ?

Je le fixe, sidérée de son culot, tends la main et remonte le séparateur entre nous. Je ferme les yeux avec force afin de ne pas voir le décollage. Je l'entends ricaner et je grogne en guise de réponse.

Je sens que ces dix heures de voyage vont être insoutenables.

Les deux premières heures sont longues, mais étonnamment, le guignol qui me sert de compagnon de voyage ne pipe pas un mot. Je m'étais imaginé qu'il allait tenter de m'embêter en abaissant le séparateur, mais il semble que j'ai sous-estimé son degré de maturité.

Les hôtesses de l'air commencent à préparer les repas et passent dans les allées pour prendre les commandes. Je sursaute quand j'entends le son reconnaissable d'une vitre que quelqu'un fait descendre. *Je retire ce que j'ai dit...*

— Dites, je pensais qu'on pourrait partager notre repas. Comme des colocataires ? Après tout, on...

— Vous pensiez mal, rétorqué-je sèchement en remontant le séparateur.

Son rire résonne tout autour de moi et ma gorge s'assèche. Mes réactions corporelles ne sont pas normales, je dois couver quelque chose.

L'hôtesse dépose mon plat de Mac and Cheese. Oui, je suis ce genre de personne, celle qui prend le menu enfant Happy Meal au McDo, et non, je n'ai pas honte. Tout le monde se fait servir pendant que je m'empresse de commencer mes macaronis.

Le lourdaud à ma droite abaisse une nouvelle fois la vitre entre nous alors que j'ai la fourchette devant ma bouche.

— Vous avez quel âge ? demande-t-il en se faisant servir un verre de vin rouge.

— Vous me demandez ça parce que j'ai commandé le menu enfant ? Si oui, c'est vraiment un jugement à la con et j'aimerais que vous cessiez immédiatement de me fixer ainsi. C'est gênant, rajouté-je alors que son regard bleu scanne mon âme.

Ses yeux se plissent et sa bouche se tord dans un sourire moqueur.

— Vous êtes toujours aussi aigrie avec les gens ? me questionne-t-il en haussant les sourcils.

— Je vous demande pardon ?

Mes poings se serrent autour de mes couverts, je me racle la gorge d'énervement.

— Je disais...

— Et vous, vous êtes toujours aussi intrusif et exécrable ? le coupé-je brusquement.

Il glousse une nouvelle fois et remonte la séparation entre les sièges. J'ouvre la bouche, outrée d'une telle insolence. Je concentre mon attention sur l'écran devant moi pour me détourner de mes envies de meurtre. Quelques minutes plus tard et alors que je mâche mes délicieux Mac and Cheese, l'énergumène à côté de moi fait *de nouveau* glisser le séparateur.

— Vous pourriez me donner un peu de votre eau ?

Je me retiens de lever les yeux au ciel et me penche pour inspecter son verre rempli d'un liquide rouge.

— Vous ne buvez pas votre vin ?

Je chipote sur un détail mais cet être humain m'exaspère On dirait un enfant en bas âge qui a envie d'emmerder ses parents.

— J'ai envie d'eau.

— Et moi, j'ai envie qu'on me foute la paix.

Je récupère son verre et le remplis d'eau avant de le lui rendre et de remonter la vitre.

— Votre plat est bon ?

Mais c'est pas vrai ! Même avec ce foutu séparateur, il arrive à me faire chier.

— Oui.

— Vous ne me demandez pas si le mien est bon ?

— Non.

J'avale une gorgée d'eau...

— C'est dommage. Même si j'aurais préféré goûter autre chose, le cuisinier a très bien réussi mon hachis parmentier.

... et je la recrache presque aussitôt face au sous-entendu. Ses yeux me fixent si intensément que je sens mes joues rougir. Mes mains partent à la recherche de serviettes pendant que l'homme de Cro-Magnon à ma droite se marre. *Ce petit con !* Ses yeux parcourent mon visage rouge et un sourire satisfait habille ses lèvres.

— Allez au diable ! m'écrié-je le plus discrètement possible, pour ne déranger personne.

— Ah non. Je ne préférerais pas. Voyez-vous, l'enfer, ça n'a pas l'air très amusant, rétorque-t-il en attrapant son verre de rouge.

— Pourtant, je suis sûre que vous y trouveriez votre compte.

— Vous avez l'air vraiment aigrie comme personne. Tout à l'heure, je n'en étais pas totalement sûr, mais là...

Mais c'est pas possible ! Fous-moi la paix, espèce de gnome immonde.

— Je le suis, lui réponds-je calmement.

— Vous savez faire des phrases plus longues ?

Je retiens un sourire. *Merde.*

— Non.

— Hum. Si je puis me permettre...

— Je ne vous permets pas, le coupé-je aussitôt.

Notre joute verbale est tout sauf discrète et quelques regards, soit amusés, soit agacés convergent vers nous. Je leur souris, contrite, et fais mine de subir mon voisin névrosé.

— Je vais me permettre, argue-t-il pour mon plus grand bonheur. Je ne suis pas sûr qu'un verre de vin, du Château Cheval-Blanc qui plus est, soit bien assorti à votre plat.

Je repose mes couverts, m'essuie les lèvres, assez longtemps pour m'empêcher de hurler, avant de le toiser. Il me fixe avec un sourire en coin. Il est canon, *c'est clair.* Mais son insolence gâche tout. Et puis d'abord, qu'est-ce qu'il me veut ?

— Si je puis me permettre, et je vais me permettre, commencé-je en reprenant ses mots. C'est votre compagnie qui me donne envie d'être saoule. Alors, plus vous allez parler, plus je vais boire. Donc fermez-la.

Et je remonte la vitre.

— Vous serez plus aimable en ayant bu ?

— Non.

— Dommage. Je commençais tout juste à m'amuser...

Je perçois un sourire dans sa voix et remercie le ciel que le séparateur soit relevé pour qu'il ne puisse pas voir le mien. Il me reste encore huit heures à passer à côté de ce guignol. Je sens que je vais devoir me montrer patiente.

Le bruit des réacteurs bourdonne dans mes oreilles, je geins en me tournant sur le côté, savourant la chance d'avoir un lit dans un avion. Un coup d'œil sur mon téléphone m'indique que nous arrivons dans moins d'une heure. *Enfin... si tout va bien.*

Je me redresse, la bouche pâteuse, et tends la main pour attraper une bouteille d'eau dans le mini-frigo. *Oui, c'est vraiment le luxe jusqu'au bout.*

— Vous avez bien dormi ?

Je sursaute, la main sur le cœur, et lance un regard aussi noir que les enfers à celui qui vient de me parler. Il m'observe *par-dessus* la vitre ?

— On ne vous a jamais dit qu'il ne fallait pas surprendre les gens à leur réveil ? Ça peut déclencher des arrêts cardiaques... espèce de malade, lui réponds-je à voix basse.

Il se contente de sourire, dévoilant ses dents blanches et parfaites... enfin presque

— Vous avez un bout de salade, juste là, lui dis-je en montrant ma propre dent.

— Je n'ai pas mangé de salade.

Je fais la moue et rétorque :

— Alors ça doit être de la crasse.

Il ricane, se rassoit et abaisse le séparateur. Le sommeil m'ayant complètement quittée, je retire le masque de nuit que la compagnie m'a fourni et décide de lancer un classique : *Avengers : Endgame.* Quatre ans qu'il est sorti et je pleure toujours autant lorsqu'Iron Man meurt... je me torture davantage en mettant directement le combat final ; en une heure, c'est tout ce que je peux regarder.

Je perçois le regard de mon voisin penché sur mon écran, je le devance aussitôt :

— Si vous dites quoi que ce soit, je demande à l'hôtesse de vous changer de place.

Il fronce les sourcils, une moue contrariée sur le visage. Si je n'étais pas aussi remontée, j'en aurais profité pour admirer sa beauté. *Mais non. Je suis énervée.*

Il se lève, zieute les alentours et se replace dans son siège, satisfait.

— Il n'y a aucune autre place disponible. Dommage.

Je fronce les sourcils.

— Ô misère, vous seriez envoyé en classe économique ? m'exclamé-je en souriant.

Il ricane et explore le menu de l'écran en face de lui. Je l'observe, malgré moi.

— Vous voulez bien arrêter de me regarder en coin ? C'est dérangeant.

Alors là. C'est l'hôpital qui se fout de la charité.

Et puis merde, plus j'observe ses traits, plus son visage me dit carrément quelque chose.

— On ne s'est pas déjà rencontrés ? ne puis-je m'empêcher de demander.

Aussitôt, et vu son sourire, je regrette instantanément ma phrase.

— Croyez-moi, si on s'était déjà rencontrés, vous vous seriez souvenue de moi...

Ses allusions à moitié sexuelles me rendent complètement chèvre. Je ne comprends pas à quoi il joue, mais bordel, si ce type se comporte ainsi dans la vraie vie, je prie pour que sa descendance ne fasse pas baisser l'intelligence mondiale.

À défaut de lui répondre, je le fixe, la bouche entrouverte, outrée de son culot.

— Vous êtes vraiment...

— Beau ? Incroyable ? Aimable ? Intéressant ?

— J'allais dire horripilant. Vraiment très horripilant.

— Oh... murmure-t-il d'une moue contrariée, la main sur le cœur.

Je secoue la tête, sidérée par ce gars à la fois insupportable et légèrement, *très* légèrement, *amusant*. Je remonte notre séparateur au moment où l'hôtesse me demande de la descendre :

— Nous allons atterrir d'ici une trentaine de minutes, mademoiselle.

Impossible de négocier j'imagine...

Les minutes semblent des heures, et je suis soulagée d'entendre les applaudissements des passagers lorsque l'avion se pose sur le tarmac sans embûche. Aussitôt, les voyageurs s'activent, préparent leurs affaires, se lèvent pour récupérer leurs sacs de voyage et s'amassent vers la sortie. Seul mon voisin ne semble pas être... pressé. *Pour une fois.*

À peine ai-je mis un pied au sol que le soleil incandescent me brûle déjà la peau. Malheureusement, l'arrêt à Miami n'est que temporaire. Je n'ai qu'une petite heure avant de prendre ma correspondance, direction Saint-Barthélemy. Je fouille dans mon sac pour trouver mon second billet et mon passeport quand une voix *particulièrement* insupportable m'interrompt brusquement.

— Décidément ! Vous, moi, c'est le destin, ricane-t-il dans mon oreille.

Je sursaute et pose une main sur mon cœur. Il rit de ma réaction et un nouveau frisson me parcourt. En revanche, il ne fait aucun commentaire, et j'en suis ravie. Le trajet de Miami à Saint-Barth ne dure qu'une petite heure dans un avion bien plus étroit que le précédent. Il ne pipe pas un mot, certainement moins à l'aise à cause de l'exiguïté de l'appareil et de la proximité avec les autres passagers. *Ce qui arrange bien mes affaires.*

Le vol se déroule sans problème, pas de grève des membres de l'équipage, je suis vivante et bien portante. *Alléluia.* L'avion se pose sur le tarmac et je suis déjà émerveillée par la beauté des paysages, l'eau translucide, la végétation verdoyante : tout est absolument magnifique et j'ai hâte de me prélasser au bord de cette plage de sable blanc.

Je récupère enfin ma grosse valise – l'une des dernières à arriver sur le tapis, évidemment – et sors rapidement de l'aéroport pour rejoindre la navette qui mène directement à l'hôtel. Je suis pressée de découvrir cet endroit, alors je marche vite et énergiquement. Je me place aussitôt dans la courte file de voyageurs tous plus chics les uns que les autres. *Ont-ils vécu le même vol que moi ?* Mon visage a un air de panda grincheux, mes fringues ne ressemblent plus à rien et j'ai les pieds si gonflés que je ne pense même pas pouvoir retirer mes foutues baskets.

Après avoir cédé ma valise au chauffeur du bus, je grimpe à l'intérieur et me place en première ligne. Je suis toujours malade quand je ne vois pas la route. Le trajet sur la terre ferme aurait pu être agréable, si je ne venais pas de tomber nez à nez avec mon voisin de cabine, la mine joyeuse, l'air de sortir tout droit d'un magazine.

— Dis donc, vous ne voulez plus me lâcher ! Vous êtes tellement sous mon charme que vous vous sentez obligée de me suivre partout ?

Je pivote vivement vers lui et pointe un doigt accusateur dans sa direction :

— Je suis arrivée la première, par conséquent, c'est vous qui me suivez.

Il a l'excellente idée de s'installer à mes côtés et de me sortir l'excuse de « je suis malade en voiture ». *Je refuse d'y croire. Je refuse d'avoir ce point commun gênant avec lui.*

Je me pince l'arête du nez. *Bon sang, mais pourquoi l'univers s'acharne-t-il ? Pourquoi a-t-il fallu que nous ayons la même destination et pire... le même hôtel !*

— Ça va être sympa, s'exclame-t-il, tout sourire.

C'est ça. Ça va être l'éclate.

CHAPITRE 6

Nous traversons des paysages absolument incroyables. Entre la chaleur de l'île, les palmiers et l'eau turquoise, on se croirait en plein rêve. Écouteurs dans les oreilles, musique relaxante à fond, je me laisse bercer par ces routes de bord de mer et je sens l'excitation me gagner lorsque le conducteur annonce notre arrivée imminente.

Le Sereno Hôtel est luxueux ; l'un des plus luxueux de l'île à vrai dire. C'est la mère de Will qui l'avait choisi tandis que moi, j'avais proposé une escapade en bateau pour faire le tour des Antilles... *C'est évidemment le choix de sa maman chérie qui a primé.*

Bon. Je ne vais pas trop râler vu que je profite de cet endroit presque gratuitement pendant deux semaines.

Le bus s'immobilise : je descends la première, sans me soucier du guignol à mes côtés, et je remercie le chauffeur qui me tend ma valise – plus lourde que moi – avant de me presser vers la réception. J'aimerais éviter la queue et récupérer ma chambre au plus vite. Histoire de me jeter dans l'eau comme il se doit.

Bizarrement, mon voisin de voyage ne m'a pas adressé la parole une seule fois depuis l'aéroport. *Ce n'est pas comme si j'avais envie qu'il me parle.*

Je sens sa présence derrière moi et me crispe légèrement.

— Un effort, très chère... vous ressemblez à un zombie, chuchote le petit con de service juste derrière moi.

Évidemment, le calme ne dure jamais trop longtemps. Je le fusille du regard et écrase *accidentellement* son pied. Son gémissement de douleur sonne comme une douce mélodie à mes oreilles et je souris à l'hôtesse qui nous observe d'un drôle d'air. Il s'éloigne quelques secondes plus tard pour répondre à son téléphone qui ne cesse de sonner depuis cinq minutes.

Je me place derrière un jeune couple également en lune de miel. *Enfin... je ne le suis pas, mais... j'aurais dû... Bref.* Je chasse ces pensées encombrantes d'un mouvement de tête et me rapproche du comptoir lorsque le couple ressort de l'accueil, bras dessus, bras dessous. Je me présente avec un léger sourire :

— Bonjour. J'ai une réservation au nom de June Bennet.

Ces dix heures de vol avec un mec exécrable pour compagnon de voyage m'ont réduite à une seule émotion : l'épuisement le plus total. Tout ce dont je rêve, c'est de plonger dans l'eau ou dans mon lit, au choix.

— Il me faut votre carte d'identité pour la réservation, ainsi que celle de votre mari, me demande-t-elle, le nez penché sur son ordinateur.

Je déglutis et lâche un faible « Hmmm » avant de tiquer sur sa phrase. Je lui tends ma carte, elle la scanne et me la rend presque aussitôt. Ses yeux font des allers-retours entre mes mains et mon visage, l'air d'attendre celle de mon *mari*, je déglutis.

— C'est-à-dire que... Nous avons eu quelques problèmes récemment et je serai... seule.

Elle se redresse subitement et me fixe, soudainement gênée.

— Je... je suis désolée Madame Bennet, commence-t-elle, ces chambres sont réservées uniquement aux lunes de miel... Et certaines des activités que vous avez réservées aussi... Nous pouvons peut-être vous surclasser, mais nous serons obligés d'annuler l'ensemble du programme prévu. Lorsque nous vous avons appelée il y a trois jours, pour confirmer votre venue, vous avez dit que votre mari serait finalement là.

Je sens l'incompréhension voiler mon regard. *C'est quoi ce bordel ?* Je n'ai jamais eu d'appel de leur part.

— Chérie, je suis là ! intervient une voix dans mon dos.

Qu'est-ce qu'il...

— Bonjour !

Le petit con de service ne me laisse pas le temps d'en placer une et louche sur le décolleté de la femme pour déchiffrer son nom.

— Joséphine, très joli prénom. Je suis le mari ! Désolé pour le retard, vraiment.

Il lui tend sa carte d'identité, elle répète le même processus d'un œil soupçonneux. Quand elle la repose sur le comptoir, je suis plus rapide que lui et la récupère pour lire son nom. Le doute s'est maintenant infiltré en moi : je dois savoir. L'employée derrière le comptoir louche sur ma main gauche, dépourvue de bague, et cette fois, son air suspicieux s'affirme.

— Lemaître... Nathan Lemaître, chuchoté-je, un air ahuri rivé sur lui.

— Pour vous servir, chérie... murmure-t-il alors que je suis toujours sous le choc.

Ma respiration s'accélère, je panique. *Non, non, non. Alice, je vais te tuer !*

Cette sensation de déjà-vu... ces yeux. Mais oui, je me souviens ! Comment ai-je pu être si bête ? *Ce n'est pas possible... elle n'a pas fait ça ? Si ?*

Je ne calcule plus l'hôtesse, je laisse le dénommé Nathan gérer et je récupère enfin le mot dans ma poche. Ce putain de mot que ma meilleure amie m'a interdit de lire avant d'arriver à destination. *Pour être sûre qu'il prenne l'avion avec moi.*

Je déplie le petit papier et reste sidérée : *Tu l'as ajouté à ton panier, je n'ai fait que le valider... Éclate-toi bien entre deux palmiers ;)*

Elle. L'a. Validé.

Il récupère sa carte de ma main droite et me fait un signe discret, l'air de dire « Décoincez-vous, vous allez tout faire foirer ». Je reste figée, incapable de prononcer le moindre mot si ce n'est insulter mentalement ma meilleure amie de tous les noms d'oiseaux que je connaisse.

— On dirait qu'elle a vu un fantôme, dit l'employée à mon « mari ». Est-ce que vous allez bien, Madame ?

— Oui, oui, répond-il à ma place en prenant ma main. Ma femme est très fatiguée du voyage, elle n'a plus toute sa tête.

La prénommée Joséphine laisse échapper un rire nerveux, mais le charme naturel de Nathan semble opérer à merveille, elle n'insiste pas. *Sérieusement ? Elle n'a même pas vu que le nom de famille était différent !*

Je regarde l'hôtesse, j'hésite à lui révéler que je ne connais pas cet homme... mais la rassure finalement d'un sourire. Je lui dirais quoi ? « Oh ma meilleure amie a réservé ce mec pour me tenir compagnie pendant ces deux semaines, à la place de mon mari qui ne l'est jamais devenu, ha ha ? »

Bordel... Quel merdier.

Monsieur mon soi-disant mari récupère les cartes électroniques de la suite et me tire jusqu'à la sortie en souriant, comme si tout ce cirque était tout à fait normal. Je m'arrache à sa poigne dès l'instant où nous sommes dehors.

— Vous ? m'écrié-je la bouche grande ouverte.

Il ricane.

— Moi.

— Vous...

— Oui ?

— Vraiment ? C'est *vous* ? insisté-je pour être sûre.

— Je vais finir par croire que vous avez un pet au casque à force de répéter la même chose, se moque-t-il, les bras croisés sur son torse.

— Vous n'avez pas tout à fait la même tête que sur votre profil ! Vous... avez changé ! Bon sang, si je vous avais reconnu plus tôt, vous ne seriez pas monté dans cet avion.

Les muscles de ses bras tendent son tee-shirt et... *Rien ! Et rien du tout.* Outrée, je fronce les sourcils de mécontentement. Un bagagiste s'approche pour récupérer nos valises et les placer sur un portant. Nathan prend soin de ne pas répondre à mon attaque.

— Excusez-moi, puis-je vous accompagner à votre suite ? demande l'employé, incertain.

— Oui, mais lui, il ne vient pas. Je prends ma chambre *seule*, insisté-je en le regardant droit dans les mirettes.

Nathan écarquille les yeux et attrape mon bras pour me tirer sur le côté.

— Un instant je vous prie, je dois parler avec ma femme, lance-t-il avec un sourire tendre.

Faussement tendre, bien sûr.

Le porteur nous observe, perplexe. Il ne comprend visiblement rien à la scène qui se déroule sous ses yeux. *Évidemment, nous sommes censés être mariés, putain.*

— Vous êtes idiote ou quoi ? J'essaie de sauver vos vacances, là... s'énerve Nathan à voix basse. Oui, j'ai les cheveux plus longs et une barbe plus fournie, mais de là, à dire que je ne ressemble pas à mon profil, vous devriez songer à investir dans des lunettes, ma chère...

Je sens une expression contrariée se dessiner sur mon visage, avant de répondre du tac au tac :

— Arrêtez ce petit jeu tout de suite. Vous allez prendre un vol retour pour Paris et me laisser ici, seule, c'est clair ?

Il secoue la tête.

— Le contrat a été signé, je reste, que ça vous plaise ou non.

Un cri d'agacement s'échappe de ma gorge et je tape du pied comme une enfant.

— Mais je n'étais même pas au courant de ce putain de contrat ! Ni même de votre venue !

— Eh bien, c'est dommage pour vous, mais je suis là. Et arrêtez d'agir comme une enfant, on est censés être un jeune couple marié et heureux.

— Mais on ne l'est pas !

— Eh bien, jouez le jeu ? s'écrie-t-il à son tour.

Je respire profondément avant d'adresser au porteur de bagages un regard qui se veut rassurant.

— On arrive, lui lancé-je à la volée.

Nathan sourit à son tour, et *merde*, il est vraiment beau, ce con.

— On va aller dans cette foutue suite et on va trouver une solution pour casser ce contrat et vous renvoyer chez vous, lui dis-je, la tête haute.

D'une oreille, je l'entends soupirer, mais il me suit sans rechigner. Nous rejoignons le bagagiste qui nous conduit aussitôt à notre suite. Nous traversons plusieurs chemins entourés de végétation luxuriante, d'adorables maisonnettes blanches et nous arrivons devant le plus grand pavillon.

— Jouez le jeu, me murmure Nathan dans mon dos avant de me saisir la main.

La chaleur que dégage son corps me fait frissonner ; je me crispe pour qu'il ne remarque rien avant de le pousser pour qu'il atterrisse dans les plantes. Il évite la chute avec une aisance déconcertante, et garde sa main bien accrochée à la mienne. *S'il était tombé, j'aurais dégringolé avec lui. Bon...*

L'employé s'arrête enfin devant un grand chalet en bord de mer, entièrement clôturé pour éviter les regards curieux. Un portillon extérieur et une porte principale apparaissent, abrités sous des arbres. Par-dessus la barrière, je sens des effluves marines et devine la vue imprenable sur la mer.

— Voici votre résidence pour les deux prochaines semaines, déclare le jeune homme d'un air étrange.

— Merci, articulé-je aussi gentiment que la situation me le permet.

Le bagagiste s'efface, et Nathan me tend la clef électronique.

— À vous l'honneur...

Alors là... Il me laisse une occasion en or que je compte bien saisir.

J'agite la carte magnétique de la résidence sous ses yeux avant de l'insérer dans la serrure. J'inspire, ouvre brusquement la porte et m'empresse d'y entrer en refermant derrière moi.

Je m'apprête à pousser un soupir de soulagement lorsqu'un gémissement de douleur me parvient aux oreilles. Ce con a glissé son pied dans la porte. *Bien fait.*

— Putain ! je l'entends murmurer. Laissez-moi entrer, bordel ! On a l'air de deux idiots.

Je souffle et lui lance un féroce « non » à travers la porte que je tente de maintenir fermée tandis qu'il pousse de toutes ses forces. *Putain, il a raison, on a vraiment l'air de deux gamins qui se disputent pour un jouet.* Je laisse échapper un gloussement. Il arrête de bouger.

— Vous avez ri, commente-t-il, étonné.

— Non, grogné-je pour le contredire.

Sentant qu'il n'appuie plus contre l'encadrement, je me décale un peu. Soulagée de pouvoir reposer mes muscles, je jette un œil à la pièce pour admirer l'endroit, mais je suis subitement bousculée par la porte qui s'ouvre en grand. Je me cogne contre le mur et crie avant de l'insulter lorsque je le vois entrer.

— Vous m'avez broyé le pied. C'est donnant-donnant, rétorque-t-il en souriant.

Je lève les mains au ciel en signe d'abandon et le laisse finalement entrer.

Tu fais chier, Alice.

Je me détourne de son regard océan et contemple enfin la suite. De l'extérieur, le bungalow laisse penser que son intérieur est rustique, mais je me trouve dans une pièce luxueuse. Assez épurée pour se fondre dans le décor paradisiaque de l'île, mais suffisamment chic pour paraître hors de prix. Je fais quelques pas pour découvrir le reste des lieux : à ma droite, un petit salon dont le canapé bleu me fait de l'œil ; face à moi, une longue baie vitrée qui donne directement sur la terrasse et la piscine, puis la mer, presque transparente. À ma gauche, une voûte sépare les deux parties de la suite et laisse apparaître un lit somptueux, qui semble d'ailleurs m'appeler. Entièrement décorée d'hibiscus, des fleurs qui poussent dans les Antilles et dont l'odeur dégage des senteurs fruitées et musquées, la chambre a été spécialement agrémentée pour un jeune couple de mariés...

— Loin de moi l'envie de vous interrompre dans votre petite méditation, mais j'aimerais passer... déclare l'ingrat derrière moi.

Je me décale et le jauge avec froideur.

— Vous !

Il éclate de rire et je dois avouer, un peu à contrecœur, que son rire est charmant.

— Encore ! Oui, c'est toujours moi.

Je lâche un bruit entre le sanglot, le rire et le grognement et profite de son inattention pour lui lancer un coussin de fauteuil au visage.

— C'est hors de question que vous me gâchiez mes vacances.

— Je ne compte pas gâcher vos vacances, je suis là pour vous tenir compagnie, riposte-t-il en s'avançant dans la pièce.

— Je n'ai pas besoin de compagnie. Vous n'êtes pas un chien qui doit rester à mes pieds ! hurlé-je.

Il ne répond pas et me dévisage avec défi. Je prends conscience que mon accès de colère ne nous mènera à rien.

— Écoutez, je suis là pour profiter de la plage, du soleil et des cocktails... vous pouvez prendre un vol retour et oublier toute cette histoire ? S'il vous plaît, tenté-je de l'amadouer.

— Malheureusement pour vous, je ne suis pas un chien, lance-t-il durement en se levant, je n'obéis à personne, donc non, je ne rentrerai pas. Et nous sommes censés jouer le couple d'amoureux transis qui vient tout juste de se marier. Vous vous rappelez ? Pour profiter de cette superbe suite mais surtout pour toutes ces activités hors de prix que *vous* avez payées, pour la plupart ! Je reste, que je vous tienne compagnie ou non, enchaîne-t-il en s'approchant de moi à pas de loup.

— Comment savez-vous que j'ai payé ?

— Votre meilleure amie.

— Évidemment.

Je fais un pas en arrière.

— Ça peut être agréable, non ? suggère-t-il en esquissant un léger sourire.

— Il y a une clause qui mentionne une interdiction sexuelle dans votre foutu contrat.

Son rire éclate à nouveau tout autour de moi.

— Je ne vous parlais pas de rapport sexuel, mais je vois à quoi vous pensez au moins, ricane-t-il en s'éloignant.

— Non, je... Votre phrase était ambiguë ! m'exclamé-je en posant mes mains sur mes hanches.

Il rit encore en allant explorer la suite. Son sifflement parvient à mes oreilles quand il découvre, probablement, la salle de bains.

— On comprend mieux l'intitulé « suite nuptiale », argue-t-il tout sourire.

Curieuse, je le rejoins en deux enjambées et passe ma tête par-dessus son épaule. *Putain de m...* La chambre était déjà incroyable, mais la salle de bains ! C'est quelque chose. Une immense baignoire, qui fait probablement Jacuzzi, trône en plein centre de la grande pièce, face à une baie vitrée qui donne sur la mer. À gauche, une douche à l'italienne carrelée à plusieurs jets, un siège pour s'y asseoir et, à ma droite, deux vasques et un gigantesque miroir lumineux... Bref, le rêve. Les tons beiges donnent au lieu un tel faste que c'en est presque indécent. *Mais qui se refuserait un tel luxe quand c'est gratuit ?*

— Bon, commence-t-il en frappant dans ses mains, si ça ne vous dérange pas, je préférerais prendre le côté gauche, je dors mieux de ce bord-là.

Je reste pantoise.

— Je vous demande pardon ?

— Je vous pardonne. Du coup, ça vous convient ?

— Je crois que vous n'avez pas bien compris Nathan. Vous rentrez chez vous.

Il m'ignore, passe à côté de moi et s'allonge sur le côté gauche du lit.

— Qu'est-ce que vous faites ! Dégagez de mon lit !

Je lui balance le premier coussin qui me tombe sous la main.

— Allez, sortez de là ! m'écrié-je à bout de souffle.

Mes cheveux se sont échappés de mon chignon et me couvrent à moitié le visage. Je soupire et lui envoie une énième fois un coussin dans la tronche. Il rit si fort que j'en viens à sourire à mon tour, mais je me reprends rapidement.

— En bon gentleman, je me devais de tester la marchandise pour vous, s'excuse-t-il en levant les mains en l'air.

Je me masse les tempes, sentant un mal de crâne pointer le bout de son nez. Je finis par m'asseoir du côté droit en le défiant d'un œil mauvais.

Ses bras sont repliés sous sa tête, ses muscles ressortent, la chaleur dilate leurs veines apparentes et je louche dangereusement sur elles. *Putain, les bras, c'est vachement sexy quand même.* Je me gifle mentalement et me dépêche de détourner le regard.

— C'est vraiment paradisiaque... souffle-t-il, admiratif, les yeux fixés sur le paysage.

Je hoche la tête même s'il ne me voit pas. Je soupire, me relève et commence à ranger mes affaires dans le dressing à côté du lit.

— Vous allez prendre tout le dressing ? m'interroge-t-il avec un sourire.

Mes sourcils s'arquent dans sa direction avant de dévier sur la pièce dans sa globalité.

— Vous n'avez qu'à vous prendre une chambre ! Vous aurez un dressing entier pour vous !

Je souris, pas peu fière de mon stratagème. Il secoue la tête et je déchante immédiatement.

— Nous sommes censés être en lune de miel, contre-t-il d'une voix claire.

— Personne ne nous connaît ici. Qui oserait dire quoi que ce soit ?

— Visiblement, le personnel de l'hôtel qui, au vu de votre petite scène de tout à l'heure, émet des doutes à notre encontre. Je vous rappelle que vos précieux avantages de jeunes mariés sont en jeu.

Je ne réponds pas. D'un côté, il n'a pas tort... Poings sur les hanches, je le considère avec dédain, j'ai la fâcheuse impression de disputer un enfant.

— Quoi qu'il en soit, je reste ici. Find It... rappelez-vous.

Je me place devant lui et pointe un doigt accusateur sur son torse.

— Je vous l'ai déjà dit, c'était une erreur ! Je n'ai jamais commandé personne.

— Votre meilleure amie, si.

— Pas moi, justement !

— C'était avec votre compte. Même si c'est votre copine qui a validé le panier, vous êtes, aux yeux de la loi, celle qui l'a validé.

— Oui, et elle va m'entendre là-dessus !

Il ricane en secouant la tête.

— Elle m'a prévenu que vous tenteriez par tous les moyens de me mettre dehors.

Je reste sidérée sous le coup de ses paroles.

— Fermez votre jolie bouche et laissez-moi vous dire une chose, rétorque-t-il avant même que je n'aie pu prononcer un mot. Si vous aviez vraiment voulu me faire rentrer en France, vous auriez informé Joséphine que vous ne me connaissiez pas, que j'étais un stalker ou un pervers.

— J'étais sous le choc ! rouspété-je.

— Alors vous auriez pu le dire au bagagiste. Que je n'étais pas votre mari... mais vous ne l'avez pas fait.

Il se lève, s'approche de moi et effleure ma joue de sa main pour remettre une mèche derrière mon oreille. Je fais un mouvement afin de mettre une distance entre nous.

— Je parie que je saurai me débarrasser de vous aussi facilement qu'une épine dans le pied, fulminé-je en rangeant ma valise.

— Je suis une épine très tenace.

Je me mords la joue pour éviter de rire.

— Vous êtes énervant comme type, lancé-je, venimeuse.

— Et vous exaspérante.

Une grimace inquisitrice s'installe sur mon visage.

— Qui me dit que vous n'êtes pas un dangereux tueur en série ? Ou un cannibale ? Ou un simple *trou du cul* ?

Son rire résonne dans la pièce et je ravale un sourire satisfait.

— Vous pensez vraiment que votre meilleure amie, *la mère poule*, vous aurait laissé avec quelqu'un qui n'est pas digne de confiance ?

— Vous l'avez rencontrée ? demandé-je surprise.

Il hoche la tête :

— Une dizaine de fois, au moins. Elle est très... *exigeante.*

Il a hésité sur son dernier mot, cela me fait rire.

Il est clair qu'Alice ne m'aurait jamais laissé sur un terrain miné. Elle a déblayé le chemin pour moi et j'en suis rassurée. Mais d'un autre côté, j'ai beaucoup regardé *Esprits Criminels.*

— Elle n'a peut-être pas décelé votre côté tueur...

Je penche la tête sur le côté et l'observe attentivement, à la manière d'un détective.

— Si cela peut vous rassurer, les équipes de Find It fouillent notre vie de fond en comble pour éviter ce genre de situation... Et il n'y a jamais eu de problème en cinq ans. Les conditions sont simples : accompagner le commanditaire durant l'événement de son choix, seulement si les dates proposées correspondent à nos disponibilités. Nous devons être agréables avec la personne, discuter, rire et créer des liens.

Il plonge son regard océan dans le mien et ajoute avec un rictus :

— Les rapports sexuels sont bel et bien interdits avec nos clients.

Je le fixe, toujours aussi suspicieuse.

— Vous faites ça depuis longtemps ?

Il secoue la tête, l'air étrange.

— C'est, disons... occasionnel.

Je lui lance un regard vigilant et pars finir de plier mes vêtements dans les étagères.

— Voilà, soupiré-je une fois ma valise vidée.

Je jette un regard vers mon colocataire avant de lui pointer du doigt une minuscule partie dans l'immense dressing.

— Ici, c'est votre emplacement pour ranger vos petits effets personnels, Monsieur, argué-je d'un air hautain.

Il me regarde, toujours la main derrière la nuque, adossé nonchalamment contre la tête de lit et alors que je m'attends à ce qu'il m'envoie une nouvelle fois bouler, il prononce faiblement :

— J'adore quand vous m'appelez « Monsieur »...

Je rougis immédiatement et lui fais un doigt d'honneur. *Trou du cul.* Je passe à côté du lit sans lui accorder la moindre attention et récupère mon téléphone dans mon sac.

— Je vais incendier Alice, n'hésitez pas à quitter les lieux entre-temps, ajouté-je, glaciale.

Bon sang, je peux vous assurer qu'Alice va m'entendre hurler de l'autre bout du globe.

Je m'assois au bord de la piscine, face à la vue imprenable de l'océan. Le bip de la sonnerie ne dure qu'un court instant. Je reconnais la voix de ma meilleure amie qui me lance un « Hello » langoureux. Je lui réponds d›un grognement à travers le combiné.

— Je te déteste, lui lancé-je sans en penser le moindre mot.

— Impossible, me rétorque-t-elle, guillerette.

Je déteste le fait qu'elle ait raison et je déteste aussi le fait qu'elle soit si contente de son stratagème. Je me tais pour paraître en colère.

— Juny, je t'ai offert l'occasion rêvée de remettre en route la machine, remercie-moi, s'il te plaît.

Je manque de m'étouffer lorsqu'elle prononce ses mots.

— Alice, j'hésite fortement à te faire rôtir comme un cochon sur la place publique ou à te brûler vive avant d'exposer ton corps carbonisé au Louvre.

Elle éclate de rire sans pour autant me répondre.

— Pourquoi t'as fait ça, geins-je en plongeant une main dans l'eau. Je voulais prendre du temps pour moi, résultat ? Je suis bloqué avec ce gars tout droit sorti des magazines *Playboy*...

— À vrai dire, je pensais que tu allais lire le mot dans l'avion... chuchote-t-elle, d'une voix suave. Alors, c'est lui qui t'a remis à ta place parce que tu râlais à l'aéroport ?

— Je te hais, la coupé-je en souriant malgré moi.

— Juny, Juny, Juny... J'ai vu ton regard s'illuminer lorsque tu es tombé sur lui sur l'appli...

Je n'ai pas le temps de l'interroger qu'elle reprend :

— Ça fait des mois que tu as ce regard vide... Tu aurais vu tes yeux ce soir-là ! Je repère ça à des kilomètres et crois-moi, tu as flashé dessus.

Je grogne en guise de réponse.

— On n'a pas le droit de coucher ensemble, rétorqué-je en lui rappelant cette histoire de clause.

— Ah oui, c'est vrai. Bah, qui va vérifier ?

Je secoue la tête, même si elle ne peut pas me voir.

— Et puis putain, Alice ! Comment as-tu pu me laisser partir avec un inconnu ? Il aurait pu me tuer à la première occasion ! m'exclamé-je en faisant des grands gestes dans le vide.

— June, tu regardes trop Netflix... je l'ai rencontré au moins... une centaine de fois pour être sûre.

Je lève les yeux au ciel... *Mais oui, bien sûr, Alice... Une centaine de fois !* Elle s'arrête un instant avant d'ajouter d'une voix sérieuse :

— Tu sais à quel point je suis une bonne détective, rassure-toi, j'ai mené mon enquête et il est *clean.*

— *Clean* à quel point ? je lui demande, curieuse.

— *Clean* au point que tu pourrais te le taper sans capote. Mais ne le fais pas évidemment, je ne veux pas de bébé Juny qui court partout dans mon appart, ajoute-t-elle précipitamment

Je m'empourpre et toussote légèrement. Elle soupire.

— Écoute June, il n'est là que pour te tenir compagnie... pour être ton ami si tu préfères... Je lui ai précisé que tu sortais d'une relation merdique et...

— Génial, la coupé-je soudainement. Putain, Alice, franchement tu fais chier !

— T'as vingt-huit ans, June, bordel ! Éclate-toi au lieu de râler, souris au lieu de pleurer et vis ta putain de vie !

— Je... commencé-je, la voix chargée de colère.

— Non, c'est toi qui vas m'écouter, June. J'ai passé ces sept derniers mois à me demander dans quel état tu allais finir. Tout s'est accumulé, je te voyais sombrer de plus en plus ! La mort d'Albert n'a rien arrangé, je ne savais plus quoi faire.

Elle souffle longuement avant de continuer sa tirade :

— L'étincelle que j'ai perçue dans ton regard ce soir-là... c'était l'espoir que j'avais perdu à force de te voir dépérir. Alors, oui, j'ai validé ce putain de panier parce que je compte bien que ce gars te fasse retrouver le goût de la vie. Et je ne suis pas désolée de l'avoir fait !

Je suis tellement sur le cul que je ne trouve rien à répondre. J'entends son souffle erratique contre le combiné et je cherche les bons mots pour ne pas tout faire foirer sous le coup de la colère. Je passe une main dans mes boucles rousses et enlève l'élastique coincé dedans.

— Je ne te garantis rien. J'ai besoin d'être seule et qu'il soit là n'y change rien, Alice. Tu aurais pu respecter mon envie de solitude, de passer cette dernière épreuve et d'en finir avec le passé. Je suis en colère.

— C'est bien, réplique-t-elle. Au moins, ces antidépresseurs n'ont pas flingué toutes tes émotions. Bientôt, tu seras amoureuse.

— Alice ! Ce n'est pas drôle, m'écrié-je.

— Je ne rigole pas, June. Tu te serais vue à travers mes yeux, crois-moi, tu aurais tenté le tout pour le tout. Je te connais... reprend-elle. Tu aurais fait semblant d'aller bien pendant que ta tête aurait imaginé tous les scénarios possibles de ta lune de miel avec Will... Je refuse qu'il te hante dans ce décor paradisiaque...

Je ne réponds pas, trop furieuse pour dire quoi que ce soit. Je sais que cela partait d'une bonne intention de sa part... Mais c'est... compliqué. *Je suis compliquée.*

Nous ne parlons pas pendant plusieurs secondes jusqu'à ce que la voix de mon amie interrompe ce silence.

— Je dois te laisser, Juny. N'oublie pas de m'envoyer plein de photos et de m'appeler au moins tous les trois jours.

— Ouais, je tenterai d'y penser.

Elle soupire et rajoute in extremis :

— Je suis désolée Juny mais je devais essayer.

Et elle raccroche.

Je pose mon téléphone sur le bord de la piscine et soupire. Le soleil est au zénith et il fait une chaleur étouffante si bien que je songe à plonger dans l'eau dès maintenant. Mes lèvres s'étirent en un sourire paisible dans ce silence apaisant. Silence qui est rompu à l'instant où l'exécrable Nathan ouvre sa bouche pour parler ; je me retourne, furieuse.

— C'est bon ? Vous avez fini de hurler, je peux venir piquer une tête ? m'interroge-t-il avec un sourire.

Sans que je ne puisse rien faire, mes yeux descendent vers son torse nu, ses abdos finement dessinés, son short de bain noir et ses jambes musclés... *Bordel.*

Malgré son corps de rêve, je le fusille à nouveau du regard.

— J'ai le droit de râler. Personne ne m'a prévenue de cette mascarade ! m'exclamé-je en levant les bras au ciel.

Nathan roule des yeux et secoue la tête :

— Il faut vraiment que vous appreniez à vous détendre.

Il me toise de toute sa hauteur, passe dans mon dos, puis descend sur la première marche de la piscine.

Je lui tire la langue et lance d'une voix acerbe :

— Je me détendrais quand vous aurez disparu de ma vue.

Il soupire, se mouille la nuque dans un geste qui contracte son biceps et je perds complètement la tête en le voyant. *Putain mais pourquoi est-ce que je fantasme sur chacun de ses mouvements ?*

Il plonge en m'éclaboussant et je bougonne malgré moi. Le cliché français après tout. Il remonte à la surface, juste à mes pieds.

— Allez. Détendez-vous, murmure-t-il en approchant son visage de mon genou.

Malheureusement pour lui, mon corps n'est pas de cet avis : je retire précipitamment mes jambes de l'eau et mon pied atterrit sur son torse. Il tombe à la renverse dans l'eau pendant que je me relève presque en tremblant.

— Foutez-moi la paix, vous voulez bien.

— Non.

— Bien, m'énervé-je en retournant à l'intérieur.

Il acquiesce d'un mouvement fluide.

— Bien, répète-t-il, amusé.

Son regard me suit à travers la baie vitrée même lorsque je m'apprête à la refermer. *Putain, il est si déstabilisant.* Je m'assois sur le canapé du petit salon et fais mine d'être sur mon téléphone alors qu'en réalité, mon cerveau ne cesse de repasser en boucle ma discussion avec Alice. Je lui en veux toujours de ne m'avoir rien dit.

Mais je comprends aussi son point de vue, son envie de me voir aller mieux. Bien que ma santé mentale s'améliore, je suis sans cesse sur une corde fragile qui tremble et menace de céder. Je pousse un interminable soupir en m'allongeant.

Peut-être a-t-elle raison ? Peut-être devrais-je davantage lâcher prise ?

Alors pourquoi, malgré cette envie de tourner définitivement la page , je n'y arrive pas ? Mes pensées ne veulent pas me laisser tranquille et je ne cesse de me triturer les neurones en ressassant encore et encore les événements de ces derniers mois.

— Eh oh !

Une main s'agite devant mes yeux perdus dans le vague.

— Vous allez bien ? me lance Nathan en fronçant les sourcils.

Je cligne des paupières en voyant sa mine inquiète.

— Vous aviez encore l'air... encore ailleurs, dit-il, hésitant.

— Tout va bien. J'étais dans mes pensées, lui réponds-je en secouant la tête pour remettre de l'ordre dans mes idées.

Je me lève. Je sens qu'il me suit du regard pendant que je récupère mon maillot de bain orange dans ma valise.

— Bon... Il est quatorze heures... vous voulez faire quelque chose ?

Je stoppe à l'entrée de la salle de bains, me tourne vers lui et me cale contre la porte coulissante.

— Je vais à la plage, me baigner, vous faites ce que vous voulez de votre côté.

Ma voix est si froide que je me demande si je n'y suis pas allée un peu trop fort. Cependant, il ne semble pas se démonter pour autant. Il esquisse un large sourire qui fait apparaître une adorable fossette, avant de lancer :

— Génial, je viens avec vous !

CHAPITRE 7

L'eau éclabousse mon corps, je souris pleinement en observant le soleil se refléter sur la mer translucide. Il fait encore chaud et ma peau rougit malgré l'heure tardive à laquelle nous sommes arrivés.

Bon sang, j'y suis ! J'y suis vraiment ! Seule et partiellement heureuse, mais j'y suis ! Ces deux semaines seront incroyables, je le sais.

— Vous méditez ?

Bon... Seule est un grand mot. Son regard scrutateur longe mon corps et la tension qui émane du sien me tordrait presque l'estomac ; mais je tiens bon et ne cède pas à son corps de rêve. *Sans déconner, sa peau est aussi bronzée que celles des habitants de l'île. Je veux son secret.*

— Oui et mon bien-être était total jusqu'à ce que vous interveniez, rétorqué-je sèchement.

Il ricane en s'approchant davantage. Je recule, trébuche sur un caillou et sa main me rattrape par le coude pour me maintenir debout. Dans ma lancée, j'atterris maladroitement sur son torse et je balbutie des excuses en le repoussant. *Sérieux ? Je suis projetée dans un putain de roman à l'eau de rose ou quoi ?*

— Eh, respirez...

Je recule encore plus et trébuche à nouveau

— Mais c'est pas vrai, vous êtes une vraie calamité, s'exclame-t-il dans un rire.

Je retrouve mon équilibre et lui lance un regard noir. Nathan soupire et se passe une main dans les cheveux. Mon regard descend sur son ventre, ses hanches et... *Vous ai-je déjà parlé de son corps de rêve ?*

— Ça va ? Je ne vous dérange pas trop ?

Je croise son regard, sens mes joues rougir, mais je rétorque, sans me démonter :

— J'évalue la marchandise.

Il sourit à nouveau et je jure que mon cœur a loupé un battement. *Ce n'est pas ma faute s'il a un très beau sourire.*

Nathan s'approche encore de moi avec son rictus diabolique... et me pousse du plat de la main dans l'eau.

Ma tête se retrouve enfournée dans dix centimètres de sable – *bon, j'abuse un peu* – pendant que de l'eau salée entre dans mes narines. J'émerge en toussant alors que son éclat de rire résonne sur la plage. Je lui lance le regard le plus terrifiant que j'ai en stock, avant de remarquer que ce con s'est enfui avant mes représailles. De dépit, je finis par m'allonger dans l'eau qui n'est pas vraiment profonde puisque j'ai mangé trois kilos de sable à cause de cet imbécile.

La vengeance est un plat qui se mange froid.

L'eau turquoise dans laquelle je flotte agit comme une thérapie sur moi, si bien que je sens mon esprit divaguer encore. Mes iris contemplent le ciel bleu, sans nuages, éclairé par un soleil couchant... il doit être à peine dix-huit heures ; je pourrais rester ici, à me laisser bercer par les vagues pendant des jours entiers.

Des sons résonnent dans l'eau et me sortent de ma torpeur, mais je ne bouge pas. À la place, je ferme les yeux et laisse mes oreilles profiter du bruit du sable qui avance calmement au rythme des vagues.

— On devrait rentrer...

La voix de Nathan est étouffée par l'eau qui m'entoure et mes paupières restent closes. Il continue :

— Pour aller manger un morceau à l'hôtel ? Je ne sais pas vous, mais moi, je meurs de faim !

J'inspire longuement en faisant semblant de ne pas entendre. Puis d'un coup, ce con m'asperge d'eau, laquelle s'empresse d'entrer dans mon organisme. Je me redresse d'un seul coup et tousse si fort que ma gorge me brûle. *Encore.*

— Mais vous avez quel âge bordel ! hurlé-je en me relevant.

— Cinq ans, répond-il simplement.

Je me retiens de sourire. Je me lève en m'appuyant sur mes poings et j'en profite pour récupérer du sable. *On a dit que la vengeance est un plat qui se mange froid...*

Debout, j'arme mes bras et lui lance deux boulettes de sable qui atterrissent directement sur son torse. J'aurais pu l'étaler un peu, mais l'idée de toucher sa peau me fait déglutir de travers. Il me lance un regard outré et recrache un morceau de sable qui a malencontreusement atterri dans sa bouche. *Oups.*

Je le bouscule pendant qu'il se rince et il tombe lamentablement dans l'eau. Son rire résonne une nouvelle fois dans mon dos et je souris. *Un tout petit peu.*

Je le laisse là, sans réponse, et j'accélère pour récupérer mes affaires sur le transat de l'hôtel avant de foncer vers la suite. J'ouvre le portillon, le referme à clef derrière moi et file à l'intérieur. *Je suis diabolique.*

— Vous avez cinq ans vous aussi ! s'écrie-t-il dans mon dos, un sourire dans la voix.

Il dégaine une autre carte électronique et ouvre la porte sans *aucune* difficulté. *Fait chier.* Il se baisse, retire ses tongs et les rince dans la petite douche extérieure avant de s'y glisser lui aussi. Je déglutis en lançant une œillade à son visage charismatique, son corps... Et une décharge me traverse le corps. *Putain, June, arrête tes conneries.*

— Je vais me doucher, vous attendez bien sagement ici, c'est clair ? lui lancé-je en récupérant mes affaires.

En guise de réponse, il marmonne une phrase inintelligible.

Je ne ressors de la douche que quand la buée a recouvert l'entièreté du miroir... soit une quinzaine de minutes plus tard. La chaleur qui se dégage de la salle de bains est étouffante et je m'empresse d'en sortir avant de suffoquer. Je noue rapidement ma serviette, jette un coup d'œil en direction du canapé, mais ne remarque personne. Je fonce tête baissée vers la grande armoire à côté du lit, et rencontre un obstacle de taille : le dos musclé de Nathan. *Je n'ai jamais touché une peau aussi douce, mon Dieu....*

Il se retourne tandis que je le fixe, la bouche entrouverte.

— Désolée, murmuré-je, troublée.

Il secoue la tête et me prend par les épaules pour me maintenir à bonne distance.

— Ce n'est rien, chuchote-t-il.

Sa main droite descend doucement le long de mon bras qui se couvre de frissons à son contact. Il le remarque et un fin sourire se dessine sur sa bouche. Mes cils papillonnent légèrement avant que je ne me reprenne fissa. Je retire mon bras en ayant l'impression d'avoir sa chaleur imprégnée à l'intérieur. *Je n'ai qu'une serviette sur moi.*

Je sens mes joues devenir rouge cramoisi. Nathan s'échappe par la porte vitrée et s'installe sur un transat pendant que je récupère mes affaires.

Vingt minutes plus tard, j'ai revêtu une robe légère et florale, parfaite pour aller manger un morceau. Nathan a filé sous la douche pendant que je me maquillais, ce qui m'a laissé un peu de répit, loin de nos joutes verbales. J'en profite également pour envoyer un message à mon père. Depuis le divorce de mes parents, ma mère a refait sa vie avec un autre homme, qu'elle a épousé, m'excluant complètement de sa famille recomposée. Depuis, c'est uniquement par mon père que j'ai des nouvelles d'elle.

Je lui en ai beaucoup voulu… à ma mère. De ne pas avoir été là après mon mariage même si celui-ci s'est soldé par un échec ; de nous avoir laissés, mon père et moi, alors que je n'avais que quatorze ans. Pendant très longtemps, je ne lui ai pas adressé un seul mot ; même quand elle cherchait à se rabibocher avec moi, j'étais catégorique. Aujourd'hui, avec le recul, je vois à quel point son comportement m'a fait du mal. J'ai toujours pensé choisir des hommes avec lesquels je pensais avoir les meilleures chances d'avenir, un qui serait stable et serein, pour éviter qu'un jour, je ne sois rejetée comme l'a été mon père. Et finalement, je n'ai choisi que des hommes malsains et toxiques.

La relation en laquelle j'avais placé le plus d'espoirs a été un échec cuisant, mais, au moins, j'ai eu le courage de le quitter. Je n'allais pas passer ma vie à être cocue avec la France entière.

Rien que d'y penser, les larmes me montent aux yeux. Je m'empresse de les sécher pour que mon colocataire imposé ne remarque rien. Avec la dose d'antidépresseurs que j'ai avalés, on aurait pu penser que mes émotions seraient moins fortes… Mais depuis que je les ai arrêtés, c'est pire qu'avant : je suis constamment à fleur de peau.

— Hey !

Je sursaute. L'homme qui me fixe, une lueur intriguée au fond des yeux, porte une chemise blanche fluide et transparente qui laisse apercevoir son torse. Je détourne rapidement les yeux. Il a l'air de vouloir déchiffrer mes pensées. Il s'approche alors que je reste assise sur le canapé du salon, face à la mer.

Tout à coup, Nathan s'accroupit devant moi, un genou au sol. *Attendez, qu'est-ce qu'il fout, là ?* Il plonge une main dans la poche de son chino beige, en ressort une petite boîte, puis l'ouvre.

— Euh, vous n'êtes pas sérieux là ? croassé-je, rouge de confusion.

Il sort un anneau en or incrusté d'une aigue-marine aussi bleue que ses yeux.

— Il faut que nous paraissions crédibles, non ? La première chose que l'hôtesse a regardée tout à l'heure, ce sont nos mains dépourvues d'alliances. Elle pense que je suis votre amant.

Je ne réplique pas, me souvenant avec exactitude de ce moment. Nathan saisit ma main moite, et glisse la bague à mon annulaire gauche. Ses doigts s'attardent sur les miens : il observe mes réactions pendant que moi, je reste les yeux rivés sur nos mains entrelacées et sur l'éclat de la pierre. Elle est bleue, d'un bleu aussi envoûtant et profond, qu'un certain regard dans lequel je me surprends à me perdre.

Après un long moment, j'attrape l'autre bague, une alliance en or toute simple, pour la lui enfiler. Ses doigts sont longs et doux, propres et entretenus. Je me pince les lèvres : on dit que les mains sont le reflet de notre hygiène de vie. Visiblement, je n'ai pas de soucis à me faire là-dessus.

L'alliance glisse toute seule sur son annulaire. Je suis perturbée : c'est... étrange d'avoir une nouvelle bague à ce doigt.

— Comment avez-vous su ma taille de bague ?

Il fronce le nez.

— Un magicien ne dévoile jamais ses secrets, lâche-t-il, mystérieux.

— Ah. Ah. Ah.

Il ne répond rien et se relève en me tendant la main. Je l'ignore et quitte le canapé.

— On y va ?

— Euh... Pourquoi vous n'iriez pas tout seul, hmm ? l'interrogé-je très sérieusement.

Il m'observe, les paupières plissées.

— Eh bien peut-être parce que si j'y allais seul, cela paraîtrait *vraiment* étrange ?

Sa voix prononce cette phrase avec un tel dédain que je me retiens de lui cracher une pique cinglante au visage. Malgré tout, il a raison, mais je suis réticente à l'idée de partager mon repas avec lui. Il ne faudrait pas qu'il imagine que j'accepte sa présence. Non, demain, il rentre en France.

— Bien. Allons-y, m'exclamé-je, faussement enthousiaste.

Je le dépasse pour qu'il ferme la porte d'entrée derrière nous. Mes doigts triturent la bague que mon coloc d'un soir m'a offerte. Je la tourne et la retourne en ne pouvant empêcher mon esprit de dériver vers mon ex-fiancé.

Quand Will m'avait demandé en mariage, il ne s'était pas mis à genoux. Il m'avait fait sa demande un matin, pendant qu'on déjeunait, juste après une partie de jambes en l'air. Il n'y avait aucune émotion, juste une annonce simple comme on proposerait une sortie au restaurant ou un repas chez les beaux-parents. Et j'ai bêtement accepté en pensant que c'était l'homme de ma vie et qu'il me comblerait de bonheur.

Je soupire pendant que nous marchons ; le chemin jusqu'au restaurant de l'hôtel se fait dans un silence étrangement reposant. Nous croisons le couple qui était devant nous à l'accueil, ce matin. D'ailleurs, je suis certaine que Nathan a surpris le regard d'envie avec lequel je les observais. Comme pour me rassurer, son bras effleure le mien et sa main se place respectueusement dans le bas de mon dos. Il ne tente pas d'approche lourde mais semble vouloir m'apporter une sorte de... soutien ? J'accélère le pas pour restaurer une certaine distance entre nous.

Il faut que je demande à Alice ce qu'elle lui a raconté exactement.

Nous nous dirigeons vers l'hôtesse d'accueil, Joséphine, également serveuse pour la soirée. Le restaurant de l'hôtel est à l'image de notre chambre : luxueux, magnifique et moderne. Une dizaine de tables en bois, recouvertes d'un drap blanc dentelé et dressées soigneusement pour nous accueillir.

La main de Nathan se pose à nouveau dans le creux de mes reins et me presse un peu pour me faire avancer. Malgré moi, je frissonne. *Traître de corps.*

— Bonsoir, lance-t-il calmement alors que mon pouls s'affole, Nous avons une table au nom de Bennet.

Elle nous sourit, surtout à Nathan, puis se tourne vers moi et me demande :

— Allez-vous mieux Madame Bennet ?

Nathan me pince légèrement, m'intimant de jouer le jeu, ce que je fais malgré le regard assassin que j'aimerais lui lancer.

— Oui. Je suis désolée, j'étais complètement ailleurs après le vol... Je pensais que mon mari arriverait quelques jours plus tard, voilà tout.

Mon « mari » éclate de rire et Joséphine est complètement sous son charme. *Génial.* Elle finit par nous guider en bord de mer, un peu à l'écart des autres clients.

— Nous réservons toujours la meilleure table pour le premier soir de lune de miel, précise-t-elle avec un petit hochement de tête.

Je lance un coup d'œil coupable à mon compagnon de voyage, mais il arbore un air serein.

— C'est super, merci à vous, approuve-t-il prenant ma main dans la sienne.

J'avale ma salive et me contente de sourire bêtement. Joséphine baisse la tête vers nos mains, je fais en sorte de montrer ma bague. Il faut bien que tout ça serve à quelque chose.

— Respirez, sinon vous allez finir pas vous évanouir, murmure-t-il au creux de mon oreille, moqueur.

La mine courroucée, je m'écarte de lui, de sa main et de la chaleur de son corps.

— Elle a regardé nos mains. Éloignez-vous maintenant, argué-je aussitôt.

Il hoche la tête et tire ma chaise pour m'inviter à m'asseoir, en bon gentleman. Il s'installe à son tour, sans un mot. Le paysage est encore plus à couper le souffle que cet après-midi ; le soleil s'est couché en déposant ses traces dans le ciel rose ; je me laisse bercer au son des vagues qui s'écrasent sur le bord de mer, du vent marin qui souffle imperceptiblement sur nos visages. Je profite de la sensation du sable blanc sur mes pieds. Je pourrais passer des heures à contempler le ciel se voilant d'étoiles.

Malgré mes tentatives pour l'ignorer, le regard de Nathan me transperce.

— Vous êtes vraiment belle quand vous la fermez.

J'aurais dû demander à Alice si elle avait des connaissances sur les homicides involontaires...

— Et vous, vous êtes particulièrement laid quand vous parlez, terminé-je sèchement.

Il réplique d'un ricanement moqueur et se passe une main dans les cheveux. *C'est dingue ce qu'ils ont l'air soyeux et doux.* Je secoue la tête pour chasser cette pensée et porte de nouveau mon attention sur le paysage.

— Je vous propose une trêve, dit-il d'un air sérieux.

Je m'esclaffe en arquant les sourcils.

— Auriez-vous peur pour votre misérable ego ? demandé-je, un air songeur sur le visage.

Son regard et son sourire me laissent pantoise.

— Pas le moins du monde...

Je souris à mon tour, et alors que je m'apprête à lui servir une énième réplique, je suis interrompue par un serveur qui nous apporte les menus et quelques apéritifs à déguster.

— Bonsoir, Messieurs-dames, bienvenue.

Il s'attarde un peu trop sur mon visage et… sur mon décolleté – pas si impressionnant. Je me replace différemment, gênée.

— Voulez-vous boire quelque chose pour commencer ?

J'acquiesce vivement, sans consulter Nathan ; j'ai bien besoin d'un grand verre d'alcool.

— Un verre de blanc, sec si possible, demande mon compagnon de table, les yeux plissés.

Je lui jette un coup d'œil, mais son regard reste fixé sur le serveur.

— Mademoiselle ?

— C'est Madame, le coupe-t-il avant que je n'aie pu prendre la parole.

Je m'empourpre : qu'est-ce qu'il lui prend à celui-là ?

— Vous savez quoi, intervient Nathan d'une voix joyeuse. Finalement, on va d'abord prendre une bouteille de votre meilleur champagne. Nous devons fêter notre mariage comme il se doit !

Le serveur arbore maintenant un sourire crispé, mais acquiesce avec un enthousiasme feint. Et moi, je suis sur le cul.

— Je prendrai un verre de blanc aussi, juste après. Votre meilleur moelleux s'il vous plaît, ajouté-je avant qu'il ne parte.

— Bien sûr, le champagne est offert par la maison. Félicitations pour votre mariage.

Il file aussitôt, sans demander son reste ; j'ai à peine le temps de le remercier.

— C'était quoi votre petite scène, là ? demandé-je à l'attention de Nathan, avec une voix plus douce qu'à mon habitude.

Il secoue la tête.

— Il louchait sur votre décolleté, c'était impoli. Et vous êtes censée être ma femme.

— Je pouvais le remettre moi-même à sa place, vous savez ? Et je ne suis pas votre femme.

Il ne répond rien. Je prends une profonde inspiration, et me tourne vers les étoiles et la mer. Je sens son attention rivée sur moi, sur mon visage.

— Vous êtes bien silencieux... reprends-je quelques instants plus tard.

Une lueur amusée traverse ses iris.

— Ça vous dérange ?

— Non. C'est juste que je suis habituée à votre voix énervante...

Une moue amusée se dessine sur son visage.

— Donc vous préférez m'entendre parler ?

— Certainement pas, le contré-je, juste pour le plaisir.

Nathan rit et rejette sa tête en arrière, laissant toute sa gorge apparaître. Je déglutis, loin d'être indifférente à sa sensualité.

— Dites-moi une chose que vous aimez faire, demande-t-il soudainement, en jouant avec sa serviette blanche.

— On va vraiment jouer à ce jeu ?

Je le scrute d'un air blasé.

Il hausse les épaules. Et je finis par céder :

— Je dessine beaucoup... Je peins, je sculpte, je teste un peu tout ce qui touche à l'art.

Sa mine étonnée m'amuse et je ne parviens pas à réfréner un petit rire.

— Et vous ? demandé-je, en feignant l'indifférence.

— Je fais pas mal de plongée... J'entretiens l'environnement là où je passe.

Pouvoir l'admirer en maillot de bain toute la journée... c'est... Je chasse cette pensée d'un clignement d'yeux.

Heureusement, le jeune serveur fait son grand retour avec nos verres. Devant la silhouette tendue de Nathan, je retiens un petit sourire. Il dépose la bouteille dans un seau rempli de glaçons, à côté de notre table.

— Voici le champagne. Avez-vous choisi vos plats ?

— Euh...

Je lance un regard de détresse à Nathan. Devant son indifférence, je décide de prendre l'initiative.

— Auriez-vous des Mac and Cheese ?

Mon voisin de table sourit dans son poing.

— Ce n'est pas sur notre carte Madame, mais je peux demander à notre chef de vous préparer cela.

— Ce serait parfait, merci, enchaîné-je avec un grand sourire. On en prendra tous les deux.

Le jeune homme acquiesce, regarde Nathan qui confirme d'un signe de tête, et récupère nos menus avant de repartir.

— Vous allez donc devoir goûter mon plat pour enfants, lui dis-je en souriant.

Il rit avant de lever son verre dans ma direction pour trinquer. Nous faisons tinter nos verres.

— À ce séjour qui s'annonce... mouvementé.

Je déchante immédiatement.

— Je... commencé-je doucement, Je crois vraiment que vous devriez partir... ça ne peut pas marcher ce...

Je nous montre du doigt.

— ...truc.

Sa bouche se transforme en une fine ligne – que je soupçonne être de l'agacement.

— Arrêtez ça, June...

C'est la première fois qu'il prononce mon prénom et ma respiration se coupe. Je sens que je ne vais ni apprécier sa prochaine phrase ni le ton qu'il va employer.

— Cessez d'avoir peur, enfin !

Mon corps se crispe d'avance, me préparant mentalement à ce qu'il va me balancer à la figure.

— Je vous demande pardon ?

Il boit une nouvelle gorgée. Plus longue cette fois-ci, et j'en profite pour observer ses lèvres humidifiées par le champagne.

— Vous avez peur de la vie. Vous avez peur de perdre le contrôle. Vous avez peur de m'apprécier. Peur de ce que vous pouvez ressentir. Vous êtes hermétiques à toutes sortes d'intérêts venant d'un homme, par peur, June. Alors vous vous éloignez de tout pour ne pas risquer de souffrir à nouveau. Je peux comprendre, après votre vécu et...

Surprise et les larmes aux yeux, je me lève sans lui laisser le temps de finir sa phrase. Je lui lance mon verre de champagne au visage, avant de quitter ce putain de restaurant paradisiaque, la tête haute et le cœur battant à mille à l'heure.

Je me réfugie sur la plage, pas loin de notre suite. Non. De *ma* suite. Mes coups d'œil incessants derrière moi me permettent de vérifier que ce trou du cul ne m'a pas suivi.

Alice, je te déteste.

C'est entièrement sa faute s'il est au courant de ma situation.

Je trouve un coin tranquille derrière un hibiscus en fleurs. J'hésite à m'y installer. J'ai besoin de marcher... de beaucoup, beaucoup marcher ; alors je repars en direction du bord de mer, retire mes chaussures et laisse l'eau me lécher les orteils. J'inspire longuement pour tenter de décompresser, sans grand succès.

— Sale con ! hurlé-je avant de vérifier les alentours, la mine coupable.

Heureusement pour moi, la plupart des gens mangent à cette heure-ci, il n'y a pas grand monde sur la plage. Je grogne encore et encore sans parvenir à faire redescendre la température.

Je n'ai jamais vraiment été une tête brûlée auparavant, mais ce mec a le don de me faire sortir de mes gonds.

Je marche une bonne dizaine de minutes en pestant contre Alice, cette amie en carton. Si jamais elle lui a parlé du mariage, elle est morte. Et à ce moment-là, elle verra que j'ai écouté toutes ces foutues informations sur la manière parfaite de faire disparaître un corps.

Je finis par m'asseoir sur la plage, les pieds dans l'eau, les fesses sur le sable humide, épuisée par mon propre énervement.

Je me concentre sur les étoiles, la Voie lactée et le son des vagues, tentant par tous les moyens de me détendre. Je n'ai pas apprécié le ton avec lequel il m'a balancé ça au visage. Comme s'il me jugeait. Il n'a pas vécu ce que j'ai vécu. Ni ce mariage catastrophique, ni le décès d'Albert, ni la perte d'emploi, et encore moins le bouleversement de sa vie entière.

— Je suis désolé, murmure sa voix dans mon dos.

Je sursaute avant d'observer Nathan, s'asseoir à mes côtés.

— Vous allez salir votre pantalon, balbutié-je, gênée par notre soudaine proximité.

Il se contente de hausser les épaules.

— Je suis *vraiment* désolé, répète-t-il plus fortement en plongeant ses yeux dans les miens.

La sincérité que j'y lis me surprend. Il passe une main dans sa barbe naissante avant de reprendre :

— J'aurais dû être... plus délicat dans mes paroles. Je ne connais pas votre vie, poursuit-il avec une certaine hésitation. Mais votre meilleure amie m'a fait part des grandes lignes.

Je me crispe à la mention d'Alice. Cette sale traître va m'entendre.

— C'est votre comportement envers moi qui m'a mis la puce à l'oreille tout à l'heure... Je vous promets qu'Alice n'a rien dit de compromettant à votre sujet, précise-t-il.

Je recentre mon regard sur le ciel et ses étoiles. Lorsque je trouve la Grande Ourse, j'inspire longuement et ferme les yeux. La mer est calme ce soir ; une mer d'huile au son aussi régulier qu'un battement de cœur.

— Alors, que vous a-t-elle dit ?

Mes paroles restent en suspens.

— Que vous étiez la personne la plus chère à ses yeux et qu'elle voulait vous aider.

Mes lèvres s'étirent très légèrement, et il continue :

— Elle a dit que vous aviez eu une... période difficile et que vous aviez besoin de renouveau.

La lune se reflète dans l'eau et malgré ce paysage absolument divin, le regard de Nathan reste rivé sur moi.

— Alice a raison, j'avoue finalement. Moi-même, je ne sais pas comment j'ai réussi à m'en sortir. Et si je m'en suis vraiment sortie... Je n'envisageais pas... de passer mes vacances ainsi. Je suis à fleur de peau, c'est à moi de m'excuser... pour votre chemise.

— Excusez-vous plutôt pour le verre de champagne à cinq cents euros la bouteille.

De longues secondes passent avant qu'il ne demande :

— Est-ce que vous l'envisagez maintenant ? De passer ces vacances ainsi, précise-t-il rapidement face à mes sourcils froncés d'incompréhension.

Je déglutis.

— Non, insisté-je, butée.

— Je comprends votre réticence, soupire-t-il. D'habitude, c'est le client qui commande volontairement le Finder...

Je réfléchis. Non pas que j'envisage sa présence de manière permanente, mais je pourrais le tolérer, non ? Lui pensait arriver là, faire sa mission et rentrer chez lui. Point final.

— J'aimerais que vous envoyiez votre carte d'identité à Alice. Oh, et votre numéro de téléphone. Et votre métier. On ne sait jamais.

— Elle a déjà toutes ces informations, ricane-t-il. Donc vous envisagez le fait que je puisse rester ?

— Je vous ai dit non. Mais par sécurité, je veux que vous lui transmettiez toutes vos informations.

Nous demeurons un moment sans rien dire, écoutant les vagues s'écraser sur la plage... Jusqu'à ce que je brise ce silence apaisant pour lui poser une question :

— Vous... Vous faites quoi dans la vie ? Comme métier, je veux dire ?

Je croirais presque qu'il m'observe dans la nuit noire.

— Je suis assez polyvalent, sourit-il, mystérieux. Conseiller en stratégie et développement digital, avoue-t-il lentement. Voilà mon métier.

— Ça, c'est un intitulé à rallonge, me moqué-je dans un léger sourire.

Notre petite dispute de tout à l'heure s'est un peu évaporée. On dirait que la mer calme mes pensées, et cela fait un bien fou.

— Je suis sûre que le vôtre est aussi à rallonge.

— Je suis designer événementielle. C'est tout, réponds-je d'un ton malicieux.

Devant son air interloqué, je précise :

— C'est de la micro-architecture éphémère... pour des événements. Je suis spécialisée dans le secteur de la mode, de l'art et du luxe. Je crée les scénographies des défilés, ou des expositions pour des musées...

— Waouh, s'exclame-t-il, les yeux écarquillés. Beaucoup plus complexe que moi finalement !

— Votre job a l'air tout aussi complexe que le mien.

— Pas vraiment, rit-il en haussant les épaules. Je conseille simplement les gens sur la manière de développer leurs idées.

Nous nous sourions. Je finis par reporter mon regard sur l'océan. Je n'arrive pas à soutenir l'intensité de ses yeux… J'ai l'impression qu'ils sondent mon âme et que je suis un livre ouvert.

— En vérité, à l'école, on nous enseigne le design comme une science rare et essentielle. Oui, c'est important dans notre quotidien et notre société, mais quand je repense à la pression que nous avions… enfin… ce que je veux dire, c'est qu'on ne sauve pas des vies. On est des architectes du quotidien, on rend service…

Nathan me contemple avec attention. C'est troublant cette manière qu'il a de boire mes paroles comme si j'étais porteuse d'un message divin.

— Ces réflexions-là me poussent à prendre du recul par rapport à mon métier. J'y ai consacré ces dernières années au prix de nombreux sacrifices. Mais… Est-ce qu'aujourd'hui, j'ai vraiment envie de me plonger corps et âme là-dedans ?

J'adore mon métier ; il est génial, vivant, entraînant et stimulant. Surtout quand je bossais avec Alice… Cette époque me paraît si lointaine. Notre binôme fonctionnait à merveille, déjà lors de nos études supérieures. Je crois qu'un jour, j'aimerais monter mon entreprise avec elle. Peut-être pas maintenant, mais dans quelques années… Mais pour l'instant, je suis au point mort.

Je secoue la tête pour évacuer le stress lié à mon avenir plus qu'incertain et me relève. Mes pieds s'enfoncent dans le sable, le vent s'engouffre agréablement dans mes cheveux et je retire d'un geste le sable accumulé sur mes vêtements. Nathan se lève à son tour et se place à mes côtés. Cette fois, l'intensité de son regard me fait rougir, alors je tente de faire diversion :

— Admirez le paysage au lieu de me fixer ainsi… je vais finir par croire que vous avez un toc, ajouté-je avec un sourire.

— Mais je l'admire déjà, murmure-t-il.

Je m'empourpre une nouvelle fois et m'éloigne. *Bon sang... Je suis... troublée ?*

— Désolé, ricane-t-il tout bas avant de se lancer à ma suite.

Nous marchons lentement vers notre logement, discutant du rythme de nos vies et de nos envies de prendre du temps. Finalement, je me trouverais presque des points communs avec cet énergumène.

C'est reposant de ne pas devoir lancer des piques à tout bout de champ. Ma langue de vipère se repose un peu. Je bâille, une main devant la bouche, fatiguée par la journée. J'ai l'impression d'être ici depuis plusieurs jours alors que cela ne fait que quelques heures.

Une fois devant l'hôtel, notre suite en bord de plage m'appelle de tout son cœur et semble me susurrer : « Viens ! J'ai un lit incroyable pour toi ! ». Mais à cet appel s'interpose l'image de Nathan, allongé nonchalamment en travers de ce même lit. Une chaleur agréable naît au creux de mon ventre que je tente de faire taire.

Je ne peux tout de même pas dormir avec lui.

Nous contournons la terrasse avec, pour seule bande-son, le clapotis des vagues, puis j'ouvre le portillon. Je m'arrête brusquement en découvrant une table dressée au centre du petit salon extérieur. Nos Mac and Cheese nous attendent sagement, de la fumée s'échappant des plats, et je salive à l'idée de pouvoir les déguster. Un petit chandelier trône sur la table ronde à nappe blanche et, surtout, une jolie fleur d'hibiscus décore le côté de mon assiette. Je me mords la lèvre pour m'empêcher de sourire. Il est fort... *vraiment* fort. Je ravale mon air béat et me retourne vers lui, impassible.

— Bien joué, lancé-je en le regardant droit dans les yeux.

Un beau sourire se dessine sur sa bouche boudeuse.

— Je me suis dit que vous apprécieriez de manger votre plat...

Nathan avance et se passe une main dans les cheveux :

— J'ai dû soudoyer le personnel de l'hôtel pour faire dresser une table directement dans la suite.

— Et que leur avez-vous dit pour qu'ils acceptent ?

Il s'approche de moi, effleure mon visage et replace une mèche sauvage derrière mon oreille. L'air marin fait boucler ses cheveux qui retombent légèrement sur son front et son teint a déjà pris des rougeurs suite à notre passage sur la plage. J'humidifie mes lèvres brusquement asséchées, tout en continuant de le fixer dans l'attente de sa réponse.

— La vérité, sourit-il. Je leur ai dit que j'avais merdé avec ma femme pendant notre première soirée de lune de miel et qu'il fallait absolument que je me fasse pardonner.

CHAPITRE 8

— Fermez ce rideau, par pitié, bougonne Nathan en plaçant son bras sur son front.

Je ricane en ouvrant la baie vitrée et inspire longuement. *Non, nous n'avons pas dormi dans le même lit.* Il s'est gentiment couché sur le canapé du salon, tout à fait confortable pour une bonne nuit de sommeil. J'ai quand même eu la gentillesse de lui donner un drap et un oreiller.

Je me retourne pour le presser de se lever : aujourd'hui va être une journée bien remplie. Après tout, je suis là pour profiter de ma lune de miel et je ne compte pas attendre *ad vitam aeternam* qu'il se réveille. Déjà qu'il n'est même pas censé être là...

— Allez ! On ouvre les yeux !

Je claque des doigts devant son visage. Il ouvre une paupière, frustré par la manière dont je le réveille.

— Je voulais vous prévenir : j'ai réservé une activité, je ne serai pas là cette après-midi.

Cette fois, il est pleinement éveillé. Nathan s'appuie sur ses coudes et m'observe par-dessus le canapé du salon pendant que je m'affaire à préparer mon sac.

— Vous êtes du genre buté comme personne, hein ? lance-t-il en s'asseyant.

— Vous avez tout compris, confirmé-je sans le regarder.

Il se redresse, faisant descendre le drap sur ses hanches. Son tee-shirt est à peine remonté, mais cela suffit à découvrir une partie de son ventre et... merde.

Je détourne le regard pour me concentrer sur le paysage, à travers la baie vitrée.

— Bon. C'est quoi votre activité ? demande-t-il après s'être assis.

Je l'observe de toute ma hauteur en lui répondant :

— Du paddle en mer.

Un sourire narquois prend place sur son visage.

— Ça tombe bien, je comptais en faire moi aussi.

Je retiens un grognement digne de Gollum et lui lance mon regard le plus glacial.

Je récupère la liste des activités réservées pour notre lune de miel, fournie par l'hôtel, pour vérifier le nombre de paddles.

— Oh... C'est vraiment dommage, commencé-je avec une moue mesquine. Il est marqué : réservation d'un seul paddle.

Je fais semblant d'essuyer une larme avant d'achever :

— C'est trop triste que vous ne puissiez pas venir...

Pourquoi un unique paddle alors que nous étions censés être en lune de miel avec mon cher et tendre Will ? Eh bien parce qu'il détestait la mer, le sable qui colle à la peau, la chaleur du soleil et l'humidité. J'avais donc réservé cette activité pour moi toute seule pendant qu'il serait resté sur la terre ferme à tester l'activité que j'avais réservée pour lui : du padel sur court. À moi l'océan, et la terre pour Will.

Oui... Il m'arrive d'être un petit clown grotesque.

Quelle bonne idée de venir sur une île dans ce cas-là, n'est-ce pas ? En réalité, j'étais la seule à connaître sa peur. Il me l'avait avoué le soir où j'organisais une sortie en catamaran pour un dîner en amoureux... Sa famille n'étant pas au courant, il m'avait fait passer pour celle qui râlait parce que je n'aimais pas l'eau.

Trop mignon, le futur mari...

Le regard de Nathan est attiré par cette fameuse liste : il se lève vers moi et me l'arrache des mains :

— Eh ! m'écrié-je, indignée.

Il ne répond pas et parcourt des yeux le bout de papier. Son sourcil se hausse soudainement, mécontent :

— Je suppose que la double activité paddle-padel, c'était une blagounette de votre part.

— Pas du tout. C'est une coïncidence.

— Hmm. Sacrée coïncidence. C'est la liste de ce que vous comptez faire pendant votre séjour ? ajoute-t-il d'une voix sarcastique.

— Tout à fait. Et elles sont géniales.

— Un pique-nique ? Sérieusement ? C'est ça, vos activités génialissimes ?

— C'est romantique ? Enfin... C'était censé être un moment romantique...

Je lui fais un doigt d'honneur pour couronner le tout.

— Vous êtes vraiment une gamine en pleine crise d'ado, hein ?

Vexée par sa remarque, je l'ignore délibérément et m'enfuis vers la salle de bains pour enfiler mon maillot. Son rire s'élève dans le salon de la suite ; je prends sur moi pour ne pas l'insulter de tous les noms d'oiseaux qu'Alice m'a appris. *Et croyez-moi, il y en a un tas...*

Une fois changée, je décide de m'appliquer de la crème solaire, mais la voix de mon colocataire m'interrompt dans mes mouvements. À qui parle-t-il ? Je passe ma tête à travers l'embrasure de la porte. Est-ce que... Est-ce qu'il est au téléphone ? Prise de panique à l'idée qu'il y ait une femme dans l'histoire, je tends l'oreille pour glaner plus d'informations. Ce que je n'avais pas prévu, c'est que la porte de la salle de bains coulisse, s'ouvre subitement et me fasse me vautrer au sol. Je tombe face contre terre, provoquant un boucan sans nom et alarmant aussitôt Nathan.

Nathan apparaît, les yeux écarquillés. Heureusement que je suis habillée.

— Merci Joséphine, vous êtes géniale ! Je dois vous laisser, ma femme commence déjà à faire des bêtises...

Il m'aide à me relever, la mine déconfite.

— Vous êtes une vraie plaie, fait-il en m'aidant à me relever.

Je le repousse, frotte mes coudes.

— Je nous ai réservé un paddle plus grand pour que je puisse venir avec vous, annonce-t-il d'une voix d'ange. Et ensuite, on ira faire du padel, comme prévu.

Sa phrase m'achève.

C'est hors de question !

— Je n'hésiterai pas à viser votre tronche avec ma raquette.

— Et moi, je vous lancerai la balle en pleine poire pour me venger, rétorque-t-il en me souriant fièrement.

Je l'observe méchamment pendant qu'il récupère de quoi s'habiller avant de filer dans la salle de bains.

— Je ne compte pas vous attendre, crié-je depuis la terrasse.

Il ouvre la porte coulissante et me scrute de ses yeux bleus.

— Ne soyez pas stupide, June. Ne gâchez pas vos vacances par fierté.

— Je ne les gâche pas par fierté ! Vous débarquez là avec votre sourire Colgate, vos yeux océan et votre bonne humeur comme si tout était normal, mais moi, je ne vous ai jamais rien demandé.

Nathan passe une main presque rageuse sur son visage.

— June, je ne vous demande pas la lune. Juste de m'autoriser à faire du paddle avec vous, bon sang. Laissez-moi vous montrer que ces vacances peuvent être super.

Je ne réponds pas. Est-ce vraiment une bonne idée ? Qu'il s'incruste dans mes vacances ? Dans ma vie ? Non.

Je décide de l'attendre à l'extérieur, près de la piscine. Je saisis cette occasion pour envoyer un nouveau message à mon père et un autre à la nouvellement renommée : *Alice la traître...*

— Je suis prêt, annonce Nathan quelques minutes plus tard, dans mon dos.

— Je vous ai pourtant dit non.

— Vous m'avez pourtant attendu.

Exaspérée, je lève le nez au ciel ; il a réponse à tout. On se regarde, dans le blanc des yeux, attendant de voir qui cédera le premier.

— On n'est pas obligés de se parler ou d'être proches, argumente-t-il pour me convaincre.

— Ce n'est pas le problème.

— Alors c'est quoi ?

— Écoutez, je ne sais toujours pas quoi faire de vous, ni de cette situation, soupiré-je. Je voulais partir en lune de miel seule, pour passer à autre chose, tourner une page, fermer le livre, bref, vous avez compris...

Je ne sais pas quoi ajouter de plus, alors je hausse les épaules en détournant le regard.

— Considérez-moi comme un ami, dit-il simplement.

Si simplement que je lâche un rire nerveux.

— Le genre masculin et moi ne sommes pas nés pour être amis.

— Vous vous fermez parce que vous avez vécu une rupture compliquée. Je comprends, ajoute-t-il. Je ne suis pas là pour vous embêter, juste pour vous tenir compagnie le temps de ce séjour. Laissez-moi venir avec vous. On reste distants, mais assez proches pour paraître en couple, si cela vous rassure.

Je pèse le pour et le contre. D'un côté, il n'a pas tort, le personnel de l'hôtel a bien précisé que ces activités sont réservées et réservables uniquement pour les lunes de miel ; d'un autre, lui permettre de venir avec moi me laisse un goût amer dans la bouche : j'ai l'impression d'autoriser un nouvel homme à entrer dans ma vie alors que je n'en veux pas. Je ne veux plus prendre de risque avec l'amour. J'ai proscrit ce mot de mon vocabulaire.

J'entends presque la voix d'Alice me demander de retirer « le balai que j'ai dans le cul » et de me laisser vivre un peu. Mais Alice est Alice, moi je suis... juste moi.

Pourtant, mes yeux croisent à nouveau ceux de mon colocataire imprévu et je lui demande :

— Il est où votre maillot de bain ?

— En dessous, répond-il, un sourire aux lèvres, en fermant la baie vitrée derrière lui.

J'acquiesce sagement. Il attend mon aval, je le sais. J'assène finalement :

— Dépêchez-vous, on est en retard. Je vous préviens : pas de contact physique si vous voulez garder vos parties intimes intactes.

— Dites, commencé-je en cessant soudainement de pagayer. J'aimerais en savoir un peu plus sur Find It.

Il lève des sourcils interrogateurs. Contrairement à moi, il continue de nous faire avancer à grands coups de pagaie.

Ouais... j'ai accepté qu'on partage un seul et même paddle. La raison ? Je me suis dit qu'avoir un serviteur musclé pour me promener sur l'eau serait plus utile que de transpirer en le faisant soi-même.

Cette réflexion va totalement à l'encontre de mes idées d'« *Independant women* » mais... Il faut parfois savoir se servir de toutes les options à sa disposition.

— Vous avez déjà couché avec une de vos clientes ? Ou... un ? ajouté-je précipitamment.

Il éclate d'un rire franc.

— C'est vraiment la première question qui vous vient à l'esprit ?

Je retiens difficilement un « gneugneugneu » digne d'une enfant de cinq ans.

— Répondez.

— Non.

— Je ne vous crois pas. C'est statistiquement impossible.

— Je vous l'ai déjà dit : je fais ça de manière occasionnelle... pour rendre service à un ami, disons. Je n'ai joué l'accompagnateur que cinq fois. Deux fois pour un mariage, une fois pour un enterrement et le reste pour des galas.

Devant ma mine dubitative, et tout en changeant la direction de notre embarcation, il complète :

— Demandez à Alice si vous le souhaitez. Elle a l'historique de mes clients

J'ai quand même drôlement confiance en cet énergumène pour lui laisser le total contrôle de notre itinéraire. Et s'il m'amenait dans un coin reculé pour me tuer et me donner en appât aux requins ? Je lui servirais de chair fraîche pour appâter les poissons vu qu'il adore faire de la plongée...

Je reprends ma pagaie que j'avais laissée flotter près de nous, le regard suspect. Mais je me détends un peu lorsque notre paddle se dirige tranquillement vers une adorable crique, et une bouffée de gratitude m'envahit soudain lorsque je prends conscience de la chance que j'ai d'être ici.

Le temps passe, on parle peu : on se laisse plutôt porter par le rythme des vagues et les rayons du soleil qui brûlent notre peau. Je finis même par m'allonger et m'endormir, abandonnant mon corps à sa merci... Et quand je me réveille, je suis seule sur la planche : Nathan me fait signe dans l'eau pour m'informer de sa position. Ça serait très drôle de me barrer d'ici en le laissant tout seul. Drôle, mais mesquin.

Lorsqu'il revient vers moi et qu'il remonte sur la planche, j'ai les pieds dans l'eau et le corps en ébullition ; il fait un temps magnifique et l'indice UV est grimpé à dix... Autant dire que ce soir, malgré la crème solaire, je ressemblerai à une écrevisse.

Une question me taraude après notre précédente discussion, alors je la pose sans prendre de pincette :

— Pourquoi avez-vous accepté ce voyage ?

Nathan se fige avant de m'asséner :

— Vous faisiez pitié.

J'ouvre la bouche, choquée par ses propos.

— Je ne vous permets pas.

— Oh ? Dommage que je me sois déjà permis alors ?

— Vous êtes exaspérant.

— D'autres questions ?

Il balaie ma remarque d'un geste de la main et m'incite à continuer.

— Vous trouvez cette application éthiquement... correcte ?

Cette fois, le sérieux de ma question le rend plus pondéré.

— Vous savez, de nos jours, beaucoup de personnes détestent être seules, c'est presque une phobie pour certaines. Elles détestent tellement ça qu'elles se fichent complètement que tous leurs amis soient hypocrites, ce qui compte, c'est d'être entourées. Find It est là pour faciliter la vie de ces gens. Dès qu'ils ont besoin d'un accompagnateur ou d'une accompagnatrice, ils vont sur l'application et commandent.

Nathan change de position et finit par se mettre debout, faisant tanguer quelques secondes la planche :

— Je ne sais pas si c'est éthique de commander quelqu'un, mais je pense que cela aide beaucoup de gens.

Sous la visière de ma casquette, je le détaille. Ce serait mentir que de dire que la vue n'est pas agréable d'ici... Je médite ses paroles sans répondre et reporte mon attention sur la plage au loin avant qu'il ne remarque le filet de bave qui pointe d'entre mes lèvres.

— Et niveau sécurité ? continué-je pour me changer les idées.

— Le contrat protège très bien les clients et clientes. Et les Finders le savent. L'application engage une équipe spécialisée pour enquêter sur chaque personne qui souhaite devenir Finder. Et l'équipe juridique a très bien fait son travail. C'est notamment pour cette raison qu'aucune relation quelle qu'elle soit n'est autorisée et que nous devons rester purement professionnels.

— Les Finders ?

— Simplement un nom trouvé pour les accompagnateurs et accompagnatrices.

— Hmm. Et si vous étiez vraiment un tueur ?

Je chuchote en prononçant cette phrase et Nathan éclate de rire.

— Croyez-moi, nous sommes tracés partout. Le risque zéro n'existe pas, mais dans tous les cas, nous sommes contrôlés et notre vie est fouillée de fond en comble pour éviter une telle chose. Jusqu'à présent, il n'y a pas eu de problème. Et puis, franchement, si j'avais voulu vous tuer, je l'aurais déjà fait.

— Peut-être pas, le contredis-je avec ardeur. Peut-être que vous attendez que nous soyons dans un endroit isolé, parfait pour faire passer le meurtre en accident. Comme cette crique-là, pointé-je avec ma pagaie.

— Vous avez l'air de vachement vous y connaître, non ?

— J'ai une meilleure amie obsédée par *Esprits Criminels* et *NCIS*, me justifié-je, soudainement gênée.

Il est hilare. Et je me sens un peu moins bizarre.

— June, j'essaie simplement de trouver les bons mots pour vous rassurer. Je sais que cette situation peut vous paraître étrange. Généralement, les Finders rencontrent leur match avant de partir en voyage... Dans votre cas, Alice a tenu ce rôle.

Son sérieux me déroute un peu, je dois bien l'avouer. Il semble honnête, mais je n'ai pas confiance à cent pour cent. Il finit par donner un plus gros coup de rame pour nous détourner de la crique et nous ramener vers la plage.

— Qu'est-ce que vous faites ?

Il consulte sa montre avant de dire :

— Notre cours de padel commence dans une heure, il est temps de rentrer.

Et une fois de retour sur la plage et après avoir rendu la planche, il s'en va. Comme ça, sans plus de cérémonie. Je reste bêtement à fixer sa silhouette s'éloigner de plus en plus. Cet homme est vraiment... Étrange ? Étonnant ? Un peu des deux probablement.

Il me déstabilise par sa présence imprévue, mais aussi par sa ténacité. Et je n'aime pas ça, être déstabilisée ; parce que cela veut dire que je ressens autre chose que du mépris pour lui. Après Will, je refuse de ressentir autre chose que le vide. En tout cas, en matière d'amour. Pourrais-je envisager une amitié avec un homme ? Avec Nathan, plus précisément ?

C'est la question qui me taraude l'esprit lorsque je marche en direction de notre cours. Apparemment, le sport est une excellente thérapie pour le cerveau : cela permettrait de réfléchir calmement et de prendre du recul. Je prie donc pour que le padel me permette de mettre certaines choses au clair dans ma tête.

Mon esprit est concentré sur Nathan à mes côtés. Alice me l'a imposé sans que je décide quoi que ce soit. Oui, quand j'ai vu sa photo sur Find It, j'ai peut-être eu un petit, *tout petit*, coup de cœur. Et puis merde, appelons un chat un chat : il est superbe. Mais de là à devoir me le coltiner pendant deux semaines.

En réalité, Nathan envahit mon espace vital, se l'approprie et le rend... plus agréable. Cela me coûte de l'admettre mais il est amusant. Hormis le fait que je sois plutôt réticente à lui faire confiance, il s'est montré exemplaire ces deux derniers jours, je dois bien l'avouer.

Que faire ?

Deux semaines avec un inconnu, sur une île paradisiaque...

Ou...

Deux semaines seule, sur une île paradisiaque... à ruminer, tourner en rond, pleurer parce que mon cerveau ne pourra s'empêcher d'imaginer toutes ces activités que je devais faire avec Will, à quel point j'aurais dû être heureuse et épanouie...

Je pousse un long soupir de frustration en me dirigeant vers le terrain pour y rejoindre mon colocataire de fortune... Et quand je l'observe récupérer sa raquette et discuter avec le coach qui va nous donner un cours, ma petite voix intérieure se rebelle... Au fond, je sais que c'est une mauvaise idée qu'il soit là. Mais doit-on toujours écouter notre petite voix intérieure ? Si je la bâillonne juste pour deux semaines, ce n'est pas si grave... si ?

En quelques enjambées, je rejoins Nathan sur le court et saisis une raquette, prête à en découdre.

Je souffle comme un bœuf, transpirante et épuisée. Bon pour être honnête... C'était étonnamment *agréable.* On ne s'est pas lancé un milliard de piques inutiles et vexantes. On s'est contentés d'apprendre à jouer – vraiment mal pour ma part – et de se moquer l'un de l'autre quand on faisait une erreur.

Je crois surtout qu'il m'a laissé le temps et l'espace pour digérer les informations qu'il m'avait données peu avant. C'est dingue cette facilité avec laquelle il s'adapte à moi, à mes humeurs et à mon caractère. Je me doute qu'il ne fait que son travail et qu'il n'est pas censé me contrarier tout le long de mon voyage, mais parfois, ce point me fait douter de son honnêteté. Qu'est-ce qui me dit qu'il ne joue pas un rôle pour remplir son contrat ? Certes, il profite actuellement de vacances gratuites...

— Regardez, s'exclame Nathan d'une voix fluette.

Oui... je l'ai aussi amené dans mon activité du soir. J'aurais pu y aller seule et profiter de l'air marin pour me rafraîchir les idées, mais je n'avais pas envie de lutter.

— C'est la période du marché nocturne. Tous les artisans de la ville s'y retrouvent pour vendre leurs créations.

Je fronce les sourcils, la bouche en cul-de-poule.

— Comment vous savez ça ?

— Hmm ? fait-il en continuant de regarder le marché, au loin.

— Les artisans qui se rejoignent à cette période de l'année, tout ça...

Il tique un instant avant de sourire.

— June, si vous preniez cinq minutes pour lire les brochures qui se trouvent dans la chambre vous seriez aussi renseignée que moi.

Je retiens la millième insulte de la journée. Ce petit ton condescendant avec lequel il s'adresse à moi me rend complètement dingue. Dans son regard, je me vois comme une gamine capricieuse.

Alors que nous arrivons enfin devant les artisans, je repère des stands de dégustation et j'y traîne Nathan afin que nous prenions des desserts.

Mon colocataire choisit un blanc-manger coco tandis que j'opte pour une glace à l'ananas faite maison. S'il y a bien une chose que j'adore ici, c'est la nourriture. Des plats sucrés-salés, goûteux, délicieux...

En flânant entre les échoppes, je remarque plusieurs peintres et sculpteurs au loin.

— Allez voir si vous voulez.

Ça fait des mois que je n'ai pas touché à un pinceau... Des mois que je n'ai pas laissé ma créativité s'exprimer. Mais malgré ma peur et ma réticence, Nathan cale une main dans mon dos et me fait doucement avancer vers eux.

Le contact imprévu de sa main sur ma hanche me déclenche une irrésistible envie de... vomir. Une envie qui est impossible à retenir alors je m'empresse de descendre sur la plage et de trouver un coin calme pour évacuer la totalité de mon repas.

— Merde, June ! Vous allez bien ?

Sa voix est chargée d'inquiétude, mais avant qu'il ne tente de m'aider, je le repousse d'une main.

— Ça va, ça va. Laissez-moi une minute...

Je crache une dernière fois avant de me relever en essuyant ma bouche le mieux possible.

— Vous n'avez pas digéré ? Peut-être que vous avez fait une intoxication alimentaire ? Ou peut-être que...

— Nathan, le coupé-je.

Il s'arrête aussitôt.

— Tout va bien. Vraiment, tenté-je de le rassurer. C'est régulier, j'ai un estomac un peu compliqué ces derniers temps.

Il se contente de hocher la tête sans répondre. Et moi, je ne vais pas lui avouer que son contact a déclenché une émotion tellement grande que j'en ai régurgité le contenu de mon estomac.

Alice me répète constamment que le corps « parle » souvent davantage que l'esprit. Que notre tête est si facilement manipulable qu'il nous est difficile de reconnaître le vrai du faux... J'ai toujours négligé le lien entre ce que j'étais en train de vivre et mon corps. Et là... La puissance du message qu'il me transmet est assez flagrante. Vomir au contact d'un homme qui n'a rien fait de plus que de me guider à travers une foule est compliqué à gérer.

Parce que ça signifie que j'ai encore beaucoup de chemin à parcourir et que je ne suis qu'au pied de la montagne.

Je me relève au bout de quelques minutes, prête à poursuivre notre visite du marché. Nathan se contente de me surveiller, l'air sérieux. Quand je fais demi-tour pour rentrer, car je sens pointer la fatigue, il ne bronche pas et se lance à ma suite. Mais sur mon chemin, je m'arrête brusquement devant un stand de magnifiques bijoux artisanaux, mais très chers. La créatrice m'explique qu'elle travaille avec des pierres précieuses trouvées dans les environs. Son travail est si minutieux et détaillé que je comprends tout à fait leurs prix élevés.

Je recule soudain, comme si j'avais pris une décharge électrique. Une bague en particulier attire mon attention : sertie de cristal et de perles de culture, elle me rappelle celle que Will m'avait offerte lors de nos fiançailles. Mes iris tristes se posent sur mon annulaire où se trouve dorénavant la bague que Nathan m'a donnée pour parfaire notre supercherie. Une nouvelle nausée me saisit, je recule encore un peu et bute contre Nathan. Je tente de me reprendre en souriant à la créatrice.

— C'est vraiment magnifique, balbutié-je avant de lui souhaiter une bonne soirée et de m'éloigner.

Je croise le regard de Nathan et lui demande si on peut rentrer à l'hôtel. Étonnamment, il accepte aussitôt : il semblerait qu'il ait compris que le moment n'était pas bien choisi pour faire des blagues et me taquiner.

J'ai le sentiment de trahir Will en portant une bague qui n'est pas celle de notre union alors que c'est lui qui m'a trahie. Je ne devrais pas me sentir aussi tourmentée, aussi coupable. Pourtant, mon esprit ne peut s'empêcher de tout mélanger et de me faire passer pour la méchante de l'histoire ; celle qui est partie, qui l'a humilié et qui lui a fait tout perdre. Alors que la réalité est tout autre. Tout le monde le sait et, pourtant, la culpabilité que je ressens au fond de mon être fait tambouriner mon cœur. Je déteste l'emprise qu'il a encore sur moi.

CHAPITRE 9

Mon corps est étendu en travers des draps, je soupire de bien-être et je souris en pensant à Nathan qui dort sur le canapé du salon. J'espère qu'il a mal au dos.

J'ai particulièrement mal dormi cette nuit. Je me suis tournée et retournée dans tous les sens, sans pouvoir empêcher mon esprit de cogiter. En bougeant, je me cogne contre quelque chose de dur ; mes yeux papillonnent avant de s'ouvrir comme des soucoupes.

— Bonjour, bien dormi ? m'interroge Nathan d'une voix fluette.

Je crie et recule d'au moins un mètre, si bien que j'atterris les fesses sur le sol en moins de temps qu'il n'en faut pour le dire. Son rire éclate comme des bulles autour de moi, je grogne, de mauvaise humeur et me relève.

— Qu'est-ce vous foutez au bord de mon lit, bordel ?

J'attendais que vous vous réveilliez, commence-t-il en souriant.

Je plisse les yeux, suspicieuse.

— Vous êtes vraiment...

J'hésite sur le terme à employer.

— Bizarre.

Il se retourne pour me sourire de toutes ses dents. Je grogne en chaussant mes tongs.

— En tout cas, votre lit est bien plus confortable, précise-t-il d'un ton enjôleur.

— Ne vous habituez pas trop, vous allez retrouver votre canapé dès ce soir.

Il rit et s'étend sur le lit. Je l'observe, là, sans bouger. Ce mec est pire que des punaises de lit : vous pensez vous en être débarrassé, mais il y en a toujours. Je récupère mon oreiller et le lance sur son visage pour le chasser.

— Poussez-vous de là, m'exclamé-je, les poings sur les hanches.

Il ne bouge pas d'un iota et me dévisage comme si j'étais la cause de tous ses ennuis. *Soit.* Qu'il reste dans ce foutu lit, je vais prendre une douche et me préparer pour mon activité du jour.

— Hier, je vous ai laissé venir avec moi, mais aujourd'hui, je ne vais pas me laisser faire, commencé-je d'une voix diabolique. Comme vous avez l'air d'adorer la plongée, je vous ai réservé une session avec un guide. Et c'est non annulable, précisé-je en ouvrant la baie vitrée

— Vous êtes têtue, dit-il en s'asseyant.

Je garde le menton haut, mon regard fixé sur la mer.

— J'ai tendance à l'être, en effet.

— Vous allez me laisser déjeuner avec vous ou ça aussi, j'en suis privé ?

Je hausse les sourcils, étonnée de son ton froissé.

— Je ne suis pas là pour vous emmerder, June, ajoute-t-il. Mais vous commencez à m'ennuyer avec votre entêtement et votre façon de me parler...

Il finit par se lever et part dans la salle de bains, sûrement pour enfiler quelque chose de décent afin d'aller déjeuner.

Je me rassois sur le bord de mon lit ; mon cerveau ne peut pas s'empêcher de ruminer à propos du ton qu'il vient de prendre. Est-ce qu'il s'est vraiment vexé ? Ai-je été trop vindicative ? Trop méchante ? *Non ?* Je n'ai pas été méchante, c'est lui, qui s'est incrusté dans mon voyage, merde !

Mes lèvres se serrent, mes sourcils se froncent, je ressors sur la terrasse pour prendre l'air. J'ai à peine posé un pied sur le sol boisé que mon corps étouffe sous l'effet de la chaleur.

Profitant de ce moment de solitude, j'appelle Alice pour prendre de ses nouvelles. Je ne lui ai pas vraiment reparlé depuis ma découverte du pot aux roses. Mon amie me bassine sur la réponse de Mugler qui tarde de plus en plus et imagine les pires scénarios. Je la coupe aussitôt dans son délire lorsque Nathan revient, fraîchement rasé et habillé. Alice me lance une énième remarque sur la superbe décision qu'elle a prise avec cette appli pourrie, et je lui raccroche au nez par pur esprit de contradiction.

— Vous pouvez utiliser la salle de bains, lance-t-il sèchement.

Il m'observe d'un air las.

— Vous permettez, fait-il en me dépassant, je vais également passer un appel.

Et il s'éloigne.

Je prends une douche rapide et m'habille en vitesse. Puisqu'il a décidé d'être désagréable dès le matin, j'irai déjeuner sans lui.

En sortant de la suite, je claque la porte, fourre la manche de ma blouse dans la bouche et hurle. Après quelques secondes, je finis par me relever en soufflant un bon coup. *Pfiou... ça fait du bien. J'avais besoin d'évacuer...*

— En tout cas, vous manquez peut-être d'humour, mais pas d'excentricité, intervient la voix de mon cher et tendre colocataire.

Je le foudroie d'un regard que j'espère aussi noir que les abysses.

— Pas la peine de me regarder avec ces yeux. Je suis insensible à votre charme, Cruella. Venez June, allons déjeuner, lâche-t-il sans se retourner.

Lorsque nous nous asseyons à table, aucun de nous ne parle. Nathan s'adosse contre sa chaise après être allé se chercher un deuxième café et finit par me fixer droit dans les yeux.

— Excusez-moi de m'être comporté comme un con.

Je ne cache pas ma surprise et... décide de m'excuser moi aussi

— Je suis désolée de parfois être... trop piquante. Ou trop têtue, au choix.

— J'ai l'impression que nous le sommes tous les deux.

En effet. L'atmosphère se détend peu à peu, les tensions s'apaisent et l'air autour de nous devient enfin respirable.

— Je ne veux pas gâcher vos vacances, mon objectif est tout autre. Je crois que... Nous sommes partis sur de mauvaises bases. Vous êtes sûre de ne pas vouloir venir faire de la plongée avec moi ?

Je hoche vivement la tête.

— Oui. L'idée de ne pas voir le fond m'angoisse particulièrement.

En guise de réponse, il marmonne un « Dégonflée » dans sa barbe... *Idiot.*

Quoi ? Ce n'est pas parce qu'on s'est rabibochés et qu'on décide de prendre un nouveau départ que je serais *toujours* gentille... ça m'arrivera... Une fois ou deux.

Je passe le reste de la journée seule. Et c'est probablement la pire idée que j'ai eue depuis le début de ce voyage. Je fais exactement ce qu'Alice avait prédit si elle n'avait pas commandé Nathan sur Find it : ruminer et pleurer en regardant l'océan.

Cette constatation me désole. La dépression a toujours été une chimère pour moi : June, l'éternelle joyeuse, toujours un sourire aux lèvres et une blague à raconter. C'est douloureux de s'avouer vaincue, de se regarder en face dans le miroir et de se dire :

« Tu pars en cacahuète ma grande ». À ce moment-là, mon cerveau se met en off. Hors service. Mes piles sont mortes.

Le fait de ne plus être sous antidépresseurs me rend plus connectée à mes émotions, mais parfois, c'est compliqué de gérer ses pensées. Il y a aussi que la présence de Nathan me perturbe plus que je ne l'imaginais. En réalité, j'ai l'impression qu'il déclenche en moi un tumulte d'émotions non identifiées qui me terrifie.

Et par non identifiées, j'entends : de l'attirance. Je *ne veux pas* avoir de l'attirance pour lui et pourtant...

Je secoue la tête et décide enfin d'arrêter de m'apitoyer sur mon sort. Je sèche mes larmes d'une main déterminée et je fonce enfiler mon maillot de bain pour aller me noyer dans l'eau. *Je rigole...*

En passant devant mon armoire ouverte, je repère mon petit kit d'aquarelles que j'avais décidé d'apporter au cas où l'envie de peindre me reviendrait durant mon voyage. Et après des mois de blocage, je n'en ressens pas simplement l'envie, mais le besoin. Comme une nécessité pour pouvoir trier mes pensées. Alors quand le soleil décline, je cours jusqu'à la plage pour me trouver un petit coin agréable.

Entre deux cocotiers, j'installe une grande serviette pour pouvoir étaler tout mon attirail. Je suis même passée à l'accueil pour leur demander s'ils n'avaient pas un chevalet ou quelque chose qui pourrait me servir de support. L'hôtel avait un trépied tout abîmé, mais qui fait parfaitement l'affaire. L'un des employés m'a expliqué qu'avant, ils proposaient des cours d'art les vendredis soirs, pour tous les parents qui souhaitaient sortir et laisser leurs enfants à l'hôtel. Ils ont gardé tout le matériel de cette activité, je me suis donc permis de leur emprunter de la gouache...

Je débute mon croquis au crayon lorsque le soleil commence à décliner, dessinant le paysage face à moi.

Grâce à la peinture que j'étale sur la feuille, je capte les plus beaux rayons de soleil ; leurs couleurs mordorées, leurs teintes orangées, le magnifique rouge vermillon ; je m'amuse à détailler la houle par quelques coups de pinceau indistincts.

Je me sens enfin là. Plus ancrée dans le présent, plus apaisée, plus calme et au clair avec mes pensées. Mes peintures s'enchaînent, je mélange les styles et les outils pour laisser mon art s'exprimer comme bon lui semble, bercée par le son des vagues.

Enfin, je retrouve le plaisir de peindre.

Les minutes passent sans que je ne parvienne à m'arrêter.

— Je vous ai cherchée partout, souffle finalement une voix derrière moi.

Je sursaute, surprise de voir Nathan s'asseoir sur ma serviette à carreaux, à ma droite.

— La plongée s'est bien passée ?

Ses cheveux sont encore trempés mais il sent le savon ; il a dû rentrer prendre une douche avant de partir à ma recherche.

— C'était incroyable ? Les récifs sont tellement beaux ici... et en bonne santé. Ce qui devient de plus en plus rare de nos jours.

Son regard est happé par le coucher de soleil qui nous fait face, mais son visage semble contrarié.

— Qu'est-ce qu'il y a ? demandé-je.

— Rien... répond-il en passant une main dans ses cheveux. C'est juste que... je n'arrive pas à concevoir qu'on puisse détruire ce genre de choses... Si on voyait ce que je vois à chaque plongée, peut-être que les gens comprendraient ?

Curieuse d'en savoir plus à propos de ses initiatives écologiques et de sa passion pour les fonds marins, je l'interroge sur le sujet, et suis captivée par chacune de ses paroles. L'entendre en parler avec autant de passion et d'ardeur me fait sourire ; on sent que ce n'est pas un engagement par dépit, mais bien une profonde conviction et un combat qu'il mène depuis longtemps.

Quand il cesse de parler, je déporte mon regard sur la nature devant nous.

— Comment peut-on abîmer quelque chose d'aussi beau ?

Il ne répond pas, mais je sais qu'il approuve mes propos.

Il finit par allonger ses jambes et s'appuyer sur ses mains. Puis mes dessins captent son attention.

— Vous êtes douée, assène Nathan, admiratif. Et sincère.

Je ne veux pas les salir alors je les fais sécher le plus longtemps possible avant de les ranger. Heureusement qu'il n'y a pas de vent ce soir, sinon je serais en train de courir après ces feuilles sur toute la plage.

— Merci, chuchoté-je, presque timide.

Peindre est pour moi, quelque chose d'intime que je fais dans mon appartement, seule, sans regard extérieur. C'est perturbant d'avoir Nathan à mes côtés pour scruter mon art.

— Vous ressentez quoi ? Quand vous dessinez ? poursuit-il.

J'esquisse un sourire sans détourner les yeux de mon croquis de l'instant.

— Ça me permet d'organiser mes pensées, de les trier... Mais la plupart du temps, ça m'aide à faire taire mon esprit.

— Je comprends. Vous aviez l'air d'avoir beaucoup de choses à faire taire aujourd'hui, ajoute-t-il en pointant du doigt la dizaine de feuilles étalées autour de nous.

Il me demande l'autorisation de les regarder, que je lui accorde. J'en profite un instant pour m'arrêter de peindre et le dévisager. Son œil est scrutateur, il analyse mes dessins comme s'il essayait de les déchiffrer. Parfois il sourit ; d'autres fois, il fronce les sourcils.

— Comment avez-vous appris à... faire tout ça ? s'enquiert-il en pointant le reste de mes croquis du menton.

Je hausse les épaules.

— Je ne me rappelle plus vraiment comment ça a commencé. Je sais que je me suis beaucoup améliorée lorsque j'ai pris des cours aux Beaux-Arts, mais... je ne sais pas, dessiner m'a toujours attirée.

Soudain, une idée me traverse l'esprit et je ne résiste pas à l'envie de la concrétiser.

— Vous voulez essayer ?

Il repose le croquis qu'il tenait entre les mains et me fixe, l'air penaud.

— De peindre ?

Je hoche la tête en souriant.

— Je suis très très nul en art plastique. J'insiste sur ce point, je ne veux pas que vous soyez déçue par mes talents inexistants.

— Je vais vous aider. Tenez, lancé-je en lui tendant un pinceau.

Il le récupère et choisit une couleur sans rincer son outil. Bon... peut-être qu'il va lui falloir un peu plus d'aide que je ne le pensais. Je prends le temps de lui détailler la gamme colorée de la palette, les gouaches empruntées à l'hôtel, les effets qu'il peut obtenir en utilisant plus ou moins d'eau. Je lui parle des mélanges de couleurs, des émotions qu'il peut transmettre à travers son œuvre. Il m'écoute attentivement lorsque, pour illustrer certaines de mes explications, je lui montre mes croquis.

Quand je réalise que je n'entends plus son marmonnement habituel, je relève la tête et le surprends à me regarder avec des yeux si doux que je sens mon cœur se serrer. Personne... personne ne m'avait jamais contemplée avec de telles émotions. Je rapproche imperceptiblement mon corps du sien, dans un mouvement si naturel que mon cerveau n'arrive plus à penser normalement.

— Vous... Vous avez compris ? balbutié-je en clignant des paupières.

Il acquiesce sans se départir de son regard hypnotisant. Mon élève d'un soir finit par récupérer un pinceau dans le pot à sa droite. Je déglutis et tente de reprendre discrètement mes esprits.

Qu'est-ce qui est en train de se passer ?

Pendant que je le guide dans sa session de dessin, on discute de mes peintres et sculpteurs préférés, de mes inspirations et de la manière dont je dépose mes sentiments sur le papier. Étonnamment, il est très doué. Son croquis nécessite un peu d'aide technique, mais globalement, Nathan semble avoir une âme d'artiste.

En quelques heures, nous sommes passés d'inconnus qui voulaient s'arracher la tête à... quelque chose de différent. Nos conversations nous mènent sur des terrains tantôt légers tantôt profonds, on apprend à se connaître d'une manière si inhabituelle de ce que j'ai eu l'habitude de vivre, que je me surprends à apprécier ce moment. Nathan est un homme... déconcertant. La vulnérabilité que je perçois chez lui me touche beaucoup.

Mais il faut qu'il arrête de me regarder avec ces yeux-là... Ils transmettent une douceur qui ne devrait pas autant me perturber. Ni me séduire. Pour la première fois, je vois Nathan non pas comme un ennemi à abattre mais comme un homme qui mérite mon attention.

CHAPITRE 10

La porte claque dans mon dos, je me déchausse, jette mon manteau sur la commode de l'entrée et parcours les quelques mètres qui me séparent de la cuisine. Aussitôt, j'ouvre le placard et récupère le pot de Nutella pour plonger ma cuillère dedans. Ce n'est qu'à ce moment-là que je prends conscience du lieu où je me trouve. Mon ancien appartement : celui que je partageais avec...

— Comment fais-tu pour manger autant de sucre ? Tu vas finir obèse et diabétique, lance une voix masculine.

Je sursaute et me retourne vivement en hurlant de surprise. Will. Intérieurement, je tremble. Pourtant, la June que j'incarne ne bronche pas et ignore sa remarque, en se contentant de lui sourire avant de l'embrasser tendrement. Éloigne-toi.

Il s'écarte rapidement, puis se met à ranger la vaisselle qui traînait dans l'égouttoir.

— D'ailleurs, tu as vraiment une mine horrible aujourd'hui, chérie. Avant le mariage, tu devrais prendre rendez-vous chez l'esthéticienne pour arranger ça.

Je manque de m'étouffer avec ma cuillère. Je lui souris encore et je me déteste. Réveille-toi et barre-toi de là ! Mais la June que j'incarne se contente de sourire, de l'embrasser, de coucher avec lui en supportant toutes ces remarques acerbes.

Dans le canapé du salon, lorsqu'il s'est allongé sur moi, nu et excité, je me suis retenue de vomir. Mais la version de moi, de mon cauchemar semble heureuse de faire plaisir à son fiancé. Elle est heureuse d'être aimée.

La scène se transforme. Will est toujours nu, en train de me pénétrer avec ardeur, mais nous sommes dans ma chambre d'hôtel, à Saint-Barthélemy. Comme en pleine lune de miel.

— Tu es vraiment plus étroite que Sasha, c'est trop bon, lâche-t-il en jouissant.

En entendant cette phrase, je parviens enfin à hurler. Je crie si fort que la scène s'efface pour laisser sa place à une autre.

— June ?

Je sursaute en relevant brusquement la tête. La voix de Will résonne dans l'appartement. Il s'approche, le visage souriant... on dirait un ange avec son sourire parfait. Je suis debout, dans l'entrée de notre ancien appartement et mon cœur bat la chamade.

— Je t'ai préparé un dîner... pour me faire pardonner.

Je me fige, le dos droit. J'ai des doutes. Il me fait toujours à manger quand il a quelque chose à se faire pardonner.

Je lui souris sans conviction. Et je sais d'avance que ce sourire ne va pas lui plaire.

— Quoi ? Tu n'es pas contente ? lance-t-il d'un air rancunier.

Je déglutis en hochant la tête. Je n'ai pas la force de me disputer avec lui. Je veux juste me réveiller.

Il me lance un regard faussement triste. Je détourne le visage pour observer la table dressée face à nous : chandelier, nappe en dentelle, verres à champagne, et notre plus belle vaisselle.

— Je voulais m'excuser pour mon comportement d'hier... et pour le message, commence-t-il en passant une main dans ses cheveux châtains.

Ce fameux message dans lequel il m'a clairement fait comprendre que mes compétences professionnelles étaient insuffisantes. L'un des inconvénients de travailler pour son fiancé, c'est que le boulot ne vous quitte jamais. Ce n'est pas la première fois qu'il rabaisse mes compétences, mais je l'estime tellement...

— En parlant du message... June, il faut absolument que tu améliores tes croquis et tes rendus 3D. Ils manquent de réalisme...

Cette fois, je tique un peu plus. C'est étrange, cette sensation au fond de mon cœur... Je mérite mieux que ça ; mieux que ses paroles, que son acharnement.

— Will, j'ai besoin que tu me soutiennes dans le travail, que tu me fasses confiance et que...

— Mais tu n'es pas à la hauteur, June.

Sa voix est plus tranchante, plus vindicative. Mon cœur cogne dans ma poitrine. Il cogne si fort que je crains qu'il ne s'en échappe pour s'écraser contre le sol. Sortez-moi de là !

— Will, tu... Tu ne peux pas dire ça...

— À vrai dire, June, je ne suis même pas sûr que tu sois à la hauteur pour être ma femme.

Il se met à ricaner, et moi, à pleurer silencieusement. Mes lèvres bafouillent avant de se refermer pour encaisser ses paroles.

— Regarde-toi... s'amuse-t-il en me tournant autour.

On dirait un vautour qui observe sa future proie, prêt à fondre sur elle et à la tuer sur le coup.

— Tu es pathétique, June...

Son rire moqueur s'élève dans la pièce ; mes jambes tremblent tellement qu'elles cèdent sous mon poids. Je tombe sur le sol, terrassée par la douleur que ses mots déclenchent.

— Je ne comprends pas, tu ne m'aimes pas ? l'interrogé-je en haussant la voix.

Son visage arbore une moue songeuse.

— En y réfléchissant, je crois que Sasha me conviendrait mieux en tant qu'épouse.

Cette fois, je résiste. Je me relève et le pousse pour quitter cet appartement au plus vite, mais son bras me retient et la gifle que je reçois me fait tomber sur le sol. Au fond de moi, dans ma cage thoracique, j'entends un craquement sinistre. Mon cœur vient de se briser une nouvelle fois.

Je me réveille en sursautant, le souffle saccadé, et en nage. Je rabats les couvertures, me lève en titubant, puis me dirige vers la salle de bains pour me rafraîchir. En sortant, je jette un coup d'œil au canapé : Nathan y dort paisiblement et mon cauchemar ne semble pas l'avoir réveillé. Tant mieux, je n'ai pas le cœur à lui raconter quoi que ce soit.

Je récupère mon portable et constate d'un œil las qu'il n'est que 4h37... *Bordel...* Je soupire, épuisée par ces cauchemars qui me hantent depuis des mois. Malgré mes nombreuses séances de psychothérapie, rien à faire : je suis poursuivie par *son* visage.

Mes pieds me dirigent rapidement vers la terrasse : j'ai besoin de prendre l'air. Je m'allonge sur l'un des transats, resserre le châle contre moi et lance l'appel.

— Allô ? prononce la voix d'Alice au bout du combiné.

— C'est moi, murmuré-je

— Je sais bien que c'est toi, prononce-t-elle. La question est : pourquoi m'appeler alors qu'il est 4h30 à Saint-Barth ?

Je sais qu'elle fronce les sourcils. Cela s'entend à sa voix.

— Un nouveau cauchemar ?

J'acquiesce en silence, bien qu'elle ne puisse pas me voir, et elle poursuit :

— Ça ne peut plus continuer comme ça, June. Tu dois arrêter de lui donner du pouvoir sur toi... Il l'a déjà eu trop longtemps, finit-elle par ajouter plus doucement.

Nouveau hochement de tête. Je tourne et retourne la bague qui orne mon annulaire gauche.

— Mon cerveau ne peut pas s'empêcher de ressasser tous ces souvenirs. Il avait une telle emprise sur moi...

Après chaque cauchemar, je rêve de pouvoir remonter le temps jusqu'au jour de ma rencontre avec Will, et de ne jamais, ô grand jamais, commettre l'erreur de le fréquenter et d'accepter sa demande en mariage. Malheureusement, Einstein est mort et Docteur Strange n'existe pas.

— Je sais ma Juny... Je suis désolée qu'il te hante encore. J'aimerais tellement que tu puisses l'oublier, que...

— C'est pour ça qu'il est là ? la coupé-je en fronçant les sourcils.

Ma voix n'est qu'un faible murmure, comme si je n'osais pas vraiment poser la question ou que je souhaitais qu'elle ne l'entende pas. Elle sait de qui je parle.

— Je... Oui. Ce soir-là, quand tu étais sur l'appli et que tu es tombée sur son profil, tes yeux se sont illuminés. Après des mois de dépression, tu as eu un vrai sourire.

Je soupire en admirant les étoiles.

— Je lui ai demandé de me laisser seule aujourd'hui, commencé-je en triturant le tissu du transat. J'ai passé la journée à déprimer, c'était horrible...

— Ah.

J'entends son souffle à travers le combiné.

— On s'est pris la tête ce matin parce que je n'arrêtais pas de le repousser, je sentais que je devenais méchante mais... Il y a deux jours, je suis tombée sur une bague, dans un marché local, qui ressemblait à celle que Will m'avait offerte pour mes fiançailles. Ça m'a fait ruminer toute la nuit.

— Lâche prise. Avec Nathan, je veux dire... Laisse-le te déstabiliser et bousculer ton quotidien...

— Je crois qu'on se déstabilise tous les deux. Mais... Je ne suis pas sûre que sa présence soit une bonne idée.

— Balivernes ! crache-t-elle en vitesse.

Je repense à la veille, au moment partagé avec Nathan.

— Alice, on ne se connaît pas lui et moi...

— Ça tombe bien, vous avez deux semaines ensemble pour approfondir la question.

Je lève les yeux au ciel.

— Il peut encore rentrer en France... Il suffit que je lui prenne un billet d'avion. Aujourd'hui.

— June, commence-t-elle, as-tu pensé une seule fois à Will depuis que tu es avec lui ?

— Oui, il y a littéralement cinq minutes.

Alice souffle dans mon oreille, j'éloigne le combiné en grimaçant.

— Et avant ?

— Alice, je ne suis là que depuis trois jours.

— June, je suis désolée de te l'avoir imposé sans te concerter... Je savais que tu allais refuser alors...

— C'est trop tard pour avoir des regrets. Ce n'est pas grave. Il est là, maintenant.

Elle soupire une nouvelle fois avant d'ajouter :

— Je n'ai vraiment rien dévoilé à ton sujet tu sais... sur le mariage, tout ce qui s'est passé après et les mois qui ont suivi... je ne voulais pas te trahir.

— Je sais... je te fais confiance, lui dis-je pour l'apaiser. Mais Alice, je ne sais pas s'il va rester.

Elle passe plusieurs minutes à me parler de lui, de leurs rendez-vous, de ce qu'ils se racontaient, de leur pseudo-amitié qui en a résulté. J'ai l'impression d'en apprendre un peu plus sur lui, mais au fond, le mystère demeure. Il s'est contenté de lui raconter des détails de sa vie, comme son travail, son appartement, sa routine quotidienne mais rien de profond. Alice a fait de même, alors difficile de lui en vouloir.

Nous restons là, à discuter jusqu'à ce que le soleil se lève. Je finis par m'endormir sur le transat après avoir obligé Alice à raccrocher.

Ce matin-là, le soleil brille de mille feux et Nathan a loué une voiture pour se déplacer jusqu'à Corossol, un village de pêcheurs situé à l'ouest de l'île. Oui... Aujourd'hui, j'ai décidé de le laisser choisir une activité *et* de passer la journée avec lui. Pour lui faire plaisir. Et pour lui montrer ma bonne foi.

Ce qu'il s'est gardé de me dire, en revanche, c'est qu'il n'a pas choisi une activité parmi ma liste, mais l'une des siennes. Pas de réservation, pas de préparation, juste nos pieds et notre motivation pour une randonnée dans la forêt de l'île.

Encore une preuve de notre incompatibilité : *je déteste marcher pendant des heures.*

Nathan s'est contenté de me parler d'un objectif spécial sur une application de son téléphone ; je n'ai pas tout compris, mais apparemment c'est une sorte de défi quotidien : marcher.

Alors pour me convaincre, il m'a proposé une sorte de marché. « Vous peignez pour évacuer vos pensées, laissez-moi vous montrer comment je fais pour trier les miennes. »

Je passe tout le trajet à admirer le paysage, à m'enivrer de ce qui m'entoure et à profiter. Dès l'instant où je mets les pieds au sol, je suis happée par la beauté du village.

Ce petit bout de paradis ressemble aux paysages qu'on voit dans les dessins animés Disney : des maisonnettes de pêcheurs au toit rouge et aux façades de bois coloré, des ruelles chaleureuses et d'adorables enfants qui courent dans tous les sens.

— C'est par là, m'indique Nathan en me pointant une longue rue qui remonte le long du village.

J'opine de la tête et le suis en silence sans cesser de m'extasier sur les environs.

— C'est vraiment magnifique !

Il hoche le menton et continue son chemin. Je suis déjà accablée à la perspective d'une journée silencieuse et m'empresse de lui préciser :

— Vous comptez ne pas m'adresser la parole de la journée ? Parce que si c'est ça, je vais faire demi-tour et aller bronzer à la plage de l'hôtel. J'ai fait l'effort d'accepter votre...

— Taisez-vous, profitez plutôt du silence de la nature, argue-t-il en traçant sa route.

Par pur esprit de contradiction, j'accélère et le double en marchant plus vite que lui.

— Eh bien, dépêchez-vous, lancé-je par-dessus mon épaule.

Je l'entends glousser dans la ruelle, mais je continue à cheminer, le nez en l'air pour admirer les arbres qui se balancent au gré du vent. Depuis notre dernière dispute, je craignais de ne pas retrouver le Nathan provocateur qui me fait sortir de mes gonds. Mais visiblement, il n'a pas disparu et cette information me plaît bien.

Après de longues minutes, nous nous engageons dans un étroit chemin qui mène à la forêt. Je crève d'envie de lui demander quel est le programme, mais ma fierté mal placée m'en empêche. *Et puis, j'aime bien bouder. Surtout quand je peux l'emmerder.*

Nathan m'a dépassée depuis une bonne dizaine de minutes : le cardio et moi ne sommes pas vraiment amis.

— Vous ne voulez pas m'attendre un peu bordel ? m'écrié-je en m'arrêtant pour reprendre ma respiration.

Je manque de mourir au moins une dizaine de fois sur ce chemin rocailleux et malgré mes cris de protestation, il ne s'arrête pas. Il finit par se retourner pour me toiser à nouveau avant de hausser les épaules et de reprendre son chemin.

— Arrêtez de me fixer avec ce regard hautain. On n'a pas tous la même endurance.

Je m'assois sur le sol et arrache ma bouteille de mon petit sac à dos avant d'en boire une longue gorgée. Nathan revient sur ses pas et me rejoint en quelques enjambées. Il s'accroupit devant moi, récupère ma gourde des mains et pendant un instant, je crois qu'il va m'embrasser, mais il appuie ses deux mains sur la bouteille d'eau pour me l'envoyer au visage. Je crie de surprise avant de le foudroyer du regard.

— Eh mais ? Mais qu'est-ce qui vous arrive ?

Il se retourne subitement, le regard chargé de colère.

— Rien, je profite de mes derniers instants sur l'île, puisque je prends un billet retour pour Paris dès ce soir. Grâce à vous, bien sûr. Et votre voix m'énervait, vocifère-t-il en plissant ses yeux.

— Quoi ?

Mon cerveau met une nanoseconde pour comprendre ce qu'il insinue :

— Vous avez écouté ma conversation ? C'était privé !

— Vous parliez trop fort ! Vous m'avez réveillé ! assène-t-il, en colère.

Il ne me laisse pas le temps d'en placer une et enchaîne :

— Je croyais que ces trois jours et notre conversation d'hier vous avaient convaincue. J'ai essayé d'être conciliant, de vous laisser votre espace, souffle-t-il en se retournant pour reprendre sa route.

J'essuie l'eau qui coule encore de mon visage et me relève précipitamment. Je cours pour le rattraper, mais trébuche sur une branche en fermant instinctivement les yeux. Alors que j'attends l'impact avec le sol, je sens la main de Nathan me rattraper par les hanches et m'empêcher de tomber dans la terre boueuse.

Ses mains me serrent, me ramènent contre lui et ma respiration se coupe lorsque mes mains atterrissent sur son torse. *Pourquoi ce genre de connerie n'arrive qu'à moi ?*

Je n'ose même pas bouger ni même reprendre ma respiration, mais si je ne le fais pas d'ici cinq secondes, je risque de mourir d'asphyxie. Une décharge me parcourt lorsque ses mains descendent sur mon dos et je m'éloigne brusquement. Nathan esquisse un mouvement pour repartir, mais je l'en empêche en m'accrochant à son bras.

— Arrêtez-vous, enfin.

Il me jette un regard fatigué.

— Je suis désolée que vous ayez entendu cette conversation, mais comprenez-moi. Je...

— Si vous voulez que je rentre à Paris, dites-le-moi ce soir, je ferai le nécessaire, ajoute-t-il en reprenant la route. Je ne suis pas là pour me battre contre vous, June.

Quoi ?

Je reste figée et l'observe qui s'éloigne. Mes pensées défilent à mille à l'heure ; que dire, quoi faire ?

— Nathan ! Attendez !

Il s'arrête. La végétation qui m'entoure m'oppresse et me donne le tournis. J'arrive près de lui et balbutie des excuses bancales :

— Je suis désolée ? OK ? Je m'excuse pour mon comportement merdique et pour ma mauvaise humeur depuis le début du séjour. Laissez-moi encore un peu de temps...

Ses yeux ne me lancent plus d'éclairs. Il acquiesce, calme.

— OK, me répond-il comme si nous venions de parler de la pluie et du beau temps.

— OK ? répété-je pour être sûre.

— Je vous laisse jusqu'à ce soir. Si je dois partir, je prendrai un vol demain matin.

Et il reprend son chemin. Argh. Cet homme est... *vraiment déstabilisant.*

Les heures défilent, un silence apaisant nous entoure et quand nous arrivons enfin au bord d'une falaise, j'avoue en avoir le souffle coupé. L'océan turquoise que nous dominons est absolument magnifique, le vent souffle sur ma peau et la chaleur du soleil dore délicatement mes bras ; je prends une longue inspiration en admirant le paysage.

— Alors, ça en valait la peine ? m'interroge Nathan dans mon dos.

— Oui..., lui réponds-je, un léger sourire sur les lèvres.

— Désolé pour l'eau, tout à l'heure, prononce-t-il ensuite.

Le soleil se reflète dans ses yeux bleus et la golden hour lui offre un air de surfeur vraiment... *beau.*

— C'est ma faute. Je suis... compliquée.

— C'est sûr...

— Eh ! m'exclamé-je en lui donnant un coup dans l'épaule.

Nathan prend le chemin de randonnée longeant la falaise.

Durant l'heure qui suit, mes jambes souffrent le martyre : je peine à tenir debout et finis par supplier Nathan de faire une pause pour que nous mangions nos repas qui doivent être écrasés au fond de son sac.

— Par pitié, dis-je d'un ton geignard, à moitié avachie contre un arbre. Une toute petite pause de quinze minutes !

— Vous entendre me supplier, c'est vraiment...

— Stop ! le coupé-je brusquement en me redressant. Mon Dieu, taisez-vous !

— Vous voyez ? Vous m'appelez déjà Dieu. Bientôt vous me supplierez à genoux.

Il y a quelques instants on se disputait et maintenant... qu'est-ce qu'on fait au juste ? Même si notre discussion a remis les compteurs à zéro, j'ai la sensation qu'il n'a pas fini de me rendre chèvre. Et je crois qu'au fond, c'est ça qui me fait peur.

Après l'avoir suivi, contrainte et forcée, dans son expédition de la mort, nous atteignons enfin un village. Bien que les sentiers et routes empruntés soient absolument magnifiques et nous plongent au cœur de l'île, mon ventre commence à gargouiller de plus en plus fort et je suis certaine que cela dérange même les vers enterrés six pieds sous terre.

Nous nous arrêtons sur les hauteurs du village : je m'affale littéralement sur un rocher avant que Nathan ne me fasse sursauter en me lançant mon repas au visage. Un coup d'œil à ma montre et le déclin du soleil m'annoncent qu'il n'est pas loin de quinze ou seize heures ; une raison de plus de pester contre mon guide du jour.

— On aurait quand même pu manger plus tôt, bougonné-je, la bouche pleine.

Il soupire et je souris : c'est la première fois depuis que nous sommes partis qu'il montre une émotion, aussi négative soit-elle.

— Où allons-nous ensuite ?

— À la plage de Colombier, réplique-t-il tout en mâchant une bouchée de son sandwich.

Je hoche la tête pour acquiescer, puis continue mon encas. Je profite du silence apaisant qui nous entoure pour admirer la vue. Notre position nous permet de surplomber la mer en contrebas ; son dégradé de bleu paraît hypnotisant d'ici.

— Donc, commencé-je doucement. Vous êtes si peu satisfait de mes activités que vous avez créé votre propre programme. Rassurez-moi, je vais quand même pouvoir me dorer la pilule dans cet hôtel absolument divin ?

— Ouais... peut-être une heure ou deux, sourit-il.

Je déchante complètement.

— Pardon ? braillé-je, les yeux écarquillés.

Il rit en croquant un morceau de pomme juteuse.

Rapidement, nous reprenons la route en direction de la pointe de l'île. Les heures de marche défilent et étonnamment, je me sens bien moins fatiguée que ce matin. Mon portable affiche maintenant dix-neuf heures, mon ventre commence de nouveau à gargouiller et je pleurniche déjà d'avance en sachant qu'il va falloir attendre notre retour à l'hôtel pour manger. *Et pour pleurnicher, j'excelle en la matière.*

Le paysage qui nous entoure est évidemment à couper le souffle, mais j'avoue avoir un faible pour nos balades perdues en pleine forêt. Les arbres de l'île nous plongent dans une ambiance calme et reposante. Bizarrement, nous n'avons croisé que deux ou trois personnes durant notre randonnée et pendant un instant, je me surprends à angoisser, de peur que Nathan ne soit réellement un tueur en série.

— Vous m'éloignez de toute civilisation pour m'achever discrètement ? demandé-je en feignant l'innocence.

— Bien sûr. Et je vais profiter des requins pour jeter votre corps dans la mer. Histoire que mon meurtre ne laisse pas de trace...s'esclaffe-t-il dans un sourire carnassier.

— Vous devez bien vous entendre avec Alice.

— C'est vrai. Elle m'a validée juste pour ça.

Une trentaine de minutes et une dizaine de photos enregistrées dans mon téléphone plus tard, nous arrivons sur la plage de Colombier. Le soleil se couche, teintant le ciel de ses couleurs chatoyantes. Je m'arrête et m'assois à même le sol, en haut de cette colline dont le chemin mène à cette langue de sable blanc. Je commence à me balancer, d'avant en arrière, un tic que j'ai depuis mes études supérieures, après des nuits de travail, lorsque mon corps réclamait un lit et une couverture. Je sens le regard de mon compagnon de voyage sur moi et me tourne vers lui.

— Tout va bien ? demande-t-il en fronçant les sourcils.

J'acquiesce avant de sourire légèrement et de détourner le regard vers le paysage. Nous ne sommes plus Nathan et June, deux personnes étrangères qui doivent cohabiter, mais deux personnes qui voyagent ensemble et qui profitent de ce que la vie leur offre.

Malgré mes efforts, mes pensées dérivent vers Will qui a dû bosser toute la journée au lieu d'être ici. J'étouffe un fou rire nerveux à cette idée. Nathan me lance un nouveau coup d'œil interrogateur et je m'empresse de lui expliquer ma réaction afin d'éviter tout doute sur ma santé mentale.

— Je pensais à mon... ex. Alice a, disons... récupéré les billets et notre réservation pour que je puisse en profiter. C'est grâce à elle que nous sommes ici, déclaré-je, en montrant le paysage féerique.

— Qu'est-ce qu'il s'est passé pour que vous en arriviez là ?

— J'ai une histoire, soupiré-je théâtralement. J'ai *un background.*

Son rire mélodieux éclate et je me laisse aller à mon tour.

— Vous venez ?

Je préfère m'échapper sur un trait d'humour plutôt que de me confronter à une réalité bien moche. Je ne l'attends pas et descends le petit chemin de terre. J'entends ses pas derrière moi tandis que j'atteins la plage. Le soleil a disparu sur ma gauche, je fonce vers l'eau pour pouvoir y tremper mes pieds. J'ai envie de plonger dans cet immense bleu turquoise pour me décrasser de la journée. Sans plus réfléchir, mes mains rencontrent mon débardeur et tirent dessus ; mon short et mes baskets rejoignent rapidement le reste et je cours déjà. Les quelques personnes sur place ne prêtent attention ni à moi ni à Nathan, dont les yeux incandescents me brûlent le dos. L'eau chaude et cristalline me lèche les pieds, je me retourne et croise le regard de l'homme qui m'accompagne. Je le scrute quelques secondes avant de reporter mon attention sur la nuit qui se lève doucement. Ses mouvements remuent l'eau dès lors qu'il y entre. Je plonge en tentant de l'oublier.

Lorsque je remonte à la surface pour reprendre ma respiration, une légère brise fraîche me fait frissonner. Nathan arrive finalement à ma hauteur. Il ne fait rien, ne dit rien et moi non plus. C'est un flottement calme et tranquille qui nous repose.

— Merci pour cette journée, murmuré-je presque timidement.

Nathan hausse les sourcils, surpris, mais un sourire discret le trahit largement.

Il esquisse une légère révérence.

Puis, il me tend la main :

— Venez, il nous reste une dernière chose à faire avant de rentrer.

Un instant d'hésitation de ma part lui suffit pour retirer sa main tendue. Il file en direction de la plage. Je le suis jusqu'à ce que nous atteignions un chalet.

— Bienvenue chez Charly, lance la voix de Nathan par-dessus son épaule.

J'observe le petit restaurant local auprès duquel nous venons d'arriver. La devanture est écrite en fines lettres rouges et une fleur d'hibiscus orne le prénom. Je grimpe les escaliers et quitte le sable fin pour du bois dur et vieillissant. Je me hâte de renfiler mes baskets pour éviter une – *ou plusieurs* – échardes.

Nathan ne m'a pas attendue et discute avec une femme aux cheveux gris, dans l'enceinte du restaurant. Elle lui sourit affectueusement avant de croiser mon regard et de me faire signe d'avancer.

J'obéis tout en continuant mon observation des lieux. Ce petit coin de paradis est simplement construit en bois ; la toiture doublée de paille permet de se protéger des intempéries. Des tables de tailles diverses sont disposées le long de la rambarde qui entoure l'espace et au centre trône le bar, dont le mur est décoré d'alcools de tous horizons. Je devine un escalier, caché par un rideau de perle, et un étage où doivent sûrement vivre les propriétaires.

— Bonsoir Mademoiselle. Lisa, ravie de vous connaître, se présente la dame, d'une voix chantante.

Je me présente à mon tour quand une voix masculine hurle derrière le bar. Un homme, dont les cheveux semblent s'être fait la malle, apparaît dans mon champ de vision et tape fortement l'épaule de Nathan avant de le prendre dans ses bras. De toute évidence, ces deux-là se connaissent. Lisa, certainement la femme de ce bon monsieur, me lance un regard amusé avant de se pencher vers moi et de me chuchoter à l'oreille.

— Nathan ne nous a pas rendu visite depuis plus de quatre ans... Ce grand gaillard nous a bien manqué !

Il est déjà venu ici ? C'est pour ça qu'il connaît si bien le coin ?

Je croise enfin son regard, mais Nathan se contente de hausser les épaules en guise de réponse.

— Salut Mam'zelle, prononce l'homme qui a serré Nathan dans ses bras. Bienv'nue chez Charly ! V'nez donc vous installer, j'vous ai gardé l'meilleure d'toutes !

Il nous conduit à une petite table, offrant une vue imprenable sur la falaise et l'océan. Le paysage parfait pour profiter d'un repas typiquement local.

— C'ta nénette ? murmure-t-il à l'oreille de Nathan tout en louchant sur la bague à mon doigt.

Je retiens un sourire tandis que Nathan secoue la tête et lui chuchote une réponse qui a l'air de convenir à notre hôte, car il hoche la tête d'un air content.

— T'vas l'am'ner à l'association ? l'interroge-t-il en gardant ses yeux fixés sur mon visage.

Nathan acquiesce :

— Ouais, je comptais y faire un tour dans la semaine.

— C'bien mon grand. Ils ont b'soin d'aide en ce moment.

Nathan approuve de nouveau, la mine sérieuse, alors que je l'étudie, la tête penchée sur le côté pour tenter de comprendre la discussion.

— J'vous apporte l'plat d'jour ? prononce la voix forte de son ami.

Nathan me consulte du regard. Je meurs de faim ! Notre hôte repart et nous nous retrouvons seuls.

— Une association ? demandé-je en plaçant une main sous mon menton. Vous êtes déjà venu ici ?

— Dans ma jeunesse, se contente-t-il de répondre.

J'attends plus d'explications, mais je vais devoir me contenter de vagues réponses, car il n'a pas l'air décidé à développer.

— C'est une association de protection de l'environnement, finit-il par me préciser. Ils proposent des activités gratuites aux touristes qui veulent contribuer à protéger la nature.

— D'où le fait que vous aimez plonger ?

Je suis complètement fascinée. L'environnement est une partie très importante dans mon métier de scénographe. Quand on pense que nos décors finissent presque tous à la déchèterie... Il est impensable que nous gaspillions nos ressources comme si nous en avions à l'infini.

— Nous allons y aller ?

— Oui. Je me suis dit que cela nous ferait une activité de plus, et puis... au moins, c'est pour une bonne cause. Pas le genre de trucs qui devient un véritable nid à touristes.

— C'est génial, m'exclamé-je, enthousiaste. Qu'allons-nous y faire ?

Il ricane devant mon air béat, puis me répond, plus sérieusement :

— De la plongée, lance-t-il en plissant les yeux, incertain de ma réaction.

Mon enthousiasme fond comme de la guimauve au soleil. Mes épaules s'affaissent alors qu'il pointe l'océan du doigt.

— On ira récupérer les déchets qui dégradent l'océan.

Je prends un instant pour réfléchir, mais finis par me laisser tenter quand il me rassure :

— Promis, on restera dans les zones où on peut distinguer le fond.

Je mange avec gourmandise le plat que notre hôte nous sert : un blaff de poissons Mahi-Mahi accompagné de patates douces à la persillade. Le cadre idyllique est si reposant que nous passons la moitié du repas en silence, à écouter les vagues s'écraser sur le sable et les discussions animées autour de nous. Le temps passe et les cocktails défilent devant moi, toujours plus originaux que les précédents. Apparemment, Lisa a décidé que je serai sa testeuse du jour.

L'alcool semble me réveiller et me donner du courage, alors j'interroge Nathan, le plus sérieusement du monde :

— Vous avez une petite amie ?

Il manque de s'étouffer en buvant son vin.

— Une femme ? Une maîtresse ? Je vous préviens, je ne veux pas d'une nana en colère qui me court après parce que son mari est parti en vacances avec une autre et je...

— Non June, ricane-t-il en essuyant sa bouche. Pas de copine, pas de femme, ni de maîtresse. Je suis seul.

— Hmmm. D'ailleurs, je reprends en avalant un morceau de Mahi-Mahi, j'ai oublié de vous poser la question, mais comment s'appellent nos hôtes ?

— Vous n'avez pas lu le nom du restaurant en arrivant ? m'interroge-t-il en riant.

— Charly ?

Il confirme d'une moue rieuse.

— Et Lisa, complète-t-il juste après.

— Je dois avouer qu'il aurait parfaitement porté un prénom du sud... Comme Robert. Ou Jean. Ou Jacky.

Nathan éclate de rire et j'espère avoir l'occasion d'entendre à nouveau ce son si pur sortir de sa gorge. Les clients nous lancent tous un œil mauvais, désireux de ne pas être dérangés dans ce cadre parfait. Nos rires se font moins fort : on croirait presque que nous sommes capables de nous entendre.

Une fois notre repas terminé, Charly vient nous débarrasser.

— Un p'tit dessert, ma gazelle ?

— Avec plaisir, je lui réponds.

Il repart d'un air mystérieux, après avoir échangé un regard entendu avec Nathan.

Je vide une nouvelle fois mon verre avant de remarquer Lisa, qui zieute mon cocktail vide et m'en prépare déjà un nouveau. Comment vais-je tenir debout ?

Nathan répond à ma pensée avec une voix enjôleuse :

— Je vous porterais volontiers dans mes bras pour vous ramener, mais le chemin risque d'être parsemé d'embûches.

Je m'imagine dans ses bras tandis qu'il trébucherait à chaque mètre. Mais mon sourire s'évanouit soudainement à cette idée bien trop confortable.

Charly revient et dépose devant moi une appétissante tarte de fruits frais, accompagnée d'un nouveau cocktail. Après avoir terminé mon dessert, j'admire la nuit qui nous fait face et décide de me lever après avoir récupéré mon verre. Je dois alors m'accouder à la barrière qui entoure le restaurant sous le regard de Nathan. Heureusement pour moi, la plupart des clients ont déjà quitté ce petit coin de paradis et les autres ne peuvent pas me voir d'ici... Je ne marche plus vraiment droit alors autant éviter de mourir de honte avec une chute inopinée.

Nathan arrive d'un pas nonchalant à mes côtés, son verre à la main. Toujours le même depuis le début de la soirée. Je suis donc l'ivrogne dans notre duo ?

Il s'installe dos à la plage et m'observe tout en sirotant son vin. La chaleur du soir est tellement moite que je n'ai qu'une envie : me déshabiller encore et plonger dans l'eau turquoise.

— Vous êtes ronde, glousse-t-il en buvant la dernière gorgée de son vin. Allez, venez vous rasseoir...

— Vous avez déjà pris un bain de minuit ? lancé-je en observant la mer calme.

— Probablement, souffle-t-il

Son regard évite le mien, mais se pose sur mon corps. Peut-être que l'alcool me rend un *tout petit peu* joyeuse.

— J'ai réfléchi, commencé-je en hoquetant à cause de l'alcool. Vous n'êtes visiblement pas un psychopathe et vous avez l'air plutôt... sympathique. Si vous rentrez à Paris, je vais être seule, ruminer toute la journée, pleurer très certainement... Bref, ça ne sera pas joli-joli.

J'inspire en m'appuyant davantage sur la rambarde, mes jambes deviennent de plus en plus fébriles. Je ne sais pas ce que met Lisa dans ses cocktails, mais c'est bien trop fort pour moi.

— J'accepte. Que vous restiez, ajouté-je entre deux hoquets.

— Vous êtes bourrée, June. Vous ne savez pas ce que vous dites.

— No... Non. Je suis super lucide, bafouillé-je en me redressant.

Bon... Peut-être qu'il n'a pas tort.

— Revenez vous asseoir pour décuver. On en reparlera demain matin.

— Puisque je vous dis de rester ! m'énervé-je soudainement. C'est agaçant, votre manie de toujours me contredire.

Il secoue la tête, puis me guide lentement jusqu'à la sortie du restaurant. Visiblement, il n'a pas l'intention de me laisser décuver sur la plage. Juste avant de quitter les lieux, je passe de longues – très longues – minutes à remercier nos hôtes et à leur promettre que nous reviendrons vite. Nathan me laisse un instant seule pour répondre à un coup de fil urgent. *Qui appelle t-il à une heure pareille ? Et puis d'ailleurs, quelle heure est-il ?*

Entretemps, l'alcool faisant toujours son effet, je titube de droite à gauche et ne cesse de rire. Je prends même une photo : un selfie de moi et de Nathan au loin, toujours au téléphone que je pointe du doigt. Je l'envoie à Alice et ajoute un commentaire : Il est meugnonnnn.

Je le regretterais sûrement demain matin.

Légèrement saoule, je me mets à courir en direction de la plage alors qu'un taxi nous attend sagement au bout de la route près du restaurant.

Cette fois, je ne prends même pas la peine d'enlever mes vêtements et plonge directement dans l'eau tiède. L'homme de mes tourments hurle mon prénom et me demande de revenir. Je me laisse flotter en étoile de mer, lève mon bras et pointe un doigt d'honneur dans sa direction. J'entends ses appels énervés au loin, mais je ferme déjà les yeux, bercée par le son du sable qui roule sous l'eau. Je me sens si légère... ça faisait tellement longtemps que je ne m'étais pas sentie ainsi.

— Putain, June, j'te jure, tu m'épuises et ça ne fait que trois jours, m'annonce-t-il une fois arrivé à ma hauteur.

Je ne sais pas si c'est son humeur qui est à chier, mais vu son regard, je ferais mieux de ne pas le provoquer ce soir. Son coup de téléphone a l'air de l'avoir remué et pourtant je lui envoie de l'eau au visage. Il étouffe un grognement de colère, saisit ma main et me traîne jusqu'au rivage où il finit par me porter contre lui. Je pourrais rester éternellement dans ses bras. Will n'a jamais fait ça. Je chasse cette pensée d'une main comme si je chassais une mouche et Nathan resserre sa prise sous mes cuisses pour m'empêcher de gigoter. Je me sens comme une enfant en manque d'affection, et je me laisse bercer par son corps si près du mien et sa chaleur agréable qui me réchauffe après cette baignade improvisée. Mes yeux se ferment un peu plus ; la fatigue pointe le bout de son nez.

— Tu es pire que Gaby... murmure-t-il si doucement, que je me demande s'il ne dit pas cette phrase pour lui-même.

Je fronce les sourcils et colle ma tête contre son cou, mes bras se balançant de chaque côté de ses épaules. Je demande :

— C'est qui Gaby ?

Sa réponse met trop de temps à arriver, je ne lutte plus contre la fatigue qui m'emporte.

— Mon fils, entends-je au loin, si bien que je me demande si je ne suis pas en train de rêver.

Trop tard pour demander, Morphée me récupère dans ses bras et m'emmène loin, très loin, de ceux de Nathan.

CHAPITRE 11

NATHAN

Face à moi, le soleil commence à pointer le bout de son nez alors que je marche le long de la plage. Je n'ai pas dormi de la nuit. Après avoir couché une June complètement ivre, je me suis allongé sur le canapé sans pouvoir trouver le sommeil.

Bon sang.

Je pensais avoir le contrôle, savoir ce que je faisais. La réalité en est tout autre, cette situation me dépasse. June est une femme déconcertante. Elle est... je n'en sais rien. Ce n'était pas prévu. Mon cœur qui s'emballe quand je la vois, *ce n'était pas prévu.* Et je n'ai aucune putain d'idée de la manière dont je vais pouvoir me sortir de là.

Je cogne mon pied contre le sable, la colère coincée au creux de ma gorge.

J'ai accepté d'être ici pour une raison particulière, pour une vengeance dont j'aimerais qu'elle fasse partie. Mais... Puis-je mêler une innocente à une guerre d'ego puérile ?

J'aimerais dire que je suis passé au-dessus de toutes ces histoires, de ce passé qui m'encombre l'esprit. Mais il y a eu trop de souffrance pour que je me laisse faire une fois de plus.

Je n'ai pas envie qu'elle soit un dommage collatéral. Et je crois que ce n'est pas le pire dans tout ce vacarme qui règne dans ma tête… Le plus délicat reste l'attirance que je ressens pour elle, malgré tout.

JUNE

La tête dans le brouillard et la bouche pâteuse, je grignote sans envie un morceau de melon. Nathan me fixe de ses yeux rieurs mais je l'ignore superbement. J'inspire par les narines en sentant mon mal de tête empirer ; c'est comme si un marteau-piqueur venait d'établir domicile dans mon crâne.

— Dorénavant, je refuserais chaque goutte d'alcool, je le jure, balbutié-je en récupérant mon verre de jus d'orange.

Nathan ricane et lance d'un ton ironique :

— Bien sûr…

— Dites, commencé-je en ouvrant un peu plus les yeux. Pourquoi vous ne m'avez pas dit que vous aviez un fils ?

— Parce que vous n'avez pas posé la question, rétorque-t-il naturellement.

Véridique.

— Hum. Il s'appelle comment, déjà ?

— Gabriel. Mais je l'appelle Gaby.

— C'est doux comme prénom, souris-je.

Il hoche la tête joyeusement. On dirait un labrador. Non pas que je le compare à un chien, loin de là, c'est juste qu'il a l'air d'être un papa poule et que je trouve ça aussi adorable qu'un labrador. Bon. *Mon explication est bancale.*

J'hésite un instant à lui poser la question sur la mère, mais me résigne : de toute façon, nous aurons sûrement l'occasion d'en reparler durant notre séjour. Il m'a dit qu'il était seul… J'imagine que je peux lui faire confiance là-dessus, mais je ne sais pas s'ils se sont séparés en bons termes. Et puis, après tout, ce ne sont pas mes oignons ! Mieux vaut ne pas s'aventurer sur ce terrain glissant. J'ai bien vu ce que cela a donné avec le divorce de mes parents...

Je mange quelques autres fruits avant de lever la tête vers mon compagnon de voyage.

— Alors, commencé-je en me reculant contre ma chaise. C'est quoi le programme du jour ?

— Ah, parce que, maintenant, notre programme est entièrement partagé ? Plus de manigances pour m'évincer de vos activités ?

Je déglutis en croisant son regard.

— Vous savez, je n'ai pas oublié notre conversation d'hier soir. Contrairement à ce que vous pensez, j'étais parfaitement lucide...

Ses lèvres s'incurvent et il s'approche de moi en s'accoudant sur la table.

— Vous étiez complètement bourrée. Mais soit. Si vous vous en souvenez, alors vous vous rappelez m'avoir demandé de rester ? Que dis-je, supplier !

Je fronce les sourcils. *Hein ?*

— Vous avez carrément posé un genou à terre pour me demander de rester, précise-t-il.

— Vous déconnez ? Je n'ai pas fait ça ?

— Non, ricane-t-il alors qu'un soupir de soulagement m'échappe. Je voulais voir si vous vous en souveniez réellement. Donc aujourd'hui, vous acceptez de faire une de mes activités ?

J'acquiesce mollement, d'une mine boudeuse.

— Bien. Vous êtes en forme ? reprend-t-il en haussant un sourcil.

Malgré la lumière du soleil qui aggrave mon mal de tête, j'acquiesce.

— Carrément, je pète le feu, murmuré-je.

— C'est ça de penser qu'on a encore vingt ans, se moque Nathan.

Je pose la main sur le cœur, faussement choquée de son sous-entendu.

— Bon, et cette activité alors ?

— Vous verrez... ça va calmer votre gueule de bois, vous allez adorer !

Grossière erreur.

— C'est hors de question !

Il veut me tuer, hein ?

Un employé m'installe un harnais de sécurité, me force à l'enfiler une jambe après l'autre puis attache tout ce qui doit être attaché pendant que je tremble comme une feuille.

— Vous en avez déjà fait ? s'enquit Nathan avec une moue moqueuse.

— J'ai l'air d'en avoir déjà fait ? rétorqué-je d'un regard noir.

Le technicien lance un coup d'œil à mon cher faux-époux, qui se délecte de me voir dans cette galère.

— Je vous déteste, articulé-je silencieusement dans sa direction.

Il hausse les sourcils, et croise de nouveau le regard du moniteur qui continue à me saucissonner :

— Elle aboie plus qu'elle ne mord, ne vous en faites pas.

Décidément, nous partageons la passion des comparaisons canines.

— Attendez qu'on se retrouve là-bas, que je puisse couper votre corde et vous faire tomber dans le vide.

Le moniteur éclate de rire pendant que je tire la langue à Nathan.

— Bon, tout est nickel, vous allez pouvoir grimper.

Un mouvement de tête fait revenir ma migraine. Nathan tend sa main pour prendre la mienne et étonnamment, je le laisse faire. Il me traîne jusqu'en haut de la colline, l'effort me fait souffler comme un bœuf – *surtout avec le taux d'alcool restant dans mon sang* – mais une fois que nous sommes arrivés, la vue en vaut vraiment le coup. J'ai presque le souffle coupé face au paysage idyllique qui me fait face. Nathan m'observe du coin de l'œil et sourit.

— Je vous avais dit que le panorama était exceptionnel, souffle-t-il à mon oreille.

Je ne peux qu'acquiescer et cesser de râler. Le moniteur qui nous accompagne prend mon mousqueton et les différentes sécurités pour les accrocher à la tyrolienne.

— Vous êtes prête ? demande-t-il en souriant.

— Euh... non ?

Nathan se moque ouvertement.

— Vous êtes jeune, June. Cessez d'avoir peur de tout et donnez-vous la chance de vivre des trucs exceptionnels !

Je secoue la tête, apeurée par l'idée de lâcher prise.

— Regardez, commence-t-il en s'approchant.

Le moniteur se décale. La main de Nathan effleure mes côtes, me faisant frissonner.

— Il va prendre votre harnais comme ceci...

Il mime chaque étape, presque imperceptiblement, comme si son but n'était pas vraiment de me montrer les prochains mouvements du moniteur. Mon corps se réveille instantanément au contact de ses mains mais je me force à rester impassible.

— Et quand vous allez relever vos pieds, il vous lancera !

Je suis moi-même surprise de notre proximité, pour autant, je ne bouge pas d'un iota. Je hoche la tête, en bonne élève que je suis.

Quand je suis enfin rassurée, j'acquiesce d'un mouvement de tête en direction de l'employé, Nathan lui laisse la place et moi, je retiens ma respiration jusqu'à entendre crier derrière mon dos :

— Levez les jambes !

Et soudainement, le vide. Je ferme les yeux pendant les trente premières secondes. Si je les ouvre, je crois que je dégobille. Et personne, *personne*, ne veut recevoir du vomi tombé du ciel.

— June ! Ouvrez les yeux, arrêtez d'avoir peur ! hurle la voix de Nathan.

L'euphorie et l'excitation remplacent la peur et l'angoisse, et je profite *enfin* de ce qui m'entoure. Mon corps traverse une forêt d'arbres tropicaux, survole des petits villages de pêcheurs perdus au nord de l'île et, plus le temps passe, plus mon envie d'aller vite augmente. Au loin, j'aperçois une étendue d'eau. Après être sortie de la forêt, je survole l'océan.

Un éclat de rire m'échappe et cette fois, je lâche la corde que je tenais fermement pour laisser mes bras voler dans les airs. Du haut de la colline, j'entends Nathan pousser un cri d'excitation et je hurle à mon tour. L'air fouette mon visage et les larmes glissent le long de mes joues ; je deviens silencieuse pour admirer le paysage et laisse divaguer mon esprit.

Je me penche vers l'arrière, laisse mon corps suspendu dans le vide et prie secrètement que la corde ne me lâche pas.

Pour la première fois de ma vie, je me sens vivante. Peut-être que l'adrénaline qui coule dans mes veines en ce moment me fait complètement délirer, mais je comprends enfin ce que Nathan essaie de me dire depuis quelques jours. Je souris à m'en décrocher la mâchoire, mais pour rien au monde je ne laisserai mes lèvres se refermer. Cette sensation de liberté dépasse tellement mes attentes que je finis par crier. Crier pour évacuer la colère que j'ai accumulée pendant des mois contre Will, contre ce foutu mariage et tout ce qui s'en est suivi. Je suis certaine que si

Albert me voyait en cet instant, il rirait en m'encourageant, les poings levés vers le ciel. Derrière moi, Nathan me rejoint dans mon hurlement et je me demande si lui aussi n'a pas des choses importantes à évacuer.

Nous finissons par survoler d'autres hameaux avant d'atteindre la fin du parcours. J'arrive la première sur une plaine aménagée ; l'atterrissage est brusque mais je n'ai pas le temps de me plaindre qu'on m'enlève déjà l'équipement. Mes jambes flageolent sous le coup de l'émotion.

Bordel, c'était complètement dingue !

Je tente de reprendre mon souffle, inspire longuement et revois toute la descente défiler devant mes yeux. *Et dire que j'avais la trouille de le faire !*

Des larmes de joie filent sur mes joues, mais cette fois, le vent ne les sèche pas. Nathan arrive à ma suite et nous nous fixons, nos mines toutes deux euphoriques.

À l'instant où son corps est libéré de toute entrave, il se rapproche de moi, incertain, mais je lui saute dans les bras. Mes mains s'accrochent à son cou, je m'agrippe à lui comme un koala et je le serre contre moi sans vraiment comprendre mon geste. Il est de toute évidence surpris : sa réception nous déséquilibre un instant avant qu'il ne passe ses mains sur mes hanches, timidement.

— C'était... génial. Merci, lui-murmuré-je à l'oreille.

J'ignore le frisson qui le parcourt et sens ses mains se resserrer davantage dans mon dos. L'allégresse de l'instant redescend doucement, et je prends conscience de la position dans laquelle je suis. Le feu me monte aux joues, je détache mes bras de son cou et je recule légèrement jusqu'à croiser son regard. Nos nez se frôlent, Nathan ferme les yeux et déglutit alors que je l'observe. C'est la première fois que je le vois de si près. Je détaille son visage : c'est exaltant.

— Alors les tourtereaux ! Sympa cette p'tite descente, hein ?

C'est la goutte d'eau qui nous mène au summum de la gêne. Le regard du moniteur se détourne face à mon expression courroucée : il lève les mains en l'air en signe de reddition. Nathan, lui, se gratte la nuque et évite mon regard.

J'aurais dû me contenter d'une accolade ! Sans lui sauter littéralement dessus !

— Merci, rajouté-je après quelques secondes pour me redonner constance.

Il retient son sourire amusé mais ses yeux le trahissent clairement.

— Vous l'avez déjà dit. Heureusement que vous avez fini par vous décrisper, ajoute-t-il en souriant de toutes ces dents. Vous aviez l'air... malade.

Je m'étouffe avec ma salive et tousse pendant qu'il s'esclaffe.

— Je n'étais pas crispée, j'avais peur !

— C'est ça... persifle-t-il pendant que je lève les yeux au ciel.

Nous récupérons nos affaires en nous débattant sur les sensations que nous avons chacun ressenties. Je crois que je me suis pris une claque supplémentaire en admirant les paysages : la végétation était luxuriante, d'un vert si intense et profond que j'aurais pu en avoir les larmes aux yeux. Et la couleur de l'eau, la beauté des villages que nous survolions, les cours d'eaux qui dessinaient des stries dans cette nature verdoyante, le vent qui fouettait mon visage...

Ouais... une vraie claque sur la beauté de notre monde. Je dois avoir le même air béat que j'avais en atterrissant ici. *L'effet de la tyrolienne, certainement.*

Je soupire en me retournant sur le transat pour laisser mon dos bronzer. Après notre sortie tyrolienne, en milieu de journée, nous avons décidé d'un commun accord de nous laisser un après-midi de repos total. Qui dit repos, dit massage et sauna à volonté avant de se prélasser en bord de mer. Le massage était absolument exquis et je me suis complètement endormie sous la pression des doigts de fée qui détendaient mon corps.

Nathan a refusé de m'accompagner sous prétexte qu'il n'avait pas envie de, je cite, « se faire palper son corps de rêve au risque de devoir gérer l'évanouissement du personnel face à tant de beauté ». Autant dire que j'ai vérifié trois fois si ces chevilles n'avaient pas quadruplé de volumes entretemps ; un rire bas m'échappe sur mon transat en y repensant. Nous n'avons pas rediscuté de la scène « je te saute dans les bras et on se fait un gros câlin », et j'avoue en être soulagée ; je ne sais pas si j'aurais pu survivre à tant de gêne.

Les gouttes de sueur perlent sur mon front, je me redresse sur les coudes. La chaleur de l'après-midi est étouffante et j'ai beau humidifier ma tête quatorze fois par heure, rien n'y fait. Après un long moment à me prélasser, je rassemble mes affaires pour retourner à la suite. Les insolations et moi sommes devenues ennemies à mes quatorze ans ; après m'être fait dorer au soleil comme une saucisse grillée, je suis restée couchée quatre jours.

Je n'ai pas demandé à Nathan ce qu'il comptait faire de sa journée ; à vrai dire, je pensais qu'il me suivrait à la plage, mais apparemment il en avait décidé autrement. Un jour, il râle parce que je l'évince de quelques-unes de mes activités, et l'autre, il disparaît sans laisser de trace.

Une fois dans le bungalow, je balance mon sac au pied du lit et appelle Nathan. J'attends quelques secondes dans l'espoir d'avoir une réponse, mais aucune ne me parvient.

Une rapide douche à l'eau tiède et me voilà comme neuve. J'enfile un short et un débardeur, m'installe sur mon lit et profite du calme de la chambre pour appeler mon père et envoyer un rapide message à ma mère, mais mes yeux peinent à rester ouverts.

— June ?

Une voix grave se fait entendre au loin. Je gémis pour protester et me retourne dans le lit. Des mains dures viennent me déplacer en douceur et je sens le matelas s'affaisser. J'ouvre un œil et tombe sur le – *magnifique* – sourire de Nathan.

— Il est dix-neuf heures... Vous voulez aller manger ?

À ces mots, mon estomac se réveille et grogne. Je cache mon visage dans l'oreiller mais l'entends rire dans sa barbe. Une robe légère rapidement mise sur le dos, je mets un peu de mascara pour tenter de réveiller ma mine endormie puis rejoins Nathan qui m'attend devant la baie vitrée, sur la terrasse. Sa chemise bleue fait ressortir ses yeux couleur océan ; il a retroussé ses manches ce qui laisse apparaître ses bras bronzés.

Sur le chemin du restaurant le silence nous entoure et j'ai beau chercher son regard, Nathan fuit sans cesse. Je retiens mes paroles lorsque nous arrivons devant l'entrée, face à notre hôtesse préférée...

— Joséphine, comment allez-vous ? lance Nathan d'une voix... séductrice ?

Joséphine, qui ne comprend pas ce soudain intérêt, sourit à pleines dents.

— Vous vous êtes mise sur votre trente-et-un ce soir, ajoute-t-il avec un sourire.

Son petit jeu ne m'amuse pas du tout : je m'approche de lui et écrase son pauvre pied. On est censé être un couple fou amoureux et tout juste marié, à quoi joue-t-il ?

— Une table pour deux, en bord de plage, merci, demandé-je d'une voix suraiguë.

Elle acquiesce d'un air crispé et nous invite à la suivre.

— Vous êtes ridicule, cessez ça immédiatement. Ils doutent déjà assez de notre mariage, chuchoté-je en colère à mon colocataire.

Un sourire figé s'installe sur le visage de Nathan ; je sursaute lorsque je sens passer sa main sur mes reins pour me pousser à suivre Joséphine. Du coin de l'œil, de l'autre côté du restaurant, j'aperçois le serveur à l'allure de surfeur et je me renfrogne encore un peu.

Ce dernier s'approche de notre table et je croise le regard de Nathan, désormais aussi agacé que moi. *Et si... ?*

— Bonsoir, commence-t-il en accrochant mon regard.

Me voilà prête à jouer à un jeu qui pourrait me brûler les ailes. *Oups...*

— Puis-je vous apporter un apéritif pour commencer ? Un verre de moelleux peut-être, précise-t-il à mon attention.

Je déglutis en sentant le regard insistant de Nathan sur moi. Je ne suis pas sûre de vouloir jouer avec lui mais... l'homme de Cro-Magnon assis en face de moi me donne envie de changer les règles. En guise de réponse, je lance un sourire particulièrement éclatant au serveur.

— Pourriez-vous aussi nous apporter quelque chose à grignoter ? Je vous laisse choisir, je suis sûre que vous avez bon goût.

Son regard s'illumine et il acquiesce en s'en allant. Je remets mon masque impassible, Nathan grogne et je le fusille du regard. *Et alors ? Cours retrouver Joséphine !*

Quelques instants plus tard, le serveur est déjà de retour avec notre commande.

— Le moelleux pour madame, sourit le jeune homme en posant ma coupe devant moi.

Il dépose ensuite le verre de whisky commandé par Nathan. Il a visiblement besoin d'alcool fort ce soir. Le surfeur – *le serveur, pardon* – laisse ses yeux dévier tranquillement sur mon décolleté et je fais semblant de ne rien voir en buvant une gorgée de vin blanc. Nathan se racle fortement la gorge, le rouge aux joues.

Je n'attends pas que le jeune homme soit parti pour picorer quelques chips de légumes qu'il vient de déposer, en le fixant d'un air séducteur. Je n'ai aucune idée de l'efficacité de mon sex-appeal : ça fait plus de cinq ans que je n'ai dragué personne...

Je suis peut-être en train de me ridiculiser ? Je chasse d'un mouvement de tête cette pensée intrusive et continue mon dangereux manège.

— Vous aviez dit que vous ne boiriez plus une seule goutte d'alcool, grommelle mon voisin de table une fois le serveur parti.

— Il faut croire que nous disons tous deux des choses que nous ne pensons pas.

Lorsque je remarque Joséphine venir vers nous pour prendre la commande de nos plats, je saute sur l'occasion, bien trop belle pour la laisser passer.

— Que puis-je vous servir ce soir ?

Elle ne me regarde même pas. *Putain, toi, je vais te faire bouffer le sable si tu continues.* Je prends la parole pour ne pas me faire oublier par madame qui est obnubilée par mon faux mari.

— Hum... Nous allons prendre un plateau de fruits de mer, ça te va, chéri ? interrogé-je Nathan d'une voix mielleuse.

Une étincelle apparaît dans les iris de Nathan lorsqu'il hoche la tête.

Eh oui, Joséphine, nous sommes des gens taquins.

J'énumère une longue liste de mets de la mer en souriant. Les yeux bleu océan de Nathan sont devenus bien trop foncés pour distinguer ses pensées, mais je me doute de ce qui trotte dans sa tête. La serveuse me regarde enfin et je me délecte de son air hébété. *C'est MON faux mari !*

Finalement, elle tourne les talons : je n'ai même pas regardé si elle avait noté toutes mes demandes loufoques. Je finis mon verre cul sec et plonge mon regard dans celui de Nathan.

— Vous pensez qu'elle va nous amener tous ces plats ? questionné-je innocemment.

Il s'esclaffe, la tête penchée vers l'arrière, me donnant une vue imprenable sur sa gorge.

— C'est très probable, oui.

De toute façon, je meurs de faim.

— Je déteste qu'on se moque de moi, Nathan. Alors à quoi est-ce que vous jouez ?

Il fronce les sourcils.

— À rien.

— Vous avez insisté pendant des heures pour qu'on joue le jeu des jeunes mariés, jusqu'à m'offrir cette foutue bague. J'ai finalement cédé en vous demandant de rester, ce n'est pas pour que vous gâchiez tous nos efforts avec deux phrases, fulminé-je en désignant mon annulaire.

— Vous êtes facilement agacée lorsque *mon* attention *n'est pas* tournée vers *vous*. Avec cette commande, vous vous êtes tournée en ridicule.

J'ouvre la bouche d'un air outré alors qu'il détache un à un les mots tout en se délectant de ma réaction.

— Pardon ? Dixit le mec qui ne peut s'empêcher de marquer son territoire comme un vieil ours mal léché, beuglé-je, deux fentes à la place des yeux.

— Soit vous êtes franchement jalouse, soit vous êtes d'une aigreur à faire bouillonner l'océan !

— Nous sommes censés jouer le rôle d'un couple tout juste marié face au personnel de l'hôtel, souvenez-vous-en la prochaine fois qu'il vous prendra l'envie de draguer l'autre blonde.

— Et vous, cessez d'être envieuse. Je suis là pour vous tenir compagnie, pas pour vous rendre des comptes, réplique-t-il d'un ton sec.

J'ai les yeux brillants quand je lui réponds finalement :

— Je mérite d'avoir un mari exemplaire, même s'il est faux.

Ces derniers mots ont l'air de lui faire l'effet d'un électrochoc. Si on doit jouer cette mascarade encore des jours, j'ai besoin de pouvoir lui faire confiance. Alice a raison : me reprendre en main, c'est aussi refuser d'accepter une nouvelle fois qu'on me manque de respect. Pour une fois, Nathan ne semble pas avoir de réplique toute faite à me lancer au visage.

Quand Joséphine revient les bras chargés de fruits de mer, notre repas se poursuit dans une ambiance aussi glaciale que lorsqu'il a commencé.

À trois heures du matin, je suppose qu'on a rarement envie d'être malade, la tête coincée dans la cuvette des toilettes, le corps pris de frissons incontrôlables. Je suppose aussi que votre colocataire n'est pas censé vous tenir les cheveux pendant que vous régurgitez l'entièreté de votre repas.

— Je suis sûre que... Joséphine a empoisonné mon plat...

Nathan ricane dans mon dos et pose une serviette humide sur mon front pendant une accalmie.

— Je serais aussi malade que vous si c'était le cas.

— C'est parce que vous lui plaisez. Elle n'a pas osé vous empoisonner. Et comme elle vous plaît aussi, elle se serait tiré une balle dans le pied en faisant ça...

Il secoue la tête en gardant son sourire.

— C'est ce que vous pensez ?

Je geins, vaseuses en me penchant par-dessus la cuvette. À nouveau, je vide le contenu de mon estomac dans ces toilettes luxueuses. Je finis par me rassoir sur le sol et Nathan reprend :

— Qu'elle me plaît. C'est ce que vous pensez ?

— Ce n'est pas le cas ?

Je me recroqueville sur le sol sans attendre de réponse de sa part. Il s'assoit à son tour, dos contre la paroi qui sépare les toilettes de la salle de bains, et prends ma tête pour la faire glisser sur ses genoux. Je n'ai pas la force de protester et me contente d'apprécier le confort qu'il m'offre : ses jambes sont bien plus moelleuses que le sol marbré.

Sa main, d'abord timide, se met ensuite à me caresser les cheveux.

— C'est agréable, lui murmuré-je, à moitié endormie.

Il reste muet mais continue son geste. Étonnamment, l'envie de vomir commence à passer... Peut-être que les médicaments commencent à faire effet ?

— Vous pensez que vous serez d'attaque pour l'activité de demain ? On est censé se lever tôt...

Tout en faisant semblant de consulter ma montre imaginaire, j'assène :

— Laissez-moi vérifier. Je n'ai pas vomi depuis au moins quarante minutes, j'ai dû évacuer le problème.

— Je peux annuler si...

— Non ! marmonné-je en serrant sa jambe avec ma main. On ira... ça va aller, j'ai l'habitude.

Quand je me réveille quelques heures plus tard, Nathan me porte, et me borde sous le drap soyeux. Et c'est la chose la plus adorable qu'on ait fait pour moi.

CHAPITRE 12

— Tu n'es pas une bonne épouse, June. C'est pour ça que j'ai dû te tromper... Tu comprends ?

Les larmes aux yeux, je secoue la tête, refusant d'entendre ses paroles.

Will sourit lentement.

— Sa main se lève et s'apprête à s'abattre sur ma joue droite. Je me recroqueville, prends ma tête entre mes mains pour me protéger.

Soudainement, notre appartement se transforme pour devenir le paysage paradisiaque de Saint-Barth. Je suis assise dans le sable et je relève la tête. Ce n'est plus Will mais Nathan qui se trouve face à moi, sur la plage.

— Je ne suis pas Will.

Il s'abaisse à mon niveau pour caresser cette même joue et essuyer les larmes qui y glissent.

Je me tourne et me retourne dans mon lit. Le froissement du drap m'empêche de me rendormir et Nathan qui court dans toute la suite me stresse. Le rêve dont je viens de m'échapper m'a laissé un arrière-goût de bile. Ou peut-être est-ce le fait que j'ai vomi une bonne partie de la nuit ? J'ouvre un œil, me redresse légèrement pour observer Nathan qui s'active.

— Il est quelle heure ? marmonné-je.

Nathan ne répond pas et je déduis que ma phrase a dû ressembler à un enchaînement d'onomatopées incompréhensibles. Je me redresse sur les coudes et réitère ma demande.

— 5 h 30, répond-il en finissant de remplir un sac à dos. J'ai préparé vos affaires, vous n'avez qu'à vous habiller, et nous y allons.

— Quoi ! m'écrié-je pleinement éveillée.

Je rejette ma couverture et la lance en travers. Elle atterrit mollement sur le sol, Nathan l'évite de peu et m'adresse un regard noir avant de la ramasser et de la plier correctement au bord du matelas. Son rôle de père lui sied à merveille... Enfin, pour son fils...

— Rappelez-moi, pourquoi on se lève si tôt, déjà ?

Il s'arrête et se tourne vers moi, le regard perdu dans le vague, les lèvres légèrement étirées.

— Je vous emmène ramasser les déchets dans l'océan.

Je m'exclame en me levant et tape dans mes mains comme le ferait un enfant. En quelques secondes, je récupère un maillot de bain bleu qui brille autant que les écailles d'un poisson, un short et un débardeur, puis passe devant Nathan en tendant la main. Il m'examine comme si je venais de lui demander la solution contre le cancer.

— Topez-là ! lancé-je, amusée.

Il secoue la tête et se détourne, l'air consterné.

— On est en retard, June.

Mains sur le cœur, je le suis des yeux, un air sidéré au visage. Il me fixe, esquisse un petit sourire et s'éloigne.

L'idée de faire de la plongée m'effraie au plus haut point, mais je suis surexcitée à l'idée de réaliser cette bonne action !

Pouvoir ramasser des déchets dans l'océan afin d'aider à dépolluer est très certainement la meilleure contribution de ma vie à un cause environnementale. Je me demande comment Nathan a pu dégoter tous ces bons tuyaux.

Je suis loin d'être parfaite, mais j'essaie constamment de m'améliorer et de faire attention à certains gestes – ce qui est parfois difficile quand on exerce un métier qui crée de l'éphémère pour le milieu de l'événementiel. Une fois n'est pas coutume, Nathan semble avoir un don pour me pousser dans mes retranchements et m'offrir des moments uniques. *Même si je ne le reconnaitrai jamais.*

Nathan nous conduit au nord de l'île, en direction de la plage de Colombier où se trouve le petit restaurant de Charly et Lisa. Par la fenêtre de la voiture, mes cheveux roux volent au vent : aujourd'hui, je les laisse faire leur vie. Je souris en me remémorant cette soirée et à l'alcool qui avait certainement remplacé mon sang. Le soleil se lève tranquillement mais les habitants dorment encore. Tout est éclairé de cette lueur matinale qui confère aux petits villages alentour une ambiance tiède et reposante. Un havre de paix.

Dix minutes plus tard, nous voilà garés en plein cœur de la forêt, non loin de la plage de la Petite Anse. C'est à pied que nous devons rejoindre l'endroit où se déroule la plongée.

— On doit passer vers la Anse des Flamands, commence. C'est là-bas que se trouve l'association.

Il en profite pour me faire un rapide tour des gens que nous allons rencontrer : Malia, celle qu'il considère comme sa grand-mère et guide spirituelle ; Matias et Jules, des amis de longue date qui ont fini par s'avouer leur amour, et Sohan, un solitaire que je n'aurai pas l'occasion de rencontrer. Nous cheminons à travers un sentier pendant un moment avant d'atteindre un petit entrepôt qui borde la falaise. L'enseigne *Save The Ocean* est inscrite en gros juste au-dessus de la porte d'entrée. Nathan s'arrête un instant devant et contemple le bâtiment rouillé. Étrangement, je ne dis rien : ses yeux baignés de nostalgie m'en empêchent.

J'attends quelques pas derrière lui. Puis, après une longue minute, il s'avance et ouvre la porte. Le grincement qu'elle émet me fait frissonner mais je m'y engouffre à mon tour.

— Nathan ? C'est bien toi ?

La voix d'une vieille femme me fait tourner la tête. Je découvre une longue robe fleurie qui habille son corps d'adorable grand-mère. Ses yeux sont si minuscules qu'on l'on distingue à peine ses pupilles, mais son sourire illumine chaque recoin de la pièce. On dirait un personnage tout droit sorti d'un film Disney.

— Mais oui, c'est bien toi ! Comment vas-tu, mon grand ?

J'hallucine ou il connaît vraiment tous les habitants de cette île ?

— Malia ! Je suis heureux de te revoir.

Il la prend dans ses bras et elle lui tapote l'épaule comme une mère réconforterait son fils. Je décèle une once de tristesse dans les iris de la vieille dame juste avant qu'elle ne croise mon regard :

— Oh, mais tu nous as ramené une belle jeune femme, s'exclame-t-elle avant de se tourner vers moi. Quelle impolie je fais ! Je suis Malia, je gère une partie de l'association !

Je serre la main qu'elle me tend mais je suis surprise lorsqu'elle la retourne et effleure les lignes de ma paume. Je jette un œil à Nathan qui m'observe en haussant les épaules. Il semble reconnaître d'autres personnes puisqu'il m'abandonne à mon sort. Malia caresse encore ma main une bonne dizaine de secondes avant de relever la tête vers moi, d'un air rempli de compassion. Instantanément, une envie de pleurer me prend. *Même ma mère ne m'a jamais regardé comme ça.*

— Ma petite chérie, vous avez si mal, là...

Elle pointe mon cœur du doigt et je déglutis.

— Vous avez tant perdu... Mais lui aussi, vous savez ?

Hum ? Étrange personnage. Spirituel, visiblement. *Mais étrange quand même.*

— Profitez de l'air marin, je pense qu'il a beaucoup à vous apporter.

Elle pince ma joue et semble reprendre soudainement conscience d'elle-même.

— Pardonnez-moi, je me laisse parfois emporter par mon intuition ! Venez, je vais vous faire visiter.

Elle finit par se tourner vers le fond de l'entrepôt, où un jeune homme à la peau tannée par le soleil et aux cheveux d'un noir profond nous attend.

— Alors June, lance-t-il avec un regard amusé, Nathan m'a dit que tu adorais les sensations fortes ! J'espère que tu aimeras nager au milieu des requins !

Pardon ?

Après nous avoir conduits à l'extérieur du hangar, Matias, le jeune homme qui nous a interrompues avec Malia, me tend une combinaison de plongée. Il en lance une sur Nathan, que celui-ci rattrape aisément, puis pointe du doigt un van.

— Allez-vous changer là-dedans. Dépêchez-vous, nous avons cinq heures pour nettoyer le récif de la Anse avant que les touristes n'affluent.

On acquiesce docilement et je lance un coup d'œil à Nathan qui me fixe depuis deux minutes.

— Je commence, dis-je en partant en direction du petit véhicule rose et jaune.

Nathan s'élance à ma suite. Nous entrons ensemble dans la camionnette à moitié pliés en deux au vu de la hauteur du plafond.

— Ça tombe bien, moi aussi.

Dans le van, il commence à retirer son T-shirt mais je tends la main pour l'en empêcher.

Résultat ? J'ai la paume collée contre son ventre en béton et je suis certainement aussi rouge qu'une tomate.

— Il fallait me dire si vous vouliez m'aider, chuchote-t-il bien trop près de mon visage.

Je recule mais trébuche sur ma combinaison que j'avais laissée tomber dans la précipitation. Nathan tente de me rattraper mais c'est peine perdue. Il éclate de rire en me voyant à moitié avachie sur un carton, les quatre fers en l'air, mais m'aide finalement à me relever. Voyant qu'il ne bouge pas, je me résigne à subir la situation.

— Retournez-vous, lui ordonné-je en soupirant.

Il balaie mon corps de son regard océan et ses lèvres s'étirent en un rictus. Bon. Je vois... Je me retourne donc dos à lui, mais impossible de retenir mon regard lorsque je l'entends retirer son T-shirt avant moi.

Mes yeux passent au scanner cette apparition divine. Ce mec a dû être un sportif de haut niveau dans une autre vie. Son corps est fin, sec, comme taillé dans la pierre. Je relâche un soupir que je retenais depuis dix longues secondes.

— June ? lance-t-il, me prenant en flagrant délit de voyeurisme.

Je me racle la gorge, les joues en feu et me tourne légèrement plus pour fixer son visage d'un air innocent.

Il tend sa main vers mes lèvres d'un air sérieux, puis passe son pouce dessus.

— Vous aviez de la bave, juste là, énonce-t-il d'un ton séducteur.

Je me détourne *enfin* pour me changer. Mon souffle se bloque dans ma poitrine lorsque je retire mes vêtements. Mes mouvements sont pressés alors que je tente d'enfiler en quelques secondes la combinaison. *Bon sang, c'est serré !*

Le silence règne dans le van : seuls le bruit de nos vêtements qui se froissent et mes petits gémissements d'efforts retentissent.

— Putain, quelle galère ce truc ! m'écrié-je après avoir tiré une énième fois sur la combinaison.

Deux mains me surprennent en se posant sur mes hanches. Je ne bouge plus, dans l'attente d'une quelconque action de sa part. Ma respiration s'est coupée dès l'instant où sa peau a rencontré la mienne et je n'ai toujours pas repris mon souffle. Ses paumes descendent le long de mes cuisses et sa prise se raffermit.

Nathan agrippe le bas de la combinaison et tire d'un seul coup, si bien qu'il me déséquilibre sous sa force. Je m'agrippe à la porte du van en poussant un petit cri surpris. Son rire résonne dans mon dos comme une mélodie.

Quand il sort de là, ses mains ont laissé une douce chaleur sur ma peau. Je prends une longue – *très longue* – inspiration avant de sortir à mon tour. Nous nous retrouvons face à trois paires d'yeux rieurs fixées sur nous. Je leur souris timidement, ne sachant pas quoi faire face à leurs mines amusées. Les deux hommes, Matias et Jules, lancent un regard entendu vers Nathan, et Malia se retient d'éclater de rire.

— Ça bougeait vachement là-dedans, j'espère que vous n'avez pas trop galérer à enfiler vos combis...

Je rougis violemment en comprenant le sous-entendu. Nathan a l'air de se délecter de la situation pendant que je cherche des yeux le trou le plus proche pour m'y enterrer. Je crois que je ne pouvais pas faire pire impression que celle-ci. Malia s'approche de moi, prend ma main puis m'entraîne à sa suite sous les éclats de rire des garçons.

Passé ce qui pourrait être un des moments les plus humiliants de ma vie – après avoir dit « non » à mon fiancé dans une église devant deux cents personnes –, nous retournons à l'intérieur de l'entrepôt où Malia m'explique un peu le fonctionnement de l'association. *Save The Ocean* a donc été créée par un couple de scientifiques qui travaillaient sur la dépollution des fonds marins. Ils voyageaient à travers les îles et pays côtiers pour sensibiliser et prélever de nombreux échantillons pour leurs recherches.

Dans sa démonstration, Malia pointe une photo encadrée et semble soudain plongée dans ses souvenirs. Mes yeux fouillent ce mur remplis d'images des quatre coins du monde, quand l'une d'entre elles attire mon attention : Nathan est dessus. Et il tient une femme entre ses bras ; une magnifique jeune femme blonde, au sourire enjôleur. Mon ventre se tord devant cette image. Est-ce qu'il m'a menti quand je lui ai demandé s'il avait quelqu'un dans sa vie ? Je ne comprends plus rien, mais je garde dans un coin de ma tête ces précieuses informations.

— Saint-Barthélemy était leur endroit préféré ! Ils y ont même créé une réserve naturelle sur la petite île Frégate. Aujourd'hui, ils sont à la retraite et ont laissé derrière eux les îles, les recherches et tout ce qu'ils avaient construit...

Je me détourne pour regarder Malia. Captivée par son discours, je sursaute lorsque nous sommes coupées par les rires de Nathan, Matias et Jules, chacun portant un sac à dos sur l'épaule. Nous sortons du bâtiment à l'approche des huit heures et Malia nous salue avant de retourner à ses occupations.

— C'est parti ! lance Jules en jetant son sac dans une voiture sans toit garée vers la falaise. Les requins ne vont pas nous attendre éternellement, ajoute-t-il dans un rire moqueur.

Non mais c'est pas vrai ! Ils se sont tous passé le mot ?

Le trajet en voiture passe excessivement vite, entre les rires de mes compagnons et leurs taquineries sur mon maillot de bain qui brille comme un lampadaire sous ma combinaison. Nous rejoignons le bateau de l'association en quelques minutes et c'est Jules qui ouvre la voie en y grimpant. Tout le monde range ses affaires, je glisse mon sac de rechange dans la soute tandis que Matias met en route le moteur et nous éloigne du petit port.

Il est d'ailleurs le premier à plonger une fois que nous sommes arrivés en vue du récif. Jules se tourne vers nous, tire la langue, et se laisse tomber en arrière, bouteille sur le dos et masque sur le visage. Il ne reste plus que Nathan et moi sur le bateau ; il s'approche de moi et lorgne sur mon fameux maillot de bain brillant d'écailles bleues, à peine caché par la combinaison que je n'ai pas entièrement fermée.

— C'est bien, vous ressemblez à un des leurs dans cette tenue. Au moins, ils ne vous attaqueront pas.

Je fronce les sourcils d'incompréhension.

— De quoi vous parlez ?

— Bah ! Des thons !

Outrée par sa provocation puérile pendant qu'il rit de sa propre blague, je tente de lui envoyer de l'eau au visage mais il s'échappe en se laissant tomber comme Jules avant lui. Son corps disparaît sous la surface de l'eau, me laissant seule. Je prends une longue inspiration, vérifie le matériel de plongée, zippe ma combi et admire une dernière fois la couleur bleutée de la mer avant de sauter.

L'eau m'engloutit, la fraîcheur me réveille instantanément pendant que je commence à battre des pieds pour rejoindre les garçons. Je repère facilement Jules et Matias, et les rejoins à la nage. À chaque inspiration, des bulles d'oxygène s'échappent du conduit installé dans ma bouche.

Régulièrement, je lance des coups d'œil à droite, à gauche, pour vérifier qu'aucun requin ne me fonce dessus. Mon cerveau ne peut s'empêcher de croire aux élucubrations de Matias. Nathan est toujours introuvable et je tente de demander à mes coéquipiers sa position, mais ils se contentent de hausser les épaules. Inquiète, je commence à faire demi-tour en direction du bateau, en espérant le rencontrer aux alentours.

Soudain, deux mains m'agrippent les pieds. Je hurle dans mon tube à oxygène et me met en position de combat, prête à frapper n'importe qui. Je croise le regard de Nathan sous son masque : il semble se réjouir de sa blague et est certainement à deux doigts de se noyer au milieu des poissons. Je secoue la tête d'un air courroucé.

Décidément, il s'est transformé en clown aujourd'hui !

Nous nageons seulement quelques secondes avant de tomber sur les premiers déchets flottants. Étant une novice en la matière, Nathan reste avec moi tout le long de la première phase de ramassage.

Peu à peu, je m'habitue à la pression et descends par palier, jusqu'à toucher le sable au fond du récif. Rien de bien méchant, mais faute d'habitude, les dix mètres se font ressentir dans mes oreilles. Le fond de la crique regorge d'espèces de poissons toutes plus incroyables les unes que les autres. Le récif est habité par une quantité astronomique d'animaux marins allant de la petite crevette qui frôle le sol aux raies pastenagues qui nous tournent autour avec envie. Mon cerveau se détend peu à peu et m'intime de profiter de chaque seconde de ce moment ; mentalement, je prends un million de clichés pour garder un maximum de souvenirs.

J'aurais pensé être bien plus effrayée que ça, mais je suis juste émerveillée par les espèces qui vivent tranquillement au milieu du récif. Mais en parallèle, la colère monte en moi à l'idée d'y trouver tant de déchets plastiques. Sac en tissu à la main, je ramasse d'abord des bouchons de bouteilles coincés entre des coraux orange. Nathan reste à mes côtés et m'observe à travers son masque de plongée.

Partager ce moment avec lui est, j'en ai bien l'impression, une nouvelle étape dans notre amitié. *On est bien amis, hein ?* Je chasse cette pensée d'un coup de palme et repère au loin une tortue qui nage à travers le récif. Je souris, attendrie par cette scène avant de rapidement déchanter en remarquant le filet de pêche coincé autour de sa carapace. Instinctivement, je tente d'appeler Nathan, mais suis entravée par le détendeur alors je m'agite dans l'eau jusqu'à capter son attention.

Matias et Jules tentent de s'approcher doucement sous mon regard affolé. Et si la tortue s'enfuyait ? Mais sous leurs mains expertes, elle se laisse facilement aider avant de repartir tranquillement de l'autre côté du récif.

Plus le temps passe et plus je suis sereine : nous n'avons croisé aucun requin et je suis toujours en un seul morceau. Ma bouteille se met à clignoter, signe que l'oxygène va bientôt me manquer, alors nous commençons doucement la remonter, palier par palier. Derrière moi, mon sac en tissu contient l'ensemble des déchets que j'ai ramassés : un tas de bouchons, de sacs et de morceaux en plastique, et d'autres choses difformes de la même matière. Malgré le moment agréable que j'ai passé sous l'eau, le constat est désolant.

Après avoir nagé pendant presque cinq heures, c'est épuisée que je remonte à la surface, me laissant porter par la petite houle : pour la première fois depuis longtemps, c'est de la bonne fatigue qui parcourt mes veines.

— Je suis content qu'on ait réussi à libérer cette tortue ! Généralement, elles s'enfuient toutes dès l'instant où l'on tente de les approcher, explique Jules d'un ton connaisseur.

J'acquiesce vivement avant de lancer un coup d'œil vers Nathan.

— Bon, commence-t-il en claquant ses mains, il est presque treize heures ! Je vous propose de manger un peu avant de continuer la journée.

— Ouais... la plongée avec les requins, lance Matias à mon intention dans un éclat de rire.

— En plus, il y en a des tas qui vivent dans le coin. C'est étonnant que nous n'en ayons pas croisé ce matin, ajoute Jules en coulant un regard inquiet vers l'océan.

Matias se rapproche de lui et récupère sa main dans un geste tendre.

— L'eau est plus fraîche ces temps-ci, pas de quoi s'inquiéter, réplique ce dernier en lui adressant une mine rassurante.

Une fois sur le bateau et délestée du matériel de plongée, j'en profite pour retirer une partie de ma combinaison laissant de nouveau la lumière se refléter sur mon superbe maillot de bain. Pendant que nous déjeunons sur le bateau, je laisse Nathan faire la conversation à Jules et Matias. De toute évidence, Malia n'avait pas menti : mon faux mari connaît l'endroit comme sa poche et est venu de nombreuses années ici. *Avec la magnifique femme de la photo ?*

Soudain, Nathan prend la barre et décide de nous emmener dans un endroit « spécial ». L'air marin fouette mon visage et met mes cheveux en pagaille mais je m'en fiche ; avoir ce sentiment d'apaisement qui m'allège le cœur me rend plus heureuse que jamais. Peut-être que la présence de Nathan y est pour quelque chose... Mais je me sens plus libre.

Le paysage défile, l'eau m'éclabousse et je souris.

— C'est ici, crie Nathan par-dessus le vent.

Il pointe un rocher, plus loin face à nous. De nombreuses roches trônent devant, rendant l'accès en bateau impossible. Les garçons accostent la crique juste à côté et nous préviennent qu'ils resteront sur le bateau pour profiter d'un après-midi calme.

— Nous allons observer la faune marine de la crique. Ça fait longtemps qu'on n'a pas dressé un inventaire des espèces qui vivent ici.

J'acquiesce, à la fois impressionnée et un peu déçue qu'ils ne nous accompagnent pas. J'aime les entendre parler de leurs frasques au sein de l'association, des blagues qu'ils font aux touristes, et des histoires de tous les animaux qu'ils ont sauvés. Mais visiblement, cet après-midi, c'est entre Nathan et moi.

— Tenez, me lance-t-il en me tendant un masque et un tuba.

Et sans crier gare, il plonge du bateau en direction du rocher.

J'abandonne ma combinaison et saute à mon tour. Le contact avec l'eau est si soudain que j'ai la chair de poule. Nathan, quelques mètres plus loin, me fait signe de le suivre alors j'obéis docilement. La mer est bien plus agitée qu'il y a quelques heures et un courant m'emporte régulièrement sur la gauche, si bien que je redouble d'efforts pour suivre la cadence. Nous passons entre les rochers, observons plusieurs poissons à travers nos masques ; Nathan m'interpelle plusieurs fois pour me montrer les raies et je me colle à lui, bien trop peureuse.

Lorsque je le rejoins, le souffle court à cause de toute cette activité, il prend doucement ma main dans la sienne et reprend sa nage. *Il te prend la main pour t'aider June, calme tes ardeurs.*

Inconsciemment, je repense à mon rêve. Et intérieurement, je sens que quelque chose a changé. Depuis cette nuit ; depuis qu'il m'a tenu les cheveux pendant que je vomissais tripes et boyaux ; depuis qu'il me les a caressés puis qu'il m'a bordé après que je me suis endormie sur ses jambes.

Oui, depuis notre rencontre, Nathan est exemplaire. Mais Will l'était aussi avant de se révéler être la pire des ordures, non ?

Et s'il remplissait juste son rôle de Finder en étant amical avec moi ? Taquin ? Peut-être qu'il se comporte ainsi avec moi simplement pour remplir sa mission ? Peut-être que je réfléchis trop ?

Et si j'arrêtais toutes mes réflexions et me laissais juste vivre ? Et si je lâchais prise ?

L'immensité de l'océan m'oppresse de plus en plus, j'ai besoin d'air. J'accélère ma nage pour pouvoir sortir plus vite, quitte à traîner Nathan derrière moi. Nous finissons par traverser un passage étroit et je m'empresse de sortir la tête de l'eau. J'ouvre la bouche, inspire longuement avant de flotter sur le dos pour tenter de me détendre.

— Waouh... murmuré-je en retirant l'équipement.

Je prends le temps d'observer chaque recoin de la cavité. Une magnifique et énorme grotte marine aux parois blanchâtres, avec un trou béant au-dessus de nos têtes. Parfait pour observer le ciel ! C'est l'endroit le plus beau que j'ai pu voir de toute ma vie.

Une bande de sable se trouve au fond, mais elle est bien trop petite pour y faire un pique-nique ou une sieste, on peut tout juste s'y asseoir. La roche, grignotée par la mer, a pris la forme de milliers de stalactites ; le sel les a blanchies et recouvertes de fines particules qui brillent à certains endroits où le soleil traverse la roche.

— C'est... magique ! Nathan, c'est incroyable !

— Je sais, rit-il en m'observant.

Sur le dos, en étoile de mer, je scrute chaque recoin, chaque relief, chaque couleur. Nathan est sorti de l'eau et s'est assis juste à l'entrée, en hauteur sur une plage de roche qui peut accueillir trois personnes, tout au plus.

Mon angoisse s'est considérablement apaisée, ma respiration est calme alors je continue d'observer le ciel bleuté. Je sens le regard de Nathan scruter mes moindres faits et gestes, mais je me contente de brasser l'eau qui m'entoure, toujours sur le dos, en laissant mes pensées divaguer.

Lâcher prise...

C'est un concept auquel j'ai toujours eu du mal à donner corps. Peut-être parce que ma vie a toujours été contrôlée. Pas un écart, pas un débordement... Sauf avec Alice. C'est la seule qui me force à sortir de ma zone de confort, comme avec ce voyage et cette histoire d'appli à la noix.

En baissant les yeux, j'observe Nathan qui me fixe toujours avec un sourire doux. Il est beau, simplement assis là.

Et s'il avait raison ? Et si j'avançais pour de bon ? Après tout, c'est ce pour quoi je suis là : tourner la page, changer de livre, le cramer et l'envoyer tout droit en enfer. *Pardon, je m'emballe.*

Je ris. J'éclate de rire au beau milieu de l'eau, à observer le plafond d'une grotte en pensant à cramer le livre qui contient une partie de ma vie. Je ris parce que j'observe une des merveilles que le monde nous offre. Et que l'homme s'évertue à détruire. L'eau se reflète délicatement sur les parois, faisant miroiter monts et merveilles ; ce lieu mérite d'exister indéfiniment. Mais malheureusement, ce genre de grotte est voué à s'effondrer, soit à cause de la corrosion de la roche, soit à cause des constructions humaines.

Soudain, une vive douleur me vrille le crâne, ma jambe me lance, mes nerfs se contractent pendant que je me débats en hurlant, faisant gicler de l'eau dans tous les sens.

— Aïe ! hurlé-je immédiatement.

Nathan se redresse, sur le qui-vive pendant que je nage vers lui, les larmes aux yeux. Il m'aide à remonter rapidement et observe le fond en fronçant les sourcils.

— Merde, c'était une méduse. Ça va ? m'interroge-t-il en s'agenouillant vers ma jambe.

Il la prend et la retourne légèrement, puis grimace.

— C'est pas joli, chuchote-t-il en nettoyant la plaie avec de l'eau salée puis en appliquant délicatement du sable mouillé.

Il inspire et observe mon visage avant de passer une main protectrice sur ma joue, essuyant les larmes qui y coulaient. Je ne m'étais jamais fait piquer par une méduse, je ne pensais pas que la douleur était si forte.

— Je vous préviens, ça ne sera pas agréable, précise-t-il en posant sa main sur mon genou.

Les filaments ont touché tout l'arrière et le côté droit de mon mollet. Ma peau est rouge et gonfle à une vitesse folle.

— Il faut que je frotte du sable sur la partie attaquée. Les filaments sont toujours sur votre peau, c'est pour ça que ça fait si mal... Ça risque d'être pénible, indique-t-il en commençant à frotter.

Je retiens un cri de douleur. *Allez, June, tes douleurs de règles sont dix fois pires que cela !* Nathan frictionne jusqu'à ce que ma peau soit rouge et au bout de quelques minutes, la douleur est moins vive.

— C'est bon, chuchoté-je en me mordant les lèvres. Ça va mieux...

Il acquiesce et recule avant de se laisser tomber contre la paroi et de soupirer. Je ne pensais pas qu'il serait si inquiet. Je me rapproche et pose une main sur son bras.

— Tout va bien Nathan, votre technique était très efficace.

— Il faudra surveiller votre jambe, je ne sais pas de quelle espèce était la méduse, peut-être que...

— Eh, murmuré-je en serrant son bras. Je vais bien.

Il me scrute longuement avant de hocher la tête. Je souris face à son attitude prévenante.

— On ira quand même voir le médecin de l'association pour qu'il y jette un œil, insiste-t-il en fronçant les sourcils.

— D'accord, acquiescé-je rapidement.

Ses doigts remontent de nouveau jusqu'à mon visage. Il essuie les dernières larmes présentent sur mes joues et laisse la chaleur de sa paume caresser ma peau quelques secondes. Le temps semble presque ralenti. Nos yeux se sondent, s'observent, s'apprivoisent et au fond de moi, je sens mon cœur battre plus fort.

Alors que je m'apprête à reculer, son bras libre passe autour de moi et me rapproche de lui. Il cale ma tête contre son épaule et... il m'étreint légèrement. Je ne bouge pas d'un centimètre, trop perturbée par cette soudaine proximité.

— Je suis désolé, j'aurais dû faire plus attention, murmure-t-il près de mon oreille.

Je hausse les épaules contre lui.

— Ce n'est pas ta faute, réponds-je.

Peut-être qu'il est temps de se tutoyer ?

Je sens sa mine songeuse lorsque je passe au tutoiement sans prévenir, mais il ne fait aucune réflexion. Il me laisse décider du rythme, et ça me plaît.

CHAPITRE 13

Je pense qu'à ce stade, on peut parler de tentative de meurtre à répétition. Nathan me pousse encore une fois, un peu plus fort, pour me faire avancer sur « la pente de la mort ». Et non, je n'exagère pas, apparemment, tous les randonneurs l'appellent comme ça : une prouesse à monter, un exploit à redescendre...

— June, je t'en prie, grimpe avant que je ne me laisse glisser jusqu'en bas ! s'exclame Nathan, faisant rire notre guide et les quelques personnes aussi folles que lui qui nous accompagnent.

Ma respiration est équivalente à celle d'un bœuf de cent ans, je ralentis tout le monde et pourtant on m'a placé en première, derrière le guide car, je cite : « Si tu glisses, on te rattrape. »

Je doute sérieusement de la réalité de cette phrase. Je songe même à faire une glissade sur le dos pour dévaler la pente et abréger mes souffrances et celles de mes compagnons.

— T'avais dit que c'était une balade tranquille ! m'écrié-je en crochetant mon pied dans la terre.

— Non, je t'ai dit que c'était *sportif*, rétorque-t-il en ricanant.

Notre passage au tutoiement s'est fait si facilement que je n'ai presque pas remarqué de différences.

— Allez June, vous pouvez y arriver, m'encourage Noah, notre guide du jour.

Champion de *je ne sais plus quel titre* en randonnée, il vit à Saint-Barth depuis quinze ans et adore faire souffrir de pauvres touristes en quête d'aventure.

Je crois que le pire dans cette histoire, c'est qu'il est dix heures du matin, que nous avons fait le quart de ce foutu parcours et qu'avant la nuit tombée, il faut redescendre. *Oui, c'est définitivement ça, le pire.*

Nous grimpons encore et encore, mes pieds s'enfoncent tantôt dans la boue, tantôt dans la terre. Selon les dires de Nathan, « le jeu en vaut la chandelle », mais je ne suis pas sûre de la véracité de ses propos : il dirait tout et n'importe quoi pour que je le suive dans ses délires.

Je jette un œil à ma jambe, protégée par une tonne de crème solaire après la piqûre de méduse. Le médecin de l'association a dit qu'elle n'était pas venimeuse sinon, je serais rentrée en agonisant ce qui, par chance, n'a pas été le cas. Nathan a veillé à ce que j'applique ma crème apaisante avec la plus grande rigueur.

— Dans trente minutes, nous ferons une pause, prévient notre guide.

Sa remarque est accueillie par une vague de soupirs soulagés. *Ah ! Voilà ! Il n'y a pas que moi qui souffre !*

— Alléluia, les miracles existent ! lancé-je les bras levés vers le ciel.

— Quelle comédienne ! se moque Nathan en secouant la tête.

Déjà une semaine que nous sommes ici et bordel, il m'a emmené faire deux randonnées ! C'est inhumain ! Je suis censée être en vacances, profiter de la plage, bronzer, me prélasser avec un livre à la main ! Pas marcher indéfiniment en frôlant la mort !

Lorsque Noah sonne l'heure du break, je m'affale contre un arbre et écoute d'une oreille discrète les discussions autour de nous.

— Tu vois, commence Nathan d'un air supérieur. Tu n'es pas morte. Enfin, pas encore.

— Ah. Ah. Très drôle.

Il s'assoit à mes côtés et observe la nature autour de nous. Je crains sérieusement qu'une araignée au bulbe énorme et immonde ne me descende dessus, alors quand le moniteur nous intime de reprendre la marche, je me relève illico.

La cime des arbres nous protège du soleil ; ils sont si grands qu'on n'en voit presque pas la fin. Les buissons d'hibiscus, les palmiers, les balisiers et les flamboyants habitent notre paysage depuis plusieurs heures. Il y a quelques minutes, je ne connaissais aucune de ces espèces ; c'est Malik, un randonneur de notre groupe, qui a commencé à détailler la flore qui nous entoure. J'ai notamment appris que la fleur du frangipanier était le symbole national du Laos.

— June, bouge-toi, par pitié, grogne Nathan de mauvaise humeur.

— Oh, ça va ! J'admire la nature, idiot, marmonné-je en tentant d'accélérer.

J'arrête d'écouter notre spécialiste de la végétation et double ma vitesse de croisière... soit toujours très lente.

Ce n'est qu'après deux heures supplémentaires de marche que nous parvenons à une magnifique plaine avec vue sur l'île et sur l'océan face à nous. Instinctivement, je lâche mon sac à dos et m'affale sur le sol, prête à admirer le paysage pendant des heures. Le guide nous informe que nous allons manger ici ; encore heureux, je n'aurais pas fait un pas de plus sans avoir grignoté quelque chose. J'en profite pour prendre quelques photos. Le lieu est paradisiaque, mon nouveau fond d'écran fera des envieux. J'ai déjà envie de peindre ce lieu pour me rappeler chaque variation de couleur.

Je m'assois avec les autres et dévore mon sandwich pendant que les discussions vont bon train.

— Alors, ça valait le coup ? m'interroge Nathan, les sourcils relevés et le sourire jusqu'aux oreilles.

Je grogne en guise de réponse et il me donne un coup d'épaule.

— Humpf... Oui, murmuré-je pour que personne ne m'entende.

Il pousse un cri de joie et lève les bras en l'air, victorieux. Tout le monde tourne la tête vers nous, Nathan s'écrie :

— Elle a dit oui !

J'écarquille les yeux pendant que les félicitations pleuvent.

— Ils croient tous que tu m'as demandée en mariage, abruti !

— Alors que nous sommes déjà mariés, enfin ! chuchote-t-il dans mon oreille.

Il prend ma main, effleure de ses lèvres la bague qu'il m'a donnée et se relève en m'entraînant avec lui. Ses bras encerclent les hanches et il me fait tournoyer dans les airs pendant que les applaudissements ne tarissent pas.

Je passe mes mains autour de son cou, plus pour m'équilibrer qu'autre chose, et il pose sa tête sur mon épaule. Je souris. Je souris parce que depuis une semaine, Will n'a cessé de hanter mes nuits, mais que j'ai décidé de me battre, de lâcher les casseroles qui m'encombrent et de profiter pleinement. Pour la première fois depuis longtemps, moi, June Bennet, toute transpirante et faisant de la randonnée alors que je déteste ça, suis heureuse.

Un peu grâce à Nathan, un peu grâce à moi, un peu grâce à cette île.

Il me repose, les yeux mutins. Noah s'approche de nous, en applaudissant bruyamment :

— Félicitations les tourtereaux, vous transpirez l'amour, c'est presque énervant, commence-t-il en riant de bon cœur.

Moi, je ne ris plus vraiment, perturbée par la tournure de sa phrase.

— Tout le monde est prêt pour le grand saut ? s'exclame-t-il finalement, les poings sur les hanches.

Le grand saut ? Quel grand saut, putain ?

Je me retourne vers Nathan, les sourcils froncés pendant qu'il évite mon regard avec dextérité. *Je vais le tuer.*

— On déballe l'équipement et on est parti pour...

— Attendez, je l'interromps un instant. On ne descend pas à pied ?

Noah rit et secoue la tête.

— Vous voulez vraiment faire le retour à pied ? Non, on saute en parapente !

Je deviens livide, me retourne et me retrouve nez à nez avec Nathan, mon *fiancé* du jour.

— La tyrolienne, pourquoi pas, soyons fous ! Le parapente, c'est mort, tu m'oublies, affirmé-je, le cœur palpitant.

Une femme du groupe passe près de nous et lance, le regard rieur :

— Tu as dit oui, ma belle ! Pour le meilleur et pour le pire !

— Je n'ai pas signé pour une mort imminente !

Elle est prise d'un fou rire et s'enfuit vers son sac pour sortir son équipement.

— Mais avec qui tu vas sauter ?

— Toi, répond Nathan simplement en se baissant pour ouvrir son sac et sortir sa toile.

— Ah. Ah.

— J'ai mon brevet de parapente. Je vais sauter avec toi, sourit-il en relevant les yeux vers moi.

Je manque de m'évanouir de stress. Je m'assois, le toise de côté et secoue la tête. Cette fois, c'est officiel, il veut ma mort.

— Nathan.

— June.

— Nathan !

— June ! répète-t-il d'une voix enfantine.

Je croise les bras sur ma poitrine. Je ne dois pas ressembler à grand-chose dans ma tenue de sport pleine de transpiration, mais à cet instant, je n'en ai rien à faire. Je refuse de sauter dans le vide, même s'il a son foutu brevet. *D'ailleurs, qui a un brevet de parapente, sérieusement ? Ce mec sait tout faire ?*

Mon *faux fiancé et mari* s'équipe sans se soucier de mes états d'âme. Les autres font de même pendant que je reste assise, trop abasourdie par la manière dont je me suis fait avoir. Je n'ai même pas vérifié le nom de l'agence avec laquelle nous sommes partis, sinon j'aurais sûrement compris dès le départ et serais retournée à l'hôtel avec empressement.

Nathan finit d'installer son harnais, ses sangles, sa toile et tout le tintouin, avant de venir me voir et de s'agenouiller devant moi.

— Je te promets que je maîtrise ce sport et qu'il ne t'arrivera rien, déclare-t-il à la manière d'un serment. En plus de ça, nous sommes peut-être sur la montagne la plus haute, mais il n'y a pas beaucoup d'altitude, le vol sera rapide.

— J'ai peur du vide, Nathan. Je m'en fous que tu sois un expert ou non, le contré-je d'une voix acide.

— Tu n'as pas peur du vide, sinon tu ne m'aurais pas sauté dans les bras comme une folle après la tyrolienne. Tu as juste peur de te lancer sans avoir le contrôle.

J'ouvre la bouche pour rétorquer, mais la referme aussitôt.

— J'ai tort ? demande-t-il en haussant un sourcil.

— Pourquoi tu me fais faire tout ça ?

— Parce que je suis là pour te bousculer un peu.

Il se relève et recule.

— Lâche prise, June, ajoute-t-il en se détournant.

« Promets-moi de laisser une chance à cette personne qui arrivera à te faire sortir de ta coquille, à te bousculer, à faire battre ce cœur si pur dans ta poitrine. » Les mots d'Albert me reviennent en mémoire si

soudainement que je cligne des yeux plusieurs fois, pour revenir à la réalité. Je me mords la lèvre, et consens à me relever. Nathan me bouscule. *Parfois trop*, mais il le fait. Il me sort de ma zone de confort, fait naître en moi des émotions que j'ai encore du mal à qualifier, mais tellement plus positives que celles de ces derniers mois... Albert m'a demandé de laisser une chance à cette personne, et même si ce n'est probablement pas dans le sens qu'il entendait, je dois au moins respecter cette volonté.

— Dépêche-toi avant que je ne change d'avis.

Il me lance le second harnais que j'enfile sans réfléchir. En un instant, je me retrouve équipée, Nathan agenouillé face à moi en train de régler mes sangles.

— Tu vas m'offrir une nouvelle bague ? demandé-je ironiquement.

Il sourit en m'observant, les yeux plissés par le soleil qui l'éblouit. Ou peut-être que c'est moi qui l'éblouis ? *Bon, n'exagère pas, June.*

Tandis que Nathan finalise les derniers détails, j'observe un premier couple courir avant de se faire emporter par le temps et virevolter dans les airs. Moi, je me retiens de pleurer comme une gamine de deux ans. Je n'ai jamais fait un truc aussi risqué de ma vie et je flippe à l'idée de mourir comme une merde d'oiseau tombant du ciel.

— Prête ? chantonne Nathan derrière moi.

— Non !

— À trois, on court.

En quelques secondes, c'est déjà notre tour. Nathan me pousse pour me faire comprendre qu'il faut courir alors je débranche mon cerveau et suis son ordre. Lorsque je ne sens plus mes pieds sur le sol, je ferme les yeux et hurle.

— Tu voles June ! Tu es libre ! crie-t-il par-dessus le vent.

Je suis terrifiée, mais quand je parviens à rouvrir les yeux, je suis instantanément subjuguée par les paysages qui défilent face à moi. L'océan au loin, l'eau turquoise qui borde les plages elles-mêmes remplies de touristes, la végétation que j'ai traversée toute la matinée pour grimper jusqu'ici, les montagnes, les reliefs, les habitations... Tout paraît si petit, si minuscule.

— Alors ?

Sans répondre, j'écarte les bras comme des ailes et me laisse porter par ce moment. Si Albert me voyait, il serait fier de moi. Et Alice, elle serait morte de rire. Moi, la June craintive de la vie, qui ne demandait qu'à vivre paisiblement et de manière équilibrée, je me retrouve à des milliers de kilomètres de chez moi, avec un quasi inconnu, en train de faire du parapente.

L'atterrissage se passe sans encombre. Nathan me donne ses instructions et j'obéis docilement. Il me détache, je saute de joie et lui fonce dessus.

— Plus jamais tu ne me fais un coup pareil mais... merci !

Il ricane en me serrant à son tour dans ses bras. C'est réconfortant. Notre amitié est réconfortante. *Parce que nous sommes amis, n'est-ce pas ?*

Nathan commence à plier la toile. Je l'aide du mieux que je le peux, et rapidement, c'est déjà terminé. L'aventure qui a commencé par une randonnée de la mort se termine par un shot d'adrénaline qui parcourt mon corps en galopant.

Putain, c'était incroyable. J'en redemanderais presque... *Presque.*

Après avoir salué tout le monde, nous reprenons la voiture, direction l'hôtel. Il est seize heures lorsque je mets enfin les pieds dans notre suite.

— Je suis KO, marmonne Nathan en se jetant, à plat ventre, sur le lit.

— Ah non ! Tu dégages de là ! On est dégueulasses et tout transpirants, tu vas tout salir.

Il m'observe par-dessus son épaule, et se relève en s'approchant de moi à pas de loup. J'hausse un sourcil sarcastique. *À quoi il joue, encore ?*

J'ai à peine le temps de poser mes affaires et de retirer mes chaussures de sport qu'il me balance sur son épaule, traverse le salon, sort par la baie vitrée et nous jette dans la piscine.

— Quoi ? argue-t-il innocemment. Tu étais vraiment crasseuse, je prends soin de toi, tu vois ?

— Tu es...

— Indispensable ? Incroyable ? Génial ?

J'esquisse un geste pour sortir de l'eau, mais Nathan m'attrape par les hanches et me tire en arrière. Je retombe mollement dans l'eau, remonte à la surface et l'éclabousse.

Il plonge une nouvelle fois. Je le sens qui me frôle sous l'eau : la sensation de la pulpe de ses doigts sur ma peau me donne des palpitations. Lorsqu'il émerge, nos regards se croisent, chargés de... *De quoi au juste ?* Au loin, la sonnerie de mon téléphone résonne sur le canapé extérieur. Cette fois, Nathan ne me retient pas et me laisse rejoindre le salon. Le nom d'Alice s'affiche, je décroche.

Sa voix hurle dans mes oreilles, complètement excitée.

— June ! Va vite voir tes mails !

Je fonce récupérer mon ordinateur, m'installe sur le transat de la terrasse et commence à angoisser face au long silence d'Alice.

— C'est bon ?

— Mon ordi s'allume, deux secondes, marmonné-je devant son impatience.

Elle ne répond pas et je l'entends faire les cent pas. J'ouvre ma boîte mail, Nathan derrière mon épaule, et écarquille les yeux. Mon cœur bat à mille à l'heure face au mail qui s'affiche à l'écran.

— Oh putain ! m'exclamé-je complètement paniquée. Tu l'as ouvert ?

Bon sang, j'avais complètement oublié que la réponse arrivait cette semaine ! Et dire qu'avant de partir je comptais les jours, brûlant d'impatience à l'idée de récupérer ce qui me revenait de droit.

— Non ! Je t'attendais ! Tu es prête ? À trois...

Je respire vite, mes pensées sont en ébullition, Nathan pose une main rassurante sur ma nuque. Mugler. Le mail de la Maison Mugler est là. C'est l'instant de vérité : je vais enfin savoir si mon travail et la supervision d'Alice ont été suffisants pour les convaincre de me choisir alors que je faisais face aux Ateliers Paris. L'entreprise de Will.

— Un, commencé-je.

— Deux...

— Trois, laché-je en cliquant.

Alice hurle de joie dans mes oreilles pendant que des larmes me montent aux yeux.

— Tu l'as eu ! June, tu as réussi !

Mains sur mon visage, les larmes coulent en dessous. Je pleure de joie, de soulagement, de bonheur... de revanche. Toute la pression que j'ai accumulée pour ce projet s'évapore et mes épaules se retrouvent libérées d'un poids. *Bon sang, j'ai le projet !*

La main de Nathan se resserre sur mon épaule et je me retourne vers lui. Alice est toujours en train de hurler à travers le haut-parleur, mais je suis happée par le regard rempli de fierté qu'il m'adresse.

— C'est complètement dingue, Alice, je...

— Tu es talentueuse ! Tu es la meilleure ! Tu as prouvé à tous ces cons qui se sont moqués de toi que tu valais mieux qu'eux !

Son jugement est totalement biaisée, mais je suis émue.

— Je suis fière de toi, Juny. Vraiment.

Mes sanglots redoublent lorsqu'elle prononce ces mots. Alice est un roc, le genre de roc qui ne parle pas de sentiments et qui ne les montre jamais. Je sens Nathan s'éloigner, sûrement pour nous laisser un peu d'intimité.

— Je suis fière de nous... murmuré-je en souriant.

— On va la créer cette agence. Ce contrat, c'est notre chance ! Fini le statut d'indépendant, dès que tu rentres et que j'ai fini mes dossiers, je quitte mon job et on réalise ce rêve, d'accord ? Le monde a besoin de nous !

Je hoche la tête en riant, même si elle ne peut pas me voir. Une fois l'excitation de l'annonce retombée, j'entends Alice soupirer longuement avant de changer du sujet.

— Ça fait une semaine que tu es partie... Comment ça se passe ?

— Il a tenté de me tuer une dizaine de fois !

— Quoi ! s'écrit-elle, soudain plus alerte.

— Il m'a emmenée faire de la randonnée.

Alice éclate de rire et ne s'arrête plus.

— Toi ? En randonnée ? Eh bien... On dirait qu'il réussit à te sortir de ta zone de confort.

Un ange passe, et Alice comprend qu'elle ne doit pas insister.

— Je dois te laisser, ma sœur me harcèle depuis dix minutes pour que je la retrouve. Et... Juny ?

— Ouais ?

— Va fêter ça avec le super beau gosse qui t'accompagne.

Je raccroche avant d'en entendre plus. Dans un coin de la terrasse, Nathan m'observe pour vérifier que je ne suis plus au téléphone. Il s'approche et s'assoit à côté de moi, sur le transat. Nous sommes sales, trempés, transpirants, pourtant il se rapproche et pose sa main sur mon épaule : je savoure ce contact.

— Bravo, June.

Je n'en reviens pas... Devant mes yeux brillants de larmes, il esquisse un petit geste pour m'inciter à parler.

— Mon ex et moi, on était en compétition pour ce projet. Il n'aurait jamais été aussi heureux pour moi. Il aurait trouvé un moyen de me rabaisser. J'ai la sensation... d'avoir ma revanche, souris-je. Est-ce que c'est mal ?

— Tu as ta revanche, confirme-t-il d'un hochement de tête. Et non, ce n'est pas mal.

Il dépose un baiser sur mon front avant de se lever pour retirer ses vêtements trempés. Figée par son geste, je ne peux m'empêcher de le détailler du regard. C'est un corps sec et finement musclé d'un mec qui fait trop de rando... Et c'est un corps qui me plaît. Beaucoup, *beaucoup*.

Après une douche rapide – chacun de notre côté –, je récupère ma longue robe beige un peu bohème et me prépare dans la chambre.

Lorsque j'en sors, Nathan m'attend, assis dans le canapé du salon, face à la baie vitrée. Il a l'air pensif. Je m'approche doucement, sans faire de bruit, mais sa voix me surprend :

— Tu n'es pas discrète, June.

En se relevant, il tend sa main dans ma direction et je la prends immédiatement. Il n'y a plus vraiment de retenue entre nous, c'est... étrangement fluide, et doux comme de la soie. Pas de prise de tête, pas de réflexion longue et sinueuse ; juste une relation amicale, le temps d'un voyage.

Nathan me fait tourner sur moi-même et admire la délicatesse de ma robe.

— Tu es divine... murmure-t-il doucement.

Ses joues se teintent légèrement de rouge.

— Tu es...

Vraiment beau.

Je me pince les lèvres et ravale les mots qui s'apprêtaient à sortir de ma bouche.

— Les clientes de l'hôtel vont en prendre plein les yeux ! m'exclamé-je, faussement joyeuse.

Puis je détale comme un lapin pour éviter de croiser son regard et d'y lire des choses que je ne préfère pas savoir.

— C'est à toi que j'aurais aimé en mettre plein la vue, chuchote-t-il si faiblement que je crains d'avoir rêvé.

Mon cœur bat vite, bien trop vite. Je regrette presque mes paroles. Mais il ne faut pas, nous sommes amis, rien de plus... Il y a le contrat.

Nathan me sonde avant de me guider vers le lieu du dîner. Nous flânons sur le chemin bordé de palmiers majestueux jusqu'à ce qu'une serveuse nous interpelle :

— Bonsoir, dit-elle en se redressant. Veuillez me suivre, je vais vous mener à votre table.

Je hausse un sourcil à l'intention de Nathan, qui me fait un clin d'œil :

— Ce soir, c'est notre dîner spécial « Lune de miel ». Ta victoire et ce contrat valent bien ça, non ?

En effet... J'avais oublié ce détail compris dans la formule que nous avions sélectionnée à l'époque. Après quelques minutes de marche, nous arrivons sur la plage privée de l'hôtel, déserte à cette heure. Un ponton et une cabane ouverte, face à nous, abritent une jolie table, décorée d'hibiscus et de fleurs de frangipanier, qui trône fièrement entourée de deux chaises en bois. Si nous souhaitons plus d'intimité, il suffit de décrocher les rideaux blancs et nous serons cachés de tous. Et sur cette petite table sont posés deux plats très spécifiques.

— Des Mac and Cheese...

— C'est le plat préféré de ma femme, non ? glisse Nathan.

Une fois que nous sommes installés, Nathan sert deux coupes de champagne. Il dépose sa main libre sur ma cuisse et la caresse doucement. Ce soir, j'ai envie de me jeter à l'eau.

— Je voulais te remercier, commencé-je en récupérant ma coupe de champagne. De prendre soin de moi, d'être aussi prévenant et patient, de me faire rire... de m'énerver aussi. Cette semaine était... vraiment géniale. Malgré ma réticence du début, terminé-je dans un murmure.

Nathan sourit et c'est la plus belle chose au monde. Quand il se penche vers mon visage, je crois pendant quelques secondes qu'il va m'embrasser, mais il se contente de chuchoter un petit « de rien ». Il s'éloigne de quelques centimètres mais fixe ma bouche avant de relever les yeux vers moi.

— Je peux te confier quelque chose ?

Je fronce les sourcils et acquiesce.

— Je crève d'envie de t'embrasser.

CHAPITRE 14

Le gazouillis des oiseaux me fait doucement sortir de ma torpeur pendant que le soleil réchauffe ma peau. Je soupire, et pendant un instant, mon cerveau s'échappe et j'ai l'impression d'être dans un rêve tant le cadre est idyllique.

Hier soir était une soirée absolument incroyable. Mais on ne s'est pas embrassés. Je n'arrive pas encore à savoir si je suis frustrée ou si je suis soulagée. Je ne lui ai pas demandé pourquoi il n'avait pas cédé à son envie, mais au fond de moi, je le sais déjà : le contrat. Ce foutu contrat Find It. Bien sûr, je suis ravie qu'il soit droit dans ses bottes et respectueux des règles. Il aurait tout aussi bien pu être un psychopathe.

Des réminiscences de son visage penché sur mes lèvres me reviennent. *June, putain ! Arrête tes conneries, ce genre de pensée n'a pas la place dans ta tête !*

Au moins, je suis réveillée maintenant.

Je repousse les draps et sors du lit tandis que Nathan rejoint la salle de bains. Je sens mes joues se réchauffer lorsqu'il s'approche. Il a la décence de ne faire aucune réflexion mais arbore un air malicieux. Bon sang... cette tension entre nous devient de plus en plus palpable et je ne sais pas comment accueillir ces émotions.

Je me prépare et récupère mon maillot de bain vert. Aujourd'hui, Nathan m'emmène dans un endroit « ultra-secret ». Pour la première fois depuis le début de notre séjour, j'accueille avec plaisir l'idée d'être seule avec lui. *Parfaitement seule.*

Quelques heures plus tard, nous voilà garés sur le bord d'une route miteuse, entre deux cocotiers qui tirent la tronche et un pauvre hibiscus desséché. Autant dire que le lieu « ultra-secret » fait piètre figure.

Nathan me tend la main avec un air mystérieux. Je la fixe, un sourcil levé, et il prend la mienne sans attendre pour me guider dans la forêt qui se trouve face à nous.

Après une dizaine de minutes, il se tourne vers moi brusquement et me lance :

— Ferme les yeux.

J'ai un léger mouvement de recul, une moue inquisitrice sur le visage.

— Pourquoi ? C'est le moment où tu révèles ton vrai visage et tu mets tes plans machiavéliques à exécution ?

Il lève les yeux au ciel puis passe derrière moi. Son souffle atterrit directement dans mon cou et un frisson me parcourt. Je sais, sans le regarder, qu'il doit afficher une mine radieuse, fier de l'effet qu'il a sur mon corps.

— Laisse-moi faire... murmure-t-il près de mon oreille.

Sa poitrine rencontre mes omoplates, ses mains se posent sur mes yeux et il me guide en me gardant contre lui. J'entends sa respiration calme et contrôlée ; tout le contraire de la mienne qui ressemble plus à celle d'un chien asthmatique... *On ne peut pas tout avoir dans la vie.*

Nous marchons quelques secondes avant qu'il ne s'arrête et qu'il retire ses mains de mes yeux : il me laisse découvrir, le souffle court, un lagon d'un bleu céruléen, absolument magnifique, dont l'eau est si transparente que l'on remarque ses petits habitants nagés entre les roches. Une petite falaise, d'une dizaine de mètres, trône face à nous et l'eau d'une rivière s'écoule tranquillement jusque dans le lagon. Je me retourne vers Nathan, un sourire éclatant sur le visage. Son regard clair plonge dans le mien et je m'y noie littéralement. Ses mains sont croisées sur son torse et il me regarde, l'air de dire : « Je te l'avais dit... »

— La chance nous sourit, il n'y a personne...

Une petite langue de sable blanc habille le tour du lagon et mes baskets s'y enfoncent, alors je m'empresse de les retirer. Un coup d'œil vers Nathan m'indique qu'il suit mes moindres faits et gestes alors que je me débarrasse de mon débardeur et enlève mon short. Mon maillot de bain est simple, vert et échancré.

Le soleil traverse légèrement l'épaisse couche de feuillage et se reflète sobrement sur mon soutien-gorge. Mes pieds glissent d'eux-mêmes sur le sol rocailleux du lagon lorsque j'entre dans l'eau. Lentement, je remonte à la nage jusqu'à la source qui coule le long de la falaise.

Nathan me fixe d'un regard d'où jaillit la fierté de m'avoir fait découvrir ce lieu. Je me laisse tomber au milieu de l'eau, éclaboussant les environs, et je ris en tapant des pieds, comme une enfant émerveillée. Il en profite pour s'agenouiller et récupérer discrètement son téléphone afin de prendre une photo de moi à la dérobée. Mon sourire devient encore plus éclatant, mais je fais semblant de n'avoir rien vu. La douceur du moment me laisse une sensation de bien-être que je n'avais pas ressentie depuis des mois. Je crois même que ce sentiment se rapproche du bonheur...

— Attrape ! crie-t-il avant de lancer un masque et un tuba.

Le logo de l'association habille fièrement l'équipement et je comprends qu'il le leur a emprunté pour aujourd'hui. En l'enfilant, je bats des pieds jusqu'à atteindre le centre du lagon. Nathan retire ses vêtements et, rapidement, je distingue ses jambes bronzées dans l'eau transparente. Je pataugе en observant les poissons colorés nager sous mes yeux : poissons-papillons, poissons-ballons, poissons-perroquets... une diversité exceptionnelle.

Nathan me rejoint, part parfois de son côté suivre un poisson qui l'intrigue, me montre des coquillages qui semblent rares, et moi, je profite. Je profite de sa présence, de ce moment, de la beauté du paysage, de notre nature.

Il s'approche à nouveau de moi, sort la tête de l'eau et enlève son tuba.

— Regarde June ! s'exclame-t-il en souriant.

Sa voix pincée à cause du masque me fait fondre, je m'approche de lui pour observer ce qu'il tient au creux de sa main.

— Un caillou ? lancé-je un peu déçue.

Il le retourne pour me faire découvrir l'autre face. Cette fois, je souris, impressionnée.

— Un fossile escargot ! Dommage qu'on ne puisse pas le garder, j'aurais aimé l'ajouter à ma collection.

Nathan redépose délicatement sa trouvaille au fond de l'eau, puis remonte et retire son masque. Il nage vers la rive en m'expliquant qu'à Saint-Barth, la préservation des milieux naturels nous oblige à ne rien prendre, arracher ou ramener.

Je lui lance mon masque depuis ma place pour qu'il le pose avec le sien, bien décidée à aller explorer la cascade que je distingue au loin, et surtout... à dépasser son rideau d'eau !

Du coin de l'œil, j'observe Nathan et me demande s'il va se décider à me suivre. Je plonge pour me rafraîchir les idées et avance rapidement vers la source, comme si je fuyais quelque chose. *Quelqu'un plutôt...*

Sauf que je lui ai lancé ce regard pour une raison bien précise. Depuis hier soir, je ne pense qu'à ça.

Et j'attends. Là, dans ce renfoncement humide caché par la chute d'eau. Je respire lentement et j'attends qu'il arrive, que l'on se regarde, qu'on se lance une énième réplique cinglante avant de se dévorer des yeux. Mes mains décrivent des cercles autour de mon corps et je patiente là où le sable me permet d'être debout, l'eau m'arrivant à la taille. Des remous se font entendre loin de moi et je retiens ma respiration. Je reste dos au lagon, la figure tournée sur le côté pour tenter de distinguer sa silhouette qui se rapproche. Le bruit est assourdissant, mais mes oreilles captent parfaitement les sons qui les intéressent. Je ne sais pas ce que je suis en train de faire. Ou plutôt si, je sais exactement ce que je m'apprête à faire.

Lâcher prise...

Mes cheveux roux sont plaqués en arrière et tombent en cascade dans mon dos. L'impatience me fait gigoter, mon ventre se tord et l'attente est insoutenable. J'en viens presque à douter qu'il me rejoigne.

Le clapotis de l'eau ne couvre pas son arrivée, malgré sa lenteur, mais je sursaute lorsque sa main caresse mon bras de haut en bas. Il continue de parcourir mon corps en passant par mon cou. La pulpe de ses doigts descend le long de mes omoplates avant de s'arrêter sur ma hanche.

— Qu'est-ce que tu fais, June ? m'interroge-t-il, la voix rauque.

J'humidifie mes lèvres sans savoir quoi répondre. Un frisson me parcourt l'échine lorsque sa bouche se dépose dans le creux de mon épaule, et je lâche un soupir, la bouche entrouverte.

— Qu'est-ce que tu *me* fais ? redemande-t-il en continuant d'embrasser ma nuque.

— Tu crèves toujours d'envie de m'embrasser ?

Aussitôt, il s'arrête. Je crains un instant qu'il s'en aille, mais au contraire, il s'approche un peu plus en caressant mes hanches. Je ne me fie qu'aux sensations que me procure son toucher : j'aimerais que ce moment ne s'interrompe jamais.

Plus rien n'a d'importance sauf lui et la sensation de sa peau contre la mienne. Précautionneusement, je me retourne pour croiser ses iris enflammés et repose ma question :

— Tu crèves toujours d'envie de m'embrasser ?

Ma poitrine se retrouve pressée contre son torse, nos respirations se synchronisent comme si nous n'étions qu'une seule et même personne. Je fixe sa peau hâlée et caresse son buste. Il frémit tandis qu'un sourire béat orne mes lèvres. Enfin, sa main droite quitte ma hanche pour effleurer ma joue. Mon corps a un sursaut incontrôlable face à la délicatesse de ses gestes.

— Regarde-moi, demande-t-il presque imperceptiblement.

Le temps semble suspendu. Mon cœur s'agite entre raisons et sentiments.

— June, regarde-moi.

Alors, je croise son regard bleu océan. Ma respiration se coupe face à l'intensité que je peux lire dans ses yeux et je ne bouge plus. Ses cheveux mouillés, nonchalamment coiffés, ses pommettes saillantes, sa mâchoire finement dessinée, son regard habituellement rieur et provocant devenu un gouffre de désir pur, sa fine barbe qui entoure ces lèvres charnues... Mes yeux font des allers-retours vers sa bouche entrouverte qui ne demande qu'à être embrassée. *Juste une fois...*

Ma tête se lève légèrement, presque trop subtilement, mais lui s'en rend compte. Il comprend parfaitement ma demande silencieuse, les yeux mi-clos, les lèvres humides dans l'attente d'être comblées par les siennes.

Mais il se détourne. Il se détourne et traverse la cascade. Et moi, je sens mon cœur donner un énorme coup dans ma poitrine, blessé.

— Merde. Merde, merde, merde, merde... chuchoté-je en sentant des larmes aux coins de mes yeux.

Ai-je rêvé ? Ai-je été la seule à... avoir eu envie de ça ?

Je m'approche d'un rocher près de la paroi grisâtre et m'assois quelques centimètres au-dessus de l'eau, en fermant les yeux. *Je n'oserai même plus retourner à l'extérieur de cette foutue cascade !*

Soudain, l'eau s'agite à nouveau vers moi et je panique un instant à l'idée qu'il veuille partir et rentrer en France... *Ironique, n'est-ce pas ?*

Mais à la place, c'est un Nathan déboussolé qui me fait face. Instinctivement, je descends du rocher et fonds sur lui.

— Le contrat stipule qu'aucun rapport sexuel n'aura lieu pendant le séjour.

Il ne me regarde pas et fixe l'eau en réfléchissant rapidement.

Merci du rappel.

— Embrasser quelqu'un n'est pas une violation du contrat puisque ce n'est pas considéré comme un rapport sexuel.

Il ne lui faut alors qu'une seule seconde pour coller sa bouche contre la mienne. Et, seulement après ça, il m'embrasse. Ce n'est pas maladroit. C'est voulu, brutal et délicieusement dévastateur. Je gémis contre sa bouche qui maltraite mes lèvres, les malmène pour mieux les goûter, alors que ses mains me pressent encore plus contre lui et que mes doigts s'agrippent à sa chevelure. Sa langue se fraie un chemin vers la mienne et c'est un tourbillon de sensations inconnues qui m'assaille. Jamais, *jamais*, je n'ai ressenti quelque chose d'aussi intense.

Un cri de surprise s'échappe de ma bouche lorsqu'il me soulève et me plaque brusquement contre son bassin. Il laisse échapper un grognement rauque qui me fait trembler. Ses hanches s'ajustent parfaitement à mon bassin, pendant que sa langue cajole mes lèvres, puis vient jouer avec la mienne. Il gémit à son tour et je peux jurer sur la terre entière que c'est le son le plus excitant que j'ai entendu de toute ma vie. Ses lèvres continuent de m'embrasser avec la plus grande des ardeurs. Mes mains posées sur son cou le caressent et le touchent partout où elles le peuvent.

Je veux m'imprégner de son corps, de lui, et des émotions qu'il provoque chez moi.

— Putain... murmure-t-il en s'écartant légèrement.

Je tente de reprendre ma respiration et halète contre sa bouche. Mes lèvres sont gonflées et aussi rouges que les siennes. Il semble aussi décontenancé que moi face à la vague de chaleur et d'envie qui nous a traversés tous les deux. Ses bras se détendent enfin et il me relâche dans l'eau jusqu'à ce que je retrouve l'équilibre sur les rochers.

— Le contrat, murmure-t-il en s'écartant.

Je retiens un souffle de désir et acquiesce en répétant :

— Le contrat.

CHAPITRE 15

— Madame ?

Je cligne des yeux, efface l'image de Nathan et moi sous la cascade et me reconnecte à la réalité.

— Hum ? lancé-je avec une mine désolée

— Je vous demandais si vous souhaitiez être massés ensemble ou séparément ?

Je jette un coup d'œil à Nathan, juste derrière moi. Il a sa paume posée contre mon rein et la chaleur qui s'en dégage me ramène à la scène de la veille.

— Ensemble, dit-il en hochant la tête.

— Très bien. Une préférence pour la personne qui vous masse ?

— Peu importe, réponds-je un peu trop rapidement.

Tout ce que je veux, c'est me débarrasser de cette proximité et de cette tension dans mon ventre.

La jeune femme du spa nous invite à la suivre et nous fait entrer dans une salle sombre aux murs boisés, à l'ambiance tamisée avec une petite musique relaxante qui, au lieu de me détendre, me stresse davantage. Deux tables de massage sont placées de part et d'autre de la pièce, assez proches pour que nos mains se touchent, mais assez éloignées pour laisser un passage au personnel.

— Vous pouvez vous changer ici, les masseurs arriveront dans quelques minutes.

Elle nous donne deux peignoirs, deux serviettes et nous demande de nous placer sur les tables dès que nous serons prêts. Puis elle ressort et ferme la porte derrière elle.

Lorsque Nathan pose sa main sur mon épaule, je sursaute. Lui, n'a pas l'air perturbé du tout. Je dois sûrement être rouge comme une tomate à cause des battements excessifs de mon cœur dans ma poitrine.

— Ça va ? me demande-t-il.

— Change-toi en premier, je me retourne.

Sa main quitte mon épaule en la caressant de son revers. Je retiens un frisson, et face au mur, j'attends... Le froissement de ses vêtements résonne dans mes oreilles. J'entends le matelas de la table s'affaisser et Nathan s'installer. Alors seulement quand je n'entends plus de bruit, je vérifie la situation du coin de l'œil. Il est allongé sur le ventre, bien installé sur la table de massage. Il n'a pas enfilé de peignoir mais a placé maladroitement une grande serviette sur son corps. Je m'approche sans un bruit et effleure celle-ci de mes doigts pour la replacer correctement mais aussitôt, sa main m'arrête.

— Du calme, dis-je lorsqu'il relève la tête, affolé. Je veux juste la placer... décemment.

Il sourit bêtement et repose la tête. Mon souffle est saccadé. À mon tour, je m'empresse de me déshabiller et de me glisser sur la table avant de me couvrir d'une serviette. Après notre baiser, nous avons passé la soirée chacun de notre côté. Moi, à peindre frénétiquement, lui, avec son ordinateur. Il y a une sensation d'inachevé, de frustration intense. Mais il y a le contrat, et lui comme moi sommes déterminés à le respecter. *Enfin, je crois.*

Alors, à part devant le personnel de l'hôtel, il n'a aucun geste tendre. Pas de caresse sur ma main, pas de baiser sur le front. Il a rejoint le canapé en fin de soirée et nous avons dormi, chacun de notre côté, comme depuis le début, comme si rien ne s'était passé.

Nous sommes juste des amis. Bien sûr, June ! Des amis qui s'embrassent sans retenue !

Je fais taire cette voix nasillarde alors que la porte s'ouvre et se referme délicatement.

— Bonjour, je suis Christophe et mon collègue se nomme Basile. Si vous avez mal lors du massage ou si vous avez une zone à éviter, n'hésitez pas.

— Prenez soin de ma femme, mais pas trop quand même, articule Nathan sérieusement.

— Bien sûr, acquiesce l'un des deux masseurs, un sourire dans la voix.

Est-ce qu'il est... jaloux ?

Le silence se fait et on découvre ma jambe droite pour y verser de l'huile chaude. Dès qu'il commence à me masser, une sensation de bien-être profond m'assaille.

Lorsque le dénommé Christophe attaque mon dos, je ne peux m'empêcher de gémir. Un gémissement tout petit et ridicule, que je tente de retenir... mais c'est raté ! Je rougis, adopte une moue gênée que personne ne peut voir et prie intérieurement pour que personne n'ait entendu.

— On a dit doucement avec ma femme ! lance Nathan d'une voix étouffée par sa position.

Il n'a pas osé ! Dieu merci, malgré ma gêne et le fait que j'ai manqué de m'étouffer avec ma salive, les masseurs agissent comme si de rien n'était et poursuivent leur travail.

Après quelques minutes de ce traitement divin... je m'endors.

Une caresse le long de mon dos finit par me réveiller et je relève la tête, incapable de savoir où je suis. Nathan, en short de bain, me regarde, un sourire au coin des lèvres. Lèvres que j'ai embrassées hier et qui m'obsèdent depuis.

— Les masseurs sont partis depuis trente minutes.

— Et tu as attendu tout ce temps ?

Il acquiesce en s'éloignant.

— Ils pensent sûrement qu'on est en train de s'envoyer en l'air, lâche-t-il en haussant les épaules.

Je me retourne, place la serviette sur ma poitrine et m'assois d'un geste maladroit au bord de la table de massage.

— Pardon ?

Petit con.

— Tu as gémi, argue-t-il en détachant chaque syllabe.

— C'est pour ça que tu t'es senti obligé de balancer ta phrase d'homme des cavernes ?

Il se rapproche à nouveau et place ses mains de part et d'autre de mon corps. Ses yeux s'attardent sur mes lèvres lorsqu'il murmure :

— Tu as gémi et ce n'était pas mon œuvre. Ça m'a rendu fou.

Ses prunelles sont devenues bleu marine sous le coup de l'irritation et il s'éloigne avant de sortir de la pièce avec précipitation, pour finalement disparaître.

Bon. Notre récente amitié est *légèrement* déséquilibrée depuis hier. Après m'être rhabillée, je retourne à l'accueil pour savoir s'il est passé par là.

— Non, je ne l'ai pas vu. Mais il doit être au spa. Vous savez, votre réservation de lune de miel vous confère la privatisation du lieu pour l'après-midi. Aucun personnel ne viendra vous déranger dans les bains, sauf si vous avez besoin de nos services, me précise une employée.

Je fronce les sourcils.

— On a le spa entier pour nous ?

— C'est ça, acquiesce la jeune femme.

Je hoche la tête, abasourdie, puis retourne vers les salles de massage avant d'entrer dans une des salles de bains privatives et luxueuses pour y laisser mes affaires. Je croise mon regard dans le miroir et souffle longuement pour tenter de détendre mes épaules pleines de nœuds. Décidément, l'effet du massage aura été de courte durée. Mon reflet me renvoie l'image d'une femme bien plus épanouie et apaisée qu'à mon arrivée et ce, malgré les dernières heures mouvementées.

Je soupire, détache mes cheveux et les laisse faire leur vie sur mes épaules ; de toute façon, ils seront trempés dans quelques minutes. Mon cœur bat la chamade, mes mains tremblent et mes jambes sont en coton. Je pousse un profond soupir et me faufile en dehors de ma petite salle de bains privée avant de foncer dans le couloir qui mène aux sources chaudes. Selon la brochure de l'hôtel, le spa utilise les sources naturelles de l'île, ce qui est une assez bonne nouvelle d'un point de vue écologique. L'eau est renouvelée, ce qui permet de ne pas en gaspiller. Au moins, ils font un effort là-dessus...

Je passe trois secondes sous la douche obligatoire avant de marcher rapidement vers la première piscine. Le spa ressemble à un mini-labyrinthe, entre les bains chauds, le hammam et le sauna, suivis ensuite par le bain à remous et enfin, une piscine fraîche dans une cavité. Je me précipite dans l'eau comme si j'avais le diable aux trousses. Un soupir de soulagement m'échappe lorsque j'y entre complètement, passe les mains dans mes cheveux et les attache en un chignon rapide.

Toujours aucune trace de Nathan...

— Il y a quelqu'un qui te poursuivait ?

Je pousse un cri, une main sur le cœur et me retourne vers le coin de la piscine. *Bon, j'ai parlé trop vite !*

— Je, euh... Non, j'avais froid, bégayé-je en tentant d'être convaincante.

Il acquiesce vaguement avant de se détacher du mur, caché par une grosse pierre, et s'avance lentement – trop lentement – vers moi.

— On y va ? chuchote-t-il près de mon visage après avoir jeté un œil sur mes lèvres humides.

L'eau n'est pas profonde et nous arrive à la taille, nous avançons lentement. Parfois je me laisse flotter et porter par les remous, d'autres fois je nage ou m'arrête complètement pour profiter des jets massants. Trop rapidement, nous rejoignons la zone du hammam et du sauna.

D'un commun accord, nous prenons la direction du sauna et je profite d'être hors de l'eau pour l'observer dans son short gris qui lui va comme un gant. J'en aurais presque l'eau à la bouche. *Non, en fait, je l'ai déjà.*

Tout cela ne doit rien signifier pour toi, June. Pour ton bien.

Dans le grand sauna, malgré la vapeur, j'observe un grand mur rempli de charbon qui chauffe la pièce d'une chaleur presque étouffante. Deux grands et longs bancs en bois sont disposés sur les côtés. Au centre se trouvent différentes huiles de massage accompagnées de grands seaux d'eau bouillante. Je récupère une serviette blanche à l'entrée et la dépose en long sur le banc de droite. Je m'allonge sur le ventre et ferme les yeux si forts que je dois avoir l'air contrarié.

Du bruit m'arrive aux oreilles : Nathan déplie sa serviette et jette délicatement un peu d'eau chaude sur le sol avant de laisser le silence s'installer.

— Désolé si j'ai été trop loin tout à l'heure, lâche-t-il avant de se racler la gorge.

Sur mon banc, je hoche la tête d'un air absent, lorsque je sens deux mains se poser sur le haut de mes hanches. Une huile chaude se répand délicatement dans le creux de mon dos.

— J'aimerais me faire pardonner.

— Qu'est-ce que...

Ma phrase est coupée par un gémissement de bien-être qui s'échappe de ma bouche. Ses mains se figent un instant sur mon dos et je jure avoir senti son souffle chaud percuter ma nuque.

— Je préfère quand ça vient de moi, précise-t-il d'un ton malicieux.

Ses mains remontent dans une lente caresse le long de mes côtes, déclenchant un frémissement. Je sais qu'il sourit. Je sais qu'il est ravi de voir l'effet qu'il a sur mon corps. *Mais on joue à un jeu bien trop dangereux.*

J'ai envie de me retourner. De l'embrasser si fort que nous serions tous les deux essoufflés, haletants et bouillants. Ses gestes deviennent plus lents, plus doux, ses doigts ne font qu'effleurer ma peau et descendre toujours plus bas. Et puis, plus rien.

Nathan est parti.

Je suis en train de découvrir une facette de lui qui m'attendrit un peu trop. Même s'il est résolument adorable, absolument canon, diablement sexy, respectueux, amusant et tout un autre tas d'adjectifs hyper valorisants, il n'en reste pas moins un homme. Mais après tout ce que j'ai traversé, ma confiance envers la gent masculine est devenue nulle. Autour de moi s'est créée une carapace pour me protéger de la souffrance. Et je refuse de l'abandonner. Je compte bien garder le contrôle sur ma vie.

Quelques heures plus tard, mon bâillement résonne bruyamment dans la chambre, je m'étire avant de récupérer un livre qui attend sagement dans ma valise depuis plusieurs jours. Le canapé extérieur me fait de l'œil alors sans plus réfléchir, je m'y installe.

En quelques minutes je suis plongée dans ma lecture. L'histoire m'absorbe, les personnages me touchent, leurs paroles m'interpellent et quelque part... c'est peut-être parce que je me retrouve en eux.

Presque immédiatement, je projette l'homme de mes fantasmes sur le personnage masculin. Chaque description est un supplice pour mes yeux et mon cerveau, chaque toucher devient une brûlure réelle et bien présente sur mon corps, chaque caresse décrite est un appel aux désirs les plus enfouis. Ce n'est plus une relation entre deux personnages fictifs, mais une relation entre Nathan et moi. *Et putain, quelle torture.* Mais cette fois, je ne réduis pas mes pensées au silence et laisse mon esprit complètement divaguer.

Mon cerveau crée toutes les images, les regroupe pour former un film absolument parfait qui allume une flamme en moi. Et la flamme devient un brasier.

Mes joues rougissent et, lentement, ma paume glisse le long de mon ventre. Je me laisse guidée par les sensations de mon corps. Ma main continue son chemin jusqu'à mes cuisses avant de passer sous l'élastique de mon maillot de bain et de frôler mon intimité. Je perds le contrôle : mon index caresse avec minutie mon clitoris. En un instant, le livre tombe par terre dans un bruit sourd et la main qui le tenait rejoint mon sein. Je ferme les yeux et l'espace d'un moment, ce ne sont plus mes doigts qui parcourent mon corps, mais ceux de Nathan. Et j'ai une très, très bonne imagination.

Je rouvre les yeux soudainement. *June, arrête tes conneries !*

— La piscine. Vite, marmonné-je pour moi-même.

Je me relève et cours jusqu'au bassin avant d'y plonger. La fraîcheur me fait atterrir instantanément pendant que mon cerveau tourne à mille à l'heure.

Je fais des longueurs pour épuiser mon corps en ébullition et pour calmer mes nerfs. Dans mon champ de vision, je finis par distinguer les pieds de Nathan. Je remonte à la surface, prends une grande bouffée d'air et l'observe à travers mes cils trempés. Ne sachant pas trop sur quel pied danser, je continue ma nage, la tête hors de l'eau.

— Je suis désolé d'être parti tout à l'heure... commence-t-il en passant une main dans ses cheveux.

Si tu savais ce que j'étais en train de faire, Nathan.

— Si j'étais resté, ça aurait vraiment dégénéré. Ce n'est pas... Il y a le contrat et...

Il cherche ses mots, secoue la tête, regarde l'horizon puis me fixe, moi. Son torse bronzé et son visage sont illuminés par le soleil couchant. Les lueurs orangées l'éclairent d'une nouvelle façon.

— Je ne veux pas abuser de ta confiance. Tu commences tout juste à me tolérer, je ne veux pas gâcher notre...

— Amitié ? terminé-je à sa place.

Il acquiesce lentement. Il est si... doux. Gentil. Respectueux.

— Tu peux me dire quelque chose ? S'il te plaît... Je ne suis pas dans ta tête et je...

— J'ai juste suivi ton conseil, lui lancé-je en chuchotant.

Son regard se voile d'incompréhension et je précise :

— J'ai lâché prise. Et j'aurais aimé que ça dégénère, avoué-je imperceptiblement.

— Arrête, June. Arrête de faire ça, me prévient-il en serrant ses poings contre le marbre de la piscine.

Je m'approche de lui jusqu'à être au niveau de ses pieds. La bouche dans l'eau, je l'observe. Il se mord les lèvres, regarde le ciel en retenant un sourire puis se laisse glisser à mes côtés. Dans la piscine, on se tourne autour en s'observant. J'ai bien compris ce qu'il fait : il me laisse aller à mon rythme, me laisse choisir et me laissera partir sans me retenir si je décide de m'enfuir.

Je ne suis plus qu'à quelques centimètres de sa bouche et je place mes doigts sur son torse. Ils parcourent sa peau, le caressent à travers l'eau, le découvrent et enregistrent chaque détail. Nathan me fixe de ses yeux... brûlants. Malgré le désir que je perçois dans son regard, il patiente. Je me penche pour effleurer ses lèvres mais il se recule légèrement.

— Le contrat, June. On ne peut pas...

— On ne fait que s'embrasser, argumenté-je avec un sourire en coin.

Il laisse échapper un soupir sarcastique.

— Tu sais parfaitement que si on commence, on risque de ne pas s'arrêter.

— On s'est bien arrêtés hier, rétorqué-je.

Mes mains remontent jusqu'à son visage, l'une dans ses cheveux encore trempés, l'autre sur sa mâchoire, et je me penche pour y déposer un baiser humide. Il retient sa respiration, et enfin, ses mains se posent sur mon corps, sous mes fesses. Il me soulève, je place mes jambes autour de lui, comme une putain de moule qui s'accroche à son rocher. Je continue mon ascension de baisers jusqu'à sa joue puis... sa bouche.

Les sensations qu'il me procure sont grisantes et je crois que je ne pourrais jamais m'en lasser. *C'est bien ça, le problème.* Ma main droite rencontre ses lèvres, je les caresse du bout des doigts et mords les miennes. C'est tellement simple, fluide... Comme s'il y avait une connexion inexplicable entre nous. Comme si notre relation avait toujours été ainsi.

Ses lèvres dévient de leur trajectoire et il part dévorer ma clavicule avant que sa langue ne trace un chemin vers ma poitrine. Ses mains enserrent de nouveau mes hanches, me pressent contre lui avant de remonter lentement vers mes seins. Son pouce vient jouer avec mon téton droit, à travers mon maillot de bain, et je gémis contre sa bouche. Mes doigts se perdent dans ses cheveux pendant que les siens descendent sur mes fesses. Il s'arrête un instant, plonge son regard dans le mien tandis que nos respirations sont lourdes de désir et que nos regards n'expriment que le besoin d'être ensemble.

Nathan me plaque soudainement contre la paroi de la piscine et m'embrasse à nouveau. Lentement, tendrement, avec une dévotion que je n'avais jamais connue avant. Sa langue se glisse entre mes lèvres et vient rencontrer la mienne dans une danse dangereuse, dévastatrice. En quelques secondes, je ne suis plus contre la paroi, mais soulevée et entraînée hors de l'eau. Sans jamais arrêter de m'embrasser, il m'allonge sur le bois de la terrasse. Ce n'est pas très confortable mais c'est parfait ainsi : brutal, ardent, fou.

J'effleure son short de bain, et je meurs d'envie de libérer son érection.

— June, m'interpelle-t-il en bloquant ma main. J'ai très envie de toi, mais...

— On... On n'est pas obligés de... coucher ensemble... murmuré-je.

Je lui propose une façon de détourner le contrat. Et une façon pour moi de calmer le jeu. Joueuse, je plonge mes yeux dans les siens tout en passant une main dans mon dos pour détacher mon haut de maillot de bain. La ficelle glisse entre mes doigts, dévoilant sous son regard affamé ma poitrine ronde.

Ma nature pudique s'est complètement envolée. Plus aucune gêne ne subsiste entre nous. Pour la première fois de ma vie, j'ai entièrement confiance en moi, en mon corps, même avec ses changements et ses défauts. Je déglutis face à l'intensité de son regard sur moi. En caressant mon cou de la pulpe de ses doigts, il prononce d'une voix rauque :

— À quoi tu joues ?

Je ne réponds pas et je caresse sensuellement mes seins, dont les tétons pointent fièrement vers Nathan. Avec une main, j'en pince la pointe, et je fais glisser l'autre le long de mon corps jusqu'à rejoindre le seul triangle de tissu qui me couvre encore.

— June, me prévient-il d'une voix tremblante.

Ma bouche souriante se transforme en O lorsque j'effleure mon clitoris. J'insère un doigt timide dans mon vagin pendant que mon pouce s'active. Ma main gauche lâche mon sein pour caresser mon ventre et je me tortille sous le plaisir qui arrive, toujours plus fort. Nathan, toujours au-dessus de moi, m'observe fiévreusement. Ses bras sont tendus à l'extrême.

Ses lèvres se referment sur ma bouche, m'embrasent, me torturent, me malmènent pendant que je le sens bouger contre moi et qu'il se retrouve genoux à terre, appuyé sur un bras. Je joue avec le feu, mais je ne veux plus éviter cette attraction entre nous.

Son regard me contemple pendant plusieurs secondes, la luxure luit dans ses yeux pendant qu'il se masturbe au-dessus de moi. Ils n'ont jamais été aussi bleus, aussi intenses, aussi remplis de désir. L'orgasme monte en même temps ; nos regards s'accrochent et se dévorent, nos bouches se rejoignent encore, je me cambre contre lui. Il saisit brusquement la main qui me donne du plaisir.

— J'aimerais tellement être en toi, gronde-t-il tout près de mon oreille.

Son regard océan me rend presque liquide tant la chaleur qui s'en dégage est intense. *Il va me tuer.* Il mène ma main à sa bouche avant d'embrasser puis de lécher mes doigts luisant de mon désir pour lui. *Putain.*

J'entrouvre les lèvres et plaque furieusement ma bouche contre la sienne. Nos langues se mêlent et s'entremêlent encore et encore, jusqu'à ce qu'il colle son bassin contre le mien. Nathan bouge contre moi, son érection, couverte de son short de bain, frotte contre mon intimité la plus sensible. La sensation du tissu sur nos sexes gorgés de désir aiguise tant nos sens que nous gémissons ensemble, au même moment.

J'ondule sous lui et il me répond toujours plus fort, plus rapidement, plus intensément. Chaque coup bute contre mon sexe gonflé par le plaisir : je murmure son nom, les yeux fermés, et il souffle lentement dans mon oreille, haletant. Mes jambes se resserrent autour de lui pour l'avoir un peu plus contre moi.

Son érection devient plus dure, plus grosse qu'avant. Alors je me cambre plus sous lui, resserre encore mes jambes, caresse son torse puis l'embrasse sous l'oreille avant de redescendre dans son cou. Son râle résonne au creux de mon cou et se répercute à l'intérieur de moi, jusque dans mon bassin où se prépare la vague de plaisir la plus intense de ma vie.

Un dernier mouvement suffit à me faire crier de plaisir pendant que l'orgasme me terrasse. Nathan m'observe avec ardeur, cachant son propre plaisir pour se nourrir du mien. À son tour, il jouit en continuant lentement ses va-et-vient. Son visage plonge dans mon cou où il étouffe sa respiration intense. Je prends son visage entre mes mains et plonge mes iris dans les siens pour partager ce moment jusqu'au bout. Il tourne son visage et embrasse tendrement la paume de ma main avant de me sourire. *C'était la chose la plus sexy et la plus sensuelle que j'ai jamais faite.*

Le bois a griffé mon dos, qui commence à devenir douloureux, mais pour rien au monde je ne viendrais mettre fin à ce moment. Les mots me manquent.

Et puis, techniquement... on n'a pas couché ensemble ?

J'éclate de rire en y pensant, Nathan me fixe puis me suit dans mon rire nerveux. Il nous faut plusieurs minutes pour reprendre notre respiration. Mon faux mari m'observe encore, s'attarde sur des détails de mon visage, m'embrasse, caresse mes côtes, puis finit par s'allonger sur moi tout en flattant mes hanches avec lenteur. Je n'ai jamais vécu d'instant aussi tendre après un moment aussi intime.

Sa respiration calme et régulière m'interpelle alors je jette un coup d'œil à son visage : il s'est endormi. Là, contre moi, avec ses bras qui m'entourent de façon possessive, ses lèvres entrouvertes, son visage apaisé.

Pour moi, il n'y a pas de meilleure preuve de confiance que celle de s'endormir dans les bras de quelqu'un. C'est un temps où notre corps se relâche et où notre esprit s'évade... Un moment de vulnérabilité pure.

Ce n'est pas le meilleur endroit pour faire une sieste, pourtant, je me contente de sourire. D'un vrai sourire éclatant. Même s'il sera sûrement de courte durée.

Mes doigts se perdent dans ses cheveux, glissant peu à peu sur son dos. Je fronce les sourcils lorsque je rencontre trois petites cicatrices, près de sa colonne vertébrale, qui semblent anciennes mais assez longues et profondes.

Qu'est-ce qui a bien pu lui faire ça ?

CHAPITRE 16

NATHAN
Vingt-cinq ans plus tôt

Je n'aime pas quand ma sœur m'entraîne dans ses combines. Je finis toujours par me faire disputer par papa et maman. Et à chaque fois, c'est moi qui me fais punir, pendant qu'elle et son acolyte débile rigolent dans le jardin. Maman dit que je suis différent. C'est faux. Je suis trop intelligent pour elle, c'est tout. Elle ne s'intéresse qu'à son physique et aux belles choses, pas à ses enfants. Enfin si, ma grande sœur, c'est la prunelle de ses yeux. Nous n'avons que deux ans d'écart mais du haut de ses neuf ans, elle représente l'espoir de la famille.

— Nathan, dépêche-toi ! Tu vas tout gâcher !

Ma sœur fait de grands gestes dans ma direction pour me presser un peu plus. Le gosse à côté d'elle lève les yeux au ciel et fait la grimace. Il est aussi laid de l'intérieur que de l'extérieur. Je ne comprends pas ce que les filles lui trouvent à l'école : ses cheveux blonds sont presque transparents, ses yeux sont trop moqueurs, il parle fort, il se fait toujours remarquer et il est méchant avec moi.

Je continue de marcher en l'ignorant et rejoins ma sœur.

— On a trouvé une cabane dans la forêt, mais on a besoin de ton aide pour y monter ! Tu verras, elle est géniale ! En plus, c'est ton anniversaire, on va faire un pique-nique dedans !

Elle prend ma main et m'entraîne avec elle au milieu des sapins géants. Nous avons la chance, enfin je crois, d'habiter un domaine immense avec une grande forêt dans laquelle je peux jouer avec les animaux... Du moins, ceux qui ne s'enfuient pas en me voyant approcher. Ma sœur prend le sentier que nous empruntons habituellement avec nos parents et, derrière nous, son acolyte nous suit à la trace.

Elle s'arrête devant un arbre immense, encore plus haut que les autres, dans lequel une cabane en bois est installée. Sa base fait le tour de l'arbre et s'appuie sur les voisins pour rester stable. Elle est grande et semble sécurisée, ce qui me rassure un peu.

— Pourquoi vous avez besoin de moi ? demandé-je avec un soupir.

Ma sœur sourit. Quand elle a ce regard, ce n'est jamais bon pour moi. Et pourtant, à chaque fois, j'accepte de faire ce qu'elle me dit. Avec son visage d'ange, personne ne pourrait dire du mal d'elle. Papa et maman pensent que c'est moi qui l'entraîne dans ces bêtises, ils ne veulent jamais me croire. S'ils m'aimaient un peu plus, peut-être qu'ils arrêteraient de me voir comme le méchant Capitaine Crochet ?

— Il faut que tu montes en premier, commence-t-elle doucement. On te suit derrière mais on a un peu peur de se faire mal.

Je fronce les sourcils, sentant l'angoisse s'installer dans le creux de mon estomac.

— Donc, vous m'envoyez en premier pour tester avant vous ? Et si je tombe ? Et si je...

— Oh allez ! Arrête de faire ta chochotte, raille son ami avec un sourire moqueur.

— Vas-y toi ! lui lancé-je avec un regard noir.

Il lève à nouveau les yeux au ciel et cache sa lâcheté comme il le peut. Ma sœur le regarde avec un sourire et se retourne vers moi, les sourcils haussés, dans l'attente de ma réaction.

— Je n'ai pas très envie de le faire... lui murmuré-je discrètement.

Elle soupire.

— Papa n'arrête pas de dire que tu es une mauviette. Prouve-lui que tu es un vrai homme Nathan, argumente-t-elle en pointant l'échelle du menton.

Je fixe cette dernière, le nez plissé. La fameuse échelle... Si on peut appeler quelques bouts de bois vissés sur un tronc une échelle. Je n'ai pas envie de monter, mais si ma sœur n'est pas contente, elle ira dire à notre père que j'ai fait une bêtise quelconque et je me ferai gronder. Alors j'empoigne le premier petit morceau de bois de ma main droite et m'y accroche comme si ma vie en dépendait. Peut-être que c'est le cas...

— Si tu tombes, personne ne te rattrapera, claironne le blondinet d'une voix nasillarde.

— Tais-toi, Will ! le réprimande ma sœur en retenant un rire.

Elle m'encourage un peu pendant qu'il ricane en se moquant de mes jambes maigres. Will Paris est un petit prétentieux qui se prend pour un roi : tout lui est dû et nous sommes ses sujets.

Mais moi, je suis monté. Pas lui. *Prends ça dans tes dents, gros débile !* Je ne regarde pas en bas, j'ai bien trop peur du vide pour m'y risquer, alors je grimpe aussi vite que je peux et quand j'arrive enfin en haut, je souffle de soulagement.

— C'est bon ! crié-je à ma sœur.

Seul le silence me répond. J'ai peur de regarder en bas alors je me recroqueville vers le tronc et vérifie, en tâtonnant, que le sol ne va pas craquer sous mon poids. Ils ne m'ont peut-être pas entendu alors je m'écris à nouveau :

— Tout va bien ! Vous pouvez venir, hein !

Encore une fois, personne ne me répond. Et cette fois, je comprends que personne ne le fera. Mon menton commence à trembler alors je me pince le bras pour ne pas pleurer. Papa dit que les hommes ne pleurent pas. Il dit que les hommes ne doivent pas montrer leurs faiblesses. Mais si on ne montre rien, on n'est plus humain, non ?

Parfois, je préférerais être comme ma sœur. C'est plus simple d'être *elle.*

Je crie leurs prénoms dans l'espoir qu'ils me répondent. Qu'ils ne m'aient juste pas entendu, qu'ils ne m'aient pas abandonné ici. Je savais que Will était bête et méchant, il l'a toujours été et ne me l'a jamais caché. Mais ma sœur... Elle sait que j'ai peur du vide, que je préfère être prudent plutôt qu'inconscient, mais elle me pousse toujours dans les pires crétineries du monde.

Elle me dit toujours : « C'est pour vaincre tes peurs et te rendre fort ! », avec son sourire d'ange qui trompe les gens. Je ne lui ferai plus jamais confiance ! Je refuserai toutes leurs sorties dangereuses et stupides ! Papa dit que je suis faible, mais je suis juste moins bête qu'eux !

Les larmes emplissent mes yeux et coulent sur mes joues sans que je puisse les arrêter. *C'est le pire anniversaire de ma vie !* Papa et maman ont oublié de me le souhaiter et maintenant, je me retrouve coincé en haut d'un arbre, tout seul !

J'essuie mes larmes d'un geste rageur et crie au milieu de la forêt. De toute façon, personne ne viendra me chercher. Je m'approche doucement du rebord de la cabane. Son toit m'abrite des crottes d'oiseaux mais l'air s'infiltre facilement. Nous sommes peut-être au mois d'août, mais le soir est frais dans les environs et je n'ai aucune envie de rester une nuit entière ici. Mes pleurs redoublent malgré mes efforts pour les arrêter. Les heures passent et la nuit tombe. Je commence à grelotter de froid et de fatigue lorsque, soudainement, mon prénom résonne entre les arbres.

Une fois, deux fois. Plus je l'entends, plus je saisis le ton avec lequel il est crié. Mon père arrive au loin, je le repère parmi les arbres, et il est en colère. Ni ma sœur ni Will ne sont avec lui.

— Nathan ! Descends d'ici, immédiatement !

Je sèche mes larmes aussi vite que je peux en espérant qu'il ne remarque pas trop mes yeux rouges et gonflés.

— Je... Je ne peux pas !

— Putain ! hurle-t-il au milieu des arbres.

Son cri me fait sursauter.

— Nathan ! Descends immédiatement ou tu le regretteras !

Je tremble de peur lorsque je m'approche du bord. Je sais que je dois lui obéir sinon je serai puni plus longtemps. Et je déteste rester à la maison en étant puni, surtout avec Will qui me nargue à chaque fois qu'il traîne avec ma sœur.

Je pose un pied sur le premier morceau de bois et m'empêche de regarder le vide sous moi. *Ça va aller, tu as réussi à monter, tu peux redescendre !*

Mon souffle est chargé de peur lorsque je commence à descendre.

— Ne pense à rien, contente-toi de poser un pied après l'autre, murmuré-je à moi-même pour me donner du courage.

Mes mains s'agrippent si fort au tronc d'arbre que mes jointures deviennent blanches. Papa continue de râler en bas, marmonnant des phrases que je n'entends pas, bien trop concentré sur ma tâche. Je continue ma descente et me réjouis presque d'en être à la moitié.

— Dépêche-toi ! crie mon père.

Mais c'est un vieil arbre et une vieille échelle. Lorsqu'un craquement sec me surprend, je me fige. Lorsque le bois se détache de l'arbre, je hurle.

Le choc est fort, me coupe la respiration et m'envoie dans un nuage sombre rempli d'étoiles qui dansent devant mes yeux.

Papa me secoue dans tous les sens. Enfin, c'est l'impression que j'ai. Il crie quelque chose mais mes oreilles bourdonnent. D'ici, je vois les arbres immenses m'observer de haut : avec leurs grandes branches sombres, ils me toisent de leurs troncs massifs et puissants. *Tout ce que je ne suis pas.* Ma sœur a raison, papa me prend pour une mauviette, un enfant trop sensible pour être son fils. Une fois encore, je lui ai prouvé qu'il avait raison.

Mon corps est soulevé du sol. Mes yeux s'ouvrent et se ferment, papa me hurle de rester conscient, d'être fort... *pour une fois.*

La cime des arbres défile à une vitesse hallucinante, le vent souffle. Le bourdonnement est moins fort mais je sens un liquide étrange dans ma bouche et dans mes oreilles. *On dirait du sang.* Je lutte pour garder les yeux ouverts. Je lutte autant que je le peux mais je crois que, finalement, je ne serai jamais fort. Mes yeux se ferment lorsque je remarque, au loin, la maison et un camion de pompier : le même que celui avec lequel je joue dans ma chambre.

— L'opération s'est bien dé... Hernie dis... Traumatisme au niveau de... Le voir... Dort.

Une voix étouffée, lointaine, résonne dans l'air. J'ai mal à la tête... Et au dos, aussi. *Pourquoi est-ce que je n'arrive pas à bouger ?*

La porte s'ouvre et claque dans un bruit sec. Un long soupir se fait entendre dans la pièce pendant que des petits sanglots surgissent dans le silence. *Ceux de ma sœur.* Je me force à ouvrir un œil, puis l'autre. La lumière blanche est étourdissante, elle m'éblouit comme si elle ne voulait pas que je voie ce qu'il se passe.

Mes parents se tiennent debout, près de mon lit. Maman est appuyée contre papa, un mouchoir entre les mains, les yeux secs.

Lui, me regarde, à la fois inquiet et empli de colère. Mes yeux se fixent ensuite sur ma sœur qui sanglote.

Une soudaine envie de vomir m'assaille et ma mère place une bassine sous mon menton, je régurgite. Pas de la nourriture, mais un truc vert et dégoûtant : de la bile. Une fois que j'ai terminé, je repose ma tête douloureuse contre l'oreiller tout doux.

Pourquoi ai-je si mal à la tête et au dos ?

— Tu as eu de la chance, fils, prononce distinctement Papa.

Je fronce les sourcils et ne réponds pas.

— Ta chute a été violente. Tu aurais pu ne jamais remarcher, mais ils ont pu t'opérer à temps. Je suppose que les quelques milliers de francs que j'ai déboursés y sont pour quelque chose, crache-t-il sans une once de compassion dans ma direction.

Je fouille ma mémoire mais impossible de me souvenir de ma chute. Ce dont je me rappelle, c'est de ma sœur qui m'a abandonné. Je l'observe du coin de l'œil, elle sanglote toujours.

Se sent-elle coupable ?

— Plus jamais, tu ne désobéis à ta sœur, c'est bien compris ?

Je fronce encore les sourcils. Je ne comprends pas. *Bien sûr, pauvre idiot ! Tu penses vraiment qu'elle allait raconter la vérité ?*

— Qu'est-ce qui t'a pris de monter dans cette cabane, enfin ! crie-t-il en se rapprochant de moi, l'air menaçant.

Maman tend une main apaisante vers moi mais la détourne sur Papa.

— C'est elle, murmuré-je en pointant un doigt accusateur vers ma sœur.

Il rit d'un rire sans joie.

— Ta sœur ? C'est grâce à elle que tu es encore en vie, abruti ! C'est elle qui nous a prévenu que tu avais grimpé à cet arbre et que tu refusais de descendre !

— Ils m'ont laissé là-bas, je tente vainement d'expliquer.

Ma sœur se contente de pleurer silencieusement.

Se sent-elle coupable ?

Maman reste stoïque à ses côtés.

— Tu as un traumatisme crânien et une hernie discale multiple... J'espère que cela te servira de leçon, argue-t-elle de manière suffisante.

Je ne réponds plus rien et me contente de les observer. J'aurais pu mourir. J'aurais pu mourir à cause de ma sœur, et ils se contentent de me disputer parce qu'ils la croient, *elle*. Ils ne remettront jamais en cause ses paroles à *elle*.

Mon père prend la main de ma mère et la tire vers la sortie en me lançant un vague « Dors maintenant, nous reviendrons demain. » La porte claque derrière eux. Ma sœur me regarde, sans sourire.

— Je ne te pardonnerai jamais, articulé-je clairement malgré la douleur.

Ses larmes se sont taries. Si elle a eu peur pour moi, il n'en est plus rien maintenant. À présent, un air peiné prend place sur son visage.

— Je ne pensais pas que tu tomberais, je ne t'aurais pas mis en danger volontairement, tu sais ? Mais tu comprends, Nathan... papa ne peut pas m'en vouloir à *moi*.

Elle s'approche de mon lit et pose sa main sur la mienne. Je suis encore ankylosé et incapable de me défaire de sa prise.

— Toi, il ne t'a jamais vraiment... aimé. Je *devais* mentir. Tu as l'habitude de les décevoir. Ce n'est pas si grave ?

Elle a raison. J'ai l'habitude. Je suis l'enfant non désiré, celui qui fait des bêtises, enfin... *celui qui se fait punir pour les bêtises de sa sœur.* L'enfant trop simple, trop souriant, trop câlin, trop émotif, trop joyeux, trop tout. Je suis de *trop* dans leur vie. Ma mère m'a toujours fait passer au second plan pour prioriser ma sœur, mais elle s'occupait parfois de moi. Mon père ne s'est même pas donné cette peine.

Sa main se détache enfin de la mienne, elle recule légèrement en souriant.

— Tu vas vite te remettre et tout redeviendra comme avant. On oubliera ce petit accident, d'accord, p'tit frère ?

Je fronce les sourcils sans répondre. Elle doit sûrement prendre cela pour un acquiescement puisqu'elle file jusqu'à la porte, me fais un signe de la main et s'enfuit dans le couloir pour rejoindre nos parents. Mentalement, je me fais une promesse : plus jamais je n'aurai peur du vide. Plus jamais je n'aurai peur.

Et plus intimement encore, je me promets de partir dès que l'occasion se présentera. Et puis, je repense à ma sœur...

Se sent-elle coupable ?

CHAPITRE 17

Un mouvement me sort de ma torpeur. Des doigts me caressent le cou puis descendent le long de mon bras droit et ma peau se couvre de frissons. Des cheveux me chatouillent le ventre, je gigote pour m'empêcher de rire. J'ouvre un œil, puis l'autre, et tombe sur Nathan qui m'observe tranquillement alors que son index s'amuse à me parcourir. Une chose en entraînant une autre, j'ai fini par accepter qu'il me rejoigne dans le lit. Il me faisait un peu pitié dans son canapé. *Bien entendu…*

Je ne peux m'empêcher de sourire, un air béat certainement accroché au visage.

— Salut, me lance-t-il, un rictus satisfait en coin.

— Salut… murmuré-je doucement.

On se fixe du regard pendant un long moment, comme si dans nos yeux se diffusait à nouveau notre moment intime de la veille. Je m'empêche de trop y penser pour plusieurs raisons… La première étant que cette histoire doit durer deux semaines, pas une journée de plus.

Plus qu'une semaine… Je chasse cette pensée d'un mouvement de tête et me reconcentre sur le spécimen qui se trouve face à moi.

On passe la matinée dans le lit, on discute, on rit, on apprend encore à se connaître, je glane quelques informations sur Gabriel, son fils… Il est âgé de sept ans. Donc, selon mes calculs, Nathan est devenu père à vingt-cinq ans. *Et dire que moi, je sortais tout juste de mes études !*

Je soupire de bien-être et me cale contre lui avant de fermer les yeux. Ma main remonte le long de son dos et le caresse en sentant ses trois cicatrices sous mes doigts. Son bras passe autour de ma taille pour me serrer davantage contre lui.

— Qu'est-ce qui est arrivé à ton dos ? l'interrogé-je.

Immédiatement, une lueur sombre passe dans son regard et il se renfrogne. *Merde, j'aurais dû fermer ma gueule.* Nathan se décale, s'échappe de mes bras et s'assoit au bord du lit.

— Un accident bête, quand j'étais gamin.

— Oh... réponds-je simplement.

Pourquoi s'est-il refermé comme une huître ?

Je chasse rapidement ma pensée pour lui poser une question plus légère, qui, je l'espère, le mettra de meilleure humeur.

— Dis... ça fait quoi d'avoir une mini-version de soi-même dans sa vie ?

Son visage se déride un peu, il finit par esquisser un petit sourire.

— C'est amusant, souvent épuisant, mais c'est la meilleure chose qui aurait pu m'arriver.

L'entendre parler ainsi de son fils m'émeut plus que je ne l'aurais imaginé.

— Je n'avais pas pensé avoir un fils si jeune, ça n'a pas toujours été simple, mais avec le temps, on a réussi à trouver notre équilibre, ajoute-t-il.

Il tapote doucement son genou, le regard perdu dans un souvenir lointain.

— Parfois, j'ai peur de ne pas être à la hauteur. Je veux dire... être père, c'est effrayant.

Je l'observe, intriguée par cette vulnérabilité qu'il ne laisse pas souvent transparaître.

— Effrayant ?

— Oui. Chaque décision que je prends, chaque mot que je prononce... Je sais que ça l'impact, qu'il en gardera quelque chose. J'ai peur de mal faire. De lui inculquer des mauvaises valeurs...

Il lâche un rire sans joie et secoue la tête.

— Et en même temps, je ne pourrais pas imaginer ma vie sans lui. C'est étrange, non ? Il représente mon monde. Tout mon univers tourne autour de lui.

Je prends une inspiration et hésite avant de répondre.

— Je ne trouve pas ça étrange... Au contraire, ça montre à quel point tu l'aimes.

Son sourire s'adoucit, mais je vois encore une ombre planer sur son visage.

Il parle avec tant d'amour et de dévotion, avec une telle facilité, que cela me perturbe. Je n'ai jamais vu un homme s'exprimer si librement. Et puis soudainement, un détail me frappe : il n'a pas mentionné une seule fois la mère de son fils. Est-elle absente de leur vie ? Ou est-ce qu'il évite simplement d'en parler ?

La question me brûle les lèvres, mais je ne sais pas comment l'aborder. Je ne veux pas briser cet instant, ce fragile équilibre où il me laisse voir une partie de lui qu'il ne montre pas souvent.

J'ouvre la bouche, hésitante, quand le téléphone de notre chambre sonne, brisant ce moment suspendu entre nous.

Je me lève et cours jusqu'au salon. La voix mielleuse de notre *hôtesse préférée* résonne dans mes oreilles :

— Un tour en hélicoptère ? m'exclamé-je.

J'écarquille les yeux lorsque Joséphine, *évidemment*, m'annonce la nouvelle.

— C'est ça. Il est prévu pour 14 heures. Votre mari nous avait expressément demandé de ne rien vous dire afin de vous faire la surprise, mais comme nous avons décalé l'horaire, je devais vous prévenir.

Étant donné qu'elle pense que Nathan est le mari en question, je doute de sa sincérité. Elle a sûrement voulu gâcher la surprise en faisant croire à un changement d'horaire. *Bon, peut-être que je suis un peu parano sur les bords...*

— Eh bien... euh, c'est-à-dire que j'ai le vertige et je...

Je crois que j'ai assez donné cette semaine en matière de sensations fortes.

— Vous voulez annuler ? demande-t-elle d'une voix suraiguë. Si je puis me permettre madame, votre mari avait insisté pour que tout soit parfait. Il a lui-même participé à l'établissement de l'itinéraire pour survoler les plus beaux paysages.

Will avait planifié cette activité sans m'en parler pour... me faire plaisir ? Je fronce les sourcils, le cerveau en ébullition. Putain, pourquoi mon cœur se serre à l'idée que Will ait voulu me faire une surprise. Pourquoi faut-il qu'il revienne dans mes pensées maintenant ?

— Oui, je veux annuler, articulé-je d'une voix ferme avant de raccrocher.

Nathan apparaît dans mon champ de vision, réduisant mes pensées à un brouhaha lointain. Dès qu'il est dans les parages, mon cerveau se met en pause. C'est son pouvoir magique.

— Tout va bien ?

Je me recroqueville sur le canapé et hoche la tête.

— Oui... J'ai annulé l'activité du jour. Mon ex avait... Il avait préparé une surprise pour moi, c'était un tour en hélicoptère.

Il fronce les sourcils et je me racle la gorge.

— Je ne veux pas avoir de dette envers lui. Au cas où il réclamerait, précisé-je d'une petite voix.

— OK... murmure-t-il en se posant à côté de moi.

J'inspire en fixant l'extérieur et en évitant soigneusement son regard posé sur moi.

Bon, j'avoue que je suis un peu perturbée par son geste. Je ne pensais pas qu'il me réserverait ce *genre* d'attention.

Nathan arbore une moue contrite. Je reste un instant silencieuse, le cerveau tournant à mille à l'heure.

— Je doute chaque jour de la sincérité de notre relation passée. Mais je me dis que, peut-être, il y avait une forme d'amour entre nous ?

À ma droite, mon ami ne trouve rien à dire. Il se contente d'observer la décoration de la table basse face à nous. Je me racle la gorge.

— Ce que je veux dire, c'est que j'ai toujours cru que Will serait l'homme de ma vie. Je m'imaginais déjà vieillir avec lui, préparer à manger pour nos amis pendant un barbecue un week-end d'été...

Il hausse les sourcils d'un air presque condescendant. Je suis vexée qu'il agisse comme un bloc de glace alors que je tente de me confier à lui.

— Est-ce que tu l'aimes encore ? demande-t-il.

— Non ! Bien sûr que non, répliqué-je d'un ton mordant.

— Alors pourquoi es-tu touchée par son attention ?

Une boule de nerfs commence à prendre place au fond de ma gorge, rendant mon élocution difficile. C'est comme si chaque mot qu'il prononce, chaque question qu'il pose me grattaient l'âme. Je ferme les yeux un instant, cherchant à maîtriser cette colère sourde qui monte en moi.

— Peut-être parce qu'il aurait dû être à ta place ?

Je me lève du canapé, les poings serrés et le cœur lourd, sans attendre une réponse de sa part. Je ne prends même pas le temps d'observer son visage, m'enferme dans la salle de bains pour me changer et fuir vers la plage, loin de ses réflexions déplacées.

Je m'engouffre dans l'entrée, ouvrant brusquement la baie vitrée du salon pour rejoindre l'escalier qui mène à la plage. L'air salé s'engouffre immédiatement dans mes poumons, mais je n'arrive pas à respirer à pleinement, comme si le poids de la conversation me collait à la peau. Mes pas s'accélèrent, mais dans ma précipitation, je perds l'équilibre. Un cri s'échappe de ma gorge alors que je dégringole les marches, mes jambes se tordent sous le choc et ma cheville heurte violemment la dernière marche. Je tombe en avant, le sol se rapprochant trop vite.

— June !

La voix de Nathan perce l'air. Je tente de me relever, mais la douleur me cloue sur place. Un gémissement s'échappe de ma bouche. Il dérape face à moi et s'accroupit. Ses mains se posent immédiatement sur mes bras, son visage tordu par l'inquiétude.

— Aïe, marmonné-je en bougeant doucement ma jambe.

Visiblement, rien de cassé mais vu l'état de ma cheville, je dois avoir une entorse. Heureusement que le sable a adouci le choc et que je me suis rattrapée avec mes bras pour éviter que ma tête ne cogne le sol.

Je souris nerveusement face à la situation. Bordel, je vais vraiment finir par mourir au pied d'une falaise si ça continue !

— Tu as mal où ? Tu as quelque chose de cassé ? Ne bouge pas, je vais appeler l'accueil pour avoir un médecin !

Un rire m'échappe face à son air paniqué, avec une main je prends les siennes, et je glisse l'autre sur son épaule en plongeant mes yeux dans les siens.

— Ça va ! Y a pas mort d'homme, Nathan ! Je vais bien ! Ma cheville est un peu gonflée mais je vais mettre un peu de glace et ça va aller !

Étrangement, ma phrase laisse un blanc chargé d'électricité autour de nous. Nathan devient livide, ses yeux se perdent dans le vague un instant avant qu'il ne se reprenne. Il m'attrape plus fermement, sa prise réconfortante contrastant avec l'effort fourni par ma cheville qui refuse de supporter mon poids. Il me soutient, et je le laisse faire, incapable de refuser son aide.

— Tu m'as fait peur, dit-il les yeux ancrés dans les miens.

Je détourne le regard, la honte m'envahissant alors que mes joues s'empourprent. Si seulement je n'avais pas couru aussi vite vers la plage. Si seulement je n'avais pas voulu fuir...

Il se penche vers moi, la douleur de ma cheville ne l'empêchant pas de m'aider à me redresser. Son visage est proche, trop proche. Je sens la chaleur de son souffle contre ma peau, un contraste frappant avec le froid de l'air.

— Je vais t'aider à revenir à l'intérieur, dit-il fermement.

M'entraînant dans la salle de bains, il finit par me poser sur le rebord de la baignoire et s'active pour trouver une crème dans ma trousse de secours. Sentant sa panique intérieure, je l'arrête dans sa recherche, approche son visage à ma hauteur et caresse sa joue.

— Je vais bien Nathan... Calme-toi.

Ses sourcils se froncent, contrarié, mais il me surprend lorsqu'il pose ses lèvres sur les miennes. Son baiser est pressant, comme s'il voulait être sûr que ce soit réel, que j'aille bien. Lorsqu'on se détache l'un de l'autre, je retrouve un Nathan aux yeux clairs, plus rassuré.

Le désinfectant qui coule sur mes égratignures me fait serrer les dents. Cela fait un peu plus mal que prévu. Mais Nathan reste silencieux.

— Pourquoi ai-je l'impression que tu es plus en colère contre toi que contre moi ?

— C'est ma faute si tu es blessée. C'est moi qui ai provoqué cette dispute.

— Nathan.

Je relève sa tête du bout de mes doigts.

— Tu n'es pas responsable. Je suis maladroite, c'est ma faute si j'ai trébuché.

Son regard fuit, comme s'il ne souhaitait pas croire mes paroles et préférait se flageller à cause de cet événement. Je caresse sa joue, il s'appuie contre ma main et baisse la tête. C'est étrange, cette manière qu'il a de se rendre coupable de tout.

— Laisse-moi appeler un médecin pour vérifier ta cheville.

Je finis par céder, plus pour le rassurer que par nécessité.

Après un rapide examen, il s'agit finalement bien d'une petite entorse bénigne. *Bon.* Une fois la glace posée sur ma jambe, les crèmes et les antidouleurs prescrits, le médecin disparaît en nous laissant la note de frais.

Nathan m'observe, la mine plus claire.

— J'avais prévenu Lisa et Charly qu'on viendrait peut-être manger ce soir, mais je crois qu'on va rester ici pour que tu puisses te reposer.

— Quoi ? Non ! Allons-y !

Il hausse un sourcil dubitatif.

— Si tu te sens en forme...

— Nathan. Je vais bien, *vraiment.*

— Hum. Laissons la journée passer tranquillement, nous verrons comment va ta cheville ce soir.

Le soir venu, je réussi finalement à convaincre Nathan d'aller manger chez ses amis. Nous prenons donc la route pour la plage de Colombier. Le soleil se couche tôt en plein hiver mais j'espère pouvoir prendre une photo du paysage paradisiaque et l'envoyer à mon père. Et peut-être à ma mère... Je soupire d'avance en imaginant recevoir une réponse de sa part... ou constater qu'elle ne m'a pas répondu. Depuis qu'elle vit sa *love story* avec son Troy Bolton de trente ans, elle oublie qu'elle a une fille ! Une fille ayant vécu une année de l'horreur, qui plus est !

La plage est particulièrement calme ce soir, à part quelques personnes qui mangent sur le sable face au soleil, ou d'autres qui, au loin, dînent au restaurant. L'air marin est lourd mais quelques brises caressent ma robe fluide.

— Regardez qui pointe le bout de son nez ! s'exclame Lisa avec un large sourire en nous voyant grimper les marches de son restaurant.

Elle m'adresse un clin d'œil pendant qu'elle tente de coiffer les cheveux de Nathan. Il la repousse en riant avant de lui claquer un baiser sur la joue et de partir saluer Charly.

— Tu es rayonnante ce soir, June ! Une occasion particulière ? lance-t-elle en haussant les sourcils.

— Non, juste un soir comme un autre.

— Un soir comme un autre, répète-t-elle plissant les yeux.

D'un air conspirateur, elle me guide vers une table dressée au bord de la terrasse avec vue sur mer. Il y a seulement deux tablées en plus de la nôtre. Néanmoins, la table que Lisa nous attribue est très éloignée de celles des autres clients.

Est-ce un complot de la part de nos hôtes ?

J'observe Nathan qui discute avec Charly, et ce dernier me fait, lui aussi, un clin d'œil douteux. *Oui, c'est un complot.* Le restaurateur frappe le bras de Nathan avant de s'approcher de nous. Il passe sa main potelée dans le dos de sa femme, qui nous dépose des cocktails, et lui claque un baiser sur la tempe.

— Comment ç'va June ? J'suis ravi de t'revoir ! Ça s'est bien p'ssé l'assoc' ?

Son enthousiasme est communicatif :

— Je vais bien, merci ! C'était vraiment super !

Je glisse un regard vers Nathan qui s'assoit face à moi, avant d'ajouter, d'un ton malicieux :

— Je me suis un peu fait martyriser par les garçons qui voulaient me jeter dans un banc de requins.

Charly éclate de rire et tape l'épaule de mon compagnon de voyage. Lisa, quant à elle, secoue la tête avec indignation.

— Alors, mon garçon ! continue Charly à l'attention de Nathan. Ils s'en sortent ? Tout v'bien ?

— Ils aimeraient pouvoir faire plus, mais ils se portent bien... Il y a pas mal de nouveaux bénévoles, c'est cool.

J'aurais pensé qu'il serait plus expansif en parlant de la matinée que nous avons passée avec les membres de l'association quelques jours plus tôt. Je suis surprise, mais n'en montre rien. Lisa se tourne vers moi avec un sourire doux.

— Alors, raconte-nous ! Tu as aimé la plongée ?

Mes lèvres s'étirent d'elles-mêmes et je hoche vivement la tête.

— Oui, c'était vraiment génial ! Je crois que ça m'a permis de vraiment prendre conscience de l'impact de l'homme sur l'environnement. Il faudrait que tout le monde puisse le découvrir de ses propres yeux pour en prendre conscience.

Lisa acquiesce tristement mais je remarque que Nathan évite mon regard, les yeux fixés sur la plage.

— Ça serait génial que l'association crée des évènements et propose des animations aux locaux, mais aussi aux touristes. Non seulement c'est une superbe activité à faire, mais c'est également très instructif et...

— L'association ne deviendra jamais un nid touristique, ce n'était pas le souhait de sa créatrice, me coupe Nathan d'un ton sec.

Un nœud se forme dans mon estomac face à sa réaction.

— Ce n'est pas ce que je voulais dire, tempéré-je avec un sourire. Je pense simplement que les gens devraient être plus sensibilisés à la pollution marine.

Un blanc étrange s'installe, alors je décide de mettre les pieds dans le plat.

— D'ailleurs, j'ai été assez impressionnée, je dois l'avouer. Tu connais vraiment tous les recoins de cette île !

Charly s'apprête à me répondre, mais Nathan le devance.

— J'ai un peu voyagé lorsque j'ai fini mes études de stratégie. Je suis resté pas mal de temps sur Saint-Barth, c'était... sympa.

J'essaie d'en apprendre plus sur lui, encore une fois, mais il me donne peu de réponses. *Vraiment peu...* Heureusement, Charly a décidé d'être plus bavard.

— Tu rigoles ! s'exclame notre hôte la main posée sur Nathan. Ce bonhomme est un vrai aventurier ! Il est arrivé avec son sac à dos, a posé bagage dans notre petit village et nous l'avons hébergé quelques jours après son arrivée ! Sa bouille de parisien pure souche a charmé toute l'île ! Rien à voir avec tous ces autres râleurs français !

Nathan semble se détendre en me jetant une œillade amusée. *Je suis cette râleuse française... Honneur bafoué.*

— Je suis certain que tu te serais bien entendue avec notre petite Élodie ! Ah, ce rayon de soleil... termine le restaurateur en contemplant l'océan d'un air nostalgique.

Nathan pâlit d'un seul coup, remuant son verre de vin dans sa main. Il inspire, reprend des couleurs, se cale différemment dans son siège avant de lancer :

— Malia vous passe le bonjour ! Elle attend de vos nouvelles, ajoute-t-il avant de boire une longue gorgée de sa boisson.

Il a donc décidé de changer de sujet. Une ambiance étrange s'est installée depuis que nous avons parlé de l'association. Pourtant, je n'ai pas l'impression qu'il y ait eu une quelconque dispute entre eux. Le regard absent de Lisa me fait dire que je n'ai pas rêvé. Elle se ressaisit un instant plus tard et ses yeux s'illuminent à nouveau.

— Et comment va notre petit Gaby ? Sa bouille d'ange nous manque tant !

Ils connaissent donc son fils.

Le visage de mon voisin s'adoucit avec un sourire tendre.

— Il grandit si vite ! répond-il en riant. Il s'amuse comme un petit garçon de sept ans. Oh, il apprend le solfège...

Son regard s'enfuit vers l'océan et je me sens soudainement à l'étroit dans ma robe écrue, comme si l'air s'était alourdi sans que je ne sache pourquoi. Nathan est de nouveau tendu et les trois échangent des regards entendus.

— Il doit bien profiter de sa maman ! Deux semaines en tête à tête, c'est le rêve de tous les enfants !

Si je pensais détendre l'atmosphère et partir sur un sujet plus léger, il semble que j'ai *extrêmement* mal interprété leurs foutus regards. Le silence s'abat sur la tablée, Nathan est encore plus livide qu'avant et descend d'un seul trait son verre de vin. *Merde. J'avais compris que sa séparation n'avait pas été de tout repos mais... à ce point ?* Les visages de Charly et Lisa deviennent, eux aussi, blêmes.

— Et euh... Vous parliez d'une certaine Élodie, est-ce qu'elle habite ici ? Elle fait partie de l'association ?

Au moment où je prononce ces mots, je *sais* que j'aurais mieux fait de la fermer. Mais mon cerveau en a décidé autrement. Lorsqu'il est submergé d'informations, il ne fait pas la différence entre pensées et paroles. *Ce con.* Ma remarque fait mouche – évidemment –, et cette fois, ce n'est pas un trou dont j'ai besoin pour m'enterrer, mais directement d'un rendez-vous avec la faucheuse. Le regard ému de Lisa ne fait que confirmer mon ressenti.

Soudain, Nathan se racle la gorge puis se lève précipitamment en faisant grincer sa chaise sur le sol. Je lance un regard affolé à nos hôtes. Lisa intime à Charly d'un mouvement de tête d'aller voir Nathan et me retiens lorsque je veux le rejoindre à mon tour.

— June, je pensais qu'il te l'avait dit...

Elle soupire d'un air las avant de presser mon épaule et de continuer :

— Élodie était la mère de Gaby. Elle est décédée dans un violent accident de voiture.

Les lèvres entrouvertes et les yeux écarquillés, mon menton se met à trembler. Je porte la main à ma bouche pour tenter de cacher la convulsion sans grande efficacité. Soudain, je prends conscience de la violence psychologique de mes propos. Et tout s'éclaire : l'accident d'Élodie, la réaction paniquée de Nathan lors de ma chute, sa peur que je sois blessée... *Et moi qui lui ai lancé, tout sourire, qu'il n'y avait pas mort d'homme ! Y-a-t-il un trou assez profond pour enterrer ma bêtise, par ici ?*

Je cherche mes mots, émets quelques sons incompréhensibles, puis passe une main dans mes cheveux.

— Je suis désolée, *vraiment*.

Lisa s'installe à la place de Nathan et cale ma main dans sa paume chaude.

— C'était il y a quatre ans déjà. Elle venait tout juste de reprendre l'entreprise de sa mère ; ses parents étaient chercheurs en biologie marine.

Élodie, ses parents, et l'association. La photo du hangar.

— C'était une jeune femme rayonnante, au sourire contagieux. Elle nous manque beaucoup. C'est toujours un sujet compliqué pour Nathan, il a traversé des moments très difficiles.

Ses cheveux blancs volettent sous la brise.

— Élever un enfant de trois ans, seul, qui réclame sa mère, alors que lui-même était en train de sombrer... Il n'a jamais accepté qu'on l'aide. Après l'accident, il a déménagé en France, à Paris, où les parents d'Élodie vivent actuellement. C'est la première fois que nous le revoyons en chair et en os depuis son départ, finit-elle dans un souffle douloureux.

Mon corps est complètement figé. Je prends conscience de l'ampleur de la situation, de la douleur qu'il a dû ressentir. La culpabilité m'enserre la poitrine et je manque presque d'air. *Comment est-ce que je vais pouvoir le regarder en face, désormais ?*

— Je suis désolée, murmuré-je encore une fois.

— Tu ne savais pas. Ce n'est pas ta faute.

— J'aurais dû comprendre... faire le lien. Oh, Lisa...

Je m'effondre sur la table tandis qu'elle caresse mon dos de haut en bas avant d'ajouter :

— Élodie serait heureuse de voir que tu prends soin de lui, j'en suis persuadée.

— Ce n'est pas...

— Si simple ?

— Ce que vous croyez... rectifié-je dans un sourire contrit.

Non. Je ne peux pas tenir ce rôle. Cette situation est en train de nous dépasser tous les deux parce que... parce que je commence à m'attacher. Je ne peux pas plonger, tête la première, dans une histoire compliquée alors que déjà un tas de choses à régler. Mes pensées s'agitent telles une tornade. Il a tellement dû souffrir. Ma situation me paraît vraiment futile comparée à la sienne. *Même si ce n'est pas comparable...*

Chaque personne est différente et vit les choses à sa façon et, au fond, je sais que je ne dois pas me sentir coupable d'avoir géré *ma* situation à *ma* manière. Voilà ce que nous sommes, Nathan et moi. Deux âmes brisées qui tentent de se reconstruire en recollant les morceaux de leur cœur. *J'aimerais... J'aimerais tellement* réussir à l'aider, qu'il m'aide aussi. Que l'on s'apaise mutuellement, que l'on se répare. Pourtant, cette fois, je vais être égoïste. Je veux... Non. Je *dois* me reconstruire seule.

Je me lève de table, embrasse la joue humide de Lisa et me dirige vers la sortie. Je repère le dos de Nathan, qui est assis, seul, au bord de l'eau. Charly est de retour vers le restaurant, la mine déconfite. Alors, j'hésite à aller retrouver Nathan sur la plage, à le serrer dans mes bras, à le réconforter, à m'excuser. Je reste là une longue minute à le contempler puis, finalement, je me détourne sous le regard de nos hôtes positionnés sur les marches du perron, et prends la direction de l'hôtel.

CHAPITRE 18

Mes pas sont lents. Je flâne le long de la plage, sur un chemin bordé de commerces. Le marché du soir commence à s'installer, les camelots mettent en place leur stand avec le plus grand soin. Je prends mon temps et poursuis ma déambulation. Nathan est rentré dormir cette nuit. Je le sais parce qu'il a laissé ses affaires de la veille sur le canapé ; en revanche, il a disparu avant que je me réveille.

Le sentiment de culpabilité me noue la gorge. C'est moi qui ai quitté le restaurant précipitamment, et c'est moi qui ai déclenché toute cette histoire. Mais pourquoi n'est-il pas resté, ce matin ? J'aurais voulu qu'il soit là, avec moi. Que tout redevienne comme avant, qu'on oublie ma maladresse... Qu'il me lance une pique cinglante et que j'y réponde avec ardeur, qu'il me déstabilise pour que je réagisse, qu'il soit tendre... qu'on discute ? Mais c'est moi qui ai tout gâché.

Une larme roule sur ma joue, je l'essuie aussitôt. J'ai quitté l'hôtel dans l'après-midi et mes pieds me traînent à travers la ville depuis des heures. Je n'ai rien avalé depuis hier soir, alors je suis sortie dans l'optique de manger un morceau sur la plage avant de retourner attendre Nathan dans notre suite. *Pathétique, n'est-ce pas ?*

Je m'arrête dans une petite épicerie pour acheter un sandwich et commence à le grignoter en marchant. Les étoiles apparaissent déjà à cause du crépuscule. Quatre musiciens jouent un air de jazz et certains habitants dansent sur la plage, juste devant eux. Quant à moi, j'ai le cœur serré comme jamais.

Sur le chemin, un stand m'interpelle. Je l'avais repéré le soir de ma première venue ici avec Nathan. Une longue table en bois trône devant une petite maison de pêcheur. Des poteries sont disposées ici et là, recouvertes de magnifiques peintures. Les paysages de Saint-Barthélemy y sont représentés avec une finesse que j'ai rarement vue dans ma vie.

Je m'arrête devant un vase où se dessine un superbe coucher de soleil dont le centre est caché par deux formes noires formant un couple assis devant l'océan. C'est flou et pourtant, de loin, l'œuvre paraît très nette. Les coups de pinceau sont petits et parfaitement placés, mais on dirait que l'œuvre est presque inachevée. L'artiste a, sans conteste, une sensibilité unique. Je souris, repose délicatement le vase et m'apprête à repartir lorsque la voix d'un homme âgé retentit dans mon dos :

— Vous, commence-t-il en me pointant du doigt d'un air songeur, vous avez une âme d'artiste.

Un rictus attendri m'échappe.

— Qu'est-ce qui vous fait dire ça ?

— Parce que plus personne ne s'arrête ici, habituellement.

— Pourtant, vos peintures sont sublimes. Et on voit que vous avez de l'expérience en matière de poterie, ajouté-je après un court silence.

Il hoche lentement la tête.

— Les passants sont bien souvent des touristes pressés de faire les activités populaires de l'île. Ce marché existe depuis des années et je suis là depuis le début. Je suppose que les gens du coin ont l'habitude de moi.

Sa phrase résonne avec une profonde tristesse et pourtant, il n'a pas l'air affligé par ce constat.

— Venez, me lance-t-il en me donnant un léger coup de canne sur le mollet.

Je me fige une seconde. La dernière personne à m'avoir donné un coup de canne était Albert. Il aimait me réprimander de cette manière quand je jurais ou quand je me moquais de lui. Je retiens une contestation molle mais le suis dans ce que j'imagine être son atelier.

— Ma femme était une artisane potière exquise. Elle m'a enseigné tout son savoir-faire et en échange, je lui apprenais à peindre.

Je ne peux m'empêcher d'imaginer le couple s'échanger leurs arts respectifs.

— Regardez-moi ça ! s'exclame-t-il en pointant du doigt un visage sculpté puis peint de la même manière folle que les paysages sur ses vases.

— Votre technique de peinture est étrange, lancé-je presque en chuchotant.

Il s'approche de la sculpture et me montre les coups de pinceau

— Je mélange le pointillisme et l'impressionnisme.

Ce papi est un sacré personnage. Ses mains tremblantes ouvrent une petite porte cachée par des draps au fond de l'atelier, et il m'intime d'entrer dans cette nouvelle pièce. J'hésite un court instant, puis il active un interrupteur qui éclaire un magnifique atelier de peinture. Je m'exclame sans retenue : il n'est pas très grand, tout de bois – comme le reste de la maisonnette –, et entièrement tâché de peinture. *Un vrai atelier d'artiste !* Je soupire d'aise et m'approche d'un grand chevalet en bois où une toile blanche repose. Mes doigts la frôlent timidement, je regrette de n'avoir pas pris mes affaires pour dessiner ici.

Un cri m'échappe lorsque je reçois un lourd tissu blanc sur la tête : une blouse.

— Vous avez l'air d'avoir besoin de vous exprimer. Je ferme à minuit, précise-t-il en ressortant de la pièce.

Je reste figée deux bonnes minutes avant d'enfiler la blouse qu'il m'a jetée. Je ne sais pas trop ce qui me prend, ni pourquoi j'ai décidé de faire confiance à cet inconnu. Mais sans me poser plus de questions, je m'approche du chevalet.

Un pinceau large et un tube de gouache en main, je m'empare d'une palette et me lance sur la toile vierge. Il ne me faut qu'une dizaine de minutes pour me laisser aller et réussir à m'exprimer, Vivaldi en fond.

Lorsque je détache les yeux de la toile, mon téléphone indique minuit moins le quart. Je jette un œil aux croquis posés sur le sol ; avant d'entamer mon dessin final sur la toile, j'ai laissé libre cours à mon inspiration sur d'épaisses feuilles blanches. Je soupire en posant mon pinceau fin dans le pot rempli d'eau et sursaute lorsque la voix du vieil homme me surprend depuis l'entrée de l'atelier.

— Je vois que vous avez réussi à vous libérer un peu.

Une goutte humide traverse ma joue et c'est seulement à cet instant que je prends conscience que je pleure. Si j'avais commencé à dessiner les paysages de l'île, j'ai rapidement décliné mes croquis en ajoutant le restaurant de Charly et Lisa, puis Nathan, accoudé à la rambarde le regard tourné vers le coucher de soleil.

Mon hôte de la soirée se détourne et récupère une boîte en bois brut cachée parmi les bibelots qui reposent dans l'atelier.

— Tenez, dit-il en me tendant l'objet d'une main tremblante.

Je fronce les sourcils.

— Vous en aurez plus besoin que moi, complète-t-il.

Je la tiens d'une main et l'ouvre de l'autre ; mes yeux sont directement attirés par la dizaine de tubes de gouache colorée et les quelques pinceaux assortis. Je relève la tête vers lui et la secoue pour refuser.

— Non, je ne peux pas accepter. Et puis, je suis en vacances ici et...

— Vous n'avez pas de valise ?

— Si, bien sûr, argué-je la mine renfrognée.

— Eh bien, voilà ! Vous la mettrez dedans.

Ses yeux perçants m'invitent à ne pas refuser davantage.

— OK ! OK ! Laissez-moi au moins vous acheter un vase. Je veux en ramener un en France.

Il hausse les épaules d'un air détaché et me pointe la porte de sa canne pour m'intimer de partir. Je dépose la boîte sur l'établi et m'empresse d'aller récupérer mon vase, celui qui m'avait fait de l'œil en arrivant. Le vieillard m'observe toujours depuis le coin de la pièce pendant que je nettoie mon bazar. Je rassemble mes croquis puis emballe mon tableau dans du Kraft avant de me relever.

— Je ne vous ai pas demandé, mais... commencé-je, incertaine. Puis-je connaître votre prénom ?

Ses lèvres ridées s'étirent lentement et il se tait. Je suis presque sûre qu'il ne va pas me répondre, jusqu'à ce qu'il lance :

— Albert.

Une vague de nostalgie m'envahit, l'émotion me noue la gorge. Une nouvelle larme dévale ma joue. Je parviens néanmoins à équilibrer mes affaires d'une main et à lui tendre l'autre, un sourire flottant sur mes lèvres :

— Enchantée, Albert. Moi, c'est June.

J'accélère le pas lorsque j'aperçois l'entrée de l'hôtel, peut-être pour voir si Nathan est de retour. Je l'espère. Et si ce n'est pas le cas, je peindrai toute la nuit en l'attendant. Les Albert ont toujours raison : j'ai besoin de coucher sur le papier les émotions qui m'entaillent le ventre. *Un écrivain s'exprime à travers sa plume, un peintre s'exprime à travers ses pinceaux.*

Il est presque une heure du matin lorsque j'ouvre le portillon avec angoisse. L'air est humide, un frisson parcourt ma peau bronzée par le soleil. Un coup d'œil par la baie vitrée et je comprends rapidement qu'il n'est toujours pas là...

Les vagues qui s'échouent sur le sable me bercent, alors je décide de laisser la vitre ouverte pour les entendre encore. J'allume la lampe du salon, puis pose mes cadeaux au sol. Tableau en main, je pars à la recherche d'une cachette pour que Nathan – *s'il revient* – ne tombe pas dessus. Finalement, je le cache au-dessus du dressing. J'ai dû monter sur le lit et m'étirer dans toute ma hauteur pour atteindre cette partie. Sans m'être cassée la figure – *ce qui est un sacré exploit pour une maladroite telle que moi* –, je retourne vers mon atelier improvisé.

Je passe la nuit à peindre. Je dessine tout : des paysages, des détails de la nature, le lagon, la cascade, la forêt, Nathan, sous tous les angles. Les heures défilent et, luttant contre le sommeil, je ne les vois pas passer. Mes mains s'expriment, laissant enfin sortir toutes les émotions accumulées de ces derniers jours. Nathan est arrivé dans ma vie à un moment crucial. Je tentais de repartir de zéro, mais il me manquait quelque chose ; un élément déclencheur qui rallume une flamme de vie au fond de moi. *Alice avait raison. Encore.*

Puis je peins Will. Je le peins en rouge et noir car ces couleurs représentent toute la rancœur que j'ai pour lui, malgré tout l'amour que j'ai pu lui donner. Je le peins avec des coups de pinceau raides et déterminés pour marquer à jamais ce visage parfait derrière lequel il se cache. Je pleure beaucoup. Pour évacuer, pour le haïr encore un peu, pour exprimer le désespoir que j'ai tenté de contenir après des mois à me morfondre. Je pleure parce qu'Albert me manque et que rencontrer son homonyme ce soir m'a fait repenser à lui et à sa lettre d'adieu :

« Ma seule peur est que tu n'arrives pas à lui ouvrir ton cœur, que tu deviennes hermétique à toutes sortes d'amour ou d'affection. Alors, promets-moi de laisser une chance à cette personne qui arrivera à te faire sortir de ta coquille, à te bousculer, à faire battre ce cœur si pur dans ta poitrine. » Ces mots résonnent comme une chanson entêtante dans ma tête. Comme un mantra.

Je finis de peindre le portrait de Will. On dirait le diable. Je récupère le briquet que le personnel utilise pour allumer les bougies de notre chambre, et me dirige vers la terrasse. Un grand pot vide, à gauche du salon extérieur, m'attend sagement. Il doit sûrement servir de cendrier géant aux fumeurs. Je me place devant et lève d'une main tremblante le portrait avant d'embraser un angle grâce au briquet. Le visage de Will prend feu, se tord et se flétrit sous l'ardeur des flammes qui le dévorent. Mes yeux le contemplent alors qu'il se consume, mais restent secs. Je n'éprouve plus aucun ressentiment envers lui. Rien.

— Adieu, connard, murmuré-je.

Bon, peut-être que je le détesterais toujours un peu finalement...

CHAPITRE 19

NATHAN

Lorsque j'ouvre le portillon de notre suite, je retiens mon souffle. La lumière allumée du salon me fait presque hésiter à avancer, pourtant, il faut que nous parlions. Il faut que je lui explique ma réaction.

Je n'aurais peut-être pas dû quitter la table aussi brusquement... Je n'aurais peut-être pas dû fuir. Mais elle est partie, elle aussi. *Pourquoi ?* Dès l'instant où j'ai trouvé Lisa seule, m'attendant assise sur les marches en bois et les larmes aux yeux, j'ai compris qu'*elle* savait. Et putain, même si c'est douloureux, je ne lui en veux pas d'avoir pris la fuite.

« Vous pouvez vous soigner l'un l'autre mon chéri. » J'entends presque la voix de Lisa résonner dans ma tête. Son ton est ferme mais doux – c'est celui qu'elle utilisait quand j'étais plus jeune pour me réprimander. *« Tu as toujours fait passer le bonheur des autres avant le tien. Il est temps de profiter de ce que la vie t'offre. »*

Ce sont les mots de ceux que je considère comme mes parents adoptifs. Depuis que je suis arrivé ici par hasard, ils ont toujours été là pour moi. Ils m'ont aidé, nourri et offert un job pour que je puisse vivre décemment. Lisa a raison : depuis quatre ans, je ne vis que pour Gaby et mon travail. Je n'ai pas eu de relation depuis qu'*elle* est morte. Je n'avais pas fini de faire mon deuil.

Mais pour une raison que j'ignore, lorsque j'ai vu le visage de June sur l'application et qu'elle m'avait sélectionné pour un séjour, j'ai foncé. Je n'ai pas réfléchi, je ne me suis pas posé de questions, ni à propos d'Élodie, ni à propos de Gaby. J'ai accepté.

Je passe par la terrasse pour entrer. Je n'ai aucune idée de ce que je vais bien pouvoir lui dire, ni de ce qu'elle pense, mais je répondrai à ses questions si elle en a. Au fond, je sais qu'elle me comprend. *Pourtant, elle s'est enfuie.*

J'ouvre la baie vitrée et m'attend à la trouver dans le lit, mais elle est là, profondément endormie sur le sol, recouverte de peinture de toutes les couleurs. Ses cheveux roux sont étalés autour de son visage d'ange, sa bouche est entrouverte et émet un petit sifflement à chacune de ses respirations. Ses yeux papillonnent, signe qu'elle est en train de rêver. Accroupi près d'elle, je dégage le pinceau qu'elle tient fermement entre ses doigts, puis enlève les tubes de peinture qui gisent autour d'elle. Mes mains passent dans ses cheveux bouclés, et j'inspire longuement, avant de la glisser dans mes bras et de la porter jusqu'à son lit. Elle se blottit aussitôt contre moi, comme une enfant perdue.

Une fois sur le matelas, elle se retourne immédiatement tandis que je la borde. Je la contemple, fais glisser mes doigts sur sa joue, son épaule, sa cheville encore enflée. Elle marmonne une phrase incompréhensible dans un demi-sommeil. Elle a compris que j'étais près d'elle. Elle répète encore une fois, plus distinctement :

— Ça serait tellement facile de tomber amoureuse de toi...

Ma respiration se coupe soudainement, j'écarquille les yeux et la fixe. Elle rêve de moi et sa pensée était si forte qu'elle l'a prononcée à voix haute. Je recule comme si ses paroles m'avaient brûlé, alors qu'un souvenir parasite me traverse. Je file à travers la chambre pour sortir prendre l'air pendant que ma respiration s'accélère.

Je n'ai pas été honnête avec elle... Elle mérite de connaître toute l'histoire.

Pour June, nous nous sommes officiellement rencontrés il y a presque deux semaines et pourtant, moi, je la connais depuis bien plus longtemps.

Juin

Quelques mois plus tôt.

Je croise mon regard colérique dans le miroir de ma chambre d'enfant. *Putain, j'ai l'air d'un vrai con dans ces fringues.* Je grogne, passe une main dans mes cheveux pour chasser cet air parfait qu'on a voulu me coller à la tronche, puis sors de la pièce. La demeure de mes richissimes parents se trouve bien en dehors de la cohue parisienne. La « basse-cour », comme ils aiment appeler les gens normaux.

Ouais... Alors que ce sont eux, les enfoirés.

Je ne croise personne dans les longs couloirs qui parcourent la maison. Rien d'étonnant, toute la famille se prépare pour cette putain de journée qui s'annonce merdique. En pilote automatique, mes pieds me font descendre l'escalier central qui mène à l'entrée. On pourrait se croire dans un de ces châteaux du XVIIIe tant il y a de pièces, de galeries et de passages secrets. Autrefois je prenais plaisir à courir dans cet endroit, à m'y cacher pendant que nos nombreuses nourrices tentaient de me retrouver. Désormais, chaque fois que je mets un pied ici, j'ai l'impression qu'on me plante un couteau dans le ventre. Un couteau que mes parents prennent un malin plaisir à enfoncer chaque fois qu'ils en ont l'occasion.

Ils ne cessent de me répéter que j'ai commis une erreur monumentale, que je le regretterai toute ma foutue vie, que c'est ma faute s'il refuse de me laisser accéder à l'héritage de mon grand-père. Héritage sur lequel repose toute la richesse de la famille Lemaître. Pourtant, la seule erreur que j'ai commise et que je fais toujours, c'est de remettre les pieds ici.

— Tu n'es pas trop mal, mon frère...

C'est toujours la même chose avec elle. Un compliment...

— Pour un raté.

Suivi de sa lame affûtée qui vient m'achever. Je me crispe et pourtant, je ne réponds pas, même lorsque sa main vient se poser sur mon épaule. Dans l'entrée entièrement marbrée, je finis par lui accorder un regard. Ma sœur a toujours été d'une beauté à couper le souffle, du genre qui vous hypnotise tant, qu'elle pourrait vous faire avaler n'importe quoi. Pendant longtemps, elle a réussi avec moi. Elle me manipulait si bien qu'elle pouvait me faire faire *n'importe quoi*. Même si c'était *moi* que mon père giflait après une connerie.

Ses yeux emplis de vice me suivent quand je me déplace en direction du grand salon avec un seul objectif en tête : le bar. Mes doigts dévissent la bouteille de whisky pour me servir un verre. J'attends la réflexion de ma sœur :

— Dix heures du matin et tu bois déjà...

— C'est pour mieux supporter ta voix nasillarde, rétorqué-je en avalant une gorgée du breuvage.

— Que penserait Élodie de ton comportement ?

Sa voix venimeuse susurre ces mots. Je me maîtrise tant bien que mal pour éviter de lui briser mon verre sur le visage. Mes accès de rage sont rares mais dévastateurs. Les cicatrices de mon enfance peuvent en témoigner : entre les coups donnés par mon père et ceux encaissés à cause de mes propres conneries, il y a de quoi s'y perdre. Sa langue de vipère continue :

— Et comment va Gab' ? Il n'a pas encore fini en foyer pour enf...

Cette fois, je repose la bouteille de whisky dans un bruit sec et celle avec qui je partage mon sang cesse de parler. Elle sait qu'il y a des limites à ne pas franchir. Gabriel est intouchable. Il est la seule personne que je réussis encore à préserver de cette famille pourrie jusqu'à la moelle.

La voix de ma mère nous interrompt dans cette bataille de mots tranchants et de regards assassins ; ma sœur s'enfuit presque du grand salon. Au loin, je l'entends chanter des louanges à ma mère dont elle complimente l'apparence, et leurs rires complices me donnent la nausée. Alors je bois cul-sec un autre whisky.

— Nathan, prononce durement mon père en guise de salut.

Il faut que je maintienne un semblant d'allure. Mes mains sont moites et mon pouls tressaute, mais je fais bonne figure et pour une fois, mon paternel ne parvient pas à déceler la moindre faille sur mon visage. En sortant de la demeure, ma mère claque la porte derrière moi avec un regard entendu : *« Fais-toi discret et tout se passera bien, mon chéri. »*

Tu parles ! C'est ce qu'on m'a appris à faire depuis que je suis né. Je ne devrais pas avoir trop de difficultés.

La route est longue jusqu'au centre de Paris et le soleil est éclatant en cette journée d'été. La capote de la voiture relevée, je laisse l'air s'infiltrer dans les pans de mon costume. Heureusement pour moi, je n'ai pas été obligé de monter en voiture avec mes parents et ma sœur.

Pourquoi ai-je accepté de participer à ça, déjà ? Pour maintenir l'image d'une famille parfaite et aimante ? Ou peut-être parce qu'ils m'ont fait du chantage en me promettant de garder l'héritage pour Gabriel au lieu de le mettre sur le compte en banque de ma sœur ?

Je secoue la tête pour chasser les pensées qui m'animent. Mon esprit s'égare et je pense à mon fils et à combien il doit s'amuser avec ses grands-parents. *Les parents d'Élodie.* Les miens étant bien trop malsains pour que je puisse laisser Gaby ne serait-ce qu'une seconde avec eux.

Nous arrivons enfin au pied d'une des plus vieilles églises de la capitale et je me sens de plus en plus mal à l'aise. Tous ces gens, ces *inconnus*, viennent du même trou à rat. Tous hypocrites, à se tirer des balles dans le dos, à se toiser du regard jusqu'à ce que l'un d'eux cède et annonce sa défaite. Je remercie le ciel de m'avoir permis de quitter ce monde, de m'avoir mis sur le chemin d'Élodie et d'avoir pu m'échapper de cette vie. Au prix de la richesse, certes, mais qu'importe, je la récupèrerai le moment venu. Je reste silencieux tandis que les membres de ma famille saluent leurs amis de longue date. Certains – ceux qui daignent m'accorder un peu d'attention – me posent évidemment des questions futiles auxquelles je réponds vaguement. Une sacrée impolitesse d'après le regard réprobateur de ma mère. En réalité, je ne veux leur donner aucun moyen de calomnier *le fils raté des Lemaître.*

Soudain, la foule se presse dans le chœur de l'église alors je suis le mouvement, comme le bon toutou que je peux être quand la situation implique mes parents. *Ou quand ils me tiennent par les couilles.* Nous nous installons sur les bancs, plongés dans un silence cérémonieux. Mes parents et ma sœur se placent vers les premiers rangs tandis que je me faufile au fond de la salle.

Je me demande toujours ce que je fous ici. Je pourrais faire demi-tour, sortir par une des portes discrètes sur les côtés et m'échapper pour retourner auprès de mon fils. Pourtant, à l'instant où je songe annoncer à mes parents que je me casse, je croise le regard d'une jeune femme. La raison pour laquelle nous sommes réunis ici. Sa beauté m'éblouit tant que je m'affaisse sur le banc. Ses yeux se détournent pour fixer un point invisible au fond du bâtiment. Des yeux aux iris froids, qui semblent dépourvus d'une quelconque émotion. Malgré tout, je crois y déceler de l'angoisse.

June... Des années que j'entends parler de toi, mais jusque-là, impossible de mettre un visage sur ton nom. J'en ai enfin l'occasion.

Elle ressemble à une déesse. Elle continue à observer ce point invisible dans l'église, pourtant, j'aimerais qu'elle me voie. Toute l'assemblée la suit du regard lorsqu'elle s'avance, au bras de son père, jusqu'à l'autel où attend son futur époux. Je ne connais quasiment personne dans les centaines d'invités rassemblés ici, tous plus guindés les uns que les autres. Mais je suis sûr d'une chose : elle et la fille qui la précède – sa demoiselle d'honneur – ne viennent pas de ce monde.

Sa robe est d'une simplicité à couper le souffle. Elle épouse parfaitement les formes de son corps et sa longue traîne lui confère une allure de reine. Je jette un œil à son fiancé et un son rauque reste bloqué dans ma gorge.

Will.

Je le hais du plus profond de mon être, et il se marie aujourd'hui avec une femme qui a l'air incroyable. Je ne la connais pas, mais je suis persuadé qu'il ne la mérite pas. Il ne mérite rien. Tant de temps a passé, mais je fantasme chaque jour une vengeance amère pour tout ce qu'il m'a fait subir.

De la poche de mon costume, je sors le carton d'invitation que ma sœur m'a *gentiment* envoyé pour ordonner ma présence à la cérémonie. Will Paris et June Bennet. *June...* Son prénom résonne dans ma tête comme une douce malédiction. Je ne me mêle jamais de la vie des gens comme Will, mais sa réputation le précède et il est évident que peu de personnes ignorent le trou du cul qu'il est. Ses idées sont aussi archaïques que celles de nos arrière-grands-parents et sa manière d'être est si pédante qu'il détrônerait les plus grandes stars hollywoodiennes. Mais au-delà de tout cela, ce mec ne réfléchit qu'avec sa queue et n'a jamais été fidèle. *Est-ce qu'elle le sait ?*

La voix du prêtre résonne dans le chœur. La wedding planner qu'ils ont engagée a dû leur coûter un bras, mais au moins, on peut dire qu'elle a fait du bon travail en rendant cette chapelle un peu plus vivante.

Il est trop tard pour s'enfuir. Je retiens ma rage : encore une fois, il a gagné. J'ai perdu ma femme dans un accident, mon cœur souffre à chaque battement et c'est lui qui est heureux aujourd'hui. Alors qu'il n'est digne de rien.

Quand j'ai perdu ma femme, il venait de rencontrer cette *June Bennet*. Aux rares repas auxquels il était convié dans notre famille, il me regardait droit dans les yeux en me racontant à quel point June était *parfaite* ; à quel point elle était *belle*, à quel point *elle le comblait*. Tandis que je naviguais encore dans les eaux troubles du deuil.

Oui, June a l'air parfaite mais visiblement pas assez pour que tu ne la trompes pas.

Ma jambe tressaute et pourtant, je suis prêt à m'interposer quitte à me couvrir de honte pour aider cette jeune femme à fuir ce piège qui se referme sur elle. *Si tu fais ça, ton père t'empêchera d'avoir l'héritage pour Gaby, Nathan. Et tu as trop besoin de cet argent pour lui offrir un bel avenir.*

Le moment arrive, c'est au tour de June de prononcer ses vœux. Je m'apprête à me lever, à m'enfuir pour ne pas assister à cette scène... Tout pour ne pas voir une autre victime de Will. Mais elle me sidère lorsqu'elle lâche un « non » puissant et fort.

Comme le reste de l'assemblée, je ne retiens pas une exclamation de surprise et j'écarquille les yeux. Juste avant que Will ne s'exclame :

— Comment ça, non ?

Si je ne le connaissais pas aussi bien, je pourrais croire qu'il est atterré par la nouvelle. En réalité, il craint une humiliation. Alors pour éviter un scandale, il va faire ce qu'il fait le mieux : attaquer.

Au loin, les lèvres de June bougent : elle dit quelque chose que nous ne pouvons pas entendre, mais qui a un effet immédiat. Will devient rouge de rage et la reine du jour recule de quelques pas. La jeune femme qui l'accompagnait lui tend un ordinateur portable, et June lance à la foule :

— J'ai préparé une petite surprise pour vous, de quoi vous dévoiler le vrai visage de ce cher monsieur Paris...

L'assemblée ricane, non pas pour se moquer de Will, mais d'elle. Le monde ici est au courant de sa tendance volage. Ils se moquent tous de sa naïveté. June ouvre l'ordinateur et se prépare à lancer une vidéo. Quelques exclamations surgissent des premiers rangs mais d'ici, je n'y vois pas grand-chose, à part les mains de ce connard qui saisissent la machine pour la jeter à terre et la piétiner. Le tout, sans cesser d'asséner des insultes à June.

— Tu refuses de m'épouser ? Très bien. Comme tu veux ! Je ferai en sorte que tu perdes tout, s'écrit-il d'une voix acérée.

June devient livide mais se reprend rapidement.

— Va te faire foutre, Will ! s'exclame-t-elle en le pointant d'un doigt rageur.

Elle prend une fausse expression surprise et pose une main sur sa poitrine.

— Oh, mais c'est vrai ! C'est déjà fait ! Par ta connasse d'associée, tes anciens potes de fac, et à peu près tous les clubs parisiens ?

Sa phrase remplie de rage fait taire le public. Cette fois, les gens se rendent compte que tout dégénère : ce n'est plus un ragot qu'on raconte à voix basse, mais un scandale qui éclate. Je m'approche davantage mais reste discret pour intervenir si la situation s'aggrave.

— Ferme-la putain ! hurle-t-il de fureur.

Son père se redresse immédiatement. Le patriarche Paris sent le roussi arriver à plein nez et veut s'interposer avant que son fils n'aille trop loin.

— J'aurais pu t'épauler, te soutenir ! Être gay ou bisexuel n'est pas un péché ! Contrairement à ce que vous pensez tous ! lance-t-elle dans notre direction alors que la plupart des invités laissent échapper des hoquets de surprise.

Le père de Will n'a pas le temps d'agir : la main du presque-mari du jour se lance à pleine vitesse en direction de la joue de June. Des hurlements retentissent dans l'enceinte de l'église, le prêtre étouffe un cri et tient fermement sa bible dans les mains. Will est pétrifié et commence tout juste à prendre conscience de son geste.

Il faut que j'intervienne. Je m'extirpe de ma cachette et écarte la main de mon propre père qui tente de m'arrêter, et c'est déjà trop tard. Je bouscule Will pendant que le père de June s'élance pour lui refaire le portrait. Le prêtre murmure des paroles inintelligibles – *sûrement une prière* – pendant que le père de la mariée abat son poing sur le visage du connard. Les yeux de June sont figés dans l'horreur devant celui qu'elle aurait pu épouser : *un homme qui bat.*

Will est blanc comme un linge. Il *comprend* les conséquences de son acte. Les murmures dansent déjà dans la bouche de ses invités, les rumeurs assassines se préparent dans l'ombre et nul doute que la réputation des Paris en pâtira. Ses parents le dévisagent, épouvantés par le geste irréparable qu'il vient de commettre. Dans ce milieu hypocrite, tant qu'une femme est frappée à l'abri des regards, ils font tous semblant de ne rien voir ; mais si, par malheur, cela venait à se dérouler en public, un empire s'effondrerait.

Malgré elle, June vient de faire tomber l'empire Paris.

Cette dernière tremble face à la puissance de l'humiliation qu'elle vient de subir. Sa demoiselle d'honneur s'approche de Will et lui assène une baffe monumentale. D'instinct, je m'approche de June, assise sur le sol. Une main tendue vers la sienne dans un geste vigilant et doux, je tente de lui parler. Mais ses yeux me fixent sans me voir : ils sont méfiants, mais sans réaction.

Autour de nous, la foule évacue vers la sortie, déjà armée pour diffuser les potins. Devant l'autel, agenouillé auprès de June, je dessine des petits cercles sur le dos de sa main pour la rassurer ; c'est ce qui marche toujours avec Gaby lorsqu'il fait ses crises d'angoisse. Cela semble fonctionner quelques secondes avant qu'une voix s'écrie dans mon dos :

— Poussez-vous !

Sa meilleure amie me pousse sans ménagement et tire June vers elle. Ses proches suivent les deux jeunes femmes de près, visiblement très émus et en colère. Je lance un regard noir à ma propre famille, toujours au premier rang, et hésite à cracher à leurs pieds pour leur faire payer l'humiliation qu'ils viennent tous d'infliger à cette jeune femme. Mais je finis par disparaître dans le but de rejoindre June et son amie.

Devant l'église, un peu plus loin, mes yeux la repèrent immédiatement. Elle pleure si fort que mon estomac se tord pour elle. *Elle doit être complètement anéantie.*

— Attendez ! m'exclamé-je derrière le groupe.

Seule son amie se retourne et me toise. Elle place June dans les bras de son père et riposte aussitôt :

— Barrez-vous de là ! Il n'y a rien à voir !

— Elle devrait porter plainte, rétorqué-je en désignant June du menton.

Elle ne répond pas, probablement surprise que je ne sois pas là pour filmer la mariée outragée.

— Laissez-nous tranquille, m'ordonne-t-elle en se détournant d'un mouvement sec.

Mes mains passent frénétiquement dans mes cheveux comme si frictionner mon crâne allait me donner la solution. Je lance un coup d'œil alentour et remarque que la mère de la mariée file rejoindre un homme qui doit avoir l'âge de June. *Son frère, peut-être ?* Mais cette option est très vite chassée de mon esprit lorsque la mère pose ses lèvres sur les siennes. Je lance un regard à l'homme aux cheveux poivre et sel qui se tient près de June et son regard inquiet ne laisse aucune place au doute. *C'est bien son ex-mari.*

Quant à June, sa belle chevelure rousse tombe en cascade sur ses épaules, sa robe est déchirée à ses pieds et ses yeux sont noirs de mascara. Sa meilleure amie la porte tant bien que mal, essuie ses larmes et embrasse ses joues pour effacer son chagrin. *Même si c'est impossible.* June se redresse lorsqu'elle sent les mains de son père sur ses épaules et se jette dans ses bras. Un signe de lui me fait comprendre qu'ils attendent une voiture pour partir. Le brouhaha dans l'église résonne même à l'extérieur, comme une rumeur insoutenable.

En quelques secondes, elle disparaît mais le souvenir de June reste gravé dans ma mémoire.

CHAPITRE 20

J'ouvre lentement les yeux en m'étirant et dégage la couette sur le côté du lit. Je ne me souviens pas m'être endormie, ni même m'être couchée dans mon lit, mais, après tout, j'étais tellement fatiguée que j'ai pu m'y installer inconsciemment. Un rapide coup d'œil à mon téléphone sur la table basse m'indique qu'il est déjà un peu plus de treize heures. Je soupire et passe les mains sur mon visage. Je les retire aussitôt, les sentant rugueuses contre ma peau. De la peinture les recouvre presque entièrement ; je m'empresse d'aller les rincer dans la salle de bains.

En m'observant dans le miroir, je constate que mon moral s'y reflète. *Je me sens vide.* Vide de tristesse, vide de joie, vide d'émotions, vide de tout. Pourtant, je me sens soulagée d'un fardeau après tous ces mois à contenir ma rancœur envers Will et ceux qui m'ont humiliée au mariage. Envers ce qu'il m'a fait, devant tout le monde… Ce geste qui m'a détruite au plus profond de moi. Je suis fatiguée d'avoir trop pleuré, d'avoir gardé ces sentiments enfouis dans mon être.

En repensant à Nathan, je regrette de l'avoir laissé là-bas seul sur la plage, de ne pas avoir su être là pour lui, mais je n'avais pas le choix. *Jamais je ne referai l'erreur de m'oublier pour un homme.*

Je bâille ostensiblement, commande un déjeuner complet dans la suite et file sous le jet d'eau brûlante de la douche. L'esprit embrumé, je frotte mon corps vigoureusement pour faire partir la peinture qui colle à ma peau et toutes les émotions qui vont avec. En ressortant de la salle de bains, je constate avec une moue déçue que le soleil n'est pas au rendez-vous.

Serait-ce le reflet de mes sentiments ?

J'enfile des sous-vêtements ainsi que mon peignoir blanc et décide d'aller attendre mon déjeuner sur le canapé de la terrasse. Mon corps se fige dans son élan. Sur un des transats, je trouve un Nathan endormi, le visage paisible et détendu. Mon cœur se serre en le voyant. Je réprime l'envie de me jeter dans ses bras pour m'excuser. Après de longues minutes, je décide de m'installer sur le transat à côté. Ses cheveux sont bouclés à cause de l'humidité du matin, ses longs cils tremblent légèrement lorsque ses yeux bougent sous ses paupières. Je le contemple jusqu'à ce que la sonnette de l'entrée me ramène sur terre.

Je m'empresse d'aller ouvrir la porte, récupère les plateaux sur le chariot avant de remercier le serveur et de retourner sur la terrasse. Munie de mon butin, je découvre l'homme de mes tourments assis sur le transat, tentant de se réveiller.

Il est terriblement beau.

Mais rappelle-toi pourquoi tu as fui, June.

— Salut... murmuré-je.

Il relève la tête, son regard plonge instantanément dans le mien, si bien que je ne peux m'en défaire. Un tic de nervosité me prend et je me mords le coin de la lèvre. Lèvre qu'il observe sans se gêner.

— Salut, prononce-t-il à son tour.

Je me racle la gorge et récupère un fruit sur le plateau.

— J'étais inquiète... Je... Je ne t'ai pas vu hier, je pensais que tu allais partir, commencé-je en mordant dans du melon.

Je fuis son regard et admire le ciel gris à la place de ses iris bleus.

— Non... mais toi, tu es partie, dit-il en me fixant.

J'ai beau ne pas le regarder en face, je sens parfaitement ses yeux transpercer ma peau. Je déglutis.

— Je sais.

Il hoche la tête et pique un morceau de goyave dans mon assiette. Si la situation avait été normale, je lui aurais sûrement lancé une énième pique pour protester. *Mais tout a changé.*

— J'aurais aimé t'expliquer, continue-t-il. J'aurais aimé que tu restes pour que je puisse te parler.

Je pince les lèvres pour m'empêcher de pleurer. Jamais je n'ai rencontré un homme qui communique si facilement, si spontanément. Comme s'il n'avait jamais ressenti ce sentiment de pudeur. Celui qui vous empêche de dire « je t'aime » à vos proches car on vous a appris que cela revenait à montrer votre vulnérabilité. Ma main gauche saisit un verre de jus d'orange et je croise un instant le regard bleu océan de Nathan. Il exprime tellement plus que des mots. Moi, j'ai appris à retenir mes émotions en les enterrant au plus profond de moi-même.

— Je suis désolée. Je ne savais pas si j'étais prête à... te connaître à ce point. C'est ton intimité, et je... Je ne crois pas en faire partie.

Il fronce les sourcils, hoche la tête, mais ne détourne jamais le regard. Je gigote sur ma chaise, mal à l'aise.

— On a chacun beaucoup de choses à régler.

— Ouais... souffle-t-il en passant les doigts dans ses cheveux.

Il prend une tartine et la grignote, l'air de rien. J'ai l'impression d'être trop vulnérable, d'être à découvert. Et je ne sais pas si c'est une bonne chose. Il pose une main sur la mienne et la caresse doucement en faisant des petits cercles avec son pouce.

— Je m'excuse de t'avoir laissée toute seule. J'ai failli à mon devoir d'accompagnateur.

— Nathan, tu avais besoin de temps. J'ai été si maladroite, je suis tellement désolée...

— Tu ne savais pas. On ne se connait pas, on ne sait pas tout l'un de l'autre, tranche-t-il d'un air indifférent. Il n'y a rien de sérieux entre nous, après tout, achève-t-il dans un sourire.

J'ai l'impression de recevoir un coup de poing dans le ventre.

— On n'a pas discuté de ce qu'il s'est passé. Avant... tout ça, tenté-je.

— Il n'y a rien à dire, June. On n'a pas couché ensemble, tout va bien.

— Ça ne signifiait rien pour toi ? On ne peut pas nier cette attirance entre nous...

Il fronce les sourcils et semble réfléchir.

— Nous sommes liés par un contrat et... je te l'ai dit, il n'y a rien de sérieux. C'est mieux si ça ne signifie rien. De toute façon, ça ne se reproduira pas.

— Je me disais simplement que, peut-être, on pourrait se laisser vivre cette petite parenthèse tranquillement... sans aucune attache. Et quand on rentre à Paris, on reprend nos vies, chacun de notre côté... comme si on ne s'était *jamais* rencontrés.

Nathan a l'air d'hésiter. Une longue minute passe, le vent souffle bruyamment à nos oreilles. Après quelques secondes de flottement, il attrape une pomme et croque dedans avant de se lever et de me tendre la main en lançant :

— Allez, viens ! Il nous reste donc à peine trois jours avant de rentrer en France. D'ici là, on profite, c'est tout.

J'acquiesce, une boule de contrariété au creux de la gorge. J'empoigne sa paume chaude dans la mienne et ce simple contact me ferait presque soupirer de plaisir.

Mais non, puisqu'il n'y a rien entre nous, selon lui.

Nathan me demande d'enfiler un maillot de bain, de prendre une serviette et des habits de rechange, puis de le rejoindre devant la piscine. J'obéis promptement, trop déçue pour réagir. *Mais tu t'attendais à quoi, ma grande ? Qu'il revienne sur ses paroles et qu'il te fasse une déclaration digne des plus grands films d'amour ? Qu'il te rassure en te disant que c'était réciproque ? Qu'il te dise que tu comptes pour lui, comme il commence à compter pour toi ? Alors que, depuis le début, c'est toi qui le repousses.*

Je ravale ma déception et me prépare en cinq petites minutes.

— Balade ? m'interroge-t-il en souriant.

Après qu'il m'a dit que notre rapprochement ne signifiait rien, une partie de moi a envie de refuser sa proposition, par pur esprit d'opposition. Mais je n'ai plus la force de jouer à ça avec Nathan.

— Balade, confirmé-je dans un hochement de tête.

Faible que je suis.

Cette fois, pas besoin de prendre la route en voiture, nous rejoignons la plage du Grand Cul-de-Sac à pied et nous commençons à errer. Mon sourire n'atteint pas vraiment mes yeux. Dans quelques jours, je retrouve la vie parisienne : le métro bondé, les gens, les touristes, le quotidien, le boulot… Je déprime d'avance. Même si la perspective professionnelle est au moins, elle, un peu réjouissante. Oui, il n'aura fallu que cette courte durée pour me mettre dans une bulle hors du temps que je n'ai pas envie de faire éclater.

Ce retour va être une descente aux enfers.

— Tout va bien ? demande Nathan d'une mine soucieuse.

Je fixe mes pieds qui s'enfoncent dans le sable à chacun de mes pas, avant de hocher la tête.

— Bien sûr ! lancé-je d'un ton faussement enjoué.

En réalité, mes questions sur Élodie envahissent chaque cellule de mon cerveau. J'aimerais connaitre son histoire, qu'il se confie à moi comme il se confierait à… une amie ?

— June… gronde-t-il en saisissant mon bras.

Il me force à le regarder dans les yeux et insiste d'un regard à me confier. Je sens le poids de la question, celle qui me trotte dans la tête depuis la veille, prête à franchir mes lèvres. J'ouvre la bouche, mais les mots me manquent. Un frisson d'incertitude me traverse. Comment aborder ce sujet ? Comment parler de cette femme que Nathan a perdue, de son fils qui grandit sans elle ? Et puis finalement... Je trouve enfin le courage que je n'ai pas eu hier.

— Est-ce que tu pourrais me parler d'elle ?

Nathan déglutit et détourne un instant le regard. Il reprend sa marche, les mains dans la poche. Mon cœur bat la chamade à l'idée d'avoir installé un blanc entre nous.

— Tu sais, June, j'ai toujours été un garçon solitaire. Je n'aimais pas parler en public, j'étais souvent dans mon coin, à bosser ou à lire des bouquins. J'avais une bande de potes sympas à l'école mais rien... rien qui construit ta vie au quotidien.

Ses prunelles se font pensives comme s'il regardait le film de sa jeunesse défiler devant ses yeux.

— Et puis j'ai terminé mes études et... j'étais vanné. Je ne voulais pas m'enfermer dans un travail tout de suite, je voulais d'abord... découvrir le monde ! s'exclame-t-il les bras ouverts, face à la mer. Alors j'ai pris un sac à dos et je suis parti. Mes parents n'appréciaient vraiment pas cette idée, mais j'en avais rien à foutre.

Soudain, sa mine se ferme. Je comprends que la conversation va devenir plus sérieuse. Le bruit de la houle nous accompagne dans notre conversation, apaisant probablement ses angoisses.

— Quand je suis arrivé ici, à vingt ans, je suis tombé sur l'association par hasard... j'ai toujours été attentif à l'environnement mais je m'y suis vraiment intéressé quand j'ai rencontré Élodie. Elle m'a carrément ouvert les yeux sur pleins de sujets. Elle était tellement cultivée !

Il marque une pause et toussote, comme pour enlever l'émotion qui agite sa voix.

— Élodie était... un volcan, reprend-il. Elle ne s'arrêtait jamais, courait partout pour aider tout le monde, adorait les animaux plus que les humains et par-dessus tout... préférait mille fois vivre au milieu d'une forêt que dans une grande ville. Ses parents sont toujours les propriétaires de la réserve naturelle protégée par l'association. Ils sont incroyables. Vraiment. J'aurais aimé avoir des parents aussi aimants et bienveillants. Ce sont eux qui gardent Gaby en mon absence. Il les adore !

Sa main remonte le long de son visage et il frotte sa barbe. Mon sourire devient plus franc lorsqu'il me parle de son fils. Il donnerait tout pour lui. Nathan lance son pied dans le sable et fait voler quelques grains.

— Quant à moi... Mes parents sont de mauvaises personnes, June. Ils m'ont inculqué des valeurs de merde et rempli de préjugés. Lorsque j'ai rencontré Élodie, j'ai vu le monde pour la première fois. Un an plus tard, on partait faire le tour du monde ensemble. J'ai vécu des choses que je n'aurais jamais pensé vivre, visité des lieux qui me paraissaient hors de portée, franchi mes limites un tas de fois et bordel, je te jure, c'était un sentiment incroyable.

Je comprends alors mieux le sens de toutes les activités de cette semaine. Son entêtement à me sortir de ma zone de confort. Il avait raison sur tout : j'avais tellement peur et pourtant... l'avoir fait me rend incroyablement... complète. Nathan fronce les sourcils, comme empêtré dans un souvenir douloureux :

— J'ai voulu la présenter à mes parents. Je voulais l'épouser. Je l'aurais fait même s'ils m'avaient dit non, simplement... j'aurais aimé qu'ils l'acceptent. Mais ce n'était pas le cas. Ils l'ont humiliée, traitée de pauvre fille des îles, sans éducation ni bienséance... Elle avait les larmes aux yeux en quittant cette putain de baraque.

Mes dents mordent ma lèvre inférieure avec force.

— Mes parents m'ont menacé de me déshériter si je ne la quittais pas sur-le-champ. Résultat : au lieu de la quitter, je l'ai aimée encore plus et elle est tombée enceinte quelques mois après. On était jeunes et insouciants mais on était prêts à assumer ce petit lutin. Mes parents m'ont coupé les vivres. Je restais leur fils sur le papier mais en réalité, je n'étais plus rien à leurs yeux...

Dans un élan, Nathan me raconte enfin tout de lui : le déménagement à Saint-Barthélémy, la grossesse d'Élodie et la naissance de Gaby, le décès de son grand-père et l'héritage bloqué par ses parents. Comment il a tourné le dos à sa famille pour se consacrer à son travail, auprès d'Élodie et de l'association. Le retour à Paris, quelques années plus tard ; les compromis de sa femme pour que Nathan puisse renouer avec les siens.

— C'est elle qui m'a appris à être si patient.

Il inspire longuement et ne parle pas durant de longues minutes. Il finit par s'arrêter et observe l'horizon. Sa main cherche timidement la mienne, je la serre doucement, dans l'espoir de le réconforter un peu.

— C'était trois ans après la naissance de Gabriel. On avait vingt-huit ans, nos vies étaient parfaites. On était rentrés en France la semaine d'avant. J'avais pris la route en premier pour rejoindre le domaine de mes parents. Quand je suis arrivé, ils ne m'ont rien dit. Ils attendaient de voir ce que je valais, après presque huit ans d'absence. Je n'étais plus le jeune aventurier qu'ils avaient connu. J'étais père et marié à une femme incroyable. Ils ont accepté de rencontrer mon fils et ma femme, à nouveau. J'étais... si heureux, putain !

Je comprends entièrement son besoin de reconnaissance, de validation de ses parents. Ma situation avec ma mère n'est pas comparable mais je comprends son ressenti. *C'est humain de vouloir rendre ses parents fiers... à n'importe quel prix.*

— Je l'ai appelée pour lui dire qu'elle pouvait venir. Ce n'était pas très tard, à peine dix-neuf heures, en plein été. Le soleil éclairait encore les routes, ma sœur venait d'arriver pour rencontrer Gaby, mes parents allaient enfin se rendre compte de leurs erreurs.

Une larme s'échappe du coin de son œil, il ne prend pas la peine de l'essuyer et je l'observe rouler le long de sa joue. Sa barbe commence tout juste à repousser et elle se perd dans les sillons de ses poils.

— Un camionneur s'est endormi au volant, sur l'autoroute. Il a traversé la barrière de sécurité et ils se sont rentrés dedans... de pleine face.

Un silence pesant s'installe, je n'ose pas bouger, complètement anesthésiée par le choc. Mes yeux s'emplissent de larmes. Je ressens toute sa peine et, cette fois, j'aimerais la faire mienne pour le soulager.

— Elle est morte sur le coup. Gabriel était à l'arrière : par je ne sais quel miracle, il a survécu. Aucune égratignure. Parfois, je ferme les yeux, et je l'entends encore me hurler « papa » sans s'arrêter.

Les larmes coulent en silence le long de ses joues.

— Les mois qui ont suivi ont certainement été les pires de ma vie. J'ai tenté de ne pas me noyer dans les souvenirs de l'accident, et j'ai essayé de rester un père pour Gaby. Je ne l'ai pas lâché d'une semelle. Comme si j'avais peur que ce soit un rêve et qu'il soit... mort, lui aussi. Mon père ne m'a jamais reparlé mais ma mère a changé. Elle a renoué avec moi, s'est excusé des millions de fois mais elle est restée sous le joug du patriarche...

Sa main libre frotte son visage pour effacer les larmes : je sens mon cœur se serrer à cette vision et n'ai qu'une seule envie : les lui effacer moi-même. Il prend une dernière franche inspiration, comme pour conclure.

— Les parents d'Élodie sont venus s'installer à Paris pour m'aider... On a fait notre deuil ensemble. Gaby a grandi, son cerveau a effacé toute trace de l'accident mais il sait ce qu'il s'est passé. Je ne lui ai jamais caché, j'ai juste dû trouver les bons mots pour qu'il comprenne et qu'il en souffre le moins possible. Mais comment expliquer à un enfant qui quémande sa mère... qu'elle ne reviendra jamais ?

Il se tait et observe le soleil qui monte dans le ciel. Avec tendresse, je pose ma tête contre son épaule et emmêle mon bras dans le sien. Du coin de l'œil, je l'observe, parcourant les traits de son visage. Ses traits parfaits. De la plus petite ridule autour de ses yeux à sa longue ride du lion, sur son front, tout est parfait chez lui. Et je n'ai pas les mots pour lui témoigner toute ma compassion, ma bienveillance envers sa souffrance.

— Je suis tellement désolée, Nathan...

Il se tourne vers moi, un sourire triste accroché à ses lèvres, puis il se penche et me prend dans ses bras. Il resserre son étreinte, et je ferme les yeux, savourant la chaleur de son corps contre le mien. Pendant un instant, tout disparaît : Paris, mon retour imminent, Élodie, mes doutes. Il n'y a que lui et moi, bercés par le bruit des vagues.

— Merci, souffle-t-il contre mes cheveux.

Je ne sais pas exactement pourquoi il me remercie. De l'écouter ? D'être là ? De ne pas poser plus de questions ? Peut-être tout ça à la fois.

Un léger frisson me parcourt quand il se détache, et je lève les yeux vers lui. Nos visages sont si proches que je pourrais compter les éclats dorés dans son regard. Un silence suspendu s'installe, et mon cœur rate un battement. Il y a quelque chose dans sa manière de me regarder qui me trouble plus que je ne veuille l'admettre. Comme si, sous la douleur de ses souvenirs, il y avait autre chose. Une attente. Une possibilité.

Je détourne vite la tête, bousculée par mes propres pensées.

— On continue ? proposé-je, la voix plus tremblante que je ne l'aurais voulu.

Il hoche la tête, et après une seconde d'hésitation, il attrape à nouveau ma main. Pas avec brusquerie, pas avec incertitude non plus. Comme si c'était la chose la plus naturelle au monde. Comme si ce simple contact pouvait prolonger la bulle fragile dans laquelle nous nous trouvons.

Nous avançons en silence sur le sable tiède, bercés par le ressac. L'air marin caresse ma peau, et j'inspire profondément, tentant de calmer cette agitation intérieure. Pourtant, plus nous marchons, plus une évidence me frappe.

Quelque chose en moi a bougé, s'est fissuré.

Et plus nous avançons, plus la réalité me rattrape.

La vérité, c'est que je n'ai pas envie que cela s'arrête. Et ça me fait flipper. Bien sûr, Nathan a compris, mais il a la délicatesse de ne pas insister.

Je m'arrête brusquement sur la plage et l'observe, alors que ma respiration devient de plus en plus incontrôlable. Mon cœur s'emballe dans ma poitrine tandis que je tente de comprendre ce que je ressens. Cette parenthèse que nous vivons, cette bulle dans laquelle nous évoluons depuis plusieurs jours maintenant, va bientôt prendre fin. Et quand elle explosera, tout redeviendra comme avant, n'est-ce pas ? Je rentrerai à Paris, je reprendrai ma thérapie, je commencerai à monter mon agence avec Alice, et j'adorerai ça. Mais ça manquera probablement de saveur.

L'ombre des palmiers qui bordent la mer se dessine sur le sol. Je fixe l'océan face à nous, avec l'envie de m'y laisser couler pour éviter d'affronter la situation. Nathan me rejoint en deux enjambées et prend ma tête entre ses mains.

— Arrête de réfléchir, m'ordonne-t-il les yeux plissés.

Je retiens un ricanement. Nous nous voilons tous les deux la face.

Sans prévenir, il m'embrasse. Là, au milieu de la plage, sous les feuilles des immenses palmiers, à côté des passants qui doivent sûrement penser que nous n'avons aucune pudeur. Sa langue joue avec la mienne, doucement, tendrement. Rien n'est précipité, on se savoure, on se découvre encore et c'est si parfait qu'une larme glisse sur ma joue. Elle coule jusqu'à atteindre la main de Nathan. Il m'embrasse plus fort, plus intensément. Ses lèvres caressent les miennes avec douceur et fermeté. Il murmure enfin :

— Pourquoi tu pleures, June ?

Je déglutis et baisse la tête.

— Parce que je... je crois que je n'ai pas envie que tout ça s'arrête.

Je finis par le regarder lui, signe qu'il est la raison de mon coup de blues. Nathan sourit faiblement.

— Alors, on va profiter de chaque heure, de chaque minute et de chaque seconde ici, dans ce lieu paradisiaque. Ensemble, souffle-t-il contre mes lèvres.

J'effleure ses lèvres une dernière fois avant de m'éloigner pour reprendre le cours de notre balade. *Au fond, il a raison.* On devrait profiter de chaque moment que la vie nous offre ensemble. Mais dans un coin de ma tête, une petite voix insidieuse compte les heures avant mon départ. Elle me chuchote qu'il n'a pas contredit mes paroles : dans deux jours, c'est terminé.

Nathan me rattrape et prend ma main.

— Ce soir, je t'emmène dans un lieu qui te fera tout oublier, conclut-il en souriant.

J'acquiesce avec plaisir et serre davantage sa main.

Profite de ce que la vie te donne et n'espère pas plus, June.

Pour cette soirée, je fais plus d'efforts : eyeliner noir pour souligner mes yeux, blush sur mes taches de rousseur et rouge à lèvres carmin pour lui en faire voir de toutes les couleurs. Je sors de la salle de bains et remarque que la chambre est vide. La voix de Nathan me parvient au loin, puis je le vois sur la terrasse, assis dans le canapé. Les quelques mots qui me parviennent me font comprendre à qui il parle. *Gaby*. Je souris et m'éloigne, lui laissant l'intimité nécessaire pour parler à son fils.

Dans la penderie, je récupère une longue jupe en tulle noir et un corset de la même couleur. Alice avait insisté pour que je prenne cet ensemble... Le corset est en satin tandis que la jupe en est doublée. C'est une tenue que je m'étais offerte pour mes vingt-cinq ans... et je n'ai pas eu beaucoup d'occasions de la porter.

Quelques minutes plus tard, je suis au téléphone avec mon père, et j'enfile mes talons noirs en m'appuyant contre le chambranle de la porte lorsqu'un sifflement retentit dans mon dos. Mon compagnon de voyage affiche un air admiratif. Mon père au téléphone, je ne lui réponds pas et fais signe que je suis en ligne.

— Waouh, murmure-t-il imperceptiblement.

Je ris en levant les yeux au ciel. Il me scanne de bas en haut et une étincelle de désir s'allume au fond de ses pupilles. Mon ventre se contracte automatiquement face à son expression. L'air aguicheur, Nathan se rapproche et s'agenouille devant moi avant de faire remonter sa main le long de ma jambe. Délicatement, il m'aide à enfiler la seconde chaussure, tel le prince avec Cendrillon.

— June ? m'interpelle la voix de mon père à l'autre bout du combiné.

— Pardon, papa, j'ai été distraite. Tu disais ? rétorqué-je en jetant un regard noir à Nathan qui embrasse mon genou.

— Je demandais si tu sortais, si tu t'amusais bien ?

— Oui, oui, réponds-je de manière rêveuse en laissant mon regard se promener sur les fesses de Nathan qui s'est détourné pour se rendre dans la salle de bains. C'est génial, je m'éclate comme une folle !

Mon père finit par raccrocher en ricanant. Pour ce soir, Nathan a pris le soin de dompter ses cheveux bruns. Sa chemise blanche en lin lui sied à merveille et il a même enfilé un pantalon de costume pour l'occasion. Je crains que de la bave ne coule sur mon menton, alors je détourne rapidement le regard vers l'océan. Je me racle la gorge et bégaie, distraite :

— Tu... es très bien comme ça.

Son corps chaud rencontre le mien en quelques pas.

— Tu es divine dans cette tenue... répond-il tandis que ses mains remontent le long de mes hanches.

Il embrasse mon cou, juste en dessous de mon oreille. Je frissonne et mon corps se contracte contre lui. Il finit par s'éloigner et je souffle pour évacuer la tension accumulée dans mes épaules. *Je suis foutue.*

Nous prenons la voiture pour repartir du côté de l'Anse Toiny pour la soirée. La route défile, mais les paysages forestiers continuent de me fasciner même après plusieurs jours de voyage.

On trouve une place dans un parking bondé, un peu excentré du petit village dans lequel nous sommes. Sa main dans la mienne, il me guide à travers une ruelle vivante, entièrement décorée de guirlandes lumineuses où de nombreux couples, familles et amis se promènent le long des maisonnettes.

Nous arrivons finalement devant l'entrée d'un hôtel chic, à l'atmosphère complètement différente du nôtre. Un hibiscus géant entoure la devanture qui indique le nom *Le Bohème.* Rien d'étonnant en regardant le lieu dans sa globalité. Nathan m'emmène à l'intérieur et serre la main d'un homme qu'il semble connaître. On nous conduit dans une cour charmante. Un air musical léger et sensuel se joue dans une alcôve et confère à ce lieu une ambiance encore plus délicate. Le serveur nous place sur une sublime table en bois brut, à l'écart des autres. Tout semble être disposé de manière à pouvoir accueillir quelques danseurs au milieu de la place. Je lève la tête pour admirer l'hôtel. Autour de nous, les arbres habillent les murs et grimpent, à la manière de liane, sur toute la hauteur du bâti.

— Ça te plaît ? lance Nathan.

— C'est magnifique.

Nathan m'avertit que, ce soir, nous ne déciderons pas du menu. Il s'agit de mets exclusifs, mais secrets... Alors que le serveur s'éloigne, un silence s'installe entre nous. Je sens le poids de ce qu'il m'a confié sur sa vie. De tout ce qu'il ne dit pas non plus.

— Bon... faisons un résumé ! Qu'as-tu pensé de notre escapade jusqu'ici ? me demande-t-il en brisant le silence, comme s'il sentait l'ambiance se charger.

Je le regarde, surprise, mais reconnaissante de cette ouverture, et laisse échapper un petit rire.

— C'est un vrai mélange de folie et de découvertes, honnêtement. Je ne pensais pas qu'un simple voyage pourrait me sortir autant de ma zone de confort. Entre les randonnées imprévues, les repas un peu... aventureux, les excursions surprises dans des endroits magiques, je dois dire que tu m'as bien secouée.

Il éclate de rire, visiblement fier de m'avoir sortie de ma zone de confort.

— Unique, c'est le mot.

— Ne crois pas que ça va m'encourager à tester d'autres trucs bizarre. Mais... c'est vrai que tu as réussi à me faire faire des choses auxquelles je n'aurais jamais pensé.

Je le regarde, amusée par la complicité qui s'installe entre nous. Il n'y a pas de place pour le sérieux dans ces moments-là, et j'en suis presque soulagée. C'est comme si toute la pression qui pesait pendant la conversation précédente disparaissait.

— Alors, ça veut dire que tu as décidé de devenir mon guide aventure ? Parce qu'à ce rythme-là, je vais finir par signer un contrat avec toi pour toutes les excursions les plus folles du monde.

— Si tu me paies en sourires, on a un deal.

Je ne peux retenir un gloussement niais.

— C'est un bon deal, ça. Mais attention, je suis plutôt exigeante comme cliente. Tu as dû le remarquer... lancé-je avec un clin d'œil entendu.

Bon sang, comment est-ce possible de ressentir autant de choses en si peu de temps ?

— Dis, commence Nathan lorsque le serveur finit de déposer les amuse-bouche. J'aimerais te parler de quelque chose, annonce-t-il le regard soudainement plus sombre.

J'esquisse un sourire pour l'inviter à continuer, mais je me sens nerveuse à cause de son air préoccupé. Ce brusque changement dans l'air me paraît étrange. Il semble chercher ses mots, hésiter, puis, finalement, il murmure doucement :

— Je... Je te connais...

Un voile d'incompréhension passe sur mon visage quand, mais il se reprend :

— Enfin... j'ai l'impression de te connaître depuis longtemps. Je... Je sais qu'à la fin de ce voyage, nous reprendrons nos vies, chacun de notre côté, mais je voulais te remercier. C'est la première fois que je reviens ici depuis la mort d'Élodie. Je n'aurais jamais pensé y remettre un pied. Encore moins avec une femme comme toi. Alors, merci de m'avoir permis d'être là.

Les gens chuchotent autour de nous : il y a si peu de bruit que j'ai l'impression que nous sommes seuls. Notre emplacement, presque caché par un pan de végétation, nous permet d'avoir l'intimité nécessaire à ce genre de conversation. Avec délicatesse et de ma main libre, je prends son visage et le tourne vers moi pour plonger mes yeux dans les siens.

Il appuie son front contre le mien et une larme solitaire coule le long de sa joue. Je l'embrasse pour effacer son passage.

— Tu mérites d'aller mieux, déclare-t-il les yeux rouges.

— Toi aussi, Nathan. N'en doute pas, ajouté-je en caressant sa joue rugueuse.

Il secoue la tête, mais ne me contredit pas. Nous restons ainsi plusieurs minutes jusqu'à ce qu'un serveur arrive et nous interrompe en s'excusant. Il nous apporte deux salades colorées, puis dépose un énorme plateau de spécialités antillaises : beignets, acras, fricassée de lambi, balaous frits... Tout cela présenté tel une œuvre d'art, un tableau magnifique. Il installe un autre pied pour seau et y place une bouteille de champagne après nous avoir servi deux coupes.

Nathan semble reprendre contenance. Ses yeux océan expriment tellement, *tellement* de choses que je sens mon cœur palpiter dans ma poitrine.

Je pourrais complètement tomber amoureuse de toi. Pour ta sensibilité, ton honnêteté, ta gentillesse...

Sa main saisit sa coupe de champagne et il la tend vers moi, m'invitant à faire de même.

— À ce voyage, June.

Pendant le dîner, Nathan me raconte tout sur son fils, Gabriel. Un petit ange de sept ans, qui s'avère être l'incarnation parfaite de l'enfant surfer. Blond aux yeux bleus (comme ceux de son père), il tient de lui son air provocateur, son regard mutin et son nez droit. Je n'ai pas particulièrement d'affinité avec les enfants – je n'en ai jamais voulu. Ma mère m'a souvent traitée d'égoïste car je refusais de lui donner des petits-enfants. Qu'importe ce qu'elle pense, je suis la seule à pouvoir décider pour moi-même.

C'est le sourire fier de Nathan qui me touche le plus. Gaby n'avait que trois ans quand sa mère est décédée. Nathan est ce qu'on peut appeler un père exemplaire. Un père qui a su gérer un enfant en bas âge, en plein deuil. Et pour cette raison, il est l'homme le plus courageux que je connaisse.

Nous terminons de déguster le dessert, une délicieuse glace alcoolisée pour moi et une part de charlotte aux fraises pour Nathan. J'ai mal à la mâchoire à force d'avoir ri. Il fait tout pour alléger l'ambiance du début de soirée.

Sa main monte et descend le long de mon bras pendant qu'une musique entraînante s'élève dans l'air. Nathan me jette un regard entendu avant de pousser sa chaise et de se lever.

Je ris avant d'abandonner mon dessert au profit de ses bras. Il m'entraîne et les gens qui dînent tranquillement s'interrompent pour nous observer. Le rouge me monte aux joues, je ne connais aucun pas de danse et je dois dire qu'aucun de nous deux ne sait vraiment danser. Mais le balancement régulier que nous exécutons suffit à convaincre plusieurs couples de nous rejoindre sous la végétation florissante. La tête posée contre son torse, j'écoute le battement régulier de son cœur tandis qu'il dépose un baiser sur mon front

— Tout me plaît chez toi, murmuré-je sans aucune hésitation en levant la tête vers lui.

Les iris plongés dans les miens, il répète :

— Tout me plaît chez toi.

Parfois je me demande si c'est inclus dans le contrat, ce truc entre nous. Et puis, chaque fois que je doute, je regarde ses yeux et la sincérité que j'y lis me rassure.

Nous dansons encore de longues minutes. Ai-je vraiment envie de le laisser partir après ces deux semaines passées ensemble ? Non. Mais j'ai peur de laisser à nouveau un homme entrer dans ma vie.

Si je l'embrasse maintenant, je ne m'arrête plus. Mais nous n'avons pas le droit.

Je pousse un soupir de soulagement lorsque nous atteignons l'hôtel. J'ouvre la porte menant à la suite et entre en sentant Nathan juste derrière moi. Tout est doux entre nous, mais cette tension que je ressens au fond de moi...

Je prends une longue inspiration et me tourne face à lui, adossé contre le mur de l'entrée. Son regard pourrait mettre le feu à n'importe quoi.

— Je sais à quoi tu penses, murmure-t-il en me scrutant de la tête aux pieds.

— Ah ? le provoqué-je en m'approchant de lui tel un félin.

— On n'a pas le droit de coucher ensemble, June.

Ce contrat m'emmerde ! Néanmoins, je hoche la tête d'une moue déçue. Mais une autre idée germe dans mon esprit. Une torture pour mon corps, mais pas pour âme d'artiste.

— En fait, j'ai une demande un peu spéciale à t'adresser.

Mon cerveau tourne à mille à l'heure. Je me demande si c'est vraiment raisonnable de lui demander ça, mais d'un autre côté...

— Je suis certaine que tu as déjà vu *Titanic* ? l'interrogé-je d'un ton faussement innocent.

— June... Et si tu allais droit au but ?

Je ramène mon matériel de peinture dans le salon.

— J'aimerais te peindre. Nu... si possible ?

Nathan siffle doucement et me toise d'un air à la fois ravi et ému. Il s'approche de moi, s'arrêtant à quelques millimètres de mon visage.

— Ça risque de dégénérer, murmure-t-il contre mes lèvres.

— Pourquoi accordes-tu autant d'importance à ce contrat ? Ce n'est qu'un bout de papier. Enfin, un papier important... mais on peut toujours faire une exception, non ?

Il plisse les yeux, l'air d'envisager un court instant ma suggestion. Je renchéris rapidement en battant des cils :

— Si ce n'est que ça, je peux toujours te signer une déclaration sur l'honneur attestant de mon consentement.

Il se marre et secoue la tête.

— Je tiens toujours mes engagements, June. Même lorsqu'ils ne... m'arrangent pas. Je vais me contenter d'être ton modèle pour ce soir. Même si je crève d'envie d'être en toi.

— Cache-toi sous un drap. Il y en a dans le placard de la chambre !

J'expire longuement pour contrôler mon souffle tremblotant et retourne récupérer le reste de mes affaires. *Est-ce que je vais réussir à le peindre malgré ce tremblement ? Allez, June, reprends-toi !*

Sans lui jeter un seul regard, je dépose mon matériel sur la table basse. Une feuille de papier tombe, je m'abaisse pour la ramasser, mais Nathan est plus rapide et la récupère en vol. Un Nathan nu, recouvert d'un drap blanc par-dessus les hanches. *Dieu merci.*

Mon regard glisse le long de ses jambes tandis que je me relève. Je mords mes lèvres. Il tient le drap qui recouvre ses cuisses et son sexe. Quand je le contemple enfin, je vois son visage assombri par le désir.

— Ton modèle te plaît ? gronde-t-il d'une voix sourde.

Je déglutis sans pour autant détourner les yeux de son corps.

— Tu es... C'est parfait.

Si je dois le peindre, autant mettre toutes les chances de mon côté... *Tu peux le faire sans t'évanouir.* Comment dois-je le peindre ? Allongé, comme Rose ? Debout ?

— Tu as une préférence pour la pose ? me demande-t-il, soucieux de bien faire.

— Allongé s'il te plaît, le drap sur... tes hanches et le début de tes cuisses.

Il arbore un sourire en coin vraiment craquant avant de s'installer dans le canapé, une main derrière sa tête pour la soutenir et l'autre posée près de son sexe, par-dessus le drap. Il replie sa jambe contre le dossier et dépose l'autre nonchalamment sur les coussins. J'ai déjà dessiné des modèles nus, entièrement nus, mais j'ai rarement assisté à un spectacle aussi érotique – même avec un drap. *Peut-être est-ce parce que mon cœur n'a jamais battu aussi fort pour quelqu'un ?*

C'est une torture mentale, je souffre le martyre. Je prépare ma feuille pour esquisser un croquis, et, après une nouvelle inspiration, je commence le travail. Dans ces instants, je me transforme : mes iris deviennent les yeux d'une artiste minutieuse, je passe son corps au peigne fin pour croquer sa posture exacte.

Mes traits sont fins, structurés, parfaits... À l'image du modèle. Je suis si concentrée que je remarque à peine le regard fixe de Nathan qui m'observe le dessiner avec ardeur. La tâche n'est pas aisée avec son torse dont les abdominaux apparaissent à chaque respiration, son V parfait au niveau des hanches. *Et encore un peu plus bas...* Mes yeux rencontrent son sexe bandé contre son bas-ventre, toujours recouvert par le drap. Je m'empresse de retourner à mon croquis pour vérifier une dernière fois les proportions avant de passer à sa cuisse droite. Mes doigts libres triturent nerveusement la bague offerte par Nathan.

Les minutes défilent. Je ne sais pas combien de temps je passe sur ce dessin, mais ce dont je suis sûre, c'est que c'est le plus réussi de toute ma vie. Son réalisme est bouleversant, les détails sont fouillés et la beauté saisissante de Nathan ressort à travers mes coups de crayon. Je fronce les sourcils, continue de croquer, de reprendre certaines parties, puis éloigne mon œuvre pour l'admirer. Je ne peux pas peindre ça. *La peinture gâcherait toute la beauté de ses traits.*

Je repose mon crayon en me mordant la lèvre. Nathan me contemple d'un regard interrogateur :

— Tout va bien ?

Je fais la moue et penche la tête sur le côté.

— Il est vraiment très réussi. Je ne vais pas utiliser de peinture. Ça ruinerait tout.

Il se lève, agrippant le linge autour de sa taille et se rapproche de moi alors que je suis assise à même le sol. Je lui tends le croquis.

— Waouh... murmure-t-il doucement. Tu es vraiment douée, June.

— Merci, soufflé-je, gênée.

Il repose le dessin et me lance un regard sombre. Le genre de regard qu'un homme vous adresse lorsqu'il a une idée derrière la tête.

— Ne me regarde pas comme ça, lancé-je en détournant les yeux.

— J'en ai autant envie que toi, June. Tu le sais.

Je rougis lorsque je repense à son sexe tendu. Mes orteils se replient d'excitation.

— Tu as dit que tu voulais me peindre ? questionne-t-il un sourcil arqué.

J'acquiesce et je sens mon assurance se fissurer petit à petit, intimidée par ce que je lui ai révélé de moi. Mon âme d'artiste, même Will n'a pas eu l'occasion de la découvrir... du moins, pas intimement.

— Approche, m'ordonne-t-il tout bas en me tendant la main alors qu'il se dirige à nouveau vers le canapé.

Debout, face à lui, on pourrait croire que je le domine et pourtant, j'ai plutôt l'impression que c'est son aura qui envahit cette chambre.

— Peins-moi, poursuit-il en me tendant un tube rouge.

Oui. J'ai dit que je voulais le peindre. Je n'ai pas dit *où j'allais le peindre.* Un sourire vient illuminer mon visage alors que je récupère le contenant. Je pousse Nathan d'un mouvement contre le dossier du canapé et m'assois sur lui. Son sexe est toujours aussi tendu, et c'est une souffrance d'éviter de le toucher.

J'ouvre plusieurs tubes de peinture que je dépose dans un plateau afin d'éviter toute catastrophe. Pinceaux en main, je m'attelle à la dure tâche de rester concentrée pendant que je le peins. Il gigote quelques instants avant de s'habituer à la fraîcheur de la matière et à la douceur de mes pinceaux. C'est la célèbre *Nuit étoilée* de Van Gogh qui m'inspire ce soir. Je m'amuse à recouvrir son torse, prends plaisir à le voir se contracter chaque fois que je passe sur une zone plus sensible, apprécie son regard sur mon visage attentif. Je fais en sorte de ne jamais faire aller mes yeux sur son sexe pour m'épargner toute tentation.

Ses mains ne me touchent pas une seule fois et elles sont si serrées que je me demande si son sang circule toujours.

— Tu peux te détendre, tu sais ? tenté-je avec douceur.

Il secoue la tête, ses pupilles fixées sur mes mains qui le peignent.

— Si je les desserre, on est foutus, murmure-t-il crispé.

Je cesse immédiatement de le peindre, tremblante.

— Finis ton œuvre, insiste-t-il en fermant les yeux.

J'ai l'impression de le torturer. Une torture à la fois douce et insoutenable. À nouveau, les minutes défilent. Je m'attarde plus que nécessaire sur certaines zones plus érogènes que d'autres pendant que le regard de Nathan devient de plus en plus sombre. Mon bassin se rapproche dangereusement de son sexe, à l'étroit sous le drap.

Mes jambes se resserrent en étau autour de ses cuisses et je m'avance très légèrement. Ce petit mouvement suffit à lui soutirer un gémissement et, entendre ce son est la chose la plus excitante au monde.

Brutalement, il retire les pinceaux de mes mains, passe les siennes sous mes fesses et m'allonge sur le sol avant de dégrafer mon corset. Je l'interroge du regard, mais il me sourit avant de récupérer un tube de peinture vert clair. *La Nuit étoilée* qui recouvre son torse est toujours intacte, splendide. Il s'affaire à ouvrir le contenant et dépose de la matière sur le bout d'un pinceau inutilisé. Mon souffle est erratique, son regard me transperce, puis il abaisse le pinceau sur mon cou afin de tracer une ligne continue jusqu'à mon soutien-gorge, avant de continuer sur mon ventre. Je me cambre et lâche un soupir de plaisir. Il dessine sur mon corps, s'amuse et trace des traits qui n'ont aucun sens, mais qui décuplent mes sensations. Les yeux fermés, j'ondule sous lui pendant qu'il me peint à son tour. Nathan contourne mon nombril, trace une ligne droite vers mon aine en insistant plus fortement. Et soudain, il semble recouvrer ses esprits, resserre le drap autour de lui et s'éloigne, l'air désemparé.

— J'ai tellement envie de toi que c'en est douloureux, crache-t-il amèrement.

— Je n'aurais jamais dû te proposer ça...

Sa respiration est saccadée, la mienne aussi. Je reste à bonne distance de son corps. Si je me rapproche... c'est terminé.

— J'ai besoin de me calmer, marmonne-t-il plus pour lui-même que pour moi. Je vais prendre une douche.

Je hoche la tête, mais il est déjà parti. Lorsque j'entends l'eau de la douche s'écouler longuement, je pousse un cri de frustration.

— Merde... Merde ! vociféré-je la tête entre les mains, les doigts tremblants.

Assise, j'attends qu'il termine pour... faire quoi ? Se regarder dans le blanc des yeux, s'avouer qu'on a envie l'un de l'autre sans pouvoir assouvir notre désir ? Un gémissement étouffé attire pourtant mon attention. Est-ce qu'il est en train de...? Un second son retentit, confirmant ma pensée et augmentant intensément ma chaleur corporelle.

Toute rationalité s'échappe de mon esprit lorsque je retire ma jupe, mon corset, mes sous-vêtements et mes talons pour le rejoindre. Est-ce que j'empire la situation ? Probablement. Est-ce qu'on va briser ce contrat ? Non.

J'ouvre la porte de la salle de bains et surprends Nathan en plein plaisir solitaire. Sa main va et vient rapidement sur son sexe, alors que son autre main est posée contre la paroi pour le maintenir sous le jet d'eau qui s'écoule sur son corps. La porte grince, suffisamment pour qu'il remarque ma présence. Sa main ne bouge plus pendant quelques secondes, puis il observe mon corps, se pince les lèvres et ferme les yeux en rejetant la tête en arrière. Puis son va-et-vient recommence.

Alors, je m'assois sur le rebord de la baignoire en pierre, face à lui, laissant mes mains se balader sur mon corps. J'effleure mes cuisses, mes hanches, mon cou et, enfin, mes seins. Je pince mes tétons de la façon la plus suggestive qui soit, avant de glisser ma main jusqu'à mon sexe trempé. Ses iris bleu océan ne me quittent pas.

— Putain de merde, geint-il en accélérant encore la cadence.

Je m'accorde à son rythme et commence par dessiner de petits cercles sur mon clitoris avant d'insérer un doigt, puis deux entre mes lèvres.

— Est-ce que tu imagines mes doigts à la place des tiens ? demande-t-il doucement, sa voix saccadée par des halètements de plaisir.

— Oui.

Il n'y a plus de gêne entre nous. Je gémis sous l'action rapide de mes doigts. Par plaisir, mais aussi pour lui.

— Et toi, le nargué-je la voix tremblante. Tu imagines ma bouche à la place de tes mains ?

Ma phrase le fait sourire, alors qu'il ferme les yeux, la tête penchée en avant. Je sais qu'il va jouir d'une seconde à l'autre. Cette image de lui, à la fois vulnérable et puissant, sera vraiment à savourer. Son plaisir transparaît sur les traits de son visage, sa main se resserre autour de son membre tendu et, enfin, il jouit. Le râle de sa jouissance déclenche la mienne. Je gémis et ne retiens pas mes cris de plaisir. Hors de question de le priver de ma voix remplie de désir pour lui. La tête renversée en arrière, les yeux mi-clos, je répète son prénom un nombre incalculable de fois. Les paupières toujours closes, le souffle court, je n'entends plus l'eau couler et sens Nathan prendre ma main. Subitement, tout devient humide. Mes doigts luisants sont dans sa bouche, sa langue les lèche comme une putain de glace, les yeux à moitié fermés comme pour savourer le parfum.

Je crois que je pourrais à nouveau jouir devant cette image.

Je retire mes doigts de sa bouche et l'attire à moi pour l'embrasser fougueusement. Nos langues se rencontrent immédiatement, nos dents s'entrechoquent. C'est fort, rapide, ce n'est qu'un mélange de désir et de frustration de ne pas pouvoir se toucher réellement. Je l'embrasse comme si j'allais mourir dans la nuit et que c'était la dernière fois.

— Tu vas finir par me tuer... chuchote-t-il avant de m'embrasser à nouveau, plus tendrement.

Une fois notre calme revenu, nous tâchons de nous rhabiller. D'un geste, il soulève la couette et m'invite du regard à me faufiler dessous. Je ne me fais pas prier et entre immédiatement dans le lit.

Nathan hésite pendant une demi-seconde, mais, voyant que je l'attends, il sourit et se couche avec moi. Je soupire de bien-être et me cale contre lui avant de fermer les yeux. Il passe son bras autour de ma taille pour me serrer davantage contre lui.

Seule la lumière de la lune nous éclaire à travers les rideaux et je prends le temps de le détailler. Il semble sur le point de dormir et ne paraît pas être perturbé par ce qu'il vient de se prendre *à nouveau* entre nous.

Dans quarante-huit heures, tout est fini...

Des larmes de tristesse me surprennent au coin des yeux, alors je préfère me détourner. Il faut que je prenne mes distances, ce n'était pas censé se dérouler ainsi.

Un grognement sourd me fige.

— Reste près de moi, murmure-t-il dans un demi-sommeil.

Je le fixe, les yeux écarquillés.

Ma tête se pose sur sa poitrine, ses mains entourent mon ventre comme pour m'empêcher de lui échapper. Son souffle est calme et lent, et je finis par abandonner, me laissant emporter par la douceur de ses doigts qui parcourent mes hanches.

Et mon cœur fait encore des loopings dans ma poitrine.

CHAPITRE 21

Cela fait une heure que je suis réveillée. Une heure que je suis assise sur le lit, le corps tourné vers lui, à l'observer en tentant de comprendre ce que je ressens. Pourquoi mon cœur bat-il si vite en sa présence ? Comment m'en sortir indemne ? Je n'ai pas changé d'avis. Cette parenthèse à Saint-Barth ne restera qu'une parenthèse. *Il le faut.*

Pourtant, me voilà en train de le contempler sous toutes les coutures. Endormi, son visage est paisible tandis que je dois avoir l'air d'une psychopathe dégénérée à le regarder ainsi. Sa bouche boudeuse, entrouverte comme pour me narguer, son nez droit, rougi par le soleil, ses paupières closes, me cachant la vue imprenable sur l'océan de ses pupilles. Il est ce qu'on pourrait appeler l'homme parfait. Il sait me déstabiliser – et ce n'est pas chose aisée –, il est patient, compréhensif, provocateur, séducteur, sacrément sexy, et je suis complètement en train de tomber amoureuse de lui. *Bon sang, comment a-t-il fait pour me faire ressentir ça en seulement quinze petits jours ?*

Je soupire et me rallonge à ses côtés sous la couette. Il faut que je me remette les idées en place. Nathan bouge un peu, roulant dans les draps d'un air apaisé.

— Arrête de réfléchir, June, marmonne-t-il d'une voix enrouée.

Je me tourne, dos à lui, pour éviter qu'il ne me distraie pendant ma réflexion, mais il vient se coller à moi et en profite pour embrasser mon cou. Je souffle lentement, ravie de cette attention, mais terrifiée par mon cœur qui bat encore trop fort.

Finalement, après de longues minutes à flâner dans le lit, je me lève pour demander un service de nettoyage... Il se pourrait que j'aie un peu sali le salon, notamment le tapis en jute tressé.

Quelqu'un frappe à la porte et me fait sursauter. Je me dépêche de faire disparaître les dernières traces de nos dégâts – comme je peux. Cette fois convenablement réveillé, Nathan accueille l'équipe de nettoyage qui s'occupera de tout pendant que nous allons petit-déjeuner. J'ai tenté de laver le sol – *heureusement que ce n'est pas de la moquette, mon dieu* –, puis j'ai finalement abandonné lorsque Nathan a décrété que je ne faisais qu'aggraver la situation.

À l'attention des courageux qui viennent réparer nos dégâts, Nathan lance :

— Pardonnez ma *femme* pour ce bazar. Ses pulsions artistiques ne sont pas toujours faciles à gérer.

Mes joues s'empourprent en un rien de temps et il ne m'en faut pas plus pour foncer sur lui afin de lui asséner un coup sur l'épaule. Les mains sur les hanches, je m'approche en saluant nos visiteurs visiblement étonnés par la situation.

Le personnel échange des regards à la fois outrés et interloqués. Le rouge au visage, je leur montre l'état du tapis, du canapé et du sol que j'ai déjà un peu nettoyé... Pendant dix longues minutes, je m'excuse des dégâts avant de laisser un gros billet sur le comptoir et de filer prendre le petit déjeuner.

À l'instant où nous mettons les pieds dehors, j'éclate d'un rire nerveux à l'attention de Nathan :

— Tu es irrécupérable.

Il me pousse en ricanant et nous nous chamaillons comme deux enfants pendant tout le chemin jusqu'à notre repas.

Étonnamment, je ne ressens pas le besoin de parler de notre rapprochement de la veille, de la nuit qu'il a passée à mes côtés, ni même de ce cœur qui palpite dans ma poitrine. Peut-être est-ce parce que je fuis face au problème ? Ou peut-être est-ce parce que, bientôt, je serai à Paris et que cela signera la fin de cette parenthèse.

À la place, nous parlons de ce que nous avons préféré pendant notre séjour, des plats que nous avons dégustés, de mon indigestion. On rit, il me prend la main, je caresse la sienne, on se sourit, on se lance des piques... Je crois que je pourrais m'habituer à cela. Non, en fait je m'y suis déjà habituée.

— Il faudrait qu'on prépare un peu nos valises avant de commencer la journée... Surtout si tu as prévu une nouvelle activité ultra-épuisante et dangereuse, rajouté-je ironiquement.

— On a encore toute la journée de demain, contre-t-il en avalant une part de cake.

J'ouvre la bouche pour rétorquer, mais il me coupe aussitôt :

— June, commence-t-il, la voix rauque. Ne pense pas à notre retour. C'est officiellement notre dernière journée au paradis. Profite et ne pense à rien d'autre.

Je déglutis et hoche la tête. Encore une fois, il a raison : j'admire sa spontanéité, cette manière qu'il a d'agir selon son envie et non selon le regard des autres. Pas comme moi.

Quelques heures plus tard, alors que nous nous préparons pour cette presque dernière journée, je profite du fait qu'il est sous la douche pour prendre des nouvelles d'Alice. Le téléphone à l'oreille, je me laisse tomber sur un transat, un sourire naissant en entendant la voix d'Alice de l'autre côté.

— Enfin ! J'allais lancer une alerte enlèvement, râle-t-elle. Alors, raconte-moi tout.

— Tout quoi ?

— Ne me fais pas ce coup-là, June. Tu sais très bien de quoi je parle. Tu es sur une île paradisiaque avec un spécimen masculin qui frôle la perfection et j'exige des détails !

— Alice, c'est juste… une parenthèse. Mais il s'est passé des trucs, admets-je.

Un cri strident me fait éloigner le téléphone de mon oreille.

— Alice ! m'exclamé-je en retenant un rire.

— Désolée, désolée, mais tu me donnes trop peu d'infos ! Développe !

Je ris, les joues en feu. Je repense à Nathan, à ses doigts effleurant ma peau, à son sourire en coin, à la manière dont il me fait rire et… merde.

— Il est… bien, je consens à contrecœur.

— Bien ?!

— Très bien.

Je lui raconte en vitesse quelques détails de nos rapprochements, mais je garde le meilleur pour moi, comme un secret.

— June, si tu pouvais entendre ta voix en ce moment… Tu fonds de plaisir et d'émerveillement.

Je m'assois en tailleur, décontenancée.

— C'est une parenthèse, répété-je fermement.

— Une parenthèse pendant laquelle tu as ri, vibré et perdu pied. Je ne veux pas te faire flipper, ma chérie, mais tu ne serais pas en train de tomber amoureuse, par hasard ?

Je reste muette, le cœur battant un peu trop fort.

— Peu importe, ça se termine bientôt. Dès que je rentre… On s'est mis d'accord là-dessus.

— Ah oui ? Et ça te fait quoi, d'y penser ? Tu te sens frustrée ? En colère ?

Je ne réponds pas tout de suite. Une boule se forme dans mon ventre.

— Alice…

— Voilà. Et tu sais ce que ça veut dire ?

— Que je suis dans la merde ?

— Tu crois que ce sera aussi facile de tirer un trait sur tout ça ?

Un frisson me parcourt. J'aimerais pouvoir répondre par oui avec assurance. Mais aucun mot ne sort.

Dans la voiture, la tête posée contre le rebord de la fenêtre, je laisse mon esprit s'évader pendant que Nathan nous conduit, je cite : *« voler un bateau »*. Un sourire a immédiatement éclairé mon visage à cette annonce. *Je me sens bien. Tellement bien, bon sang.*

Cette situation me paraît presque irréelle. Presque trop belle pour être vraie. Je soupire et relève la tête pour jeter un regard sur l'homme qui conduit. Comment est-ce possible ? Comment arrive-t-il à me déchiffrer de cette manière ? À me comprendre si rapidement et si facilement ? Bordel, ce mec est un extraterrestre. Jamais je n'ai rencontré un homme si bienveillant. Pourtant, dans les tréfonds de mon esprit, une petite voix ne peut s'empêcher de me rappeler que personne n'est parfait, et que tout le monde a son jardin secret. *Moi la première.*

Alors, quel pourrait être ton secret, Nathan ?

Un rire joyeux s'échappe de mes lèvres quand je remarque Nathan batailler avec ses mèches rebelles. Tout en gardant un œil sur la route, il me pince la cuisse en guise de remontrance. Je lui tire la langue, sa main se resserre encore plus. Alors, je ne ris plus du tout.

Le trajet n'est pas très long, mais suffisant pour me laisser réfléchir à la suite des événements. Le laisser partir ou... m'y agripper comme une moule à son rocher ? Il est clair que ma manière de voir les choses a été complètement chamboulée par cet homme. Mais devrais-je envisager de le laisser entrer dans ma vie réellement ? Dans mon cerveau, les warnings clignotent à force de me triturer les méninges.

Nathan se gare sur le parking de la plage de Colombier où se trouve le restaurant de Charly et Lisa. Nous descendons tranquillement de voiture, encore engourdis de notre nuit agitée. Je m'efforce de paraître naturelle pendant qu'il me devance et je le préviens au dernier moment que je dois passer un coup de fil à mon père. *C'est absolument faux.*

À la place, je me dépêche de sortir du coffre les dessins de Nathan et les peintures de Saint-Barth que j'avais discrètement cachés pendant qu'il se préparait. J'ai évidemment gardé précieusement pour moi, tout au fond de ma valise, mon croquis de lui... à moitié nu.

J'aimerais offrir les autres aquarelles à Charly et Lisa qui semblent avoir souffert de l'absence de mon compagnon de voyage ces dernières années. Je veux qu'ils aient quelque chose de lui pour se souvenir des bons moments passés ensemble. Et puis, j'avoue qu'il n'aurait pas été raisonnable de tous les garder, je prends l'avion demain...

J'arrive près des marches qui mènent jusqu'à la terrasse.

— Psst !

J'attire l'attention de Lisa qui regarde le paysage en écoutant la conversation de Nathan et Charly. Elle tourne la tête et manque d'éclater de rire quand elle me découvre, cachée derrière un palmier. Je lui fais signe de s'approcher.

— June ? Mais enfin ! Qu'est-ce que tu fais ? ricane-t-elle en me rejoignant.

— J'ai... Euh... J'ai pas mal peint ces derniers jours et je ne peux pas transporter mes peintures en avion, alors je voulais vous les offrir.

Elle jette un œil aux portraits, puis aux paysages et me lance un sourire ravi. Sa frêle main ridée se tend vers mon visage pour caresser ma joue.

— Tu as beaucoup de talent ma petite...

— Je me suis dit qu'avoir un portrait de lui pourrait atténuer la douleur de le voir repartir sur le continent... expliqué-je en bégayant.

— Merci, ma petite chérie, murmure-t-elle dans mon oreille en étouffant un sanglot.

Je lui rends son étreinte et ne peux empêcher une discrète larme de tomber au creux de son épaule. Nous restons ainsi quelques secondes avant d'entendre Charly appeler sa femme. Nous nous séparons. Lisa essuie ses yeux humides et tente de ne pas paraître émue lorsque Nathan et son mari apparaissent en haut des marches.

— Tout va bien ? demandent-ils en même temps.

Lisa et moi éclatons d'un rire complice. Elle me pousse en avant pour que je rejoigne Nathan et prévient qu'elle va ranger une commande oubliée à l'arrière du restaurant. Charly fronce les sourcils et suit sa femme sans mot dire. *Au cas où mes dessins seraient trop lourds !*

Je traîne Nathan sur la terrasse pour éviter qu'il fouine de ses yeux curieux et en profite pour me presser contre lui. La tête posée sur son torse, je soupire d'aise et observe le soleil, presque à son zénith, se refléter sur la mer. Il me berce lentement, son menton posé sur ma tête. Je crois que je pourrais rester ainsi pendant des heures.

Le retour en France se rapproche dangereusement et je suis complètement déprimée à l'idée de quitter tout cela. Mais comme on dit : *toutes les bonnes choses ont une fin.*

L'accent chantant de Charly se fait entendre : il insiste pour un dernier déjeuner en leur compagnie. Il s'agit de ce genre de moment absolument parfait, où rien d'autre ne compte que les gens qui vous entourent, vous font rire et vous apprécient. Nathan se moque de moi parce que j'ai encore renversé un verre, Lisa gronde Charly car il ne cesse de roter et je ne peux m'empêcher de taquiner mon futur *ex-faux-époux* sur à peu près tout ce qu'il fait.

Je photographie tous ces moments dans ma tête. Je m'imprègne des sensations, de l'air marin qui souffle sur mon visage, du paysage somptueux, de ce sentiment heureux et paisible que je ressens sur cette île. Et quand je suis aux côtés de Nathan.

Le moment des adieux arrive bien trop vite à mon goût et je dois me contenir pour ne pas lâcher une larme. Charly m'arrache l'épaule pour me prendre dans ses bras :

— À bientôt ma p'tite gazelle ! J'espère te revoir à Saint-Barth un d'ces jours !

— Avec plaisir ! dis-je en lui souriant en retour.

Alors que Nathan et Charly se font des accolades viriles, j'ouvre mes bras pour accueillir Lisa. D'ici quelques heures, chacun reprendra sa route. Lui avec Gaby, et moi, avec moi-même. Et c'est très bien comme ça. Alors je laisse échapper :

— Je l'apprécie énormément...

— Lui aussi, crois-moi. Et merci pour tes œuvres. Tu ne pouvais pas nous faire plus plaisir !

Nous partons finalement après un énième câlin et un salut de la main. Nathan croise ses doigts dans les miens et nous nous dirigeons tranquillement vers la voiture.

Il est temps de « voler ce bateau ».

Une fois que nous sommes arrivés à l'association, Malia nous accueille avec une joie immense. Ses bras m'encerclent presque immédiatement et laissent de côté un Nathan boudeur. *Pauvre petit, il est triste de se faire voler la vedette !*

— À mon tour, attaque-t-il en s'incrustant dans notre embrassade.

Deux têtes font leur apparition au fond : Matias et Jules foncent sur nous avec un air mutin.

— Alors, petite, June ! commence Matias avec un grand sourire. Comment ça va, depuis la dernière fois ? Toujours pas morte de peur pendant les activités concoctées par notre cher Nathan ?

Jules sourit discrètement, soucieux de ne pas me mettre mal à l'aise. Malia se rapproche de Matias, lui met une pichenette sur le front en lui ordonnant d'aller préparer le bateau et il s'exécute sans broncher. *Ce sont de grands enfants, finalement...*

Nathan et Jules le suivent de près pour pouvoir l'aider. Malia me prend la main pour me conduire à l'intérieur de l'entrepôt, dans leur bureau.

— Dis-moi, jolie June, as-tu suivi mon conseil ?

Je souris, mais l'air peu convaincant. Ai-je suivi son conseil ? Peut-être ? Je n'en sais rien, bon sang, cette femme est si mystérieuse ! Elle s'approche de moi et tapote mon crâne de sa main ridée.

— Tu sais ma petite, chaque être doit faire face à ses propres combats. Mais parfois, il est plus intéressant d'y faire face à deux.

— C'est...

— On va pouvoir y aller.

Je sursaute quand j'entends la voix de Nathan juste derrière moi. *Peut-être... qu'on devrait se réparer l'un l'autre ?*

Malia se place à mes côtés et presse mon épaule.

— Réfléchis-y ma jolie. En attendant, une belle journée s'offre à vous.

Nathan m'observe du coin de l'œil, tandis que Matias nous hèle au loin, Jules à ses côtés, pour que nous les rejoignions.

— Votre navire est prêt, très chère, m'annonce Nathan en me faisant une révérence.

Je ris et le remercie d'un air guindé. En passant par de petits chemins rocailleux, les garçons nous conduisent jusqu'à un ponton où sont accrochés plusieurs voiliers et bateaux à moteur. Devant nous se dresse finalement une sorte de mini-yacht avec deux voiles en plus.

— Bienvenue sur le *Fifty-Fifty* ! s'exclame Matias d'une voix de présentateur. Ce bâtiment porte bien son nom, puisqu'il s'agit d'un bateau fifty ! Mi-bateau à moteur, mi-voilier, il est parfait pour les petits aventuriers qui ne souhaitent pas trop se mouiller !

Nathan lui lance sa tong sur la tête, mais Matias est vif et l'évite sans grande difficulté. Il reprend son rôle et nous invite d'un mouvement de la main à monter sur le bateau.

— Plus sérieusement, c'est le genre de bateau parfait pour assurer ses arrières en cas de problèmes. Aujourd'hui, il n'y a pas assez de vent en mer pour utiliser les voiles, alors ça sera moteur !

Mon compagnon de voyage soupire, sûrement déçu de ne pas pouvoir me montrer ses talents de navigateur. Matias s'approche du gouvernail et explique deux ou trois choses à mon commandant de bord. Personne n'a le droit de naviguer sans permis bateau, et j'imagine que les nombreuses années passées à vadrouiller dans les îles ont convaincu Nathan de le passer.

Matias termine sa présentation et nous aide, avec Jules, à charger la nourriture pour la journée en plus de nos affaires de rechange. Quelques minutes plus tard, je fais de grands gestes à nos amis, quand je suis soudainement propulsée vers l'arrière. Je tombe sur le siège à côté du gouvernail et croise les yeux moqueurs de Nathan. *Ce con l'a fait exprès.* Je me relève, tente de reprendre un peu de contenance et m'approche de lui, doucereuse. Un éclat dans son regard m'indique qu'il a clairement compris mon intention et, pourtant, il ne bouge pas d'un poil, maintient le gouvernail et me regarde en même temps. Ni une ni deux, je pose mes deux mains sur le volant énorme, et son rire résonne dans mes oreilles. Il vient se placer derrière moi pour me montrer comment accélérer ou ralentir.

L'ancienne June aurait trouvé ce moment ultra-niais et se serait moquée ouvertement de Nathan qui se comporte tel le personnage d'un film à l'eau de rose. Pourtant, la June actuelle – *celle complètement accro à l'homme placé derrière elle* – ne bronche même pas lorsqu'il l'embrasse dans le cou jusqu'à la faire frissonner. Elle sourit même de bonheur. *Insolente qu'elle est.*

À quatorze heures trente, nous approchons le sud de la belle île de Saint-Martin. Celle-ci a la particularité d'être séparée en deux : le nord est français et le sud, néerlandais. Nathan dirige le bateau vers le sud-est, en direction de la baie Lucas et de la plage Coconut Grove. Il nous a fallu seulement quarante-cinq minutes pour atteindre la baie, et dix autres pour trouver un coin discret, jeter l'ancre et couper les moteurs.

J'en profite pour observer davantage les environs. C'est une vraie carte postale : des palmiers gigantesques nous narguent depuis le rivage, une eau translucide ne demande qu'à être explorée, des animaux marins se promènent sans être dérangés. Le paradis sur terre. Je pourrais facilement tout abandonner pour vivre sur ces îles.

Je me faufile entre Nathan et le gouvernail pour atteindre la petite porte qui mène dans l'espace sous l'avant du bateau.

— Où vas-tu ?

— Visitez notre yacht, enfin !

Il lève les yeux au ciel et fait la moue.

— Je vais me changer, réponds-je finalement.

Un petit miroir trône dans les toilettes et je fais face à mon regard pétillant dans la glace. J'entreprends d'enfiler mon maillot de bain orange. Celui qui, selon Alice, me fait « un cul d'enfer ».

Je récupère ma serviette de bain pour filer sous le soleil brûlant de Saint-Martin. *Et peut-être sous le regard de Nathan.*

Je me glisse juste sous son nez avant de passer sur le côté du bateau pour plonger par l'avant. Un petit coup d'œil vers lui m'indique qu'il m'observe sagement. Sans plus tarder, j'exécute un saut parfaitement raté, mais qui a le mérite de faire beaucoup de bruit et, surtout, de le faire rire lorsque je remonte à la surface. À peine ai-je eu le temps de nager trois mètres que Nathan plonge dans l'eau juste devant moi. Je sursaute et je crie alors que ses mains agrippent mes cuisses pour me tirer vers le bas.

Il m'enserre dans ses bras et nous fait nager sous l'eau en tentant de me voler un baiser ou deux. *Non.* Il faut arrêter de reproduire tous ces foutus clichés romantiques à souhait ! Merde, sans déconner, comment ça va se passer à Paris ? On va s'embrasser en haut de la tour Eiffel ?

Je me fige dans l'eau et Nathan fronce les sourcils. *Qu'est-ce que je viens de penser là ?*

Il me relâche et je nage pour remplir mes poumons d'air et tenter de calmer la crise de panique qui guette.

— Tout va bien ? me lance-t-il pendant que je nage lentement autour du bateau.

Ne serais-je pas en train de le fuir, par hasard ? Si, complètement.

Mais j'avais oublié à quel point Nathan était sportif et il me rattrape en quelques brasses avant de m'immobiliser face à lui.

— Parle-moi, June.

Je fuis ses yeux de la couleur de l'eau et contemple au loin la petite langue de sable au milieu de la mer.

— June. S'il te plait, m'implore-t-il du regard. Je ne peux pas deviner tes pensées...

Je dois lui parler, réussir à communiquer. Mais bon sang, c'est tellement embarrassant d'avouer que je viens de penser qu'on allait continuer de se voir à Paris. Moi qui ai tant insisté pour que tout se termine une fois la lune de miel écoulée.

— Explique-moi, je t'en prie...

J'ai presque envie de pleurer en entendant sa voix suppliante. Je m'agrippe à la première marche du bateau et me hisse dessus tout en évitant son regard. Il se place entre mes jambes, toujours immergées dans l'eau.

— J'ai pensé à quelque chose, et je n'aurais pas dû. Ça va à l'encontre de ce qu'on avait prévu de base, et c'est terrifiant.

Il me faut un courage incroyable pour oser prononcer la phrase suivante :

— Je n'ai pas envie d'arrêter de te voir.

Voilà. C'est dit. Je n'ai pas envie d'arrêter de le voir une fois que nous serons rentrés. Parce qu'il m'a donné l'oxygène qui m'a permis de respirer à nouveau.

Ses poignets m'attirent dans l'eau, ils agrippent mes hanches et me collent contre lui, torse contre torse. Il m'embrasse alors : je suis sa drogue et il avait désespérément besoin de sa dose. Je réponds à son baiser comme si, moi aussi, j'avais besoin de ma dose. Et c'est le cas. Nathan est irrémédiablement devenu une addiction et je ne sais pas comment je vais pouvoir m'en passer. Je me détache de lui, prends son visage en coupe et plonge mon regard dans le sien : ses cheveux mouillés tombent nonchalamment sur son front et des gouttes d'eau sillonnent les traits parfaits de son visage.

— Dis-moi que tout ça est bien réel... chuchoté-je en le fixant intensément.

Il frotte son nez contre le mien et murmure :

— Mon rôle d'accompagnateur n'a rien à voir avec notre relation. Ce qu'il se passe entre nous, c'est...

Il cherche un instant ses mots avant d'ajouter :

— Fort. Peut-être trop... Je n'en sais rien. Mais c'est réel, June.

Un léger soupir de soulagement quitte ma bouche. Il m'a appris que la communication dans une relation est plus que primordiale. Elle est le pilier de tout. Cela ne tient qu'à moi, ma fierté, ma conscience et ma peur, de me livrer ou non à quelqu'un qui m'est cher. Deux semaines passées à côté de cet inconnu m'ont permis d'ouvrir les yeux sur tellement, tellement de choses. À commencer par le déni duquel je me suis extirpée. Ma relation avec Will a été un terrible échec. Avec lui, je me perdais. Je perdais qui j'étais.

J'ai grandi, muri, appris... Seule, avec Alice, avec Albert... avec Nathan. Je me suis sortie *toute seule* de cette dépression qui m'a terrassée, je me suis relevée toute seule de cette trahison. Oui, j'ai été aidée et soutenue, mais *c'est moi* qui ai eu la force de remonter la pente. Comme j'ai eu la force d'oublier Will et ses magouilles, Will et la violence, Will qui me pensait incapable de réussir, mais aussi son comportement rabaissant, son ego surdimensionné, sa personnalité malsaine... Will, tout simplement.

Nathan ne m'a pas sauvée tel un prince charmant, mais oui, il m'a aidée à voir la vie d'une autre façon. Alice m'a toujours répété qu'il fallait considérer les hommes comme un bonus dans la vie. Que ce n'était pas eux qui nous construisent, nous élèvent, ou nous font devenir une femme accomplie. J'ai toujours été d'accord avec elle, mais je le suis encore plus maintenant que je le vis.

Nathan est mon bonus à moi.

Allongée à l'avant du bateau, je soupire de bien-être. Nathan s'est endormi à mes côtés, en plein cagnard, alors je prends le temps de lui mouiller la tête régulièrement pour éviter l'insolation. *Oui, je suis aux petits soins.* Pour ma part, je suis incapable de m'endormir après la prise de conscience qui s'est imposée à moi tout à l'heure. Je n'arrive même pas à imaginer la sensation que cela me fera de le laisser partir. Même si on arrivait à continuer de se voir à Paris... Est-ce que ça pourrait marcher ? Ici, ce n'est pas le même contexte, nous sommes en vacances... Et je l'ai sélectionné sur une application, *rappelons-le.*

Nathan se réveille mollement et ouvre la bouche pour me mordre l'épaule. Je crie et ris en le repoussant. *Cannibale !* Il finit par m'embrasser dans le cou. Un souffle discret de plaisir s'échappe de mes lèvres, je passe mes mains dans ses cheveux humides et il pose sa tête sur ma poitrine.

Un coup d'œil à mon téléphone m'indique qu'il est un peu plus de seize heures trente et nous décidons de nous promener encore un peu en bateau avant de rentrer. Le soleil brille toujours autant dans le ciel lorsque Nathan lève l'ancre, puis démarre le moteur. Nous prenons le temps de flâner tranquillement le long des côtes de Saint-Martin avant de reprendre la route en direction de Saint-Barthélemy. La mer est d'un calme olympien. Je me cale au niveau de la proue pour observer au mieux les animaux marins.

— June ! Regarde ! crie Nathan en pointant quelque chose au loin.

Ma vision s'ajuste et je distingue une énorme bosse au-dessus de l'eau. *Une baleine !* J'écarquille les yeux d'émerveillement. Je pense que cette image de lui, paresseusement appuyé sur le gouvernail et riant aux éclats en observant ma tentative de me rapprocher de cette gigantesque baleine, restera à jamais gravée dans ma mémoire. Je me redresse sur les genoux et m'appuie sur la barrière de sécurité pour ne pas perdre l'équilibre au gré des vagues.

— Elle est magnifique ! m'exclamé-je en la regardant.

Nous la contournons à plusieurs dizaines de mètres pour ne pas la déranger jusqu'à ce que Nathan ralentisse. Je me retourne, surprise, et observe mon commandant de bord froncer les sourcils.

La baleine finit par disparaître dans l'océan et emporte avec elle la magie du moment. Je détourne les yeux et admire une île, au loin, face à nous. Elle n'est pas très grande, mais la plage et l'eau turquoise qui l'entourent titillent mon esprit d'aventurière. J'entends Nathan descendre dans la soute du bateau ; il y reste quelques minutes avant de remonter, l'air paniqué.

— June ?

Je relève le menton pour lui montrer que je l'écoute.

— Le moteur ne s'allume plus et il n'y a pas assez de vent pour utiliser les voiles, m'annonce-t-il de but en blanc.

Pardon ?

— On rentrera demain... Selon Jules, ils annoncent assez de vent pour pouvoir utiliser les voiles. Mais ce soir, c'est mort.

Il n'y a plus aucun bateau à cette heure-ci, le soleil décline franchement à l'horizon et il me faut un instant pour comprendre que ce soir, c'est dodo à la belle étoile au milieu de la mer. Mais pour une fois, je ne panique pas – comme à mon habitude –, et je m'en réjouis presque. Moi qui voulais explorer cette île, c'est l'occasion parfaite !

— Tu penses qu'on peut accoster sur cette île ? lui demandé-je en la pointant du doigt.

Nathan marque une longue pause.

— C'est la réserve naturelle de Saint-Barth. Celle...

— De l'association et des parents d'Élodie, terminé-je à sa place.

— Matias m'a dit qu'on pouvait s'y rendre, enchaîne-t-il rapidement.

— Si tu ne veux pas, je...

— Non. C'est bon, je peux y aller, tout va bien. Je t'assure.

Il allume le petit moteur de secours qu'il a pris le temps d'installer. Apparemment, impossible de rentrer avec ce moteur qui n'a ni la puissance ni le réservoir pour parcourir la distance nécessaire entre ici et Saint-Barth.

— J'ai hâte de te voir allumer un feu avec deux cailloux, se moque Nathan.

— Et moi, j'ai hâte de te faire bouffer du sable entre deux tranches de jambon.

Nous mettons une bonne vingtaine de minutes à atteindre la rive et à mouiller l'ancre près de la plage. De là, nous pouvons rejoindre la terre ferme en portant nos affaires pour ne pas les mouiller. Si nous étions dans Koh-Lanta, il est certain que nous ne ferions pas long feu. Aucun bateau ne stationne autour du nôtre. Nous avons donc la plage, voire l'île, pour nous tout seuls.

À peine arrivée sur le sable, je m'échoue comme une baleine. Allongée sur le dos, je me redresse sur les coudes pour observer le coucher de soleil face à nous. Il y a des moments dans votre vie, où vous vivez des choses si fortes, si belles, que votre cerveau se déconnecte. Vous contemplez une scène avec une immense satisfaction et vous avez l'impression de planer, comme si tout cela n'était pas réel. C'est ce qu'il m'arrive à présent. Je n'ai jamais ressenti autant de bonheur en si peu de temps. Il s'agit pourtant d'un simple coucher de soleil. Mais tout a l'air si irréel, comme hors du temps.

Mon estomac se met subitement à gargouiller. Nathan, qui s'est installé à mes côtés, me lance un regard amusé avant de se relever. Je le suis du regard, interrogative.

— Tu viens ? On va installer notre campement avant que la nuit tombe complètement.

Je hoche la tête et m'active. Serviettes de plage en main, je les étends pour créer une petite zone « hors sable » et éviter d'en mettre dans notre nourriture. Heureusement, Nathan a trouvé des serviettes supplémentaires pour nous couvrir ou nous sécher si l'envie nous prenait de nous baigner à une heure tardive. *Et je suis certaine que cela arrivera.*

— Je ne rigolais pas pour le feu.

— C'est-à-dire ? l'interrogé-je les sourcils froncés.

— Je n'ai pas de briquet.

Quoi ? Comment ça, il n'a pas de briquet ?

— Et moi, je ne rigolais pas pour le sable entre deux jambons.

Il pince ses lèvres pour retenir un rire et je soupire à nouveau.

— Très bien, marmonné-je. Je vais chercher de quoi allumer un feu, toi, asséné-je en le pointant d'un doigt accusateur, tu te charges de préparer notre campement de fortune.

Il a l'air surpris de ma soudaine prise de pouvoir, mais s'exécute dès l'instant où je pars chercher du bois aux abords de la forêt. Il va aussi falloir que je trouve du silex. *Sur une île volcanique... ça devrait aller !*

De retour sur la plage, les bras chargés de bois, les poches de mon short remplies de pierres de feu ou de cailloux quelconques — je n'ai pas su faire la différence —, je dépose mon butin à même le sol et m'affaire à préparer notre petit coin pour le feu.

Il me faut cinq bonnes minutes pour faire tenir ces foutus morceaux de bois en tipi pendant que Nathan s'occupe de sortir notre repas de la glacière. *Heureusement qu'on avait prévu de manger sur le bateau ce soir.*

Silex ou cailloux en main, je me transforme en homme de Néandertal et frotte mes deux pierres l'une contre l'autre dans l'espoir de voir apparaître une petite étincelle sur le tas de feuilles séchées que j'ai placées sous le bois. Chaque fois que je perds patience ou que je casse une pierre sous l'effort, j'en change pour en prendre une autre, dans l'espoir que celle-ci illumine notre soirée. Le ciel commence à s'assombrir de plus en plus et Nathan a fini de s'occuper de notre repas et de notre lit pour la nuit. Je crie de rage en jetant un caillou dans la mer après une énième tentative. Mon compagnon de voyage s'approche de moi, une moue moqueuse :

— T'as besoin de ça ? me demande-t-il en me tendant un briquet rouge.

Enfoiré !

— Je vais te tuer, déclaré-je le regard noir.

Il place son briquet au-dessus de mon tas de feuilles avant de l'allumer d'une flamme. *Retenez-moi, je vais l'étouffer.*

— Nathan, grogné-je d'une voix sourde.

— June, répond-il innocemment.

— Je vais te faire bouffer le sable.

Il s'empresse de déguerpir en direction de la mer, croyant certainement que cela va me freiner. Hors de question de ne pas me venger. Je fonce sur lui telle une prédatrice, lentement, mais férocement. Il nage en décrivant des cercles autour de lui de manière à me narguer encore un peu plus. Soudain, alors que mes pieds viennent à peine de rentrer dans l'eau, je me mets à courir dans sa direction. Surpris par ce revirement de situation, il nage en direction du large. Je suis presque sûre qu'il fait exprès de ne pas nager aussi vite que tout à l'heure, car je suis moi-même surprise de la rapidité avec laquelle je le rejoins.

J'ai encore pied lorsque je l'atteins en lui sautant dessus. J'atterris directement sur son dos et m'enroule autour de lui en faisant pencher nos corps vers l'eau. Il plonge avec moi, passe ses mains sous mes fesses et me colle contre lui en me ramenant face à son visage. Mes jambes l'enserrent automatiquement, je peste intérieurement : *Non ! June, ne te laisse pas amadouer !*

Il glisse sa main sur ma nuque et attire mon visage vers le sien. Ses lèvres caressent d'abord lentement les miennes, puis s'en emparent entièrement, les malmenant à son bon vouloir. *Pourquoi suis-je devenue aussi faible face à lui ?*

Je souffle mon plaisir entre ses lèvres humides et croise son regard océan. *Bordel.*

— June...

Il a l'air d'avoir envie de me dire quelque chose, pourtant, j'oublie tout lorsqu'il m'embrasse à nouveau et nous ramène vers le rivage. *Il m'a déconcentrée, je n'aurais pas ma vengeance...*

Mon ventre gargouille encore plus fort, alors nous décidons de grignoter un morceau pour calmer ma faim. Je termine de ranger nos affaires dans la glacière lorsqu'un paquet de cartes retient particulièrement mon attention ; une idée brillante me vient à l'esprit.

— Une partie, ça te tente ? proposé-je aussitôt.

Un sourire habille immédiatement ses lèvres. Il referme le couvercle de la glacière et se rassoit face à moi. On enchaîne les parties avec ce jeu de UNO des années quatre-vingt-dix jusqu'à ce que le ciel devienne noir et se remplisse d'étoiles. Parfois il gagne. Souvent, je le lamine.

Subitement, alors qu'il s'apprête à distribuer les cartes, Nathan me pointe le paquet du menton.

— Cette fois, on va ajouter une règle.

Je hausse un sourcil espiègle, mais hoche la tête. Il passe sa langue sur ses lèvres et coule un regard vers l'océan et la lune qui monte doucement dans le ciel.

— Le perdant a un gage. Il doit accorder ce qu'il veut à l'autre pendant... disons, dix minutes.

Je souris, un air de défi sur le visage, puis je tends ma main vers lui pour sceller notre accord. Nos paumes se rencontrent et ses doigts enserrent ma main. Que la partie commence...

CHAPITRE 22

NATHAN

Bordel. Cela doit faire des années que je n'ai pas joué à ce foutu jeu. En plus de ça, j'ai eu la stupidité de rajouter une règle qui peut s'avérer *vraiment* dangereuse. Pour éviter de tout foirer, je dois gagner, et je redoute déjà ma défaite lorsque je récupère mes cartes après un rapide récapitulatif des règles.

Je suis dans la merde.

Le rouge et le bleu sont mes couleurs dominantes, je n'ai qu'une seule carte verte. Ne parlons même pas des cartes spéciales, je n'en ai aucune.

— Hum... commencé-je hésitant, je vais peut-être mélanger à nouveau.

Ses lèvres s'étirent en un large sourire et je jure que je pourrais tout balancer pour l'embrasser et la déshabiller sur le champ.

— Ton jeu est si mauvais que ça ? demande-t-elle d'un ton narquois.

Je retire subitement mes cartes de son champ de vision et lui lance un regard noir. *Tricheuse.* June tire une carte de la pioche et la pose. Heureusement pour moi, la carte en question est bleue. Je place la mienne sur le dessus et la partie commence enfin.

Il lui suffit de quelques minutes pour me rajouter huit cartes. *Huit.* Mon côté mauvais joueur m'inciterait presque à dérober quelques cartes « Joker » de la pioche. Malheureusement, June a les yeux partout et m'empêche de mettre mon plan à exécution.

— Je n'ai pas joué depuis des années, soupiré-je pour tenter de l'amadouer.

— Tu tentes de justifier le fait que tu enchaînes les défaites depuis tout à l'heure ? rétorque-t-elle sans même relever la tête.

Décidément, c'est une compétitrice dans l'âme. Ça tombe bien, moi aussi. Elle ricane en posant un nouveau « +2 ». Je retiens un soupir rageur.

Elle va m'avoir, putain.

— Qu'est-ce que je vais bien pouvoir faire de toi pendant dix longues minutes ? demande-t-elle faussement en se plaçant sur les genoux.

Mes yeux rencontrent les siens : elle me sonde, c'est comme si elle arrivait à lire en moi. June et ses yeux d'un brun si profond, si intense, qu'ils vous déstabilisent dès l'instant où elle les pose sur vous. Sa poitrine ressort particulièrement, là, serrée dans son maillot de bain et dans cette position.

Elle sourit lorsqu'elle me surprend à la dévisager plus que nécessaire. Elle a ajouté un « +4 ».

Bon sang !

Une stratégie insidieuse commence lentement à se mettre en place dans mon esprit.

Je dépose calmement la carte « Échange » sur le petit tas. Ses yeux s'écarquillent de surprise et elle jure entre ses dents. Je tends la main et l'agite en direction de son jeu. Tant pis pour elle si elle est tombée sur une antique version du jeu.

— Va te faire foutre... murmure-t-elle lorsque l'on échange nos mains.

Je ris et lui adresse un sourire éclatant.

— Avec plaisir !

Elle lève les yeux au ciel et me tire la langue. J'admire son côté « enfantin ». C'est un aspect de ma personnalité qui ne ressort qu'avec elle. Je l'avais enterré il y a bien longtemps...

Ma stratégie est en place depuis une dizaine de minutes et, pourtant, elle a réussi à inverser la tendance. Elle mène encore une fois. *Putain, il faut sérieusement que je m'entraîne à nouveau pour la battre la prochaine fois.*

— Tout va bien, monsieur Lemaître ? Vous êtes un peu pâle, me nargue-t-elle.

Je retiens un frisson de désir et déglutis. Son regard m'envoie des putains de décharges électriques dans tout le corps.

Elle souffle entre ses lèvres, lorsque je m'approche d'elle dans un mouvement fluide. J'en profite pour effleurer sa bouche alors qu'elle est censée jouer. Elle sait que je tente de la déconcentrer au maximum pour gagner. *Ouais, je suis complètement accro. Et je suis dans la merde.*

— Uno... murmure-t-elle en m'embrassant réellement cette fois.

Je regarde ses mains, puis le jeu disposé au sol. *Putain de merde. Comment ?*

Je fouille dans les cartes. Elle a posé trois fois la même carte, avec la même couleur et le même numéro. Putain, sérieux ? Quelles étaient les probabilités pour que je me fasse avoir ! Elle éclate de rire face à mon air dépité et passe une main dans mes cheveux.

— Plus qu'une carte... et tu es à moi.

Je crois que j'aurais pu lui répondre que ça fait des mois que je suis à elle. Des mois que je pense à elle... Depuis le mariage, en fait. Mais ça, je ne peux pas lui révéler. Pas maintenant.

Il ne lui faut qu'un tour de plus pour gagner. Le silence règne en maître sur cette plage déserte. Je mentirais si je disais que ce n'est pas étrange de revenir ici après tant d'années. Mais revenir ici avec June ne rend pas les choses compliquées. Au contraire, l'avoir ici près de moi rend tout plus simple.

Je m'installe à nouveau sur ma serviette pendant qu'elle observe le moindre de mes mouvements, tête penchée sur le côté.

— Qu'est-ce que je vais bien pouvoir faire de toi...

Elle s'approche de mon torse et passe un doigt dessus, en ayant l'air de savourer ce qu'elle voit. *June... Un contrat nous tient encore.* Appuyé sur les mains, penché vers l'arrière, j'ai tout le loisir de l'admirer autant que je le souhaite.

Lorsqu'elle s'installe sur mes cuisses, je sens mon sexe durcir dans mon short de bain et, bordel, je n'en reviens pas d'être aussi réactif à son toucher.

— June, la préviens-je d'un son rauque.

Hier soir, on a déjà frôlé la catastrophe... Si l'un de nous cède complètement, nous sommes fichus. Je récupère une mèche de ses cheveux entre mes doigts.

— Qu'est-ce qu'on risque, si on ne respecte pas cette partie du contrat ?

Sa voix n'est qu'un murmure, mais je l'écoute attentivement.

— C'est compliqué... Je... Premièrement, je serai radié de Find It.

— Ça serait si grave que ça ?

J'hésite à tout lui avouer. Là, maintenant. *Est-ce que c'est le bon moment ? Non.* Pour toute réponse, je secoue la tête et la retiens d'une main lorsqu'elle se retire de mes cuisses.

— June, j'ai tellement envie de toi que, franchement, à ce stade, je parlerais plutôt d'obsession. Mais je *dois* respecter ce contrat du 22 janvier au 6 février, minuit. J'ai signé pour ça, et toi aussi.

Sa bouche s'entrouvre pour me répondre, mais elle s'arrête, prise par une réflexion. Elle récupère précipitamment son téléphone dans son sac. Ses yeux s'écarquillent, elle relève la tête vers moi et me montre son écran.

— Très jolie photo, commenté-je en ricanant.

Elle frappe mon torse et me pointe du doigt la date du jour.

— 6 février, 23 h 41.

L'information met quelques secondes à monter au cerveau.

— C'est Alice qui a rentré les dates, affirme-t-elle en vérifiant sur l'application.

À deux, nous relisons le contrat attentivement. Ce contrat nous lie encore, certes, mais jusqu'à minuit, ce soir...

— Monsieur Lemaître, dans dix-neuf minutes, vous ne pourrez plus fuir.

— D'habitude, n'est-ce pas vous qui me fuyez, madame Bennet ?

Il suffit d'une date et de quelques minutes pour retirer l'entrave qui nous empêchait de profiter l'un de l'autre. June grimpe à nouveau sur moi en m'observant, un sourire aguicheur aux lèvres.

— Tu crois qu'ils nous en voudront si on commence cinq minutes avant la fin du contrat ?

— C'est certain. Alors, nous devons attendre...

Crois-moi, June, passées ces minutes, je compte bien prendre tout le temps du monde pour te goûter.

Les minutes s'égrènent, d'une longueur infinie, quand June s'illumine à nouveau.

— Il nous reste pile dix minutes avant minuit. Et j'ai gagné le jeu de cartes. Je crois que c'est le moment où je fais ce que je veux de toi.

Avec fourberie sur mes cuisses, June ondule contre mon sexe. Je suis certain qu'elle fait ça pour m'entendre gémir – un gémissement que je ne peux contenir. *Tentatrice. Délicieuse tentatrice.*

Il faudrait que je la repousse... *Il n'y a pas que le contrat qui me retient...* Pourtant, mes mains trouvent bien vite le chemin de ses hanches pour l'attirer encore plus près de moi. Je penche la tête vers elle pour l'embrasser, mais elle se dérobe et sa bouche glisse sur mon torse.

— Ces dix minutes sont à moi, Nathan, alors reste tranquille.

J'obéis promptement. Elle passe aussitôt sa langue sur mes tétons et je rejette la tête en arrière. Mes mains s'enfoncent dans la serviette pour éviter de les glisser sur elle... *en elle.*

— J'adore... t'entendre... gémir, prononce-t-elle entre deux baisers sur mon ventre.

Elle descend sur mes genoux, s'aide de ses cuisses pour se surélever et éviter de me faire mal. Ses lèvres s'appuient contre ma peau, elle relève la tête et plonge son regard dans le mien, puis le dévie sur son téléphone. Vingt-trois heures cinquante-quatre.

— Encore six minutes de torture, souffle-t-elle d'une voix mutine.

— Je me vengerai après minuit.

Je fixe son téléphone avec impatience pendant que ses mains continuent de me caresser. Ce sont probablement les secondes les plus longues de ma vie ! Sa langue avide lèche chaque parcelle de mon torse, ses mains défont lentement le nœud de mon short de bain, puis elle se met à caresser mon sexe tendu à travers le tissu.

Puis, un coup d'œil à son téléphone et c'est l'électrochoc : minuit pile. June suspend ses gestes. Tout va devenir réel. Je ne perds pas une seconde de plus, je me redresse, passe mes mains sous ses fesses pour la soulever et la plaquer contre le sable.

On ne prononce pas un seul mot, trop absorbés par la liberté qui coule dorénavant dans nos veines. Brutalement, nos bouches se trouvent, la violence de notre désir si longtemps contenu se diffuse entre nous. Je malmène ses lèvres, les mords, puis les caresse. Je ne me retiens plus. Je plaque mon bassin contre ses hanches et aspire le gémissement qui s'échappe de sa délicieuse bouche.

Sans préambule, je défais la corde de son bas de maillot et glisse deux doigts en elle. Elle est trempée. *Putain.* Sa tête bascule en arrière et elle se cambre sous l'assaut de ma main. Un petit cri lui échappe lorsque mon majeur s'introduit en elle et excite sa féminité.

Elle glisse sa main entre nous et la plonge dans mon short pour saisir mon sexe gonflé contre mon ventre. Son poignet effectue de longs va-et-vient pendant que je la pénètre de mes doigts, toujours plus vite. Ses gémissements font écho aux miens, toujours plus forts.

— Je vais jouir, annoncé-je lorsque je sens mon membre gonfler entre ses doigts habiles.

À son tour, son sexe se contracte autour de moi, son corps est parcouru de spasmes pendant que l'orgasme la traverse. Elle crie si fort que cela résonne autour de nous pendant quelques secondes et déclenche mon propre orgasme. Je jouis longuement sur son ventre. C'est un des moments les plus intimes que j'ai vécus depuis des années.

Nos respirations sont haletantes, nous mettons tous deux plusieurs minutes à nous en remettre. Mes mains caressent ses cuisses, avant de les placer autour de mes jambes. Je défais le second nœud de son maillot avant de me déshabiller également.

Doucement, je l'attire contre moi pour la porter, et je la mène jusqu'à l'océan. Jusqu'à ce que l'eau nous arrive à la taille et que les vagues la nettoient de ma semence.

— Adieu, minis-Nathan... murmure-t-elle dans un sourire coquin.

J'éclate de rire. B*on sang, qu'est-ce que je l'aime.* Lorsque je l'ai vue, l'été dernier, j'ai *su* qu'elle bouleverserait ma vie. *Il faut que je lui dise.* Je chasse cette pensée persistante et me reconcentre sur le moment présent. *Elle ne comprendrait pas.*

Mes pieds continuent de nous mener un peu plus au large, mais l'eau reste à hauteur de taille.

June s'agrippe à moi tel un koala lorsque je nous immerge jusqu'à la poitrine. Ses seins frôlent mon torse et leurs pointes durcissent immédiatement. Ma bouche plonge sur sa poitrine que j'embrasse, avant de la titiller plus avidement. Je place son bassin vers mon sexe et, instinctivement, elle se colle encore plus. Pourtant, elle commence à bégayer, en fuyant mon regard :

— Nathan... Je n'ai eu personne après mon traitement contre la chlamydia. Je prends une contraception, mais... je préférerais que tu mettes un préservatif. En fait, j'ai *besoin* que tu mettes un préservatif.

Il me faut toute la concentration du monde pour contrôler ma colère. Ce connard de Will lui a refilé une putain d'IST ? June tente de me sourire, mais je suis figée dans ma haine contre cet enfoiré. Elle le remarque, fronce les sourcils et se décale :

— Je voulais t'en parler avant, mais...

Je réagis vite et la serre dans mes bras.

— Eh, June. Tu n'y es pour rien. Tu es une adulte responsable qui a été victime d'un irresponsable. Tu es guérie et tu prends tes précautions, c'est normal. *On* va faire attention.

Mes lèvres cherchent les siennes. L'embrasser calme mon envie de défoncer son ex à coup de masse. Je jure que, si je le revois un jour, je lui ferai payer son comportement de merde.

Elle paraît soudainement gênée et rougit.

— J'en ai dans mon sac. C'était juste *au cas où...* lance-t-elle innocemment. Tu sais, Alice a insisté. Au cas où, encore une fois.

En quelques secondes, je l'attrape et nous fais sortir de l'eau à la hâte. Sur une large serviette, je la dépose délicatement, comme si elle était la chose la plus précieuse au monde. *Et c'est ce qu'elle est.* La main dans son sac, je déniche l'objet de nos convoitises. J'ouvre l'emballage, avant d'installer le préservatif sur mon sexe érigé. En un claquement de doigts, je suis à nouveau allongé sur elle, à dévorer sa bouche et à faire tournoyer ma langue avec la sienne.

— J'ai imaginé ce moment tellement de fois, si tu savais... murmuré-je contre ses lèvres.

— Viens en moi.

Elle me sourit tendrement, elle est si belle. *Je ne la mérite pas.* Je l'interroge une nouvelle fois du regard. June hoche la tête et je ne réfléchis pas plus. J'écarte doucement ses cuisses et m'insère dans son sexe étroit. Attentif à la moindre de ses expressions, je m'arrête lorsqu'elle laisse échapper un gémissement.

— Ça va ? demandé-je, soucieux.

Elle acquiesce et m'invite à continuer en avançant ses hanches vers moi. La sensation de son sexe autour de moi est grisante.

Ma main se détache de la sienne pour se placer sur sa hanche et la soulever légèrement alors que mes lèvres quittent sa bouche pour son cou. Elle se cambre alors encore plus contre moi. Ses roucoulements de plaisir se répercutent tout autour de nous.

Soudain, elle inverse la tendance. Je me retrouve assis sur la serviette, June au-dessus de moi. Bon sang, on dirait une déesse descendue du ciel : ses cheveux roux, trempés et en bataille, ses seins lourds de désirs pointant fièrement vers les étoiles, sa respiration saccadée, erratique. Un souffle s'échappe de ses lèvres lorsqu'elle s'empale jusqu'à la garde et nous restons quelques secondes dans cette position. Je suis complètement anesthésié. Me sentir là, à l'intérieur d'elle, décuple les sensations à l'infini. À genoux, le cul posé par terre, couvert de sable, je la laisse mener la danse sensuelle qu'elle entame sur moi. Elle bouge dans un long va-et-vient langoureux.

J'exulte lorsqu'elle prend mes mains et les descends justement sur l'objet de mon désir : ses délicieuses fesses. C'est le signal pour moi. Je resserre mon emprise sur ses hanches et l'aide à coulisser sur mon sexe. Sa féminité se contracte de plus en plus autour de moi, j'accélère la cadence, nos souffles se précipitent l'un sur l'autre, je la maintiens près de moi lorsque je donne un brusque coup de bassin. Sa surprise se répercute dans le cri qu'elle lâche juste après. Plus que satisfait, je recommence, encore et encore, jusqu'à la sentir se contracter. Elle rejette sa tête en arrière, se cambre plus encore contre mon torse, frissonne avant d'être traversée par plusieurs légers spasmes. La jouissance est si puissante que je sens ses cuisses trembler. La répétition de mon prénom dans sa bouche a raison de moi, et je plonge ma tête dans son cou sans pour autant étouffer mes râles.

Nous restons un moment ainsi, imbriqués l'un dans l'autre, comme si nous avions besoin de nous sentir connectés. Si je me voyais, je me foutrais certainement de ma gueule. Cette femme a la capacité de vous rendre... amoureux. *Oui, juste amoureux.* C'est la première fois depuis longtemps que je ressens des choses aussi fortes et intenses.

— Je n'ai jamais ressenti ça... murmure-t-elle dans mon épaule.

Moi non plus.

J'ai l'impression d'être épuisé, mais j'ai bien l'intention de lui montrer tout le désir que j'ai pour elle. Tout l'amour que je ressens. Nous sommes seuls sur cette île. Nos respirations sont calmes et coordonnées. Je ne changerai ce moment pour rien au monde.

Est-ce qu'elle comprendra ?

Est-ce qu'elle comprendra que, si je n'étais pas tombé sur elle sur l'application, j'aurais quand même tout fait pour la retrouver. Que sa détresse a fait écho à la mienne lors de son mariage. Que je savais qu'ensemble, nous pourrions guérir. Que j'ai provoqué le destin.

Quand elle saura la raison pour laquelle tu as accepté ce contrat, tu seras fichu, Nathan.

Je fais taire cette voix énervante lorsque June frissonne contre moi.

— Viens, susurré-je.

Elle prend ma main et je la ramène près du feu pour la réchauffer. Elle s'allonge complètement nue sur notre lit de fortune et me détaille, dans l'attente que je la rejoigne.

Il n'existe aucun terme pour définir ce que j'éprouve pour elle. Aucun mot pour expliquer notre connexion, notre complicité. Alors, quand le langage ne suffit plus, il y a les actes, et toute la nuit, je lui montre combien je la chéris, combien je l'aime.

Et quand les actes sont impardonnables, il n'y a que les mots pour essayer de rattraper l'inévitable.

CHAPITRE 23

Mon corps est douloureux lorsque j'émerge lentement. L'aube prend place dans le ciel et la chaleur se répand sur la terre comme une poudre brûlante. Nos couvertures ne nous servent plus à rien. Je me retourne et bute contre le torse chaud de Nathan, toujours endormi. Mon regard se promène sur son visage, ses longs cils noirs, ses boucles brunes qui tombent sur son front, sa barbe naissante... Devant nous, la mer est paisible. Il ne doit pas être plus de huit heures. Dans dix heures, nous serons dans l'avion direction Paris

Dans un long soupir, je me lève et décide de laisser Nathan dormir un peu, il a l'air si apaisé. Tel un automate, mes pas me mènent vers l'eau. Je pourrais me réveiller ainsi tous les matins. Sans m'arrêter de marcher le long de la plage, mes pensées tourbillonnent et mon angoisse commence à monter. Je n'ai pas envie que cela s'arrête. Je ne veux pas quitter cette bulle de bonheur que je me suis créée ici. Je suis enfin moi-même. Affirmée, heureuse et confiante.

L'eau me lèche les orteils à chaque vague qui s'échoue, mes pieds s'enfoncent dans le sable mouillé, mon cerveau réfléchit encore plus à chaque respiration. Je cogite encore et toujours sur le même problème. Je lui ai dit que je voulais le revoir à Paris. Que je ne voulais pas que l'on se sépare subitement après tout ce que nous avons vécu. Pourtant, j'ai la désagréable sensation que nous n'arriverons pas à tenir nos engagements. L'un comme l'autre. Je vais retomber dans ma routine de travailleuse acharnée, il va reprendre sa vie de père et de chef d'entreprise.

Finalement, ce voyage ne m'a-t-il pas confirmé une chose que j'enfouis au plus profond de moi depuis des années ? Ne m'a-t-il pas confirmé que j'avais besoin d'une vie d'aventure, de changements et de péripéties ? N'est-ce pas pour cette raison que j'ai choisi un métier aussi rythmé ? Pour ne jamais m'ennuyer ? Pour avoir cette sensation d'être utile ? Pour ne jamais me retrouver *sans rien* ? Les larmes me montent aux yeux. *Je ne veux pas rentrer.*

En revenant sur mes pas, j'observe Nathan qui effectue sa baignade matinale. Comme s'il avait senti ma présence, il se retourne et sourit lorsqu'il m'aperçoit. Son aisance donne l'impression que son corps survole l'eau. Il me rejoint et s'assoit près de moi. J'ai l'impression que, lui aussi, sent le changement arrivé.

— Bien dormi ? me demande-t-il.

Je hoche la tête et souris.

— Et toi ?

Il acquiesce d'un air pensif. Nous restons un moment à nous observer. Nous sommes dans un moment étrange, un entre-deux dans notre relation : il mérite de comprendre pourquoi je suis ici, seule. Je pense à tout ce que j'ai réussi à quitter en venant ici. Alors, je me jette à l'eau, peut-être pour la dernière fois.

— Je pense à Will. Ici, ça aurait dû être notre lune de miel. Je sortais de mes études quand je l'ai rencontré...

Je capte les sourcils froncés de Nathan, mais il s'abstient de commentaires.

— Notre couple était le parfait cliché des comédies romantiques ! Notre rencontre hasardeuse en plein milieu d'un couloir, notre premier rencard... Tout était si parfait. Aujourd'hui, je trouve cela effrayant. La perfection cache souvent des choses. On a filé le soi-disant parfait amour pendant trois longues années. C'était ce que je recherchais à une époque. Je ne voulais pas finir comme ma mère, qui s'est séparée de mon père pour « revivre sa jeunesse » ! Ni comme mon père, toujours amoureux de ma mère... Je crois que je préférais me terrer dans une relation platonique plutôt que de prendre le risque de souffrir en aimant trop.

Je prends une longue inspiration et laisse mes mains jouées avec le sable pour calmer les battements de mon cœur et occuper mon esprit.

— Lorsqu'il m'a demandé de l'épouser, j'ai...

Je passe une main anxieuse dans mes cheveux.

— J'ai failli dire non, soupiré-je en avouant pour la première fois cette pensée qui m'a hantée pendant des mois.

J'aurais dû me faire confiance

— Je ne l'aimais pas assez pour l'épouser, reprends-je la voix nouée. Mais notre relation était sérieuse et certains aspects me convenaient. Je n'ai pas eu le courage de lui dire non et de me sortir de cette situation. J'étais tellement obnubilée par le fait de ne pas reproduire les erreurs de mes parents que j'ai fermé les yeux sur son comportement rabaissant. Je me disais que c'était le bon, que c'était l'homme de ma vie et qu'il m'aimerait pour toujours. Je me pliais en quatre pour le satisfaire, pour que ce qui est arrivé à mon père ne m'arrive jamais.

Les poings de Nathan sont serrés, enfoncés profondément dans le sable.

— À une semaine du mariage, j'ai décroché mon premier gros contrat pour l'agence...

— Mugler ? demande-t-il en m'interrogeant du regard.

Je hoche la tête en souriant.

— Oui. J'étais si heureuse ! Je suis directement allée l'annoncer à Alice et puis... Le lendemain, Will m'a retirée du projet. Comme ça, sans excuse. Avec du recul, je crois qu'il avait peur. Je commençais à voler de mes propres ailes : il craignait de perdre ce pouvoir et ce contrôle qu'il avait sur moi. Ce soir-là, j'ai su que ce mariage était une erreur. Avec Alice, on est allées dans un club, *La Sélection*, en plein cœur de Paris.

Mes lèvres se pincent en repensant à la scène.

— J'ai découvert que mon fiancé couchait avec Sasha, son associée et avec un tas d'autres gens. C'était une orgie géante à laquelle je n'étais pas conviée, rigolé-je amèrement.

Je rougis de honte ou de gêne, je n'arrive pas vraiment à faire la différence...

— J'ai joué le jeu jusqu'au mariage. J'avais prévu de me venger en diffusant des vidéos de lui et de tous ses partenaires qu'Alice avait prises sur le moment. Je savais que c'était mal. Et que c'était grave. Ça ne me ressemblait pas du tout. Je n'ai aucune excuse. En un sens, heureusement que ça ne s'est pas passé comme prévu. Il m'a d'abord rabaissée après que j'ai révélé sa tromperie scandaleuse aux yeux de tous ces petits bourgeois, mais ensuite... Il...

Je baisse la tête et Nathan tend la main pour essuyer une larme qui roule sur ma joue. Je n'avais même pas remarqué que je pleurais.

— Il m'a giflée si fort que je suis tombée à genoux. À partir de ce moment-là, mon cerveau s'est comme déconnecté et mes souvenirs sont flous.

Sa mâchoire témoigne de la tension qui règne dans ses pensées. Je le comprends. Qui ne ressentirait pas de la colère, de la haine, en entendant cela ?

— Je suis tombée en dépression les semaines qui ont suivi. C'était étrange. Je voulais me battre, j'avais la haine contre lui, contre Sasha et tous ces connards, mais j'étais comme endormie.

Nathan prend ma main et la serre si fort que je crains qu'il ne me brise les doigts. Je soutiens son regard et lui souris, comme pour le rassurer, pour lui dire : « Ne t'inquiète pas, je guéris chaque jour un peu plus ».

— Quelques semaines après le mariage j'ai découvert qu'il m'avait transmis la chlamydia. On avait eu un rapport non protégé juste avant. Heureusement, je n'en ai gardé aucune séquelle.

Je ne pleure pas. Je n'ai plus assez de larmes pour ça ; elles ont trop coulé pendant des mois pour lui alors qu'il ne les méritait pas.

— Et puis, quelques mois après, un ami de longue date est décédé. C'était une période vraiment compliquée, alors je me suis fait aider, dis-je en fixant l'horizon. Et aujourd'hui, c'est la première fois depuis des mois que j'ai l'impression que toute l'aide que j'ai demandée porte enfin ses fruits. Que ça peut – *non*, que ça va aller mieux.

Un nouveau souffle empli de peine s'échappe de mes lèvres. Le soleil se lève et éclaire le ciel, Nathan me fixe de ses yeux océan et tend un doigt pour remettre une mèche derrière mon oreille.

— Tu as été forte June. Tu l'es toujours, encore plus maintenant après avoir surmonté toutes ces épreuves.

Je m'agrippe à son bras et pose ma tête sur son épaule en fermant les yeux.

— Je n'ai pas envie de rentrer... murmuré-je en caressant sa main.

— Moi non plus... avoue-t-il en retenant un soupir.

— J'ai l'impression d'être dans une bulle qui éclatera dès l'instant où nous remettrons les pieds à Paris.

J'observe ses muscles se contracter lorsque je prononce cette phrase, mais il ne relève pas. Alors, je le laisse à ses pensées et moi, je me concentre sur les miennes.

Ce soir, nous rentrons. Ce soir, je refais face à une réalité difficile, assommante et complètement morne. Ce soir, je reprends ma vie professionnelle qui risque de m'amener à croiser d'anciens collaborateurs à chaque coin de rue. Bientôt, je vais replonger dans le monde incroyable qu'est la scénographie de la mode... Ce monde impitoyable qui mange les meilleures années de ma vie à grandes bouchées.

Ces deux semaines de vacances étaient mes premiers congés depuis six ans. Six putains d'années à passer mes nuits à bosser pour des gens qui ne savent pas ce que c'est de dire merci. Ces six derniers mois m'ont complètement changée. Ces deux dernières semaines, encore plus. Au fond, mes attentes pour le futur sont beaucoup plus claires.

Les minutes s'égrènent quand je trouve enfin le courage de demander à Nathan :

— Moi, je crois que je n'ai plus les mêmes envies qu'avant concernant ma vie. Est-ce que revenir ici a changé quelque chose pour toi, Nathan ?

Il sourit en haussant les épaules, remonte ses genoux et s'appuie dessus avec ses coudes.

— Oui. Ça change beaucoup de choses. Merci. Merci de m'avoir fait voir la vie sous un nouveau jour, June, murmure-t-il contre ma peau.

Une nouvelle larme s'échappe, il relève légèrement la tête et se penche pour m'embrasser. Nos lèvres ne font que s'effleurer, se caresser dans une douceur infinie. Je n'aurais pas pensé que la matinée tournerait à la confidence, mais j'en suis heureuse.

Je suis amoureuse de toi, Nathan.

Je suis amoureuse de son sourire, de ses yeux bleus, de sa bouche, de cette façon qu'il a de me provoquer sans cesse, de m'inciter à toujours prendre du recul, à me remettre en question. Par-dessus tout, je suis tombée pour lui parce qu'il a su se battre pendant les épreuves qu'il a traversées, et vivre avec les souffrances qui ont marqué son âme.

Peut-être que notre rencontre était écrite.

Il se relève en observant le soleil déjà bien haut dans le ciel.

— Mais ça ne peut pas durer. On doit rentrer. Notre vol est dans quelques heures et on doit encore faire nos valises.

Son brusque changement de ton me surprend, je sens mon cœur se serrer, mais j'acquiesce avant de l'aider à lever le camp. Nous nous retrouvons tels deux idiots qui se fixent dans le blanc des yeux, comme si l'issue de cette conversation avait créé un fossé entre nous. Il termine de charger l'ensemble de nos affaires dans le petit bateau. Je jette négligemment mon short mouillé sur nos affaires : Nathan me jette alors un regard noir avant de le récupérer et de le plier soigneusement.

— Maniaque ?

Il secoue la tête, sourit en coin, mais ne me regarde pas.

— Non, simplement, avec un fils de sept ans, c'est une nécessité de rester organisé. En toutes circonstances.

Il commence à rejoindre la rive et le bateau, mais je l'arrête juste à temps. Je refuse de quitter cette île et ce cocon parfait dans cette ambiance merdique.

— Qu'est-ce qu'il se passe ? l'interrogé-je à mi-voix.

Je me hisse sur la pointe des pieds dans l'espoir de rencontrer ses lèvres, mais il recule doucement.

— Je me prépare à retourner dans mon quotidien, June. Comprends-moi : ces deux semaines étaient à part. Demain, je retrouve Gabriel et mon entreprise en plein essor. Il n'y aura ni plage, ni soleil éclatant, ni... Ni toi.

Je recule brusquement ; ses paroles sont comme un coup de poing dans le ventre. J'aimerais le comprendre. Je dois le comprendre. Mais dans la vie, moi, je préfère faire l'autruche. Nathan monte en premier sur le bateau et fonce vers le gouvernail. Il prend les clefs du moteur et le rallume sans aucune difficulté.

Je croyais qu'il était mort ?

— Tu penses que le moteur en panne va survivre à la traversée ? lancé-je pendant que ce dernier tourne à plein régime.

Nathan ne répond toujours pas, à mon plus grand agacement. J'ai l'impression d'être face à un mur.

— Je voulais passer notre dernière soirée ensemble, loin de l'hôtel... Avant qu'on se dise adieu.

Voilà, June. Parfois, les cœurs abîmés ne sont pas faits pour guérir ensemble.

Une fois rentrés à l'hôtel dans un silence glacial, Nathan et moi préparons nos affaires. Entre deux valises, nos mains s'effleurent, nos poitrines se frôlent. Sans nous l'avouer, nous profitons en silence de la présence de l'autre avant d'être séparés. Mais sa froideur me fait peur. *Et me serre le cœur.*

À dix-huit heures, nous sommes prêts. Les valises sont posées devant l'entrée, la chambre est propre, la piscine nous nargue et l'océan, au loin, nous tire la langue. *Ces traîtres.* Je vis le départ tel un robot : le trajet en navette pour le premier aéroport, le vol silencieux jusqu'à Miami avant le long-courrier qui nous ramènera à Paris.

Nous nous asseyons côte à côte et ne parlons pas du voyage. Il ne nous faut qu'une demi-heure pour arriver sur le sol américain et atterrir à l'aéroport de Miami. La chaleur est aussi étouffante qu'à Saint-Barth malgré la nuit qui prend place au-dessus de la ville.

Nous embarquons finalement dans l'avion pour Paris. Le voyage est long ; Nathan passe son temps à me lancer des regards en coin. Parfois, sa bouche s'entrouvre, comme s'il voulait me dire quelque chose et qu'il ne trouvait pas ses mots. Mais je n'ai pas la force de l'encourager. Je trouve juste la force de lui serrer la main.

J'aimerais qu'il me taquine, qu'il me fasse rire, qu'on soit complice comme ces derniers jours. Mais j'ai l'impression que la bulle a déjà explosé et qu'il est temps de faire face à la réalité, malgré la souffrance qu'elle engendre.

Non, June. Tu es partie avec le cœur brisé, tu dois rentrer guérie.

Mais on ne se soigne pas en un claquement de doigts. Le pire serait de rechuter dans la dépression. Mais il n'y a pas de raison. Je vais continuer à me battre. Il le faut.

L'atterrissage se fait en douceur, ma main est toujours gardée précieusement dans celle de Nathan. Le temps est triste, le ciel gris et la pluie semblent s'être accordés à nos humeurs. J'avais presque oublié que, dans l'hexagone, l'hiver a pris possession du pays. Il n'est que huit heures du matin, mais je suis épuisée.

— Nos valises sont là, chuchote Nathan dans mon oreille.

Je soupire et m'approche du tapis pour récupérer nos affaires. Cette sensation désagréable ne quitte pas mon esprit. Mon cœur bat vite, je sens l'angoisse monter, mais respire profondément pour tenter de calmer mes palpitations. Valise en main, j'attends Nathan et en profite pour rallumer mon téléphone. Il sort à ce moment-là, et me guide d'un geste du bras en direction de la sortie.

— June, je voulais te parler d'un truc important avant de rentrer chez nous.

Il continue de marcher, mais plus lentement, et me guette avec inquiétude. Il finit par s'arrêter au milieu du hall, là où les familles attendent leurs proches, et se place face à moi. Je fronce les sourcils, anxieuse.

— Il faut que je t'avoue, balbutie-t-il, incertain. J'étais là au...

Nous sommes interrompus par la sonnerie incessante de mon portable. Le nom d'Alice s'affiche encore et encore. Je l'avais pourtant prévenue que je rentrerai en taxi jusqu'à son appartement, mais le nombre hallucinant d'appels manqués me fait immédiatement douter. Ses messages sont paniqués et m'ordonnent de la rappeler dès mon atterrissage. Nathan m'interroge, l'air inquiet :

— June, tout va bien ?

— Oui, oui. Je... Alice a dû oublier que je rentrais en taxi. Je vais la rappeler, d'accord ? Attends une minute, tu me diras tout juste après.

Il acquiesce et passe une main dans ses cheveux décoiffés. Je m'éloigne de quelques pas pour rappeler ma meilleure amie, mais me redresse soudainement, l'oreille en alerte. *Je rêve où quelqu'un a crié mon prénom ?* Je me retourne vers Nathan pour voir s'il a entendu, mais il a le même regard perdu qu'avant. *J'ai dû rêver.* Pourtant, quelques secondes après, mon prénom retentit à nouveau. Non, quelqu'un *hurle* mon prénom. Mes yeux balaient la foule, guettant l'origine du cri. Impossible de me tromper, il n'existe pas quarante mille June en France. Nathan capte mon regard et je comprends qu'en effet, quelqu'un m'a bien appelée plusieurs fois. Il se rapproche de moi :

— Tu as entendu, ou...

— June ! s'écrie une nouvelle fois la voix, m'interrompant dans mon élan.

Sauf que, cette fois, ce n'est plus une simple voix, là, qui s'exclame juste derrière Nathan. Et rien qu'à voir la personne à qui elle appartient, des sueurs froides parcourent mon dos. Je lance un regard paniqué à mon compagnon de voyage qui devient livide.

Putain, qu'est-ce que Will fout ici ?

CHAPITRE 24

Je suis complètement anesthésiée. Mes yeux, hagards, parcourent la foule, fuyant sa présence. Will crie mon prénom une nouvelle fois. À côté de moi, Nathan se fige également. Mes lèvres s'entrouvrent pour parler, mais aucun son ne sort. Il se rapproche. Je pourrais courir, me dérober, me cacher, fuir. Mais la battante qui sommeille en moi me crie de rester, de me redresser fièrement, le menton haut, de refuser de me laisser humilier au milieu d'un putain d'aéroport, alors que Nathan est là, à mes côtés. Je refuse de lui laisser l'occasion de gâcher tout ce que j'ai mis tant de temps à reconstruire. De me gâcher la vie. *Encore une fois.*

Il n'est plus qu'à quelques mètres quand je croise son regard froid et dénué de sentiments. Ses vêtements sont sales, sa barbe longue, mal entretenue, ses cheveux sont gras et trop longs pour la forme de son visage. Lui qui était parfait jusqu'au bout des ongles... L'espace d'une seconde, j'en viens même à douter et je ressens de la culpabilité à le voir comme ça. *Peut-être que j'ai précipité sa chute...*

Il s'arrête à un mètre de moi et plante ses yeux menaçants droits dans les miens. Nathan ne bouge pas d'un iota, je ne sais même pas s'il respire encore. Autour de nous, les voyageurs ne nous accordent aucune attention, ne se doutant pas un seul instant de la scène qui va se dérouler sous leurs yeux.

— June, articule Will d'une voix glaciale.

Nous nous regardons en chiens de faïence. Aucun de nous n'est prêt à baisser les yeux. Notre combat dure de longues secondes, Nathan reste en retrait. Je ne lui en veux pas. Après tout, il ne sait même de qui il s'agit.

— Will, réponds-je lentement.

Mon cœur bat vite. Trop vite. Sans pouvoir les en empêcher, mes jambes tremblent à cause de ma nervosité et sont à deux doigts de se dérober sous moi.

— Tu es une sacrée garce, bordel ! assène-t-il.

Surprise par l'agressivité de ses paroles, je recule instinctivement. Mais soudain, les derniers mois défilent dans ma tête, comme autant de raisons de lui tenir tête. Je m'arme de courage pour lui répondre en pointant un doigt accusateur sur lui.

— *Tu* m'as trompée, *tu* m'as humiliée ! Le jour de notre mariage ! Entre nous deux, c'est toi le salaud, ici, fulminé-je en avançant.

Il s'éloigne de ma main qui semble l'effrayer et ses yeux me lancent des éclairs.

— Tu as détruit ma réputation, hurle-t-il soudainement. Tu m'as volé ma vie, tu m'as pris un contrat, tu...

— Je ne t'ai rien volé du tout, le coupé-je dans son élan. *J'ai* décroché ce contrat ! C'est *ma* signature qui est apposée sur le papier !

Comment ose-t-il me reprocher ça ? J'ai mérité ce contrat. *Et je l'emmerde !*

Will passe une main dans ses cheveux et les tire en arrière. On dirait un fou qui s'est échappé de l'asile. Menaçant, il comble les centimètres qui nous séparent.

— À cause de ta petite scène à ce putain de mariage, les gens me fuient comme la peste ! L'agence est en train de couler à cause de toi !

Je laisse un rire amer m'échapper. Il ne comprend vraiment pas ?

— Non, Will. Ton agence s'effondre à cause de *toi*. Parce que tout le monde a vu ce que tu es. Un homme imbu de lui-même, qui pense pouvoir frapper sa femme impunément.

Je déglutis et, sans laisser ma douleur refaire surface, j'enfonce le clou un peu plus loin.

— Combien de temps aurait-il fallu avant que tu ne recommences ? Un mois ? Une semaine ? Quelques heures ? Jusqu'à ce que cela devienne une habitude et que mon corps soit recouvert de bleus pour le restant de mes jours ?

Cette révélation s'imprime dans mon propre esprit. Brutale. Choquante. Il l'aurait refait. Encore et encore. Je n'étais que sur la première marche d'un escalier qui aurait fini par me précipiter dans l'abîme.

Le désarroi se lit sur son visage. Il passe à nouveau une main tremblante dans ses cheveux.

— Tu me dois cette lune de miel, June, grince-t-il entre ses dents. Tu crois vraiment que je vais juste encaisser sans rien dire ?

Je laisse échapper un ricanement acerbe.

— Oh, Will... Tu ne comprends toujours pas ? Si je n'ai rien dit avant, c'était par peur. Mais aujourd'hui, c'est fini. Tu veux vraiment jouer à ce jeu-là ? Vas-y, porte plainte. Mais sache que, cette fois, c'est moi qui riposterai. Et crois-moi, j'ai bien plus que ta foutue lune de miel à réclamer.

Je le vois blêmir et un frisson de satisfaction me traverse. Cette fois, c'est moi qui ai le pouvoir. Il reste immobile, comme s'il prenait conscience que tout était fini. Auparavant, il aurait pu me détruire. Si facilement que cela en est effrayant. Mais c'était avant. Maintenant que sa réputation est au plus bas, que l'agence peine à tourner, et que, lui-même, ne tourne plus rond, il ne peut plus rien faire.

Son air de déséquilibré ne le quitte pas et il s'approche encore. Je recule de plusieurs pas, la peur ayant pris le dessus sur le courage. Je bute contre le torse de Nathan qui passe ses mains autour de mes épaules pour me maintenir sur mes pieds.

— Je suis là, chuchote-t-il dans mon oreille.

Son souffle est rapide sur ma nuque. J'acquiesce et pose une main par-dessus la sienne. Will semble traversé par un éclair de lucidité alors qu'il pose enfin son regard sur Nathan. Ce dernier est tendu à l'extrême. Sa mâchoire est si crispée que ses dents doivent grincer. Ses poings sont si serrés que sa peau blanchit par endroits. Quelque chose cloche. Quelque chose de bien plus crucial que cette confrontation. Je déglutis, un mauvais pressentiment me nouant le ventre.

Cette histoire va mal finir.

Mes yeux font des allers-retours entre eux, cherchant à comprendre ce qui m'échappe. Will, lui, se redresse lentement, comme s'il savourait une victoire à venir. Puis, à ma stupéfaction, il éclate de rire. Un rire tranchant, mauvais, qui me glace le sang. *Je rêve de lui arracher cette expression suffisante du visage.*

D'un geste abrupt, Will m'écarte de son chemin et s'approche de mon compagnon de voyage. Il rit comme un dément.

À quoi il joue, *putain !*

Nathan me lance un regard étrange, comme s'il était désolé. Je ne comprends pas. Ses yeux océan sont emplis de tristesse... Je sens que la situation m'échappe.

— C'est pour toi que je suis venu jusqu'ici, *mon ami*, crache-t-il en pointant un doigt accusateur sur Nathan.

Will lâche un nouveau rire sarcastique. Je plisse les yeux. Mon ex me regarde, et ses lèvres s'étirent pour lui donner un air perfide.

— Félicitations ! Tu as finalement réussi à te venger...

— De quoi parle-t-il ? demandé-je à Nathan la voix tremblante.

— Tu sais pourquoi je suis là, Juny ?

Je ne réponds pas et frissonne de dégoût lorsqu'il utilise ce surnom.

— Alice avait bien tout orchestré, hein ? dit-il en souriant avec un mépris évident. Elle avait pris soin de modifier les noms sur les billets, de m'effacer de l'équation. J'imagine que la compagnie a été indulgente. Je me suis bien dit, June, que tu étais partie quand j'ai reçu le remboursement de ce putain de vol en hélicoptère.

Il marque une pause, croisant les bras sur sa poitrine, ses yeux rivés sur moi avec une intensité dérangeante.

— Mais il semblerait qu'il y ait eu une erreur lors de votre enregistrement retour, continue-t-il. Cette maladresse a fait que j'ai aussi reçu vos informations de vol.

— Quoi ? balbutié-je, interdite.

Il sourit, fier de la tournure des événements.

— Hier soir, un mail de confirmation a atterri dans ma boîte de réception. Il concernait votre vol retour.

Ma respiration s'accélère brutalement.

— Sauf que, sur cette confirmation, il y avait vos noms à tous les deux sur *mes* billets.

Un silence glacial s'abat entre nous.

— C'est comme ça que j'ai su que tu n'étais pas partie seule pour notre putain de lune de miel ! Comment oses-tu t'associer à *cette* famille après le carnage de notre mariage ?

Sa voix explose et résonne comme un coup de tonnerre. Je tique lorsque j'entends cette information et mon ventre se tord encore plus.

— De quoi tu parles, putain ? Qu'est-ce que sa famille à avoir là-dedans ?

— Son nom ne te dit rien ? Pourtant, ils étaient sur la liste de nos invités, souffle-t-il en souriant.

Mes lèvres s'entrouvrent sans parvenir à prononcer un mot. Mon cerveau n'arrive plus à faire le tri entre toutes les informations. Tout se mélange. Tout se bouscule. Je crains que la vérité qui est en train d'éclater ne me détruise un peu plus.

Mon cœur se serre alors que mon cerveau continue à se repasser le film du mariage. Je ne me rappelle pas. *Je ne me rappelle pas !*

Dans un ultime espoir, je me tourne vers Nathan et attends qu'il contredise Will, mais il se contente de me fixer avec un air tourmenté. Il ne prononce pas un putain de mot, montrant ainsi la preuve de sa culpabilité. Tout ce que je lui ai confié... il le savait déjà.

Les larmes montent et me brûlent les paupières. Nathan m'a manipulée pendant deux longues semaines. Il m'a menti. *Il m'a trahie.*

— Tu étais là, bredouillé-je lentement. Tu étais là et tu n'as rien fait.

Nathan tend la main vers moi d'un geste désespéré, mais je recule comme si sa peau pouvait me brûler.

— Ton père s'occupait déjà de lui... Je... Je suis d'abord venu te voir... Pour vérifier que tu allais... bien ?

Aller bien ? Est-ce qu'il est vraiment venu me voir ? Est-ce qu'il ment encore ? Je n'en sais rien. Je ne me rappelle rien après la gifle de Will.

— June... murmure-t-il dans l'espoir de m'adoucir.

Il tente de me prendre la main, mais je me dérobe une nouvelle fois.

— Je... J'ai essayé... de te le dire plusieurs fois.

Je secoue la tête, refusant d'écouter une seconde de plus le son de sa voix. Il murmure à nouveau mon prénom, mais je détourne le regard. *Pitié, pas encore une fois. Je ne veux pas vivre ça à nouveau.*

— Aïe... commence Will d'une voix doucereuse. Il ne t'avait rien dit, c'est ça ? Non ! Évidemment qu'il ne t'avait rien dit. C'est un peureux ! Depuis qu'on est gosses... Hein Nath' ?

— De... Depuis combien de temps...

Je les pointe tous les deux du doigt, sans finir ma phrase. Nathan fuit mon regard. Je ne reconnais plus l'homme avec qui j'ai passé ces deux dernières semaines. *Qui est-il ?*

Dans ma poche, mon téléphone se remet à vibrer. Will siffle en souriant.

— Depuis nos... quoi ? Quatre ou cinq ans ? Tu sais, June, les amitiés d'enfance, ça dure toute une vie. Pour le meilleur et pour le pire.

Puis, il se tourne vers Nathan, le toisant avec un éclat cruel dans les yeux.

— Et toi, Nath' ? continue-t-il en se tournant vers lui, un rictus mauvais tordant sa bouche. Ça fait longtemps que tu attendais ça, hein ? Depuis le lycée ? Depuis qu'on est gosses ? Tu te rappelles ce que tu étais à l'époque ? Un putain de lâche qui se cachait derrière son petit doudou et qui passait son temps à bégayer ! Et regarde-toi aujourd'hui... Tu n'as pas changé !

Mon cœur cogne contre ma poitrine comme s'il voulait s'en échapper.

— Ferme ta gueule, Will, le prévient Nathan d'une voix dure. On n'a jamais été amis.

Mon corps tremble lorsqu'il prononce ces mots. J'ai l'impression d'être transpercée de part en part pendant que Will ricane.

— C'est vrai, je te l'accorde. En revanche, tu as toujours traîné dans nos pattes...

Nathan se rapproche de mon ex, un air meurtrier accroché au visage. Je ne l'ai jamais vu dans une telle colère. Lui qui a toujours fait preuve de sagesse. Son visage n'exprime que de la haine. Il a envie de le frapper et je *sais* qu'il va le faire.

— Elle ne sait pas tout, hein ? Pauvre June, souffle-t-il faussement désolé. Tu pensais vraiment que Nathan était ton chevalier servant, hein ? Qu'il était venu te sauver ?

Will recule et nous dévisage, tout sourire.

— Et si on parlait de ta petite sœur, Nath' ? Et de ta petite vengeance finement préparée ?

J'ai la sensation d'être en plein cauchemar.

— Dis-moi Nathan, ordonné-je fébrilement.

Il ne me regarde pas et reste fixé sur Will, fou de rage.

— De quoi tu parles, Will, putain ?

Malgré ces deux semaines passées avec Nathan, je doute de lui. Quel rôle joue-t-il dans toute cette histoire ?

Celui qui était mon fiancé se tourne à nouveau vers moi, laissant Nathan bouillonner de colère.

— Tu as ruiné ma carrière, mais en plus, tu pars avec *lui*, pour *notre* lune de miel ! Si tu as essayé de te prendre ta revanche, sache que ton petit numéro est complètement raté !

Hors de question que j'avoue à Will que j'ai rencontré Nathan via une application. Je me contente de détourner le regard et d'en lancer un furtif à mon compagnon, dont la mâchoire est serrée de rage.

— Tu déraillles complètement ! Je veux juste t'oublier, t'effacer de mon esprit et de ma vie ! C'était quoi le plan ? Vous avez monté votre petit plan à deux dans le but me faire payer notre mariage raté ?

Autour de nous, certains voyageurs se sont finalement arrêtés et observent la scène, intrigués. Je croise le regard de Nathan et derrière sa noirceur, je vois toute sa peine. Mes lèvres se pincent férocement pour éviter de ressentir quoi que ce soit à son égard. Il m'a menti. Je tente de me concentrer sur la conversation, mais le fil est difficile à suivre. Toutes les informations se bousculent.

— June, écoute-moi.

Will jubile et se frotte les mains :

— Ah... On arrive au meilleur moment !

Nathan expire lentement tout l'air contenu dans ses poumons.

— Tu ferais mieux de la fermer Will, grogne-t-il si férocement que j'en frémis.

L'intrus hausse un sourcil et son sourire s'accentue.

— June, je suis désolée de t'avoir caché ça, crois-moi, je ne voulais pas te faire du m...

— C'est trop long, le coupe brusquement Will.

Il soupire de façon presque théâtrale.

— Tu connais Sasha, Juny ? Bien sûr que tu la connais.

Il se penche vers moi comme pour me dire un secret inavouable.

— Will, le prévient Nathan la voix chargée de colère.

— C'est sa sœur, susurre Will à mon oreille.

Et mon cœur s'arrête.

— Il était au mariage parce que sa famille me connaît depuis toujours. Ce raté m'a juré de se venger pour tout ce que je lui ai fait quand nous étions des gamins. Tu faisais visiblement partie de ce plan, tout en l'ignorant. C'est vrai que voler mon ex-fiancée était un sacré coup de génie, siffle-t-il furieux.

Je n'entends plus les voyageurs marcher autour de nous, ni les avions décoller, ni la voix qui annonce les prochaines arrivées. Je n'entends rien, sauf cette phrase qui tourne en boucle, encore et encore. Frénétiquement. La scène se passe au ralenti. J'entends Nathan prononcer mon prénom à plusieurs reprises. Il essaie de me parler, il me dit que ce plan n'existe pas, que Will veut tout gâcher, qu'il a pensé à se venger, oui, mais qu'il ne comptait pas me faire souffrir, qu'il avait abandonné cette idée après notre rencontre. Comme dans un rêve, il raconte le mariage, mon père qui s'est chargé de Will. J'entends ses mots qui me parviennent difficilement : Nathan ne nie pas. Au contraire, il avoue tout.

À la place de mon cœur, il n'y a plus qu'un trou béant. Les larmes coulent en flot continu sur mes pommettes. Même Will s'est arrêté de rire et me regarde presque comme s'il regrettait. *Presque.*

Sasha est la sœur de Nathan. *Cette* Sasha ! Il me connaît depuis des mois. Peut-être même des années. Il était là, au mariage. Je ne suis que l'instrument d'une putain de vengeance.

J'avais juré de ne plus jamais m'approcher ce monde d'hypocrites sans âme. J'avais juré de me reconstruire loin d'eux, loin de tous ceux qui ont assisté à ma chute.

Furieuse, j'ôte les mains de Nathan posées sur mon visage et essuie rageusement mes larmes. *Il m'a menti sur toute la ligne. Il a trahi la confiance que je lui avais accordée. Le peu d'estime que j'avais à nouveau envers les hommes s'est envolé. Il a tout détruit.*

Je les toise tous les deux. Ils ont piétiné mon cœur.

— Je ne ferai plus *jamais* cette erreur, juré-je en les regardant droit dans les yeux.

Will acquiesce, comme s'il approuvait et était heureux de me voir si dure. Comme s'il avait le droit de pouvoir encore croiser mon regard.

— Toi, attaqué-je en m'approchant de lui la bouche tordue de colère. Tu vas payer ce que tu as fait chaque jour de ton existence. Et si j'entends que tu as battu une autre femme, sache que je serai la première à témoigner contre toi au tribunal.

Je me fais une promesse : c'est la dernière fois que je le vois.

Nathan s'apprête à reprendre la parole, mais je ne lui en laisse pas le temps. D'un geste, je prends ma valise. Avant de partir, je retire furieusement la bague qu'il m'avait donnée au début de notre séjour.

— Tiens, c'est à toi, murmuré-je pleine de colère.

Will fixe la bague d'un air ahuri et lâche une exclamation de stupeur.

— Tu lui as offert la bague de ta grand-mère ? Putain, t'es sacrément tordu, crache-t-il en direction de Nathan.

Puis il me fixe de ses iris plus sombres et terrifiants que jamais :

— Tu devrais partir, June. Fuir loin de nous...

Pour la dernière fois de ma vie, j'écoute ses paroles. Sans réfléchir, je me dirige d'un pas rapide vers la sortie. Derrière moi, j'entends des paroles, puis des cris, des bruits sourds, mais je ne me retourne pas. *Je fuis.* Plus jamais je ne me laisserai avoir. Plus jamais je ne commettrai cette erreur.

— June ! Bordel, June ! hurle une voix féminine aux alentours.

Je relève la tête, pose ma valise près de moi et scrute la foule. Lorsque je trouve Alice, enfin, je lâche tout. Mes larmes se mêlent à mes râles de détresse. Elle court vers moi, complètement affolée. Je sens mes jambes se dérober sous moi et je tombe au sol. Ma meilleure amie s'agenouille, place ses mains sur mon visage, et appuie ma tête contre sa poitrine.

— Je suis désolée, June. J'ai essayé de te prévenir qu'il allait venir...

Ma cage thoracique tressaute. Un haut-le-cœur m'empêche de parler, alors je me contente de pleurer dans les bras de la seule personne qui compte encore à mes yeux.

— Viens, murmure-t-elle en caressant mes cheveux.

Elle m'aide à me relever, récupère ma valise et m'emmène loin, très loin d'ici. Très loin de lui.

Un brouillard épais m'entoure. Mes pleurs ont cessé, mon corps est ankylosé et je suis complètement à l'ouest. Mon cerveau rejoue en boucle les images de l'aéroport : l'air mauvais de Will, le regard douloureux de Nathan, Alice qui me prend dans ses bras, et notre départ. Tout me revient, encore et encore. *Nathan et Sasha sont frère et sœur.*

Alice apparaît devant moi, une tisane dans une main et un plaid douillet dans l'autre.

— Ça va ?

— Il était là, murmuré-je. Il savait tout.

Je soupire, puis, sentant les larmes affluer, je secoue la tête. Elle me prend dans ses bras et pose son menton sur le haut de mon crâne en s'asseyant dans le canapé à côté de moi.

— Je suis débile, putain !

Alice me serre un peu plus contre elle.

— Je... J'ai essayé de te dire qu'il était là, mais...

Je me redresse brusquement, me détachant de ses bras.

— Quoi ?

— J'ai voulu te le dire, mais...

Je me lève, le visage fermé tourné vers elle.

— Attends. Tu savais ! m'exclamé-je presque en hurlant.

Elle prend un air presque coupable.

— Oui ! Mais j'ai essayé de te prévenir ! Tu ne répondais pas !

— Mais on s'est téléphoné à plusieurs reprises pendant cette foutue lune de miel ! Tu aurais pu m'en parler des dizaines de fois !

Elle fronce les sourcils si fort qu'elle me ferait presque peur.

— Mais comment voulais-tu que je sache que ton connard d'ex allait se pointer à l'aéroport le jour de ton retour ! Je ne suis pas voyante, putain ! hurle-t-elle finalement.

J'aurais soufflé de soulagement si je n'avais pas été autant sur les nerfs.

— Alice, commencé-je plus calmement cette fois. *Nathan était au mariage.*

Sa respiration se coupe, ce qui aurait pu m'indiquer qu'elle était surprise. Mais au contraire, son regard se fait fuyant.

— Alice ? je l'interpelle alors que je sens mon cœur se fissurer un peu plus.

Non. Pas elle. S'il vous plaît. Tous, mais pas elle.

— Alors, ça, par contre, tu me l'as bien caché ?

Ses yeux humides rencontrent les miens, et je sais. Je le vois. Elle savait. Je ne mérite pas tous ces couteaux plantés dans le dos ! Je mérite d'être heureuse. C'est fini. Je récupère mon sac et fonce vers la porte pour sortir de son appartement.

— June ! June ! Je t'en prie, écoute-moi ! me supplie-t-elle d'une voix tremblante.

Je m'apprête à passer le pas de la porte lorsque sa main saisit fermement mon bras. Je me retourne et découvre Alice, les larmes aux yeux. Elle qui n'a pleuré qu'une fois devant moi.

Lorsqu'elle sent que je suis un peu plus apte à l'écouter, elle respire profondément et recommence :

— Laisse-moi t'expliquer... Je ne l'ai pas reconnu tout de suite. Quand j'ai validé ton panier sur l'application, je n'avais pas fait le lien. C'est seulement quand je l'ai rencontré que j'ai fait le rapprochement.

Elle aurait pu m'en parler. Elle aurait *dû* m'en parler.

— Je n'ai rien dit. J'ai fait semblant de ne pas le reconnaître.

— Mais tu savais, lancé-je, acerbe.

Elle ne baisse pas les yeux cette fois.

— Oui. Mais je savais qu'il te plaisait aussi ! Que c'était la première fois depuis l'autre connard que tu avais cette étincelle dans le regard ! Et c'est le seul à avoir bousculé tout le monde pour s'approcher de toi et voir comment tu allais, au mariage. Toute ta famille, moi y compris, s'occupait de régler le compte de Will. Mais lui, il est venu *te* voir, *toi*.

Pourquoi les gens se sentent-ils obligés de tout choisir pour moi ? Je sais prendre mes propres décisions !

— Il s'est approché de toi. Tu étais tellement choquée que tu ne répondais pas. Il voulait te sortir de là, t'amener à l'hôpital, mais je l'ai repoussé parce que je ne savais pas ce qu'il voulait. Quand on est sorties, il nous a suivies. Il m'a dit que tu devrais porter plainte.

— Mais c'est le frère de Sasha ! hurlé-je brusquement, les bras en l'air.

Alice me regarde, les yeux exorbités.

— Quoi ?! crie-t-elle à son tour, en se levant.

— Comment ça, quoi ?!

— Comment ça, Nathan est le frère de Sasha ? s'exclame-t-elle en faisant les cent pas devant son canapé.

— Attends, tu ne le savais pas ?

Elle secoue la tête.

— June. Je te promets. Je n'étais pas au courant de leur lien de parenté. Je te le jure sur la tombe de mon p...

— OK ! OK ! Ça va, je te crois.

Je m'arrache à sa main et croise les bras sur ma poitrine.

— Tu m'as laissée partir avec lui, ajouté-je soudainement, revenant au sujet principal de la conversation.

— J'ai toujours agi avec toi comme une maman poule, admet-elle en haussant un sourcil. Tu penses vraiment que j'aurais pu te laisser partir avec lui sans être sûre de moi ?

Je soupire.

— Il est différent, June, ajoute-t-elle après quelques secondes.

— C'est ce que je croyais, murmuré-je en fixant le sol.

Un silence pesant s'installe, terrifiant.

— Qu'est-ce qu'il va se passer maintenant ?

Je ne sais pas, Alice. Je n'en ai aucune idée.

— Je vais continuer de vivre. Je vais reprendre le boulot, m'y plonger, et, pourquoi pas, m'y noyer ? Je n'en sais rien, soufflé-je en sentant les larmes monter à nouveau. J'étais en train de tomber amoureuse de lui !

Je frotte vigoureusement mon visage avec mes mains pour chasser toutes traces de tristesse. Après une minute à ressasser le déraillement de cette journée, je finis par prendre l'unique décision qui s'impose.

— Je crois que j'ai juste besoin d'un moment pour réfléchir. Un long moment.

Seule.

CHAPITRE 25

NATHAN

Quinze ans plus tôt

Un bruit sec retentit sur ma porte entrouverte. Je sais d'avance qui se trouve derrière. Et je n'ai vraiment pas envie de voir sa sale gueule d'ange.

— Salut, mon pote ! lance-t-il en entrant sans mon autorisation.

Je quitte mon livre de cours des yeux un bref instant pour lui jeter un coup d'œil.

— Will, le salué-je d'un ton égal.

Je replonge aussitôt dans mon bouquin pendant qu'il fait le tour de ma chambre comme s'il la découvrait pour la première fois.

— On va chez Barmes ce soir… Tu viens ?

Mes narines se dilatent légèrement lorsqu'il passe près de moi. Il sent l'herbe. Évidemment.

— Chez Paul ?

Il rit dans mon dos. Je surveille ses mouvements. Il farfouille dans ma bibliothèque et fait semblant de s'intéresser à ce qui s'y trouve.

— T'en connais beaucoup, des Paul Barmes, toi ?

Il ne me voit pas lever les yeux au ciel, mais je sais qu'il le devine.

— Sa sœur sera là.

Ce coup-ci, je déglutis. Je dois me retenir de relever la tête comme un pauvre puceau, et fais comme si j'étais absorbé par mes cours.

— Je... je bosse, lancé-je pour éviter d'entamer une discussion que je n'ai pas envie d'avoir avec lui.

— Mec ! Tu ne vas pas rester là, alors qu'elle t'attend ! Ça fait des mois que t'espères une occasion comme celle-ci !

Mon cerveau tourne à une vitesse hallucinante tant mes pensées se bousculent. Je réfléchis, je pèse le pour et le contre. Je prends le temps d'analyser la situation pour éviter de me foirer et de tout gâcher.

— Et... ton père veut que tu surveilles Sasha.

Je relève immédiatement la tête dans sa direction, le nez et les sourcils froncés.

— Tu ne peux pas le faire, toi ? C'est bien ta copine, non ?

— C'est compliqué Nath'. Ta sœur est...

— Amoureuse ?

Will grimace.

— C'est clair, entre nous. On s'amuse, c'est tout. On est amis.

— Un jour, tu lui briseras le cœur, asséné-je en me refermant mon livre.

Je me lève et retire mon T-shirt sans aucune gêne. Depuis le lycée et mes années de sport-études, j'ai pris du muscle. Bien plus que lui. Alors, de temps en temps, j'aime lui rappeler qu'il ne fait pas le poids contre moi.

Ouais, c'est clairement un concours... On n'a que dix-huit ans, après tout.

J'enfile un maillot propre et un sweat par-dessus. Lorsque je ferme la porte du placard, Will est là, un sourire diabolique aux lèvres. S'il a une gueule d'ange, son regard vient du tréfonds des enfers.

— Quoi ?

Il lève ses deux mains en signe de paix.

— Je t'ai convaincu ?

— Est-ce que j'ai le choix ?

Avec une moue perfide, il s'échappe de ma chambre pour probablement rejoindre celle de ma sœur. Je passe une main dans mes cheveux en bataille pour les coiffer un minimum, puis récupère mon portefeuille et mes clefs avant de descendre dans la cuisine. Mes parents ne sont jamais là le week-end, alors je passe le plus clair de mon temps à bosser ou à cuisiner avec Annie. Intendante de la maison, je considère que c'est elle qui m'a élevé.

J'entends la porte d'entrée qui claque lorsque je finis de manger mes lasagnes. Annie est rentrée chez elle depuis une bonne heure, alors ce sont sûrement Will et Sasha qui se barrent pour aller à la fête.

Génial. Si je comprends bien, c'est chacun de son côté ? Ce serait en effet un peu honteux de se pointer avec le fils raté des Lemaître. Incapable de passer pro en basket. Incapable d'intégrer une école d'ingénieur. Incapable de draguer une fille... Je suis la risée de tous.

Est-ce que cela me dérange ? Non, je m'y suis habitué.

Je prends donc la route après eux pour rejoindre le manoir des Barmes. Les parents de Paul sont souvent absents aussi, on a donc souvent la maison pour faire des soirées. Et celles qu'organise Paul sont les plus connues de notre école de bourges. Si on est invité, on fait partie de l'élite. Enfin, c'est ce qu'ils croient tous. Pour moi, ils font surtout partie de l'élite des bouffons.

J'entre dans la maison sans sonner. Pas besoin, vu le monde assis sur les marches du patio. Dans la foule, je tente de repérer ma sœur. Après tout, elle est la raison de ma venue ici. Rien à voir avec Orianne, la sœur de Paul. Malgré moi – et malgré le rôle que je suis censé tenir ici –, je cherche des yeux celle qui m'intéresse une fois que j'ai trouvé ma sœur.

Orianne n'est pas une fille comme les autres. Quand on se voit, on travaille souvent, mais on en profite pour discuter de nos aspirations, de notre avenir, de ce qui nous fait vraiment vibrer. Par exemple, je sais qu'elle déteste jouer du violon et qu'elle préférerait se mettre au piano, mais ses parents refusent. Je sais aussi qu'elle n'aime pas prendre l'avion et qu'elle préfère voyager en train. Et qu'elle voudrait avoir un chien loyal et aussi doux qu'une peluche.

Je connais Orianne comme peu de gens la connaissent. Et je suis tombé amoureux d'elle. Mais je ne sais pas si cela est réciproque. On s'est déjà embrassés... plusieurs fois. Alors j'aimerais en avoir le cœur net. Ce soir.

Après avoir récupéré une bière dans la cuisine, salué Paul et ses amis, je croise Sasha. Elle est tellement bourrée qu'elle ne me voit même pas. Je vérifie qu'elle n'est pas assez saoule pour faire un coma éthylique et la laisse dans son coin ; elle ne fera de mal à personne dans cet état.

Je grimpe à l'étage, en direction de la chambre d'Orianne, dans l'espoir de l'y retrouver et de passer du temps avec elle. C'est la raison de mes venues à ces soirées : la voir et passer la nuit à parler, à l'embrasser, à la caresser.

Je toque une première fois à sa porte, mais je n'obtiens pas de réponse. Je tente une nouvelle fois. Sans réponse, je me permets finalement d'entrouvrir la porte en l'appelant. Un gémissement me glace le sang. Ça ne doit pas être Orianne. Ça ne peut pas être Orianne. J'entre dans la pièce et me fige face à cette vision d'horreur : celle que je considérais comme ma petite amie, mon premier amour, est en train de coucher avec... *Will Paris.*

Lorsqu'elle prend conscience de ma présence dans sa chambre, elle écarquille les yeux. Elle se met à balbutier des mots incompréhensibles tout en cachant sa poitrine, pendant qu'il se retire d'elle et fait semblant de se sentir coupable.

— Tu n'es qu'un fils de pute, Will.

— Mec... fait-il avec des yeux de merlan frit.

Il s'approche de moi et tend une main vers mon bras. Il veut me faire croire qu'il va s'excuser, mais son air satisfait me révèle ces vraies pensées. C'est lui qui est venu me chercher pour aller à cette fête. C'est lui qui m'a dit qu'Orianne serait là. Il avait tout manigancé. Alors, quand ses doigts touchent mon épaule dans un signe bidon de réconfort, mon poing part tout seul et s'écrase contre son visage.

Will n'est qu'un parasite qui encombre mon quotidien !

Quand on finit par nous séparer, le fils des Paris a le nez et l'arcade en sang, pendant que je crache le mien sur le sol. De toute façon, ce lieu est dorénavant souillé et je n'y mettrai plus jamais les pieds.

— Écoute-moi bien, connard, vociféré-je. Si un jour, j'ai l'occasion de me venger, je n'hésiterai pas. Peu importe le prix. Je te ferai payer tout ce que tu m'as fait.

Je me défais des personnes qui tentent de me retenir et m'approche jusqu'à pouvoir sentir son haleine putride :

— Et je te détruirai. Je serai celui qui te fera tomber plus bas que terre, si fort que tu ne te relèveras jamais.

Aujourd'hui

Je soupire. Pour la millième fois depuis ces dernières semaines. Gaby dort dans sa chambre. Je dois me faire violence pour ne pas faire de bruit, pour ne pas exprimer la rage qui me comprime le ventre.

Des semaines depuis que j'ai vu June, en pleurs dans les bras d'Alice et secouée par des tremblements incessants. Des semaines sans nouvelles. Des semaines que je regrette chaque jour de ne pas lui avoir dit la vérité à propos de Will et de Sasha. À propos du soi-disant plan que je n'ai jamais mis en place, mais que ce connard s'est empressé de lui révéler. À propos de ma présence à son mariage. Je lui ai menti. Je regrette de ne pas avoir eu le courage d'être honnête. Elle le méritait, pourtant. Elle mérite ce qu'il y a de mieux.

Je passe ma main sur mon arcade sourcilière encore boursouflée. Ce connard de Will me l'a éclatée lorsqu'on s'est battus à l'aéroport, après le départ de June. Un remake de notre dernière bagarre, celle pendant laquelle je l'ai tabassé pour avoir couché avec mon premier amour.

Je sors mon téléphone de la poche arrière de mon jean et le jette sur la table haute de ma cuisine. Encore une fois – peut-être la centième ? –, je clique sur le bouton vert et entends résonner le bip régulier dans l'attente d'une réponse de la part de l'interlocutrice.

— Bonjour, vous êtes sur le répondeur d'Alice Eliot-Saito, je ne suis pas dispo...

Je raccroche avant que l'envie me prenne de balancer le portable à travers la fenêtre à force d'entendre sa putain de voix me narguer comme ça, quinze fois par jour.

Comment vais-je réparer cette merde si Alice décide de m'ignorer ?

Mes pas me traînent lentement vers la salle de bains. Je file prendre une douche et remettre un peu d'ordre dans mes idées malgré ma négligence de ces derniers jours. Ce putain de bleu sur ma figure ne s'est toujours pas résorbé et j'espère franchement que Will n'est pas mieux. Ce connard le méritait autant que moi.

Je me maudis de ne pas avoir récupéré le numéro de June plus tôt. Mais je sais aussi qu'elle ne veut pas me voir. Je sais qu'elle mérite que je la laisse tranquille. Loin de moi, de ma famille, de ma sœur et de tout ce qui peut la faire replonger dans ce mariage de merde. Pourtant, je n'y arrive pas. Malgré toute ma bonne volonté, je n'arrive pas à cesser de l'aimer. Rien n'y fait.

L'eau brûlante coule lentement le long de mon corps, m'irritant la peau et la faisant rougir sous son assaut. J'augmente encore la température dans le but de griller les derniers neurones qu'il me reste. *Pourquoi n'ai-je pas pu tout lui avouer avant l'aéroport ? Pourquoi a-t-il fallu que je gâche tout ?*

Je sors de la salle de bains et je finis de me rendre plus présentable. *Il faut que je sorte de là. Et que j'amène Gaby au conservatoire.* J'enfile des fringues propres, louche du coin de l'œil sur ma valise tout droit revenue de Saint-Barth et que je n'ai toujours pas vidée – sans doute pour éviter de rendre tout ça trop réel.

Je veux la voir. Je veux m'excuser, l'embrasser, me faire pardonner, d'une manière ou d'une autre. Si elle me demande de rester loin d'elle, je le ferai. Mais je dois la voir. Une dernière fois.

Je retourne dans la cuisine pour préparer à manger. J'ai beau me sentir comme une merde, je suis père d'un petit garçon de sept ans qui n'a pas à subir mes états d'âme.

— Papa ?

Je sursaute et me retourne pour tomber sur le regard encore endormi de mon fils.

— Salut, toi, lui murmuré-je en l'embrassant sur le front.

Ma main passe dans ses boucles blondes que j'ébouriffe pendant qu'il râle. Il s'installe alors que je dépose nos assiettes sur le comptoir. Et pendant qu'il attend que je le serve, il regarde notre photo de famille posée sur le meuble de la cuisine.

Depuis l'accident, Gaby parle souvent de sa maman, comme s'il voulait s'assurer qu'elle ne disparaisse jamais complètement de notre quotidien. Alors, on a trouvé nos petits rituels. Le soir, il s'endort blotti contre moi, bercé par des histoires qu'elle lui racontait. Et la nuit, il la retrouve dans ses rêves, comme un rendez-vous secret qu'ils sont les seuls à partager. Il sait qu'elle n'est plus là, mais il sait aussi qu'elle veille sur nous. Et grâce à cette photo, le sourire d'Élodie continue d'éclairer notre quotidien.

Je sers le repas, plus ou moins équilibré selon les jours et selon nos humeurs, et je profite de ce moment pour rattraper mes deux semaines d'absence. Apparemment, il s'est éclaté : entre l'école et les soirées chez les grands-parents, il n'a pas vu le temps passer. J'en suis profondément soulagé. Quand on est veuf, père d'un enfant de sept ans et qu'on prend la décision, pour une fois, de prendre du temps pour soi, il est facile de culpabiliser. Savoir qu'il a profité de chaque instant sans voir les jours défiler me rassure.

Je tape doucement sur la table, puis récupère mon téléphone.

— Allez, Gaby, on va être en retard. On doit partir, ordonné-je gentiment.

Il descend du tabouret, le replace correctement et fonce dans sa chambre en faisant virevolter ses boucles blondes. C'est dingue ce qu'il a grandi ces derniers mois. Ne pas l'avoir vu pendant deux semaines me fait remarquer certains détails qui m'étaient inconnus. Ses yeux sont encore plus bleus, ses boucles sont plus définies et son sourire est plus franc. *Après des années passées avec un sourire triste...*

— Je suis prêt ! s'écrie-t-il, son sac à la main et les pieds nus.

Je ricane en haussant un sourcil.

— Tu n'aurais pas oublié quelque chose ?

Il fait mine de réfléchir avant de secouer la tête.

— Tes chaussures, bonhomme !

Il se frappe le front, l'évidence traverse son esprit et il fait demi-tour pour récupérer des chaussettes dans sa chambre. Je ris en coin en attendant qu'il me rejoigne devant l'entrée pour enfiler ses chaussures. Je l'observe et vérifie qu'il fait ses lacets correctement.

Un tintement me tire de ma rêverie : la sonnerie unique mais stridente de mon portable. Un nouveau message. Je sors l'appareil de ma poche, mes yeux s'écarquillent de surprise et mon cœur se met à battre à une vitesse folle.

Café Blanchet, à 16 heures précises. Pas de retard, merci. Et arrête de me harceler, espèce de psychopathe.

CHAPITRE 26

JUNE

La première étape est la colère.

Je passe mes journées à ruminer dans mon coin depuis deux semaines. Je réfléchis, m'énerve en me tirant les cheveux puis me calme avant d'avoir un nouveau pic de folie. Je suis en colère contre mon connard d'ex qui n'en a jamais assez d'écraser les autres pour se sentir à la hauteur.

Je suis en colère contre Nathan, parce qu'il m'a menti : comment lui pardonner d'avoir fait semblant de ne pas savoir pendant tout ce temps ? Je suis en colère contre lui pour cette histoire de plan, de vengeance dont je faisais visiblement partie, je suis en colère parce que... c'est le frère de Sasha ! La femme avec qui Will me trompe depuis toujours...

Je n'aurais jamais pu faire le lien pour la simple et bonne raison qu'ils n'ont pas le même nom de famille. Sasha a été mariée pendant plus de trois ans à un riche Espagnol et a conservé son nom. *Sasha Rodriguez.*

Mais le pire, je crois, c'est la manière dont j'ai appris la vérité...

La deuxième étape est... de ruminer un max dans son minuscule canapé.

Ma tête va exploser à force de tourner dans ce foutu salon ! Depuis que je suis rentrée, je suis à la recherche d'un boulot pour quelques mois, afin d'avoir une rentrée d'argent. Et puis... en parallèle, je monte mon entreprise. Enfin, j'essaie. Pour le contrat Mugler. Je cherche des noms d'agence, demande à quelques amis graphistes de me créer des logos à partir de mes inspirations, et essaie de trouver la direction artistique parfaite. J'ai passé la semaine dernière à faire des allers-retours entre l'appartement d'Alice et ma maison, à réfléchir sur la manière d'agir avec toute cette merde.

La version courte ? Je crève d'envie de créer ma propre entreprise, de me barrer de Paris et de vivre des dizaines – non, des centaines – d'aventures.

Mais la vérité, c'est qu'aujourd'hui, je traîne dans mon canapé, dans l'espoir de parvenir à me concentrer sur le dernier film Netflix. On est samedi et je n'ai pas grand-chose à faire, je suis censée me *reposer*. Comme toute personne normale qui profite de son week-end. C'est du moins ce que je crie à mon cerveau depuis vingt bonnes minutes.

À quoi bon revoir Nathan si je ne peux pas lui faire confiance ? *Est-ce que je dois prendre ce risque ? Non ! Peut-être ?*

Est-ce que je dois prendre le risque de souffrir encore ? Il m'a fallu des semaines pour admettre que mes sentiments pour Nathan vont au-delà de tout ce que j'ai pu ressentir pour Will. Alors que j'ai failli épouser. Mais je n'arrive pas à avancer : pas quand je me questionne à chaque instant sur la sincérité de ce que j'ai vécu avec Nathan. Alors qu'il a agi comme un acteur oscarisé, spécialité mensonge.

Voilà les vraies pensées qui me traversent en ce samedi après-midi neigeux.

La troisième étape : Prendre du temps pour soi.

Ces dernières semaines à ressasser les derniers événements de ma vie m'ont complètement vidé. J'ai donc pris la décision de me recentrer sur moi-même et de vivre en totale adéquation avec mes idées. Une agence qui m'appartient, un travail sur le long terme et des aventures, nous sommes d'accord ; néanmoins, il va bien falloir commencer quelque part.

Avant, je détestais la solitude. Je trouvais cela effrayant et sans intérêt. Mais aujourd'hui, pour la première fois de ma vie, j'ai suivi un conseil loufoque de ma mère – parce que oui, celle qui s'intéresse à moi une fois l'an peut parfois être de bon conseil – et j'ai médité. Avec un peu de temps, d'entraînement et de persévérance, j'ai réussi à me plonger dans cet état de méditation entre deux mondes dont tous les yogis parlent. C'était *étrange ?* Oui.

J'ai donc passé mes soirées à me plonger dans un état méditatif sur « comment lâcher-prise et trouver la paix intérieure », respiré chaque nuit aussi profondément qu'un toxico devant sa cocaïne, j'ai même acheté une quinzaine de pierres semi-précieuses pour équilibrer toutes ces chakras dans mon corps et lu vingt-cinq fois mon horoscope.

À force, j'ai senti mon esprit s'alléger, s'apaiser. J'ai enfin pu mettre des mots précis sur mes envies, sur mes sentiments ; j'ai pu accepter de ne plus être dans ce brouillard constant. Pour mon contrat avec Mugler, je suis plus concentrée que jamais pour les dernières finitions et même si mon envie de tout chambouler est de plus en plus présente, je me sens un peu plus alignée avec moi-même.

Petit pas par petit pas June...

Je récupère le livre que j'ai commandé en début de semaine : « Les cinq blessures de l'âme ». Dit comme ça, c'est carrément flippant. Avant mon retour en France, je n'avais jamais touché à ces trucs de développement personnel. Alors ce n'est pas la clé mais j'ai envie de tenter. De miser enfin quelque chose sur moi – et pas sur les autres.

La quatrième étape est de prendre du recul. Beaucoup, beaucoup de recul.

Dans un long râle, je repose le livre. Rien à faire, certaines images ne me quittent pas : l'aéroport, le visage satisfait de Will et les larmes de Nathan. Je n'ai jamais été habituée à voir un mec pleurer. Il y a ce truc dans notre société qui nous dit que les hommes doivent être forts et braves. On leur apprend à être pudique, à ne rien montrer de ce qu'ils ressentent. Que ça ferait d'eux des hommes, des vrais.

Mais Nathan a pleuré. Il a pleuré devant moi, devant Will, devant des dizaines de personnes dans le hall de l'aéroport. Il a pleuré pour moi quand je lui ai rendu la bague et il n'en avait pas honte.

Douze fois par jour, j'imagine l'appeler. Lui parler. Mais... je ne suis pas prête. Je crée des barrières autour de moi pour me protéger : je n'ouvre pas grand les portes quitte à être blessée. Mais parfois... parfois, c'est bien de se mettre en danger. Parfois, le danger et la prise de risque nous apportent plus qu'on ne pourrait rêver.

La véritable question que je me pose c'est : est-ce que Nathan mérite que je prenne ce risque ? Que pour lui, je sois audacieuse ?

Alors, j'ai dressé une liste. Une longue, très longue liste des raisons pour lesquelles je devrais fuir Nathan comme la peste.

Une part de moi craint de l'admettre : si Nathan avait tout avoué dès notre rencontre, j'aurais fui sans me retourner. S'il avait essayé de m'expliquer au fil des jours, j'aurais vu ça comme une justification bancale... et j'aurais fui également. Mais attendre, me laisser m'attacher à lui, avant de me lâcher la vérité comme une bombe... ça, c'est une trahison.

Comment être sûre que je ne suis pas qu'un pion dans une guerre qui me dépasse ? Qu'il ne s'est pas rapproché de moi uniquement pour servir uniquement ses intérêts ? Ou même ceux de sa sœur ?

Et moi, dans tout ça ?

J'ai beau vouloir croire à la sincérité de Nathan, je n'ai plus le luxe d'être naïve ?

Non. Je serais la dernière des idiotes à pardonner aussi facilement après l'enfer que Will m'a fait vivre.

Je soupire, passe une main dans mes boucles rousses et me redresse. Réfléchir me crame le cerveau. Il faut que je bouge de là, avant de perdre complètement pied.

Cinquième étape : Sortir respirer l'air pollué de Paris.

Vingt minutes plus tard, je suis douchée, habillée et mes cheveux virevoltent face au vent gelé qui me fouette le visage. L'air frais me frigorifie de l'intérieur mais je ne m'en plains pas.

Je ne sais pas exactement depuis combien de temps je marche à travers la ville, mais mes jambes commencent sérieusement être éprouvées.

Je fais une halte et récupère un café à emporter, avant d'apercevoir les marches d'un bâtiment au bout de la rue, juste à côté du parc de la Villette. Mes pas m'y mènent, évitant plusieurs fois de glisser sur le verglas qui recouvre le goudron.

Je pose mes fesses sur ces marches froides, grises et sans vie, qui vont certainement tremper mon jean et me geler d'ici quelques minutes malgré mon manteau d'hiver. Et maintenant ? Autour de moi, il n'y a que le ciel gris, et le sol recouvert de neige.

Je dois avoir l'air pathétique assise sur ces marches.

Une sonnerie stridente retentit : derrière moi, une grande porte s'ouvre, laissant apparaître des enfants et des adolescents, tous vêtus d'épais manteaux et pour certains, d'étuis à musique. Mon cœur se pince en les observant : j'aimerais être aussi insouciante qu'eux, avoir leur âge et n'avoir à me préoccuper de rien.

Les minutes défilent, les enfants disparaissent, les ados terminent de crapoter sur leurs cigarettes et finissent par s'en aller. La porte s'ouvre une dernière fois, mais je ne me retourne plus. Jusqu'à ce qu'un gamin apparaisse dans mon champ de vision, s'asseyant sur la marche en dessous de moi. Tantôt il me jette des coups d'œil étrange, tantôt il regarde la route fixement comme si Harry Potter et sa bande allaient débarquer du Magicobus.

Je l'entends chuchoter légèrement pour lui-même entre ses lèvres et sourit en coin. Quand je risque un coup d'œil vers lui, il joue avec ses lacets puis finit par croiser les bras et me lancer un regard noir. Je réprime un rire.

Le vent semble le frigorifier, pourtant il n'a pas l'air de s'en soucier. Il doit avoir un peu moins de de dix ans et est déjà sacrément mignon avec ses boucles blondes qui s'agitent sur son crâne. Malgré tout, il a un petit air absent qui peut paraître carrément flippant. Je me détourne et le laisse enfin à sa contemplation du bitume. Jusqu'à ce qu'un raclement de gorge timide me fasse sursauter quelques instants plus tard : c'est le gamin.

— Salut ? l'interrogé-je en souriant le plus gentiment possible.

— Vous avez l'air d'une clocharde, m'annonce-t-il de but en blanc.

J'écarquille les yeux et retiens un juron. Je ne sais pas si le fait qu'il me vouvoie prouve qu'il est un minimum bien élevé ou au contraire qu'il est particulièrement insolent. J'hausse un sourcil avant de répondre :

— Et toi, tu ressembles à un suppôt de Satan.

Bon ok, il ressemble plutôt à un petit ange avec sa bouille toute mignonne mais franchement il a mis mon ego six pieds sous terre en une phrase ; il le méritait. Je me détourne, la tête haute.

— Comme un suppositoire ?

— Euh non, ça c'est quand... bafouillé-je

— C'est papa qui m'en met quand je suis malade. Il dit que c'est une fusée avec des astronautes qui partent explorer mon univers pour me soigner, me coupe-t-il en se pointant du doigt, l'air fier de lui.

Je m'empêche de ricaner et acquiesce avec rapidité.

— Classe !

— Je sais, répond-il simplement.

Il se rapproche de moi et s'assoit à mes côtés, sur la marche. Je le regarde pendant qu'il me fixe de ses yeux bleus. Il a vraiment un regard à...

— Tu as un téléphone ? me demande-t-il brusquement.

J'ai un mouvement de recul. Son passage au tutoiement était plus rapide que l'éclair.

— Quoi ? Maintenant, tu veux racketter une clocharde ?

Il éclate d'un petit rire avant de secouer sa petite tête.

— Tu n'as pas vraiment l'air d'une clocharde...

— Tu essayes de m'amadouer ?

— Ça marche ?

Cet enfant a plus de répondant qu'un adulte normalement constitué. Ma main se perd dans ma poche et j'en ressors mon téléphone avant de le brandir sous ses yeux. Il tend la main pour le récupérer mais je le lève plus haut.

— Pourquoi t'en as besoin, boucles d'or ?

Il souffle et râle en entendant ce surnom, avant de me tirer la langue. Je fais de même en retour et nous restons ainsi deux minutes au moins, à se lancer des « je tire la langue mieux que toi ».

— Si tu ne me le donnes pas, je crie au secours. Je dirais que tu as voulu m'enlever.

Bordel mais d'où sors ce gamin ? Et où sont ses parents ?

— Et moi je crierais à l'agression.

— Si tu ne me le donnes pas, je vais me rouler par terre.

Tu veux jouer ? Très bien.

— Si tu te roules par terre, je me roulerai par terre aussi jusqu'à ce que tu me dises pourquoi tu en as besoin.

Je ne me roulerai *évidemment* pas par terre. Je n'ai pas cinq ans et je ne me laisserai pas avoir par un enfant, aussi mignon soit-il. En revanche, le gnome lui, a bien décidé de s'y rouler. Du moins... il est allongé au pied des marches, dans la neige fraiche pendant que mes fesses risquent de rester collées sur l'escalier gelé.

À mon avis, il ne va pas tenir très longtemps dans cette position, vu le froid de canard qui me cisaille. Lui tente de créer un ange un peu bancal dans la poudre blanche.

— Tu vas choper la crève, relève-toi maintenant, lui ordonné-je avec autorité.

Il acquiesce et se rassoit en vitesse auprès de moi. *Gentil garçon.*

— Mon papa m'a oublié.

Ah. Je comprends mieux.

— Ton papa t'oublie souvent ?

Le blondinet secoue la tête.

— Non, jamais. Mais aujourd'hui, il avait la tête dans les étoiles, avec maman je crois.

— Oh, je vois.

Lèvres pincées, je déverrouille mon téléphone et lui tends sur l'application d'appels. Il me sourit avant de taper le numéro, et s'éloigner de quelques pas. Je me redresse, le surveillant de loin. Il revient quelques secondes plus tard, le poing levé vers le ciel.

— Il arrive dans vingt minutes. J'ai dit que j'attendais à l'intérieur du conservatoire.

Je hoche la tête et commence à me lever.

— Tu vas où ?

— Je rentre chez moi et toi, dis-je en lui ébouriffant ses boucles blondes, tu rentres à l'intérieur.

Il secoue la tête et ses cheveux suivent le mouvement.

— J'ai dit ça pour rassurer papa. Je veux attendre avec toi. T'es sympa comme clocharde.

— Je pourrais être une tueuse en série mangeuse d'enfants blonds ! m'exclamé-je en découvrant mes dents blanches.

Il me toise de haut en bas avant de hausser les épaules.

— Tu ne fais pas assez peur pour être une tueuse en série.

— Tu as conscience que c'est exactement le but des tueurs en série ?

Il esquisse un sourire en coin. Ok, cette conversation est vraiment étrange mais je dois avouer que ce môme est assez amusant.

— Pourquoi tu ressembles à une clocharde si t'en es pas une ? m'interroge-t-il de ses grands yeux bleus.

— Traite-moi encore une fois de clocharde et je te fais la misère.

— Tu es drôle quand tu prends ta tête de méchante.

Je le dévisage quelques minutes, tandis qu'il joue avec un petit tas de neige à ses pieds.

— Tu es étrange pour un enfant de ton âge, tu le sais ça ? lancé-je sur un ton soudainement sérieux.

— Je sais. Tout le monde me le dit, assène-t-il d'un air résigné.

— Les gens sont gentils avec toi ?

— Les gens de mon âge ne sont pas très intelligents.

Sa mine se fait pensive, comme s'il avait accepté son sort.

— Je veux bien être ton amie, moi, si tu veux ? lui demandé-je en lui tendant la main, comme pour pactiser.

— Je veux bien être ton ami si tu changes de vêtement.

Ok, il a le mérite d'être honnête. Et ça me change. Cette fois, j'éclate de rire et acquiesce. Je ne sais pas d'où sort ce gosse mais je ne manquerai pas de dire à son père qu'il est génial. *Étrange mais génial.*

Il continue de me parler comme si j'étais sa nourrice et que c'était un après-midi normal après son cours au conservatoire. Sa bouche débite un flot de paroles impressionnant : en quelques minutes, j'apprends toutes les fois où son père lui a fait enfiler ses vêtements à l'envers pour l'école, où il a raté le plat qu'il cuisinait, et ainsi de suite. Lorsqu'il répète tous les gros mots que son père a un jour prononcé, je prends de gros yeux et le toise d'un air réprobateur.

— Non mais oh ! Tu as quel âge pour jurer comme un charretier, toi ?

Il penche la tête sur le côté avant de grimacer.

— Papa dit que j'ai trente-deux ans.

— Et moi j'en ai dix. Tu vois, on a carrément le même âge.

Il ricane et je souris devant sa mine sérieuse.

— Sinon, tu joues de quel instrument là-dedans ? l'interrogé-je, curieuse.

— Du piano. Parfois du violon mais je suis nul.

— T'as envie d'en faire ?

Il hausse les épaules, l'air indécis.

— J'aime bien. J'ai envie de réussir.

Je lui tapote le bras avec un ton réconfortant.

— Alors persévère. Moi je fais des dessins. Et je peux te dire qu'à ton âge aussi j'étais vraiment nulle. Maintenant, je suis super douée.

— Pour le dessin peut-être. Mais tu n'es vraiment pas douée pour réconforter.

Je feins d'être profondément vexée et lui réponds, du tac-au-tac :

— Et toi tu es un piètre enfant.

Il écarquille les yeux, sous le choc et semble tout à coup très sérieux.

— C'est faux ! J'ai plein de qualité d'enfants ! Toi, tu es une piètre clocharde !

Sur ce, il me tire la langue et se détourne de moi. Je rêve ou il boude ? Je me rapproche de lui et passe ma tête rousse par-dessus son épaule.

— T'es pas drôle ! s'écrit-il fortement.

— Ah bon ! Je croyais que justement, j'étais une clocharde très drôle tout à l'heure.

Il croise ses petits bras sur son torse et me contemple, presque hautain. Je soupire en étirant les lèvres.

— Eh, je rigolais... je suis sûre que tu es un merveilleux enfant. Et que tu seras un super violoniste.

Il se retourne et me toise de ses beaux yeux bleu océan.

— Là, tu fais très tueuse en série.

J'explose de rire. Oui, cet enfant est génial. J'ai presque changé d'avis : si un jour, j'ai un gosse, je veux qu'il lui ressemble.

— On refait une partie ?

Je soupire avant de hocher la tête. Son père a du retard, mais je n'ose pas appeler. Cela fait donc vingt-cinq bonnes minutes que nous jouons à chi-fou-mi et que je perds lamentablement contre un gamin de sept ou huit ans. Il est en train de me dépouiller de toute ma petite monnaie.

— Ton père risque d'arriver à tout moment, ajouté-je en faisant une pierre avec ma main.

Encore perdu. Ça devient légèrement humiliant là...

Je lui jette une pièce d'un euro sur le torse, il l'attrape fièrement avant de me sourire.

Je suis à court de pièces, mon coco...

— On a encore un peu de temps, me contre-t-il avec un sourire.

Je secoue la tête et me lance dans une prière silencieuse pour que Dieu me vienne en aide contre ce min- démon voleur de pièces.

— Chi... Fou... Mi !

Cette fois, je fais le ciseau et lui la feuille.

— Yes ! m'écrié-je en me levant d'un seul coup, le poing dressé vers le ciel.

Je sautille sur place, comme une enfant, pendant que le *vrai enfant* me toise d'un air consterné.

— Tu n'as gagné qu'une seule partie, me fait-il remarquer en haussant un sourcil.

Je lui tire la langue et continue à danser pour le faire taire. Au loin, une porte claque, me faisant sursauter et je me retourne. Quelques pas encore.

— Bonjour.

Mon cœur chute de dix étages.

CHAPITRE 27

Je suis tétanisée.

C'est impossible.

Je ne crois pas au destin.

Sauf quand il s'abat sur moi avec une coïncidence aussi énorme qui, normalement, n'arrive que dans les comédies romantiques.

— Bonjour, répète-t-il pendant que je suis figée, nos yeux aimantés.

Je ne réponds toujours pas. Mon corps est complètement gelé et mon cerveau cherche l'issue la plus proche. Le petit garçon me pousse sans ménagement et fonce dans les jambes de son père auquel il s'accroche comme un koala.

Je n'ai plus besoin de lui demander son prénom. Il s'appelle Gabriel. *Gaby.*

— Papa ! s'exclame-t-il en s'agrippant toujours plus à Nathan.

Un souffle imperceptible traverse mes lèvres, laissant échapper de la buée. J'observe la scène, l'esprit ailleurs, loin, très loin d'ici.

Je ne suis pas prête. Merde, je ne ressemble à rien.

Je passe une main nerveuse dans mes cheveux pour les dompter un peu pendant que Nathan regarde son fils avec toute la tendresse du monde dans ses yeux.

Mon ancien compagnon de voyage me lance des coups d'œil rapides, combinés à son éternel sourire en coin : il semble dans son élément, comme si tout ceci devait arriver et qu'il était prêt.

Mais moi, je ne le suis pas.

— Désolé du retard, bonhomme, j'avais...un rendez-vous qui s'est éternisé, s'excuse-t-il ensuite auprès de Gabriel.

Gaby secoue la tête et balaie ces mots d'un revers de main. Ce gosse doit le mener par le bout du nez. Je me maudis d'avoir été aussi aveugle.

Des yeux comme ça, d'un bleu perçant ? Une ressemblance frappante avec son père, jusque dans ses répliques acérées. Un gamin au franc-parler, qui traîne seul à la sortie du conservatoire, qui aime le violon mais qui n'arrive pas à en jouer pendant que les autres enfants se moquent de lui. Un enfant un peu étrange et dans son monde car il a perdu sa maman très jeune. Les pièces du puzzle s'assemblent enfin dans mon esprit.

Nathan passe une main tendre dans les boucles blondes de Gabriel et les ébouriffe. Son fils râle aussitôt, protestant que ce geste est indigne d'un garçon de son âge.

— Papa ? l'interroge-t-il en se détachant de la jambe de son père.

Gaby se rapproche de moi et me prend la main.

— C'est ma nouvelle baby-sitter.

Pardon ?

Toujours sidérée, je reste immobile, malgré la paume chaude de Gaby qui saisit la mienne.

— Tu peux renvoyer Charlotte la Râleuse chez elle : je veux que ce soit elle, ma nouvelle baby-sitter.

Son ton ne laisse pas la place à la discussion : il énonce simplement un fait. Nathan aimerait rire, mais quelque chose le retient. Gabriel lève sa petite mine vers moi, les yeux remplis d'espoir. Mes lèvres se crispent légèrement : je n'ai pas envie de le décevoir mais mon métier ne me permet *vraiment* aucun répit pour garder un gosse.

Attends quoi ? June, tu as un autre métier surtout. Et puis... Moi, m'occuper d'un enfant ?

Non... pire encore, moi, garder l'enfant de Nathan ?

— C'est mon amie, ajoute-t-il à l'intention de son père, comme s'il n'y avait que lui à convaincre.

— Je croyais que j'étais une clocharde, murmuré-je plus pour moi que pour eux.

Nathan, un sourire mutin aux lèvres, ébouriffe à nouveau les cheveux de son fils ; puis, il se rapproche de moi, la main tendue. Gaby nous observe, les yeux pétillants.

— Nathan, enchanté, se présente le traître en serrant doucement ma main.

C'est léger mais je sens son pouce effleurer ma peau, déclenchant une vague de frissons dans tout mon corps. Tous mes sentiments se mélangent à nouveau : la colère, la tristesse, le désir. Ma main se referme comme une huître sur ses doigts et je les serre aussi fort que je le peux.

— June, soufflé-je.

Je ne sais plus si je le hais ou si je l'aime un peu plus. Pourtant, mon cœur bat toujours plus fort dans ma poitrine.

— Mon fils semble beaucoup vous apprécier... commence-t-il, le rire au bord des lèvres.

Tel père, tel fils, n'est-ce pas ?

— Il sait apprécier les choses à leur juste valeur, voilà tout, lancé-je avec un haussement d'épaule.

— C'est sûr... mais je ne suis pas sûr qu'il sache dans quel bourbier il se lance, rétorque mon adversaire, le menton haut.

Je plisse les yeux. *D'accord... je vois.*

— La vérité sort de la bouche des enfants... Vous n'avez pas l'air d'être un enfant, par conséquent, je vais faire semblant de n'avoir rien entendu.

La tête haute, je lance un clin d'œil complice à son fils qui me contemple, émerveillé. Même quand je suis à la dérive, Nathan arrive à me bousculer et à me réveiller en quelques secondes. Maintenant j'ai envie de l'énerver, de le provoquer.

— C'est dingue parce que vous avez le comportement d'une enfant justement, me contre-t-il avec ferveur.

Culotté...

— C'est pour ça que je m'entends si bien avec votre fils.

Sa main vient se poser sur l'épaule de son fils et ce dernier relève la tête dans sa direction.

— Gaby, tu veux bien aller m'attendre dans la voiture ? lui demande-t-il en pointant du menton le bolide noir, juste derrière nous.

Le jeune garçon acquiesce, un peu à contre-cœur. Le mien, de cœur, bat un peu plus vite à l'idée de me retrouver seule avec Nathan. Ce dernier suit son fils des yeux pendant que ce dernier me fait *au revoir* de la main, puis grimpe dans la berline avant de refermer la porte. Son père se retourne vers moi, un sourire hésitant au creux des lèvres.

— Tu es toujours aussi... ardente, tente-t-il.

Notre petit numéro des inconnus prend fin dès l'instant où Gaby est hors de portée.

— Étonnant... ton fils, lui, m'a traitée de clocharde, rétorqué-je en retenant un sourire.

Il faut que je reste à distance. Mais sa figure rouge de gêne quand je lui apprends les frasques de son fils à la langue bien pendue me rend la tâche compliquée.

— C'est un enfant vraiment intéressant, conclus-je.

— Il l'est, confirme-t-il d'un sourire, plus que certains enfants de son âge, je suppose. Tu n'es pas la première à me le dire.

J'acquiesce d'un air absent, en glissant mes mains dans mes poches.

— Je te remercie d'être restée avec lui le temps que j'arrive.... Je n'aurais jamais cru te revoir dans ces conditions... Je... je n'aurais jamais cru te revoir tout court.

Cette fois, je ne ris plus. Je fais ce que je sais faire de mieux : fuir son regard pour fuir la réalité. Il a l'air en forme. Enfin, si on omet ses cernes et son teint pâle, loin du teint halé de Saint-Barthélemy, il a l'air... bien.

Non en réalité, il est toujours aussi beau. Ses boucles brunes qui dépassent de son bonnet noir lui confère un air espiègle bien trop séduisant, et ses yeux pétillent toujours de malice lorsqu'il lance des piques... J'estime donc qu'il va bien. Mon cœur se serre presque à l'idée qu'il vive cette période comme une simple épine dans le pied. Comme si notre histoire était assez insignifiante pour qu'il passe outre. Comme s'il avait oublié le mal qu'il a fait...

Sauf que je sais qu'il est aussi un excellent comédien.

Je ris jaune face à l'absurdité du moment. *Nous deux, là, devant le conservatoire de Paris, c'est... improbable.*

— Je suis contente de l'avoir rencontré, en tout cas. Il te ressemble beaucoup.

C'est clair qu'ils se ressemblent.

Le silence se fait entre nous. Ce n'est pas gênant, c'est tendu. Notre complicité est là, toujours présente, au fond de nous, mais la situation n'est pas adéquate. Elle ne l'a jamais été.

Je préfère prendre mes jambes à mon cou.

J'esquisse un mouvement pour descendre les marches : quand Nathan comprend que je vais partir, il avance vers moi, la main tendue, comme pour me retenir. Je sens la pulpe de ses doigts effleurer les miens. Un long frisson remonte le long de mon échine mais je préfère le mettre sur le compte du froid parisien. Je les retire aussitôt.

Je ne suis pas prête.

Je ne cherche pas à rencontrer son regard : je suis certainement trop peureuse. Ou alors, je sais que si je plonge dans l'océan de ses yeux, je ne risque pas de lui résister longtemps.

— June, commence-t-il dans un souffle, s'il te plaît. Est-ce que ça va ?

Je hoche la tête en guise de réponse et commence à reculer.

— On en est vraiment là ? raille-t-il, d'une voix triste.

Je relève la tête vivement et plisse des yeux dans sa direction.

— À qui la faute Nathan ? Tu veux que je te dise quoi ? Que tout va bien ? Que ma vie n'a pas été bousculée à cause de toi ? De ce que tu m'as caché ? Ce n'est pas le cas donc je préfère me taire.

Il s'avance, déterminé et prend mon visage en coupe. Je panique intérieurement à l'idée que Gaby puisse nous voir de la voiture mais un tronc d'arbre nous met hors de sa vue.

— June, je préfère mille fois que tu me hurles dessus, que tu te déchaînes sur moi, que tu m'insultes de tous les noms plutôt que de faire face à un mur ! s'écrit-il, le regard plongé dans le mien.

J'arrache ses mains de mes joues.

— Mais je m'en suis pris un de mur, moi ! Un énorme, même ! Que veux-tu que je te dise de plus ? Comment suis-je censée t'écouter ? Te faire confiance ? Te croire ? Ce fameux plan dont *il* a parlé ?

— Je n'ai pas...

Je le coupe d'un signe de la main.

— Pas maintenant. Pas dans ces conditions.

Nathan acquiesce : je me sens déjà mieux, plus sûre de moi.

Au fond de moi, vraiment tout au fond, je sais qu'il est différent d'eux ; je le vois avec son fils. Il se comporte en père aimant, là où le sien a visiblement échoué.

— Je n'ai jamais voulu te faire souffrir June. J'ai merdé, j'aurais dû te parler de tout ça à la plage, ce matin-là. Je préfère un million de fois affronter ta colère plutôt que ton silence.

Mon cœur flanche dans ma poitrine. Il me manque, putain. Il me manque mais ça ne peut pas marcher.

— C'est douloureux, lâché-je en chuchotant. J'ai l'impression de vivre une nouvelle trahison alors que je viens à peine de me remettre sur pied. Comment pourrais-je te croire à nouveau, Nathan ?

— Laisse-moi te revoir. Au moins une fois... Je veux tout te dire. Des choses vraies, réelles, qui sortent tout droit de mon cœur, de ma vie. Je ne joue plus June. Je n'ai jamais joué quand il s'agissait de toi.

J'aimerais le croire... Mais il a si bien caché la vérité ces dernières semaines que mon cerveau ne peut s'empêcher de douter. Encore. Des larmes montent aux coins de mes yeux, Nathan se rapproche et moi, je recule.

— Je ne suis pas encore prête à t'écouter, insisté-je en fixant à nouveau ses yeux océan.

— Alors j'attendrai. Je t'attendrais June, même si cela veut dire qu'il me faut patienter pendant cinq ans, dix ans, ou ma vie entière, je le ferai. Mais je suis tenace.

Cette fois, je ne peux retenir un sourire. Derrière Nathan, je vois Gaby dont le visage est écrasé sur la vitre arrière.

— Je crois qu'il s'impatiente...

Il se retourne vers moi après avoir fait signe à son fils. La douceur de son regard me trouble plus qu'il ne le faut et mes yeux se perdent sur sa bouche. Il suffirait que je me rapproche et me grandisse un peu pour que nos lèvres se touchent. Mais je ne le fais pas. Non, à la place, je m'éloigne encore de quelques pas, marquant mon départ.

— J'ai tellement de choses à te dire, June. Tu mérites de tout savoir.

Je hoche la tête pour confirmer. *Je sais* qu'il aimerait me parler plus longtemps mais la situation et le moment sont mal choisis pour aborder ces sujets-là. Et puis… j'ai besoin de me trouver avant d'envisager quoi que ce soit. *Même de le revoir…*

Et si là, tout de suite, j'ai envie qu'il m'ouvre ses bras pour que je puisse y élire domicile, je veux que Nathan reste mon bonus. Et pour qu'il soit pleinement mon bonus, je dois apprendre à vivre avec moi-même et à devenir la femme que je veux être, sans que personne ne me dicte ma conduite. Je dois d'abord construire des fondations solides *pour moi,* avant d'envisager de les construire *avec d'autres.*

Mes pieds reculent lentement, je lui lance un dernier regard avant de me détourner.

— June ! s'écrit-il quelques secondes après. Est-ce je vais encore devoir oublier Gaby et t'appeler à la rescousse pour te revoir ?

Mes lèvres s'étirent sans le vouloir et un gloussement s'en échappe.

— Tu as mon numéro, maintenant, lui rappelé-je d'un air innocent.

Je me retourne pour rebrousser chemin et reprendre la route jusqu'à chez moi.

À chaque pas que je fais, je me libère de ma vie passée. Un pas… et j'en ai fini avec ce mariage et cette humiliation.

Un deuxième pas… Je me libère de l'emprise que Will avait sur moi.

Un troisième et j'oublie la tromperie, la douleur, la haine.

Un quatrième… je repense à Albert, mon cher ami, que je remercie de veiller sur moi chaque jour…

Un cinquième pas et je me sens enfin mieux dans ma tête, et dans mon corps.

Un autre pas… celui-là est plus décisif, plus clair : je veux trouver ce que je veux vraiment faire de ma vie, ne plus me contenter de ce que j'ai et explorer ce que *je peux avoir.* J'observe les arbres, au milieu de ce champs blanc qui recouvre Paris. Et là, au milieu des branches sèches et marrons, un petit bourgeon vert, tenace, résistant, fort… Un battant qui se démène pour vivre et braver ce froid.

Un vert étincelant, éclatant ; un vert acidulé qu'on retrouve sur les pommes… Et dans ma tête ça fuse comme un flash. L'agence GreenBud. Bourgeon vert.

Un énième pas et je suis au pied de ma petite maison, des idées plein la tête. Je relève les yeux, la neige tombe sur mon visage, fond instantanément et je soupire d'aise. *Je sais ce que je veux, maintenant. Je sais ce qu'il me reste à construire. Seule d'abord, puis peut-être que d'autres me rejoindront en cours de route…*

Mon téléphone vibre dans la poche de mon manteau. Je fronce les sourcils et plonge ma main à l'intérieur pour le récupérer.

Tu étais la clocharde la plus sexy de Paris

J'éclate de rire et lève les yeux au ciel avant de ranger mon portable. Le cœur plus léger, j'avance, un vrai sourire aux lèvres.

CHAPITRE 28

Quand Nathan disait qu'il était tenance, il ne plaisantait pas. Les messages ont commencé dès nos retrouvailles.

MARS

J'ai cuisiné des Mac&Cheese aujourd'hui.
Parce que ça me rappelait notre rencontre.
Maintenant, Gaby ne veut plus rien manger d'autre...
N.

Il s'inspire des meilleurs.
J.

AVRIL

Quand j'avais dix ans, j'ai invité un garçon à venir jouer avec moi dans mon jardin.
Mon père l'a mis dehors parce qu'il refusait que j'aie des amis.
N.

Une fois, je me suis fait punir à la place de ma sœur, j'étais tellement en colère de l'injustice que j'ai secrètement brûlé toute sa collection de timbres.
N.

Je me suis inscrit sur Find It pour rendre service à un client et ami. Il m'avait demandé de tester cette nouveauté que nous avions développé ensemble... les séjours.
N.

Dois-je le croire ?

MAI

Pas de SMS mais un vrai mot, caché dans un hibiscus, devant ma porte. Je souris, nostalgique de notre voyage et de ces fleurs si symboliques. Comment a-t-il eu mon adresse ? Sûrement une complice infiltrée...

Aujourd'hui, cela fait trois mois que
nous sommes rentrés de Saint-Barth.
Je crois que j'étais nostalgique.
Est-ce que tu repenses à nous, parfois ?
N.

Oui.
J'y pense.
J.

Gaby te réclame comme baby-sitter...
c'est une situation vraiment épuisante...
N.

Je souris. Encore. Je réponds. Encore.

Je compatis.
J.

Dans ma famille, personne n'a les yeux bleus.
Mon père reprochait à ma mère de l'avoir trompé.
Il la frappait pour la punir.
Plus tard, j'ai découvert que mon arrière-grand-mère avait les mêmes yeux bleus.
N.

Je suis désolée...
Tu méritais mieux que tout ça.
J.

Je n'ai jamais voulu te faire souffrir June.
J'ai eu l'idée d'une vengeance, oui, c'est vrai.
Je ne l'ai jamais mise en place.
N.

Ce message me fait mal. Je ne réponds pas.

JUIN

J'ai coupé tous les ponts avec ma famille
depuis le mois de novembre.
Seule ma mère a l'autorisation de voir Gaby,
une fois par mois, chez moi ou dans un lieu public...
Toujours en ma présence.
N.

Ton monument préféré à Paris ?
N.

Le Louvre.

J.

Pourquoi ?
N.

C'est un lieu chargé d'histoire...
Des plus belles œuvres.
Propice à la réflexion.
J.

Ton odeur me manque, ton rire me manque,
je vois ton sourire quand je ferme les yeux
et je te vois nager dans les eaux de Saint-Barth
dans mes rêves.
N.

Est-ce que je suis prête à le revoir ?

Ton silence est une torture.
Je le mérite probablement.
N.

Et ces messages sont à la fois mon enfer personnel et mon paradis.

Gaby me demande chaque jour quand est-ce que
sa nouvelle baby-sitter va venir.
Il parle de toi, si jamais tu n'avais pas compris.
N.

J'aimerais lui dire que je vais bien.

Que j'ai enfin aménagé dans le duplex d'Albert – avec plus de couleurs. Que mon entreprise est lancée, que le défilé Mugler approche à grands pas. Qu'Alice est avec moi dans cette aventure.

Que j'ai remis ma vie sur les rails.

Que je suis bientôt prête.

Alors un soir, alors que je me promène au Jardin des Tuileries sous la chaleur du soleil couchant, je finis par céder.

Il y a tant de choses que j'aimerais te dire.
N.

Je suis libre vendredi soir.
J.

Il ne répond pas tout de suite. Je fixe mon téléphone pendant des minutes d'une longueur infinie.

Je passe te prendre à 20h.
N.

Puis un autre message.

Merci June.
N.

J'expire longuement devant mon miroir pour me donner du courage. *Allez, tu peux le faire.* Mes mains lissent les plis de ma robe avant de donner du volume à mes cheveux. Je prends une nouvelle inspiration et ferme les yeux un instant.

— Si tu te dégonfles, je te tue sur la place publique...

— Et si... la coupé-je d'une petite voix. Et si...

Je n'ose même pas finir ma phrase mais Alice le fait pour moi.

— Et si tu osais être heureuse avec lui ? Et si tu lâchais enfin prise et te laissais vivre pleinement ?

Elle passe derrière moi, me tend mon sac et mes escarpins rouge carmin. Je la remercie d'un sourire.

— Son amour pour toi crève les yeux... et l'écran, ajoute-t-elle en ricanant. Même ses textos dégoulinent de tendresse. C'est à vomir.

Alice ne l'avouera jamais, mais je sais qu'elle a accepté de revoir Nathan des mois auparavant. D'avoir des explications. En tant qu'amie, elle a déjà décidé depuis longtemps de lui accorder une seconde chance.

Et toi, tu es prête June ?

Je rougis en la repoussant puis file à l'entrée pour enfiler mon gilet. Le mois de juin est encore frais en soirée. La sonnette retentit enfin.

— Ok June, je sais que t'en as chié mais par pitié ne rentre pas avant de l'avoir galoché ! s'exclame-t-elle d'un air dramatique.

Je chasse Alice d'un revers de main avant d'ouvrir la porte. Les yeux bleus de Nathan me transpercent, m'ébranlent, me transcendent. Je respire difficilement, trop bouleversée de le voir après ces mois loin de l'autre.

— Bonsoir, murmuré-je en souriant doucement.

Il ne me répond pas tout de suite, concentré dans son observation.

— Bonsoir.

Ses iris détaillent mon corps, passant de mes cheveux qui tombent en cascade sur mes épaules à mes escarpins rouges. Quant à moi, mes yeux pétillent en le découvrant. Il est en costume.

Ses yeux s'arrêtent finalement sur mon visage. Je sais que les miens brillent d'impatience, d'envie… d'amour. Tous ces mois n'ont pas suffi à l'oublier. Une vie entière ne suffirait pas à l'oublier.

C'est la première fois qu'il me voit. Enfin, qu'il voit la *nouvelle* moi. Ou plutôt l'ancienne moi retrouvée. Celle qui a repris du poids, de l'énergie, celle qui est plus vivante que jamais.

Nathan me tend le bras pour me guider jusqu'à sa voiture.

— Puis-je savoir où tu m'emmènes, ou bien tu es décidé à garder le secret jusqu'au bout ? l'interrogé-je.

Derrière moi, il lance un clin d'œil complice à Alice qui referme la porte. Il sourit avant de se pencher vers mon oreille et d'y chuchoter :

— C'est un secret. Et je suis de nature déterminée.

Les rues de Paris défilent une à une : nous roulons depuis une bonne trentaine de minutes. Trente minutes des plus silencieuses mais aussi des plus reposantes. C'est une chose qui n'a pas changé depuis Saint-Barth : nos trajets muets. Je cale ma tête contre la vitre et admire la Ville Lumière. De nuit, Paris est impressionnante et magnifique.

Nathan finit finalement par se rabattre près de la rue Rivoli, devant un bel hôtel. Un valet m'ouvre la portière et me tend son bras : je sors de la voiture, des paillettes plein les yeux. Mon rendez-vous de ce soir me rejoint, récupère ma main avant de tendre ses clefs au valet et de m'attirer en direction du Louvre.

— Viens, me chuchote-t-il dans l'oreille.

Un frisson remonte le long de mon échine.

— Nathan... commencé-je en fronçant les sourcils, je ne crois pas que ce soit ouvert à cette heure-là.

Il me lance un coup d'œil malicieux et je sais alors qu'il a parfaitement prévu son coup. *Pourquoi faut-il toujours qu'il se montre si prévenant ?*

Nathan s'avance vers un vigile et lui tend son téléphone. Le monsieur hoche docilement la tête et nous laisse entrer. Les yeux écarquillés, je le suis à travers le chemin à peine éclairé du bâtiment, en direction de la Pyramide. Le monument brille au milieu de l'obscurité, les spots éclairent le ciel et je comprends enfin ce que nous faisons là.

— Une visite nocturne ? l'interrogé-je finalement.

Il se tourne vers moi et son regard m'embrase lorsqu'il lance :

— Je me suis dit que le Louvre devait être encore plus... propice à la réflexion, la nuit.

— C'est...

— Incroyable ? Génial ? Cool ?

Je ris avant de serrer sa main un peu plus fort.

— Parfait.

Il se penche vers mon visage et dépose un baiser d'une infime tendresse sur ma joue. J'en frissonne. Quelques autres personnes patientent devant nous, mais nous ne sommes vraiment pas nombreux. Tout le monde est vêtu de façon très chic.

— Mesdames, Messieurs, tonne une voix masculine devant nous. Nous allons vous mener à vos tables respectives pour le dîner face à l'œuvre que vous avez sélectionnée.

Mes yeux s'écarquillent de stupeur et je croise les prunelles amusées de Nathan

— Puis nous vous laisserons jusqu'à minuit pour visiter le musée à votre guise.

— C'est... *tu* es dingue !

De toi, oui, assène-t-il comme la vérité la plus évidente du monde.

Je ne ris plus. Aucun mot ne vient. J'ai besoin de me réhabituer à lui. À ses mots. À sa douceur.

— Quel œuvre as-tu choisi ?

Il esquisse un sourire.

— La Liberté guidant le peuple...

— Eugène Delacroix... intéressant.

— Je l'ai choisie pour toi, ajoute-t-il en me coulant un regard entendu. Pour te rappeler à quel point tu es forte et libre.

Je ne suis pas si à l'aise que cela face aux compliments mais celui-là me va droit au cœur.

Après avoir passé la sécurité, nous découvrons le Louvre de nuit. Et je dois dire que le spectacle en vaut largement la chandelle. Un serveur vient à notre rencontre et nous guide parmi des salles remplies d'œuvres plus majestueuses les unes que les autres. Nous arrivons finalement devant une table ronde, dressée d'une nappe blanche et de fausses bougies.

— Voici votre table, présente-il solennellement

— Je crois que c'est le meilleur rendez-vous de ma vie, lancé-je enfin à Nathan, avec un sourire franc.

Assis, il se tourne vers le tableau et pointe un personnage du doigt :

— Savais-tu que l'homme au chapeau haut-de-forme est probablement Delacroix ou un de ses amis ? commence-t-il. Nous n'avons aucune certitude mais il est le seul homme du tableau à être habillé en bourgeois. Les experts en ont déduit qu'il s'agissait sûrement de l'artiste. Une sorte de... participation à la révolte à travers son art ?

Comment tu le sais ?

Nathan rougit légèrement et mon cœur se serre devant cette vision.

— J'ai fait des recherches. Je voulais t'impressionner, m'avoue-t-il d'une voix timide.

— Ici, enchainé-je en montrant la Marianne, les gens ont crié au scandale parce qu'elle avait des poils sous les bras !

Ses yeux pétillent, les miens brillent. Il passe une main sur sa légère barbe, la mine pensive :

— Si ma mémoire est bonne... six ans d'histoire de l'art ?

— Sept. Tu n'étais pas loin.

Le serveur revient vers nous et dépose sur notre table quelques apéritifs. D'après ce que Nathan m'a expliqué, un menu unique est préparé puis apporté dès que nous souhaitons commencer.

— June ? m'interroge-t-il en fronçant les sourcils. Est-ce que je gâcherais la soirée si je te demandais de... discuter ?

Même si je suis en nage à l'idée d'avoir cette discussion, c'est pour ça que nous sommes là. Parce qu'il avait toutes ces choses à me dire. Le silence se fait, nous continuons de nous regarder dans le blanc des yeux comme si la réponse à tous nos problèmes s'y trouvait.

— Je suis désolé.

Sa voix est posée, mais chaque mot pèse de tout son poids.

— Désolé de t'avoir menti. Désolé de t'avoir trahie. Désolé d'avoir abusé de ta confiance.

Il ne cherche pas d'excuses, ne s'effondre pas sous le poids de la culpabilité. Il énonce simplement les faits, comme s'il savait que rien ne pourra effacer ce qu'il a fait. Je serre les lèvres en une fine ligne. Il soutient mon regard, sans fuir.

— Je connais Will depuis des années.

Un frisson me traverse, mais je ne dis rien. Il doit parler. Je dois entendre.

— On a grandi ensemble. Avec Sasha. On était comme une fratrie, au début. Mais Will a toujours été... Will. Cruel, manipulateur, obsédé par l'idée d'écraser ceux qui lui tenaient tête. Et moi, j'ai fini par être une menace.

Il effleure son avant-bras, distraitement, comme si des plaies invisibles étaient encore ouvertes. Son regard océan se perd au loin et il me raconte. Il retrace son enfance avec eux, l'histoire des trois cicatrices dans son dos, les punitions injustes, les coups de son père.

— J'ai mis des années à m'éloigner d'eux, à couper les ponts. J'avais juré de ne jamais leur laisser la moindre prise sur moi. Et puis, il y a eu ton mariage, ajoute-t-il après quelques secondes.

Mon ventre se noue à l'évocation de ce jour.

— Quand j'ai vu ce qu'il t'avait fait ce jour-là... J'ai pensé que c'était l'occasion parfaite. J'avais un plan. Un plan dont tu serais la pièce maîtresse. Pas juste une arme contre lui. Une alliée, peut-être. Mais je n'ai jamais eu à le mettre à exécution.

Je déglutis lentement, comme si ces paroles étaient difficiles à avaler.

— J'ai aussi envisagé de me servir de toi pour le détruire.

La vérité claque, brutale. Pourtant, il ne détourne pas les yeux.

— Je ne vais pas prétendre que l'idée ne m'a pas traversé l'esprit. Parce que c'est le cas. Mais il m'a suffi d'un regard vers toi, ce jour-là, pour savoir que tu n'avais pas besoin de moi pour le briser. Et je ne voulais pas que tu souffres encore plus. Tu n'avais pas à devenir un dommage collatéral de notre conflit.

Un silence s'installe. Lourd. Chargé de tout ce qu'il avoue. J'ai envie de le croire, mais comment être sûre ?

— Tu m'as déjà menti une fois, soufflé-je.

Ses doigts se crispent imperceptiblement sur la table.

— Je sais.

Sa voix reste calme, mais déterminée.

— C'est pour ça que je ne cherche pas à te convaincre. Je veux juste que tu saches la vérité.

J'ai envie de céder. De croire qu'il est sincère, que tout ça est derrière nous. *Mais... si je me trompais ?* Je ferme les yeux un instant. Inspire profondément.

— Parfois... je me demande si tu joues la comédie.

Il ne bronche pas. Ne se vexe pas.

— Je ne joue pas, June. J'ai envie d'être avec toi. Peu importe le temps que cela prendra pour que tu me fasses à nouveau confiance, j'attendrai. Même si cela prend toute l'éternité...

Il tend la main vers la mienne, mais s'arrête à mi-chemin, comme s'il savait que c'était à moi de décider. Je détourne les yeux, les fixant sur le tableau de Delacroix accroché au mur, cherchant un point d'ancrage, quelque chose qui pourrait apaiser le tumulte dans ma poitrine.

Un silence s'installe, mais il n'est ni pesant ni oppressant. Juste suspendu, comme une parenthèse fragile. Puis, d'une voix moins tremblante, je demande :

— Et cette histoire de service à un ami ? C'était quoi, exactement ?

Il esquisse un léger sourire, presque amusé par la soudaine tournure de la conversation, avant de soupirer doucement.

— Sam est un bon client, mais aussi un ami. Je l'ai aidé à développer Find It. Il voulait que je teste la sécurité du contrat pour les séjours longue durée avec les Finder. Identifier les risques, déceler les failles...

Un rire m'échappe malgré moi, et je secoue la tête.

— On peut dire que tu as expérimenté tous les dangers en personne.

Il ricane à son tour, un éclat plus léger dans les yeux.

— Ouais... On peut dire ça.

Un bref silence passe, puis il ajoute, plus doucement :

— C'était une coïncidence. Tomber sur toi... Une heureuse coïncidence.

Il prononce ces mots dans un souffle, comme s'il ne savait pas s'il avait le droit d'appeler ça de la chance.

Je prends une grande inspiration, cherchant à démêler ce que je ressens encore. Ce sera long. Probablement compliqué. Mais au moins, on parle, on avance.

— Les repas de famille risquent d'être tendus... lancé-je pour détendre l'atmosphère. Si je croise ta sœur, je pourrais peut-être glisser du cyanure dans son verre, non ?

Cette fois, c'est un rire franc qui franchit ses lèvres mais il redevient rapidement sérieux.

— Je ne t'ai pas menti dans mes messages, June. Je ne parle plus qu'à ma mère, de temps en temps, pour qu'elle voie Gabriel grandir.

Ses paupières se ferment légèrement, comme s'il portait encore le poids d'un héritage qu'il n'a jamais voulu. Sans vraiment y penser, écoutant mon instinct, je tends ma main vers lui, paume ouverte : une invitation à ne pas porter ce fardeau seul.

— Tu n'as pas à te sentir coupable pour leurs actes, Nathan. Même pour ceux de Will.

Étonnamment, je me sens presque à l'aise de discuter de nos familles ainsi, après tout ce remue-ménage. Lorsque le repas arrive, Nathan insiste plusieurs fois pour m'avoir comme baby-sitter.

— Rien qu'une heure, plaide-t-il avec un sourire.

Mais je le soupçonne grandement de vouloir une heure pour *me voir*.

Nous passons le repas à renouer, à retrouver des réflexes oubliés, des regards complices. C'est quelque chose de fragile, mais indéniablement présent. Alors, quand j'avale la dernière bouchée de mon dessert, je pose enfin la question qui me brûle les lèvres.

— Et maintenant ?

Il termine sa cuillère, pensif, comme s'il savourait à la fois le goût et le poids de mes mots.

— C'est à toi de décider June. Peu importe la danse que tu décides de mener, je te suivrai jusqu'au bout du monde, à ton rythme.

Ma respiration saccadée m'empêche de réfléchir correctement. Après avoir admiré une dernière fois « La Liberté guidant le peuple », je me lève, déterminée à profiter du Louvre en pleine nuit. Même si cela veut dire que je prends le risque d'être à nouveau blessé, je tends une main à Nathan, lui offrant le bénéfice du doute ; à lui de s'en servir consciencieusement.

— Alors dansons, proposé-je.

Nathan est intrigué : il se lève et entrelace ses doigts aux miens.

— Merci pour ce cadeau... c'est vraiment la meilleure surprise du monde, m'exclamé-je en tournoyant au centre de la pièce.

Nathan se colle à mon dos et embrasse tendrement ma joue. Je me balance de gauche à droite, il suit le tempo et là, sans musique, sans rythme, nous dansons en pleine nuit, au milieu de ce musée parisien et de ces œuvres centenaires qui nous observent.

Nous passons par toutes les salles et pendant deux heures ; nous marchons, dansons des slows, courons à travers le Louvre. Nous ne croisons personne si ce n'est le personnel du musée.

Et devant la statue de la Victoire de Samothrace, il me refait danser, pour la centième fois de la soirée. J'éclate de rire, bercée par sa douceur, par la sensualité de ses gestes. J'éclate d'un rire franc, que je pensais avoir perdu, qui résonne dans les escaliers et qui se répercute sur les murs et entre les œuvres.

— Je crève d'envie de t'embrasser, chuchote-t-il en déposant une pluie de baisers dans mon cou.

Moi aussi, je meurs d'envie de toucher ses lèvres et de les savourer. Son nez s'enfonce dans mes boucles rousses et je l'entends respirer mon odeur. Sa main quitte mon dos, et il sort quelque chose de sa poche avant de récupérer ma main.

— Tiens. C'est... à toi.

La bague. L'anneau doré et son aigue-marine aussi bleue que la prunelle de ses yeux. Nos regards se croisent et s'accrochent. Je caresse sa joue rugueuse : je suis subjuguée par l'émotion qui le traverse.

— Elle a appartenu à ma grand-mère... J'étais très proche de mes grands-parents maternels... Ce sont eux qui m'ont donné une partie de leur héritage. Cette bague en faisait partie.

Il se pince légèrement les lèvres, le regard dans le vague.

— Elle est morte il y a deux ans. Elle m'avait demandé de l'offrir à la bonne personne... Tu es cette personne June. Depuis le début.

L'émotion menace de surgir. Cette bague signifie beaucoup de choses ; peut-être trop ? Mais je n'ai plus peur... Parce que pour la première fois, j'envisage sérieusement un futur avec lui. Il ne me fait pas une demande en mariage, mais plutôt... Une promesse.

— Moi qui pensais que tu voulais rejouer au faux couple d'amoureux transis. J'en suis presque nostalgique, avoué-je d'un air mutin.

Il rit. Et ce son déclenche une vague de frissons dans mon corps.

— Moi aussi. Mais cette fois, je veux que ce soit vrai. Que tout soit vrai.

Nous tanguons toujours de droite à gauche et nos corps, serrés l'un contre l'autre, ne forment plus qu'un. Ma langue passe délicatement sur mes lèvres, je tends un peu plus le visage vers lui mais

Nathan ne bouge pas. *Il veut que je l'embrasse, moi. Que je prenne les devants. Parce qu'il ne veut pas que je regrette... ou que je le repousse.*

Alors je l'embrasse. *Enfin.* Je l'embrasse passionnément, nos lèvres s'aimantent, nos corps s'immobilisent. Tout est condensé dans ce baiser. La pulpe de ses doigts remonte le long de mes côtes et il prend mon visage en coupe. J'ouvre la bouche et cette fois, ce sont nos langues qui se redécouvrent. Je ne peux pas m'arrêter de l'embrasser. *Je ne veux pas m'arrêter.*

Même quand nos souffles s'amenuisent, nous nous caressons du regard puis nous reprenons notre baiser comme si celui-ci ne s'était jamais terminé. Il m'embrasse de ses lèvres douces, cet homme aux yeux bleus, au cœur aussi tumultueux et aussi large que l'océan.

— Je t'aime, chuchote-t-il contre mes lèvres.

Je l'embrasse encore jusqu'à ne plus pouvoir respirer.

ÉPILOGUE

Un an et demi plus tard.

— June ! Dépêche-toi, Nathan arrive !

Je souffle et soulève un énième carton pour le déposer devant l'entrée de mon ancien chez moi. Je me redresse et admire notre travail. Un joli tas de cartons trône devant le trottoir, dans l'attente d'être chargés dans le camion de déménagement. Je me tourne vers Alice et contemple ma petite maison – celle d'Albert – entièrement vide. Ce lieu dans lequel j'ai passé les plus sombres moments de ma vie – mais aussi les meilleurs.

— Et voilà, soupire Alice en déposant le dernier carton. C'est terminé...

Les larmes coincées dans ma gorge, je hoche la tête. Laisser ce lieu, c'est tourner une page. Non... c'est changer de livre et en démarrer un nouveau.

La sonnette retentit et Alice se charge d'ouvrir la porte d'entrée à Nathan et aux déménageurs. Je suis surexcitée à l'idée de commencer cette nouvelle vie aux côtés des deux hommes de ma vie.

— Salut les filles, lance la voix de Nathan derrière les cartons.

Il se faufile entre les ouvriers et s'approche de moi pendant que les déménageurs finissent de charger les derniers cartons.

— Prête pour l'aventure ? murmure-t-il en déposant un baiser chaste sur mes lèvres. Parce que moi j'ai hâte de pouvoir inaugurer chaque pièce avec toi...

— J'ai hâte de voir ça, rétorqué-je, aguicheuse.

Ses mains passent de mes épaules à mes fesses qu'il serre en me collant à lui. Nos bouches s'aimantent encore une fois.

— J'aimerais vraiment rester enfant unique, si possible... marmonne la voix d'un petit garçon, derrière nous.

Je pouffe dans le cou de Nathan avant de me détacher de lui.

— Salut le mioche, m'exclamé-je en lui embrassant le haut du crâne.

— Salut la clocharde, rétorque-t-il en claquant un bisou sur ma joue.

Je retiens un sourire devant le regard noir de son père. Nathan lui ébouriffe les cheveux et le réprimande pendant que je tire la langue à Gaby.

Depuis notre rencontre deux ans plus tôt, devant le conservatoire de Paris, je suis devenue... l'amie de Gaby. Celle qui l'élève comme elle peut tout en restant celle à qui il peut se confier quand ça ne va pas. Je ne suis pas sa mère, mais je suis là lorsqu'il faut le recadrer – comme lorsqu'il parle comme son père alors qu'il n'a même pas dix ans. Mais on a fait un pacte : jamais il ne m'appellera belle-maman et il peut m'appeler *clocharde* de temps en temps. Notre famille ne ressemble à aucune autre mais c'est ce qui me plaît le plus.

Parce que oui, c'est ce que nous sommes. *Une famille.* Une famille pas très normale, vraiment drôle et surtout, très aimante.

Je lance un coup d'œil à ma meilleure amie, Alice, qui a l'air de plus en plus au bout du rouleau. L'agence bat son plein, les clients affluent depuis notre ouverture, il y a un an ; notre domaine de prédilection reste l'événementiel mais nous avons ouvert une branche spécialisée dans l'écoconception et la réutilisation des matériaux. Ce qui risque d'être compliqué, c'est de gérer l'agence à distance, maintenant que nous partons...

— Les déménageurs ont terminé, m'annonce Nathan trente minutes plus tard.

Alice passe son bras autour de mes épaules et me demande, les lèvres tremblantes.

— C'est le moment ?

Je pose ma tête au creux de son cou.

— Notre avion décolle dans trois heures... précise Nathan.

Alice, ma meilleure amie, ma sœur. Elle a les larmes aux yeux et je ne retiens plus les miennes.

— On se voit bientôt ? lui demandé-je d'une petite voix.

— Crois-moi, je compte bien utiliser mes déplacements professionnels pour venir vous faire un coucou et me dorer la pilule au soleil.

— De toute façon, nous sommes associées et j'ai beau m'occuper de la filière internationale, je ne vais pas te lâcher d'une semelle.

Je *sais* qu'elle sera toujours là malgré les six mille sept cent quatorze kilomètres qui vont nous séparer. Depuis notre succès avec le défilé Mugler, notre vie a changé. Mais elle et moi restons nos piliers respectifs : on ne s'abandonnera jamais.

La main de Nathan presse ma hanche, signe qu'il est l'heure. Je me sépare difficilement d'Alice et lui lance les clefs de la maison, celle d'Albert. Alice est désormais libre de s'y installer. Je lance un regard entendu à Nathan et il descend les escaliers pour rejoindre Gaby qui nous attend au pied de l'immeuble. Je me rapproche de ma meilleure amie et je la prends encore une fois dans mes bras. Elle m'enserre à son tour, j'ai du mal à la laisser ici, à Paris.

— Je t'aime fort, chuchote-t-elle si faiblement que je crains de l'avoir inventé.

— Pour toujours.

Elle m'attire à nouveau dans ses bras avant de me relâcher lorsque Gaby hurle depuis le rez-de-chaussée que si on loupe l'avion à cause de moi, je vais finir par voyager dans la soute, avec nos valises.

Alice éclate de rire.

Ce gamin est aussi taré que son père.

Je ricane et acquiesce. Nos regards s'accrochent encore.

— Merci d'avoir validé ce panier... Merci d'avoir contribué à me rendre heureuse et de ne pas avoir hésité à me secouer quand il y en avait besoin.

— C'est à ça que servent les meilleures amies.

Devant l'immeuble, Nathan me tend la main.

— Allez ma June, souris... Saint-Barth nous attend.

J'acquiesce, le cœur lourd de quitter Alice, mais léger à la perspective de ce qui nous attend. Il a raison, une nouvelle vie commence. Je souris à pleines dents et l'embrasse, faisant geindre Gaby qui se plaint de notre démonstration d'affection.

Oui... Saint-Barth nous attend.

REMERCIEMENTS DE L'AUTRICE

Je n'aurais jamais cru devoir un jour, écrire des remerciements... Surtout pour la fin de mon premier roman ! C'était une aventure folle, remplie de surprises ; de hauts et de bas. Cela n'a pas toujours été facile mais aujourd'hui, il est entre vos mains !

C'est l'heure de dire au revoir à June, Nathan, Alice et tous les autres... Ils m'ont accompagnée pendant 3 ans à coup d'écriture, de relecture et de réécriture. Ils sont fictifs et pourtant, ils m'ont rendu si heureuse et si fière que je ne pouvais pas les oublier dans ces remerciements.

Alors pour terminer en beauté, je veux dire merci à plusieurs personnes qui ont été d'un soutien indéfectible pour moi.

Merci à Joséphine, mon éditrice chez Slalom, pour m'avoir choisie et m'avoir offert l'opportunité d'une vie ! Merci pour ton regard affuté, tes conseils avisés, et ton aide précieuse qui ont donné à ce roman la plus belle chance d'exister. Et merci d'avoir supporté mes hésitations, mes réécritures compulsives et mes idées de dernière minute ;)

Merci à mes beta lectrices et amies, Amélie et Alizée : les seules qui ont été assez folles pour me suivre dans mes délires. Celles avec qui j'ai réfléchi au scénario, qui m'ont aidée à peaufiner les détails, qui ont toujours cru en moi depuis le début... Et merci de répondre à mes folies à n'importe quelle heure du jour ou de la nuit...

Merci à Élise et Syrine, d'avoir cru en moi sans douter une seule seconde, avant même d'avoir lu mon roman pour la première fois, comme si c'était logique que je réussisse.

Merci à ma mère, car même si elle n'a pas encore lu cette histoire, c'est grâce à elle que j'en suis là aujourd'hui. C'est elle qui m'a offert mes premiers livres, c'est grâce à elle que ma passion pour la lecture est née et que celle de l'écriture a suivi.

Merci à ma grand-mère, parce qu'elle représente mon pilier, qu'elle est d'un soutien infaillible, et qu'elle m'a poussé à y croire.

Merci encore à vous, de m'avoir suivie dans l'aventure, d'avoir lu mon roman et d'avoir contribué à réaliser mes rêves.

À bientôt,

LOUISE HELM

REMERCIEMENTS DE L'ÉDITEUR

Merci à Louise, notre autrice, de nous avoir fait confiance dans cette aventure et d'avoir mis entre nos mains cette fabuleuse histoire.

Merci à toutes les équipes qui ont travaillé sur ce livre afin d'en faire la meilleure version de l'illustration de couverture à la réalisation du jaspage.

Et évidemment, merci à tous les lecteurs et lectrices qui tiendront ce livre entre leurs mains – on espère que June et Nathan vont vous émouvoir autant que nous !

L'équipe de Slalom Romance

SLALOM ROMANCE

Slalom, un département d'Édi8
92 avenue de France, 75013 Paris – France
info@lisez.com

#lisez! engagé
www.lisez.com
Pour plus d'information :
Imprimé sur du papier issu de forêts gérées durablement.

Illustration de couverture : © Célia Bourdet – Céli'arts
Correction : Margaux Delaunay
Maquette de couverture : Romain Poiré et Axel Mahé
Maquette intérieure : Morgane Leloup

ISBN : 978-2-3755-4512-6
Achevé d'imprimer en Italie par Rotolito en mars 2025.
Dépôt légal : avril 2025.